Joyce Carol Oates

Das Spukhaus

Joyce Carol Oates

Das Spukhaus

Erzählungen

Aus dem Amerikanischen übertragen
von Renate Orth-Guttmann

Deutsche Verlags-Anstalt
Stuttgart

Die Originalausgabe erschien unter dem Titel
»Haunted. Tales of the Grotesque«
bei Dutton, New York
© 1994 by The Ontario Review, Inc.

Die Deutsche Bibliothek – CIP-Einheitsaufnahme

Oates, Joyce Carol:
Das Spukhaus : Erzählungen / Joyce Carol Oates
Aus dem Amerik. übertr. von Renate Orth-Guttmann.
Stuttgart : Deutsche Verlags-Anstalt, 1996
Einheitssacht.: Haunted <dt.>
ISBN 3-421-05058-9

© der deutschen Ausgabe 1996
Deutsche Verlags-Anstalt GmbH, Stuttgart
Lektorat: Dieter Luippold
Satz: Uhl + Massopust, Aalen
Druck und Bindearbeit: Friedrich Pustet, Regensburg
Printed in Germany
ISBN 3-421-05058-9

Inhalt

Erster Teil

Das Spukhaus	9
Die Puppe	34
Der Bingomaster	59
Die weiße Katze	86

Zweiter Teil

Das Modell	117

Dritter Teil

Mildernde Umstände	171
Traust du mir denn nicht?	179
Der schuldige Teil	183
Das Vorgefühl	198
Phasenübergang	216

Vierter Teil

Armer Bibi	241
Thanksgiving	250
Blind	264
Der Radioastronom	281
Die fluchbeladenen Bewohner des Hauses Bly	289
Martyrium	322
Nachwort: Betrachtungen über das Groteske in Kunst und Literatur	345

für Ellen Datlow

Erster Teil

Das Spukhaus

Verwunschene Häuser, verbotene Häuser. Die alte Medlock-Farm. Die Erlich-Farm. Die Minton-Farm am Elk Creek. BETRETEN VERBOTEN stand auf den Schildern, aber wir scherten uns nicht darum. BETRETEN, JAGEN UND FISCHEN WERDEN STRAFRECHTLICH VERFOLGT, aber wir machten, was wir wollten, wir waren nicht zu bremsen.

Unsere Eltern hatten uns davor gewarnt, auf diesen verlassenen Grundstücken herumzustreichen, die alten Häuser und Scheunen seien gefährlich, sagten sie. Wir könnten uns verletzen, sagten sie. Spukt es dort? fragte ich meine Mutter, und sie sagte, natürlich nicht, es gibt keine Gespenster, das weißt du doch. Sie war ärgerlich, weil sie spürte, daß ich so tat, als glaubte ich noch an Sachen, denen ich seit Jahren entwachsen war. Ich machte das gern, gab mich jünger, kindlicher, als ich in Wirklichkeit war, machte große Augen und ein ängstlich ratloses Gesicht. Besonders Mädchen neigen zu solchen Tricks, es ist eine Möglichkeit der Tarnung, wenn jeder zweite Gedanke, den du hast, ein verbotener Gedanke ist; wenn du dich mit weit geöffneten, blicklosen Augen in Träume flüchtest, von denen dir die Haut feuchtkalt wird, von denen das Herz rast. Träume, die nicht zu dir gehören, die dir irgend jemand schickt, den du nicht kennst; aber er kennt *dich*.

Gespenster, hieß es, gibt es nicht. Aber ihr könnt euch weh tun, wenn ihr euch an Orten herumtreibt, wo ihr nichts zu suchen habt. In alten Häusern sind die Dielenbretter und Treppenstufen morsch, die Dächer kurz vor dem Einsturz, ihr könnt euch an Nägeln und Glasscherben verletzen, könnt in ungedeckte Brunnen fallen – und man weiß nie, wer einem in so einem alten Haus, in einer angeblich unbenutzten Scheune begegnet. »Du meinst Penner? Typen, die durch die Gegend trampen?« fragte ich. »Vielleicht. Oder auch ein Bekannter«, antwortete Mutter ausweichend. »Ein Mann, ein Junge, den du kennst...« Sie verstummte verlegen, und ich fragte wohlweislich nicht weiter.

Es gab Dinge, über die man damals nicht sprach. Auch mit meinen Kindern habe ich darüber nie gesprochen, ich hätte gar nicht die Worte dafür gehabt.

Wir hörten uns an, was die Eltern sagten, nickten fast immer gehorsam, gingen dann aber heimlich los und machten, was wir wollten. Schon als wir noch ziemlich klein waren, meine Nachbarin Mary Lou Siskin und ich. Und erst recht später, als wir zehn, elf waren, Wildfänge und Satansbraten, wie unsere Mütter sagten. Wir streiften durch die Wälder und meilenweit am Fluß entlang, liefen querfeldein, lungerten um die Farmhäuser herum, wo Kinder wohnten, mit denen wir zur Schule gingen, aber am liebsten stöberten wir in verlassenen, mit Brettern vernagelten Häusern, wenn wir irgendwie reinkamen, wir machten uns selbst Angst mit dem Gedanken, daß es dort vielleicht spukte, auch wenn wir natürlich wußten, daß nichts umging, daß es keine Gespenster gab. Nur...

Das Heft, in dem ich das alles aufschreibe, ist liniert und hat einen marmorierten Umschlag wie unsere Hefte in der Grundschule. *Es war einmal*, so habe ich es meinen Kindern erzählt, wenn sie zugedeckt im Bett lagen und schon am Einschlafen waren. *Es war einmal*, so fingen die Geschichten an, die ich ihnen aus einem Buch vorlas, denn das war am ungefährlichsten; ein paarmal hatte ich ihnen von mir selbst ausgedachte Geschichten erzählt, aber sie graulten sich vor meiner Stimme und konnten nicht einschlafen, und später konnte ich dann auch nicht schlafen, und mein Mann fragte, was denn los sei, und ich sagte, nichts und verbarg mein Gesicht vor ihm, weil er meine verächtliche Miene nicht sehen sollte.

Ich schreibe mit Bleistift, damit ich radieren kann, und ich radiere ständig, das Papier hat schon lauter Löcher. Mrs. Harding, die wir in der fünften Klasse hatten, bestrafte uns, wenn wir unsaubere Hefte abgaben. Sie war eine schwergewichtige Frau mit einem Krötengesicht, ihre Stimme war tief und heiser und schadenfroh, als sie sagte: »Was sind denn das für Sachen, Melissa?«, und ich stand stumm und mit zitternden Knien vor ihr. Meine Freundin Mary Lou lachte hinter vorgehaltener Hand und rutschte auf ihrer Bank herum, weil sie mich so komisch fand. Sag der alten Hexe, sie soll sich zum Teufel scheren, sagte sie, dann kriegt sie Respekt vor dir, aber so was sagte natürlich niemand zu Mrs. Harding. Nicht mal Mary Lou. »Was sind denn das für Sachen, Melissa? Ein Heft mit eingerissener Seite abzugeben...« Ich bekam keine Eins, sondern nur eine Zwei für meine Hausaufgaben, zufrieden grunzend schrieb Mrs. Harding die Note mit roter Tinte in das Heft, so schwungvoll, daß die Seite einen Knick bekam. »Von dir wird mehr erwartet, Melissa, deshalb enttäuschst du mich auch mehr«, sagte Mrs. Harding immer. So lange das jetzt her ist – ich erinnere mich dieser Worte deutlicher als manch anderer, die ich kürzlich erst gehört habe.

Eines Morgens kam statt Mrs. Harding eine hübsche Vertretung in unsere Klasse. »Mrs. Harding ist krank, heute unterrichte ich bei euch«, sagte sie. Wir sahen ihr an, wie nervös sie war, und ahnten, daß es da ein Geheimnis gab, das sie uns nicht verraten wollte. Wir warteten ab, und ein paar Tage später kam der Rektor höchstpersönlich und teilte uns mit, daß Mrs. Harding nicht wiederkommen würde, sie war an einem Schlaganfall gestorben. Er sagte es schonungsvoll, als ob er viel jüngere Kinder vor sich hatte, die so was verunsichert hätte, und Mary Lou zwinkerte mir zu, ich saß an meinem Pult, und ein ganz komisches Gefühl überkam mich, warm und süß, honigsüß, wie etwas, das in meinen Kopf floß und mir prikkelnd den Rücken herunterrann. *Vaterunser, der du bist im Himmel*, betete ich flüsternd mit den anderen und hatte die Hände fest gefaltet dabei, aber meine Gedanken, wilde, tolle

Gedanken, waren woanders, und ich wußte, Mary Lou ging es genauso.

Als wir im Schulbus heimfuhren, flüsterte sie mir ins Ohr: »Das war wegen uns, was der Harding passiert ist, dieser alten Kuh. Aber wir sagen's keinem!«

Es waren einmal zwei Schwestern, und die eine war sehr hübsch, und die andere war sehr häßlich... Dabei war Mary Lou Siskin gar nicht meine Schwester. Und ich war auch nicht richtig häßlich, ich hatte nur fahle Haut und ein schmales Frettchengesicht mit dunklen, fast wimperlosen, zu eng zusammenstehenden Augen und einer komischen Nase. Ein Gesicht voller Sehnsucht und Enttäuschung.

Mary Lou aber war wirklich hübsch, so wild und tolpatschig sie sich auch manchmal benahm. Das lange seidige blonde Haar, an das sich hinterher, noch Jahre danach, alle erinnerten... Das lange seidige weißblonde Haar, das später, bei der Identifizierung, unverkennbar war...

Schlaflose Nächte, aber ich genieße sie. Ich schreibe nachts und schlafe tagsüber, in meinem Alter braucht man nicht mehr als ein paar Stunden Schlaf. Mein Mann ist seit fast einem Jahr tot, die Kinder sind in alle Winde verstreut und gehen selbstsüchtig ihrer Wege wie alle Kinder, niemand stört mich, niemand steckt die Nase in meine Angelegenheiten, niemand in der Nachbarschaft traut sich, bei mir anzuklopfen und nach dem Rechten zu sehen. Manchmal schwebt mir aus einem Spiegel ein überraschendes, fremdes Gesicht entgegen, faltig, verlebt, mit tiefliegenden, immer feuchten, ewig ängstlich, betroffen oder auch nur ratlos blinzelnden Augen, aber ich schaue schnell weg, ich hab's nicht nötig, bei so was hinzusehen.

Es stimmt schon, was man von der Eitelkeit des Alters sagt. Wir halten uns immer noch für jung hinter der betagten Fassade, für die reinsten Kinder – und ganz, ganz unschuldig!

Als junge Braut, als ich fast hübsch war, rosig vor Glück und mit glänzenden Augen, fuhren wir zu einem Sonntagsausflug aufs Land, und er wollte Liebe machen, er war schüchtern und täppisch wie ich, aber er wollte Liebe machen, und ich lief in ein Maisfeld in meinen Seidenstrümpfen und Stöckelschuhen, ich spielte die Frau, die ich nie sein würde, Mary Lou Siskin vielleicht, Mary Lou, die mein Mann nie kennengelernt hatte, aber ich geriet außer Atem und bekam es mit der Angst zu tun, das machte der Wind in den Maiskolben, das trockene Rascheln, dieses grauenvolle trocken flüsternde Rascheln gleich Stimmen, die man nicht richtig erkennt, und er holte mich ein und versuchte mich festzuhalten, und ich stieß ihn schluchzend zurück, und er sagte, was ist denn, mein Gott, was ist denn?, ganz so, als ob er mich wirklich liebte, als ob ich das Größte in seinem Leben wäre, und ich wußte, dem war ich nicht gewachsen, dieser Liebe, diesem Anspruch, ich war ja nur Melissa, die Häßliche, nach der die Jungs sich nicht umdrehten, und eines Tages würde er das merken und begreifen, was für ein schlechtes Geschäft er gemacht hatte. Ich stieß ihn zurück, laß mich in Ruhe, sagte ich, faß mich nicht an, du bist mir widerlich!

Er wich zurück, und ich verbarg schluchzend mein Gesicht.

Später wurde ich dann doch schwanger. Nur ein paar Wochen danach.

Zu den verlassenen Häusern gehörten Geschichten, und immer waren es traurige Geschichten. Der Besitzer machte bankrott und mußte wegziehen. Jemand war gestorben, sie konnten die Farm nicht mehr halten, und keiner wollte sie kaufen – wie die Medlock-Farm am anderen Flußufer. Mr. Medlock war mit neunundsiebzig gestorben, und Mrs. Medlock weigerte sich zu verkaufen und hauste allein dort, bis jemand vom Gesundheitsamt sie abholte. Ein Jammer, sagten meine Eltern. Die arme Frau, sagten sie und verboten uns, in den Scheunen oder im Haus der Medlocks zu stöbern, das konnte alles jeden Augenblick einstürzen, die Gebäude waren schon zu Lebzeiten der Medlocks in einem schrecklichen Zustand gewesen.

Es hieß, Mrs. Medlock habe den Verstand verloren, nachdem sie ihren Mann tot in einer Scheune gefunden hatte, auf dem Rücken, die Augen geöffnet und aus den Höhlen quellend, der Mund aufgerissen und mit heraushängender Zunge, darüber war sie nie weggekommen, hieß es. Sie mußte zu ihrem eigenen Besten, so hieß es, in eine Anstalt eingewiesen werden, und Haus und Scheunen wurden mit Brettern vernagelt, überall wucherten hohes Gras und Disteln, Löwenzahn im Frühjahr, Tigerlilien im Sommer, und wenn wir vorbeifuhren, guckte ich hin und kniff die Augen zu, um nicht zu sehen, ob jemand aus einem der Fenster schaute ... ein Gesicht, rasch und verstohlen ... oder ob eine dunkle Gestalt am Dach hochkletterte und sich hinter dem Schornstein versteckte ...

Mary Lou und ich überlegten, ob es wohl im Haus oder in der Scheune spukte, wo der Alte gestorben war. Wir schlichen uns an und spionierten, wir konnten es nicht lassen, jedesmal gingen wir ein Stück näher, bis uns irgendwas erschreckte und wir uns aneinander klammerten und durch den Wald flüchteten, und eines Tages gingen wir dann bis zur Hintertür und guckten durch ein Fenster. Mary Lou ging voran, hab keine Angst, sagte Mary Lou, hier wohnt ja keiner mehr, keiner kann uns was tun, auch wenn sie Schilder aufgestellt haben, Kinder wie uns nimmt die Polizei nicht fest.

Wir durchstöberten die Scheunen, wir zerrten den Holzdeckel vom Brunnen und warfen Steine hinein. Wir lockten die Katzen, es waren Hauskatzen, kranke, ausgemergelte Geschöpfe, aber sie kamen nicht so nah heran, daß wir sie streicheln konnten. Im Kreisamt hieß es, Mrs. Medlock habe ein Dutzend Katzen im Haus gehabt, überall habe ihr Dreck gelegen. Als die Katzen nicht kamen, wurden wir böse und warfen mit Steinen nach ihnen, und sie liefen fauchend weg – eklige, dreckige Biester, sagte Mary Lou. Einmal kletterten wir auf das Teerpappedach der Küche, nur so aus Spaß, Mary Lou wäre auch auf das große Dach geklettert, bis ganz oben, aber ich bekam Angst und sagte nein, nein, bitte nicht, nein Mary

Lou bitte, und das hörte sich so komisch an, daß Mary Lou mich nur anguckte und sich nicht über mich lustig machte wie sonst. Das Dach war steil, ich wußte, daß sie sich was tun würde. Ich sah sie den Halt verlieren und abrutschen, stürzen, sah ihr fassungsloses Gesicht und ihr wehendes Haar im Sturz, und wußte, daß nichts sie retten konnte. Spielverderber, sagte Mary Lou und kniff mich tüchtig, es tat weh. Aber sie kletterte nicht auf das große Dach.

Später rannten wir durch die Scheunen und schrien aus Leibeskräften, nur so aus Quatsch, wie Mary Lou sagte, wir warfen allen möglichen Kram auf einen Haufen, abgebrochene Geräteteile, Ledersachen von einem Pferdegeschirr, Hände voll Stroh. Die Tiere waren schon lange nicht mehr da, aber man roch sie noch. Getrocknete Pferdeäpfel und Kuhfladen, die aussahen wie Erdklumpen. »Weißt du was«, sagte Mary Lou, »ich hätte Lust, das hier anzuzünden.« Und sie guckte mich an, und ich sagte: »Okay, mach doch!« Und Mary Lou sagte: »Denkst wohl, ich trau mich nicht? Gib mir ein Streichholz.« Und ich sagte: »Du weißt ganz genau, daß ich kein Streichholz habe.« Und wir guckten uns an. Und ich spürte ein Fließen im Kopf, und in der Kehle kitzelte es, ich wußte nicht, ob ich lachen oder weinen sollte, und sagte: »Du bist verrückt...«, und Mary Lou lachte höhnisch auf und sagte: »*Du* bist verrückt, du Knallschote... ich hab dich nur testen wollen.«

Als Mary Lou zwölf war, konnte Mutter sie nicht mehr ausstehen, immer versuchte sie, mich gegen Mary Lou aufzuhetzen, damit ich mich mit anderen Mädchen anfreundete. Mary Lou hat ein loses Mundwerk, sagte sie. Mary Lou hat keinen Respekt vor Erwachsenen, nicht mal vor den eigenen Eltern. Mutter ahnte, daß Mary Lou hinter ihrem Rücken über sie lachte, daß sie über uns alle tratschte. Sie war bösartig und vorlaut und manchmal so ordinär wie ihre Brüder. Warum suchst du dir nicht andere Freundinnen? Warum mußt du immer hinlaufen, wenn sie auf dem Hof steht und nach dir ruft? Die Siskins sind eine ganz primitive Bande, allein schon wie Mr. Siskin sein Land bearbeitet ...

In der Stadt, in der Schule, tat Mary Lou manchmal, als wäre ich Luft, wenn andere Mädchen dabeistanden, die in der Stadt wohnten und deren Väter nicht Farmer waren wie unsere. Aber wenn wir dann mit dem Bus heimfuhren, setzte sie sich wieder neben mich, als wäre alles in bester Ordnung, und ich half ihr bei den Hausaufgaben, wenn es nötig war. Manchmal kriegte ich einen richtigen Haß auf sie, aber wenn sie mich dann anlächelte und sagte: »He, Lissa, bist du mir böse?«, war ich gleich wieder gut und schnitt ein Gesicht und sagte nein, als wäre es eine Beleidigung, daß sie gefragt hatte. Manchmal tat ich so, als ob Mary Lou meine Schwester wäre, ich erzählte mir eine Geschichte, daß wir Schwestern wären und uns ähnlich sähen, und Mary Lou sagte, manchmal hätte sie gute Lust, von zu Hause abzuhauen, von ihrer verdammten Familie, und zu mir zu ziehen. Am nächsten Tag oder in der nächsten Stunde kriegte sie dann wieder mal ihren Koller und war hundsgemein und brachte mich fast zum Heulen. Alle Siskins sind irgendwo bösartig und jähzornig, sagte sie immer, und das klang richtig stolz.

Ihr Haar war lichtblond, in der Sonne fast weiß, und als ich sie kennenlernte, trug sie es fest um den Kopf geflochten, ihre Großmutter flocht es ihr, sie fand das gräßlich. Wie Gretel oder Schneewittchen in einem von diesen bescheuerten Bilderbüchern, sagte Mary Lou. Später trug sie es offen und ließ es wachsen, bis es ihr fast zu den Hüften ging. Es war wunderschönes Haar – seidig und schimmernd. Manchmal träumte ich von Mary Lous Haar, aber es waren konfuse Träume, und wenn ich aufwachte, wußte ich nicht mehr, ob die mit dem langen blonden Seidenhaar ich oder jemand anders gewesen war. Ich brauchte eine Weile, bis ich wieder klar denken konnte dort in meinem Bett, und dann fiel mir Mary Lou ein, die meine beste Freundin war.

Sie war zehn Monate älter als ich und zwei, drei Zentimeter größer, ein bißchen schwerer, nicht dick, aber rund und kräftig, mit Muskeln an den Oberarmen wie ein Junge. Ihre Augen waren blau wie gewaschenes Glas, die Brauen und Wimpern fast weiß, sie hatte eine Stupsnase, hohe Wangenknochen und einen Mund, der je nach Stimmung lieb oder höhnisch-schief sein konnte. Aber sie selbst mochte ihr Gesicht nicht, weil es rund war – ein Mondgesicht, sagte sie, wenn sie in den Spiegel guckte, dabei wußte sie ganz genau, wie hübsch sie war. Pfiffen nicht die älteren Jungen hinter ihr her, flirtete nicht der Busfahrer mit ihr und nannte sie »Blondie«, während er für mich nie irgendwelche Namen hatte?

Mutter sah es nicht gern, wenn Mary Lou und ich allein im Haus waren; ich trau ihr nicht über den Weg, sagte sie. Sie dachte wohl, Mary Lou könnte was klauen oder rumschnüffeln. Das Mädel ist kein Umgang für dich, sagte sie, es war immer derselbe alte Käse, ich hörte schon gar nicht mehr hin, am liebsten hätte ich ihr gesagt, du bist ja verrückt, aber dann wäre alles nur noch schlimmer geworden.

Mary Lou sagte: »Sind sie nicht gräßlich? Deine Mutter und meine? Manchmal wünschte ich...«

Ich hielt mir die Ohren zu.

Die Siskins wohnten in unserer Straße, nur zwei Meilen weiter, wo sie schmaler wurde. Damals war sie ungepflastert, im Winter wurde sie nicht geräumt. Ich erinnere mich an die Scheune mit dem gelben Silo, an den schlammigen Teich, an den die Milchkühe zum Trinken kamen, an den Dreck, den sie im Frühjahr aufwühlten. Ich erinnere mich, daß Mary Lou sagte, sie wünschte, alle Kühe würden eingehen – sie hatten immer irgendwelche Krankheiten –, dann müßte ihr Vater die Farm verkaufen, und sie könnten in der Stadt in einem hübschen Haus wohnen. Es traf mich sehr, wenn sie so was sagte, als ob sie mich völlig vergessen hätte und mich einfach hierlassen würde. Geh doch zum Teufel, flüsterte ich vor mich hin.

Ich erinnere mich an den Rauch, der aus dem Küchenschornstein der Siskins kam, aus dem Herd, der mit Holz befeuert wurde; der Rauch stieg kerzengerade zum Winterhimmel hoch wie ein langer, langer Atemzug, von dem einem schwindlig wird.

Später stand auch dieses Haus leer, aber es war nur ein paar Monate mit Brettern vernagelt, dann hat die Bank es versteigert. (Der Bank gehörte nämlich sowieso fast die ganze Siskin-Farm einschließlich der Milchkühe, das hat Mary Lou aber nie erfahren.)

Beim Schreiben höre ich Glas klirren, spüre die Glasscherben unter den Füßen. *Es waren einmal zwei kleine Prinzessinnen, zwei Schwestern, die verbotene Sachen machten.* Dieses gruselig-brüchige Gefühl unter den Schuhsohlen – rutschig wie Wasser – »Jemand zu Hause? He... ist da jemand?«, und an eine Küchenwand ist ein alter Kalender gepinnt, ein verblaßtes Bild vom Herrn Jesus in langem weißen Gewand mit roten Flecken, Dornen drücken sich in seinen gesenkten Kopf. Gleich wird Mary Lou mich erschrecken, sie wird so tun, als ob jemand im Haus ist, dann schütten wir uns beide aus vor Lachen und rennen nach draußen, wo wir in Sicherheit sind. Lautes, angstvolles Lachen, ich habe hinterher nie begriffen, was so komisch war und warum wir das alles machten – wir warfen alle Fensterscheiben ein, die noch ganz geblieben waren, rüttelten am Treppengeländer, rissen die Pfosten heraus, zogen den Kopf ein, um nicht mit dem Gesicht in die Spinnweben zu laufen.

Eine von uns fand im Wohnzimmer einen toten Vogel, es war ein Star, und drehte ihn mit dem Fuß um – das geöffnete Auge guckt gelassen nach oben, *Melissa*, sagt das Auge leise und drohend zu mir, *ich sehe dich.*

Das war in der Minton-Farm, dem Steinhaus mit dem eingefallenen Dach und der kaputten Treppe, wie aus einem alten Bilderbuch. Von der Straße her wirkte das Haus richtig groß, aber als wir drin rumstöberten, stellten wir enttäuscht fest, daß es nicht viel größer war als unseres, unten vier kleine Räume, oben nochmal vier, ein Dachboden mit schrägen Wänden, das Dach zum Teil eingestürzt. Die Scheunen waren total verfallen, nur die steinernen Fundamente standen noch. Das Land war im Lauf der Jahre an andere Farmer verkauft worden, im Haus wohnte schon lange keiner mehr. Das alte Minton-Haus nannten es die Leute. Am Elk Creek, wo sie später Mary Lous Leiche gefunden haben.

In der siebenten Klasse hatte Mary Lou einen Freund, den sie eigentlich nicht haben durfte und von dem niemand wußte außer mir – einen älteren Jungen, der mit der Schule aufgehört hatte und Landarbeiter geworden war. Ich fand ihn ein bißchen zurückgeblieben – nicht im Sprechen, er redete ganz normal, aber im Denken. Er war sechzehn oder siebzehn und hieß Hans, hatte blondes Borstenhaar, grobe, unreine Haut, höhnische Augen. Ich bin verrückt nach ihm, sagte Mary Lou; das betete sie den älteren Mädchen aus der Stadt nach, die ständig behaupteten, nach irgendeinem Jungen oder Mann »verrückt« zu sein. Hans und Mary Lou küßten sich, wenn sie glaubten, daß ich nicht hinguckte, sie küßten sich auf einem alten verfallenen Friedhof hinter dem Minton-Haus, am Flußufer, in dem hohen Sumpfgras an der Auffahrt der Siskin-Farm. Hans hatte sich einen Wagen von einem seiner Brüder geliehen, einen klapprigen alten Ford, die vordere Stoßstange war mit Draht festgemacht, das Trittbrett schleifte am Boden. Wenn wir spazierengingen, kam Hans angefahren, hupte und hielt an, dann stieg Mary Lou ein, aber ich blieb da, ich wußte ja, sie wollten mich nicht dabeihaben, zum Teufel mit den beiden, ich war sowieso lieber allein.

»Du bist ja bloß eifersüchtig auf Hans und mich«, sagte Mary Lou, ein unverzeihlicher Satz, auf den mir keine Antwort einfiel. »Hans ist lieb. Hans ist nett. Er ist nicht so, wie die Leute sagen«, sagte Mary Lou rasch, in dem munter-gekünstelten Tonfall, den sie einem der älteren Mädel aus der Stadt abgelauscht hatte. »Er ist ...« Sie sah mich an und blinzelte und lächelte und wußte nicht, was sie sagen sollte, als ob sie Hans eigentlich gar nicht richtig kannte. »Er ist nicht *unbedarft*«, sagte sie zornig. »Er redet bloß nicht gern so viel.«

Wenn ich versuche, mich nach so vielen Jahrzehnten an Hans Meunzer zu erinnern, sehe ich nur einen kräftigen Jungen mit kurzgeschnittenem blonden Haar und Segelohren, unreiner Haut, einem Schatten von Oberlippenbart ... Er guckt mich aus verengten Augen an, als wüßte er, wie sehr ich ihn fürchte, wie sehr ich mir wünsche, er wäre da, wo der Pfeffer wächst, und auch er würde mich hassen, wenn er mich so ernst nähme wie ich ihn. Aber er nimmt mich nicht ernst, ich bin Luft für ihn.

Über alle verlassenen Häuser gab es eine Geschichte, aber die ärgste war die von dem Minton-Haus drüben an der Elk Creek Road, zu dem waren es von uns aus ungefähr drei Meilen. Mr. Minton hatte seine Frau zu Tode geprügelt – warum, das wußte kein Mensch – und sich hinterher mit einem Jagdgewehr erschossen. Dabei hat er nicht mal getrunken, sagten die Leute. Und im Vergleich mit anderen Farmen stand seine noch recht gut da.

Wenn man die mit Trompetenwinden und Heckenrosen bewachsene Ruine so sah, konnte man sich das, was da passiert war, kaum vorstellen. Was man sich selbst überläßt, sogar das, was Menschen gebaut haben, sieht immer so friedlich aus ...

Das Haus stand leer, solange ich denken konnte. Das meiste Land war verkauft, aber mit dem Haus mochten die Erben nichts zu tun haben, sie wollten es nicht verkaufen, und sie wollten es nicht abreißen, und wohnen wollten sie erst recht nicht drin, da stand es eben leer. Überall waren ZUTRITT VERBOTEN-Schilder, aber die nahm niemand ernst. Vandalen waren ins Haus eingedrungen und hatten es verwüstet, die McFarlane-Jungs hatten mal zu Halloween versucht, den alten Heuschober abzufackeln. In dem Sommer, als Mary Lou mit Hans ging, stiegen wir durch ein Fenster an der Hinterseite ein, sie und ich – die Bretter hatte längst irgendwer weggerissen – und gingen eng umschlungen durch die Zimmer, langsam, wie schlafwandelnd, mit großen Augen, jeden Augenblick darauf gefaßt, Mr. Mintons Geist zu sehen. Es roch nach Mäusedreck,

Schimmel, Moder, altem Leid. Die Tapeten hingen in Streifen von den Wänden, man sah die Fasergipsplatten dahinter, die alten Möbel waren umgestürzt und kaputt, vergilbte Zeitungen lagen herum und Glasscherben, überall Glasscherben. Durch die verwüsteten Fenster fiel in zittrigen Streifen die Sonne, die Luft war voll von tanzenden Sonnenstäubchen. »Ich hab Angst«, flüsterte Mary Lou. Sie legte den Arm fester um meine Taille, und mir wurde der Mund trocken, denn hatte ich nicht oben etwas gehört, ein leises, beharrliches Murmeln wie im Streit, wie jemand, der einen anderen überzeugen will, aber als ich stehenblieb und lauschte, war alles still, man hörte nur die tröstlichen Sommerlaute von Vögeln, Grillen und Zikaden.

Ich wußte, wie Mr. Minton gestorben war: Er hatte sich den Gewehrlauf unters Kinn geklemmt und mit der großen Zehe abgedrückt. Sie hatten ihn oben im Schlafzimmer gefunden, mit zerschmettertem Kopf. Die Leiche seiner Frau hatten sie in dem Wasserspeicher im Keller gefunden, dort hatte er sie versteckt. »Meinst du, wir sollen nach oben gehen?« fragte Mary Lou unsicher. Ihre Finger waren kalt, aber auf der Stirn hatte sie kleine Schweißtropfen. Ihre Mutter hatte ihr das Haar zu einem dicken, plumpen Zopf geflochten, so trug sie es fast den ganzen Sommer, aber die Strähnen lockerten sich schon. »Nein«, sagte ich erschrocken. »Ich weiß nicht.« Zögernd blieben wir unten an der Treppe stehen. Lange Zeit. »Vielleicht lieber doch nicht«, sagte Mary Lou. »Sonst fällt die blöde Treppe noch unter uns zusammen.«

Im Wohnzimmer waren Blutflecken auf dem Boden und an der Wand, ich sah sie ganz deutlich. »Du bist blöd! Ist doch bloß vom Wasser«, höhnte Mary Lou.

Ich hörte die Stimmen über mir, oder nur eine Stimme, hartnäckig, unaufhörlich. Ich wartete, aber Mary Lou hörte nichts.

Wir hatten den Rückzug angetreten, jetzt konnte uns nichts mehr passieren. »Ist schon was Besonderes, das Haus hier«, sagte Mary Lou versöhnlich.

Wir sahen den Trödel in der Küche durch, fanden aber nichts Wertvolles – nur kaputtes Geschirr, verbeulte Töpfe und Pfannen, auch hier vergilbte Zeitungen. Aber durchs Fenster sahen wir eine Vipernatter, gut und gern einen halben Meter lang, die sich auf einem verrosteten Wassertank sonnte. Sie leuchtete in einem wunderschönen Kupferton, die Schuppen glänzten wie Schweiß auf einem Männerarm, sie schien zu schlafen. Wir kreischten nicht, wir hatten auch keine Lust, mit irgendwas zu werfen, wir standen nur da und guckten. Ganz lange.

Mary Lou hatte keinen Freund mehr. Mit Hans war Schluß. Wir sahen ihn ab und zu in dem alten Ford vorbeifahren, aber er nahm keine Notiz von uns. Mr. Siskin war zu Ohren gekommen, daß Hans mit Mary Lou ging; er hatte sich aufgeführt wie ein armer Irrer, sagte sie, hatte ihr hochnotpeinliche Fragen gestellt, war ihr dann ins Wort gefallen und hatte ihr sowieso nicht geglaubt, dann hatte er sie fürchterlich blamiert, indem er Hans aufgesucht und bei ihm rumgetobt hatte. »Ich hasse sie alle«, sagte Mary Lou und lief rot an. »Ich wünschte...«

Zur Minton-Farm fuhren wir mit dem Rad, oder wir gingen zu Fuß hin, über die Felder. Dort waren wir am liebsten. Manchmal nahmen wir was zu essen mit, Kekse, Bananen, Schokoriegel, dann saßen wir auf den kaputten Stufen vor der Haustür, als ob wir hier wohnten, zwei Schwestern, die vor ihrem Haus ein Picknick machen. Es gab Bienen, Fliegen, Mücken, aber wir scheuchten sie weg. Wir mußten uns in den Schatten setzen, weil die Sonne so brannte, eine weiße Glut, die sich auf uns ergoß.

»Hast du nicht manchmal Lust, abzuhauen?« fragte Mary Lou. »Ich weiß nicht«, sagte ich verlegen. Mary Lou wischte sich den Mund und warf mir einen bösen Blick zu. »Ich weiß nicht«, äffte sie mich mit piepsiger Stimme nach. Aus einem der Fenster im Obergeschoß sah jemand – Mann oder Frau? – zu uns herunter, hörte uns zu, und ich konnte mich nicht rühren, ich war benommen von der Hitze, saß wie eine Fliege auf einem klebrigen Blütenblatt, das sich gleich einrollen und sie verschlingen wird. Mary Lou zerknüllte ein Stück Butterbrotpapier und warf es zwischen das Unkraut. Auch sie war benommen, sie gähnte. »Aber sie würden mich ja doch finden, das ist eben der Mist. Und dann wird alles nur noch schlimmer.«

Ich schwitzte und fror zugleich, ich hatte Gänsehaut auf den Armen. Ich sah uns so, wie man uns vom oberen Stockwerk aus hier unten auf den Stufen sehen würde, Mary Lou mit gespreizten Beinen, den blonden Zopf über einer Schulter, ich kerzengerade, die Arme um die Knie geschlungen, weil ich wußte, daß ich beobachtet wurde. »Hast du dich schon mal an einer bestimmten Stelle angefaßt, Melissa?« fragte Mary Lou leise. »Nein«, sagte ich und tat, als wüßte ich nicht, was sie meinte. »Hans wollte mich da anfassen«, sagte Mary Lou empört, und dann mußte sie kichern. »Ich hab ihn nicht gelassen, und da wollte er was anderes machen, er hat seine Hose aufgeknöpft und wollte, daß ich ihn anfasse. Und ...«

Ich hätte ihr am liebsten den Mund zugehalten. Aber sie redete unentwegt weiter, ich sagte kein Wort, und dann fingen wir an zu kichern und konnten nicht mehr aufhören. Später konnte ich mich an das meiste nicht mehr erinnern und auch nicht, warum ich so aufgeregt gewesen war, warum mein Gesicht heiß geworden war und meine Augen brannten, als hätte ich in die Sonne gesehen.

Auf dem Heimweg sagte Mary Lou: »Manche Sachen sind so traurig, daß man sie nicht sagen kann.« Ich tat, als hätte ich nichts gehört.

Ein paar Tage später ging ich allein hin. Durch das verwüstete Maisfeld mit den dürren, geknickten Stengeln, den verbrannten Grannen, durch das raschelnde Wispern, das ich jetzt noch hören kann, wenn es ganz still ist. Ich hatte Kopfschmerzen vor Aufregung. Ich erzählte mir eine Geschichte – daß wir uns vorgenommen hatten durchzubrennen und in dem Minton-Haus zu wohnen. Ich hatte eine Weidengerte in der Hand, die hatte ich unterwegs gefunden, sie war noch grün und elastisch, und schlug damit wie mit einer Peitsche. Führte

Selbstgespräche, lachte laut. Fragte mich, ob ich beobachtet wurde.

Ich stieg durch das hintere Fenster ins Haus ein und wischte mir die Hände an den Jeans ab. Das Haar klebte mir im Nacken.

Am Fuß der Treppe rief ich »Wer ist da?« in einem Ton, als sei das alles nur Spaß, als wüßte ich ganz genau, daß ich allein war.

Mein Herz klopfte schnell und schmerzhaft wie das von einem Vogel, den man in der Hand hält. Ich fühlte mich sehr allein ohne Mary Lou, ich trat laut und schwer auf, sie sollten merken, daß ich da war und daß ich keine Angst hatte. Ich sang, ich pfiff. Ich sprach mit mir selber, schwang meine Gerte. Lachte laut und böse. Warum böse? Keine Ahnung, jemand flüsterte mir zu, ich sollte nach oben gehen, auf der Innenseite der Treppe, um nicht auf den Stufen einzubrechen.

Das Haus war schön, wenn man den richtigen Blick dafür hatte. Wenn man sich nicht an dem Geruch störte. Scherben unter den Füßen, Putzbrocken, in Fetzen herabhängende fleckige Tapeten. Hohe schmale Fenster, durch die man wilde überwucherte Wiesenstücke sah. In einem der Zimmer hörte ich was, aber als ich hinsah, lag da nur ein umgekippter Sessel. Vandalen hatten die Polsterung rausgerissen und versucht, sie anzuzünden. Der Stoff war schmutzig, aber man sah noch, wie hübsch er mal gewesen war, ein Muster aus kleinen gelben Blüten und grünem Efeu. Eine Frau hatte früher in dem Sessel gesessen, eine dicke Frau mit verschlagenen Augen und Strickzeug im Schoß, aber sie strickte nicht, sie sah nur immer aus dem Fenster und guckte, wer wohl auf Besuch kam.

In den oberen Räumen war es stickig und so heiß, daß meine Haut prickelte wie vor Kälte. Ich hatte keine Angst! – Ich schlug mit meiner federnden Weidengerte an die Wände. In einem der Zimmer summten hoch oben in einer Ecke Wespen um ein großes Wespennest herum. In einem anderen Zimmer sah ich aus dem Fenster, ich lehnte mich hinaus, um Luft zu schnappen und dachte, das ist mein Fenster, ich wohne jetzt hier. Du solltest dich lieber hinlegen und dich ausruhen, sagte sie, du bekommst sonst einen Hitzschlag, und ich tat so, als wüßte ich nicht, was ein Hitzschlag ist, aber sie wußte, daß ich es wußte, denn letzten Sommer war ein Vetter von mir beim Heuen zusammengebrochen, sein Gesicht war ganz rotfleckig geworden, hieß es, und er hatte immer schneller und schneller geatmet, weil er nicht genug Sauerstoff bekam, und dann war er zusammengeklappt. Ich sah in den überwucherten Obstgarten mit den Apfelbäumen, es roch modrig süßlich weinig, der Himmel war voller Dunst wie etwas, das man nur verschwommen sieht, ein paar hundert Meter weiter glitzerte durch eine Reihe von Weiden hindurch der Elk Creek, schlängelte sich langsam, wie mit blinkenden Schuppen, durch die Gegend.

Geh weg von dem Fenster, sagte jemand streng.

Ich gehorchte, aber ich ließ mir Zeit damit.

In dem größten Zimmer lag die alte Matratze von dem Bett mit den rostigen Sprungfedern auf dem Fußboden. Das Füllhaar quoll heraus, sie hatte Brand- und so was wie Rostflecke, ich wollte nicht hinsehen, aber ich mußte. Als ich mal nach der Schule mit Mary Lou zu ihr nach Hause gegangen war, hatte draußen auf dem Hof eine Matratze in der Sonne gelegen, das ist die von meinem jüngsten Bruder, hatte Mary Lou empört gesagt, er hat wieder ins Bett gemacht; die Matratze lag zum Lüften draußen. Aber davon, sagte Mary Lou, geht der Gestank auch nicht weg.

In der Matratze bewegte sich etwas Schwarzglänzendes, eine Kakerlake, aber ich durfte nicht weglaufen. Stell dir mal vor, du mußt dich zum Schlafen auf die Matratze da legen. Stell dir vor, du darfst erst danach wieder heim. Meine Lider waren schwer, das Blut dröhnte in meinem Kopf. Eine Mücke summte an mir vorbei, aber ich war zu schlapp, um sie wegzuscheuchen. Leg dich auf die Matratze, Melissa, sagte sie zu mir, du weißt, daß du Strafe verdient hast.

Ich kniete mich hin, nicht auf die Matratze, sondern daneben auf den Fußboden. Es roch stickig und scharf im Zimmer, aber das störte mich nicht, mein Kopf pendelte schläfrig. Schweißbäche liefen mir übers Gesicht und über den Rücken, an den Armen entlang, aber es störte mich nicht. Ich sah, wie sich meine Hand langsam ausstreckte, als ob sie nicht zu mir gehörte, und die Matratze anfaßte, und eine glänzende schwarze Kakerlake rannte erschrocken weg und eine zweite und eine dritte – aber ich konnte nicht aufspringen und schreien.

Leg dich auf die Matratze und laß dich bestrafen.

Ich sah mich um, und unter der Tür stand eine Frau, die ich noch nie gesehen hatte.

Sie guckte mich mit großen, blanken schwarzen Augen an. Sie leckte sich die Lippen und sagte höhnisch: »Was hast du in diesem Haus zu suchen, Miss?«

Ich hatte furchtbare Angst. Ich versuchte zu antworten, aber ich brachte kein Wort heraus.

»Wolltest du mich besuchen?« fragte die Frau.

Ich hätte nicht sagen können, wie alt sie war. Älter als meine Mutter, aber irgendwie wirkte sie nicht alt. Sie trug Männerzeug und war groß wie ein Mann, mit breiten Schultern und langen Beinen und großen Hängebrüsten wie Kuheuter unter dem Hemd, nicht in einen BH eingezwängt wie sonst bei Frauen. Das dichte drahtige graue Haar war kurzgeschnitten wie bei einem Mann und stand in fettigen Büscheln hoch. Die Augen waren klein und schwarz und lagen tief in den Höhlen, die Haut drumherum war bläulich. Ich hatte noch nie so jemand wie sie gesehen – die Schenkel waren gewaltig, so breit wie mein ganzer Körper. Um die Taille, da, wo ihr Hosenbund saß, hatte sie einen Ring aus wabbeligem Fleisch, aber dick war sie nicht.

»Ich hab dich was gefragt, Miss. Was suchst du hier?«

Die Angst drückte auf meine Blase. Ich kauerte neben der Matratze, sah mit großen Augen die Frau an und konnte nichts sagen.

Daß ich Angst hatte, machte ihr offenbar Spaß. Sie ging auf mich zu, ein bißchen gebückt, damit sie durch die Tür kam.

»Du wolltest mich besuchen, was?« fragte sie katzenfreundlich.

»Nein.«

»Nein?« Sie lachte auf. »Aber ja doch...«

»Nein, ich kenne Sie doch gar nicht.«

Sie beugte sich vor und legte ihre Finger an meine Stirn. Ich machte die Augen zu, wartete darauf, daß es weh tat, aber es war schön kühl. Sie strich mir das Haar aus der schweißnassen Stirn. »Ich hab dich hier schon gesehen, dich und die andere«, sagte sie. »Wie heißt sie? Die Blonde. In einem Haus, wo ihr nichts zu suchen habt.«

Ich konnte mich nicht rühren, meine Beine waren wie gelähmt. Meine Gedanken rasten, sie sprangen hierhin und dahin und fanden keinen Halt. »Du heißt Melissa, nicht?« sagte die Frau. »Und wie heißt deine Schwester?«

»Sie ist nicht meine Schwester«, flüsterte ich.

»Wie heißt sie?«

»Das weiß ich nicht.«

»Das weißt du nicht?«

»...weiß nicht.« Ich duckte mich.

Die Frau trat halb seufzend, halb grunzend ein wenig zurück und sah mich mitleidig an. »Dann hast du Strafe verdient.«

Ich roch Asche an ihr, etwas Kaltes. Ich fing an zu wimmern, ich hab doch nichts verbrochen, ich hab nichts im Haus kaputtgemacht, ich hab mich bloß umgesehen... ich komm auch nicht wieder...

Sie lächelte, ich sah ihre Zähne. Sie konnte meine Gedanken lesen, ehe ich mit Denken fertig war.

Ihre Haut hatte zwiebelige Schichten wie von einem Sonnenbrand oder einer Hautkrankheit, an manchen Stellen schälte sie sich. Ihre Augen blickten feucht und hämisch. Tun Sie mir nicht weh, wollte ich sagen, bitte tun Sie mir nicht weh.

Ich fing an zu heulen, Rotz lief mir aus der Nase wie einem Baby. Ich kriech einfach an ihr vorbei, dachte ich, dann spring ich auf und bin weg, aber die Frau versperrte mir den Weg, sie beugte sich über mich und atmete mir feucht und warm ins

Gesicht wie eine Kuh. »Tun Sie mir nicht weh«, sagte ich, und sie sagte: »Du weißt, daß ihr Strafe verdient habt. Du und deine hübsche blonde Schwester.«

»Sie ist nicht meine Schwester.«

»Und wie heißt sie?«

Die Frau beugte sich vor und zitterte vor Lachen.

»Komm schon, Miss. Wie heißt sie?«

»Ich weiß nicht...«, setzte ich an, aber meine Stimme sagte: »Mary Lou.«

Die großen Brüste hingen ihr bis auf den Bauch, ich spürte, wie das Lachen sie schüttelte, aber dann sagte sie streng, Mary Lou und ich seien sehr unartig gewesen, das wüßten wir natürlich, ihr Haus zu betreten sei verboten, und hätten wir nicht immer gewußt, daß unter diesem Dach schon andere zu Schaden gekommen waren?

»Nein«, setzte ich an, aber meine Stimme sagte: »Ja.«

Die Frau lachte und beugte sich tiefer herunter. »Also, Miss... Melissa... Deine Eltern wissen nicht, wo du jetzt bist, stimmt's?«

»Ich weiß nicht...«

»Ja oder nein?«

»Nein.«

»Die haben überhaupt keine Ahnung von euch, stimmt's? Von dem, was ihr treibt und was ihr denkt. Du und Mary Lou.«

»Nein.«

Sie sah mich lange an und lächelte. Breit und freundlich.

»Bist ein beherztes kleines Ding und hast deinen eigenen Kopf. Wie deine hübsche kleine Schwester. Bestimmt hat man euch schon öfter mal den Hintern versohlt.« Die Frau fletschte grinsend die großen tabakgelben Zähne. »Eure zarten kleinen Ärsche.«

Ich mußte kichern. Meine Blase drückte.

»Gib her, Miss.« Die Frau nahm mir die Weidengerte aus der Hand, die hatte ich ganz vergessen. »Ich werde dich jetzt bestrafen. Zieh die Jeans aus. Runter mit dem Schlüpfer. Auf die Matratze. Los.« Sie sprach knapp und nüchtern. »Mach schon, Melissa! *Und* die Schlüpfer. Oder soll ich sie dir ausziehen?«

Sie schlug sich ungeduldig mit der Gerte auf die linke Handfläche und schmatzte mißbilligend. Ihre Haut, straff gespannt über den starken Gesichtsknochen, glänzte an manchen Stellen. Die Augen, schwarz und naß, zogen sich immer mehr zusammen. Sie war so massig, daß sie aufpassen mußte, nicht vornüber zu kippen, wenn sie sich zu mir herunterbeugte. Ihr rauher, erregter Atem wehte mich von allen Seiten an wie Wind.

Ich gehorchte. Etwas in mir gehorchte. Tun Sie mir nicht weh, flüsterte ich, während ich mich bäuchlings auf die Matratze legte, die Arme vorgestreckt, die Fingernägel in den Fußboden gekrallt. Das rauhe splitterige Holz stach mir in die Haut. Bittebitte tun Sie mir nicht weh, aber die Frau hörte gar nicht hin, der warme nasse Atem kam jetzt lauter, die Dielenbretter knarrten unter ihrem Gewicht. »Also, Miss ... Melissa, das bleibt unter uns, ist das klar?«

Als es vorbei war, wischte sie sich den Mund und sagte, heute würde sie mich noch laufen lassen, aber ich müsse versprechen, keinem was zu verraten und ihr morgen meine hübsche kleine Schwester zu schicken.

Sie ist nicht meine Schwester, schluchzte ich, als ich wieder zu Atem gekommen war.

Ich hatte mich nicht mehr beherrschen können, ich mußte pinkeln, noch ehe der erste Schlag der Weidengerte meinen Po traf, in kleinen Zuckungen kam es aus mir raus, ich konnte nichts machen und heulte, und hinterher schimpfte die Frau mit mir, wie ein Baby hätte ich unter mich gemacht. Aber irgendwie hörte es sich auch an, als ob es ihr leid tat; sie trat beiseite, ließ mich vorbei. Lauf jetzt, nach Hause mit dir. Und ... nicht vergessen!

Ich rannte aus dem Zimmer, verfolgt von ihrem Lachen, rannte die Treppe hinunter, lief und lief wie gewichtslos, mit zittrigen Beinen, als wäre die Luft Wasser, in dem ich schwamm, ich rannte aus dem Haus, rannte schluchzend durch den Mais, die Stengel schlugen mir ins Gesicht. *Lauf jetzt, nach Hause mit dir. Und ... nicht vergessen!*

Ich erzählte Mary Lou von dem Minton-Haus, daß mir da was passiert und daß es ein Geheimnis war; zuerst nahm sie es mir gar nicht ab. »Ein Gespenst?« fragte sie höhnisch. »Oder der Hans?« Ich kann es nicht sagen, beteuerte ich. Was nicht sagen? Ich kann's eben nicht. Warum nicht?
»Weil ich es versprochen habe.«
»Wem versprochen?« Sie sah mich mit ihren großen blauen Augen an, als ob sie mich hypnotisieren wollte. »Du bist eine verdammte Schwindelliese.«
Später fing sie wieder an – was ist denn passiert, was ist das für ein Geheimnis, hat es was mit Hans zu tun? Hat er mich noch gern? Ist er mir böse? Es hat nichts mit Hans zu tun, überhaupt nichts, sagte ich und verzog den Mund, um ihr zu zeigen, was ich von ihm hielt.
»Aber wer dann ...?« fragte Mary Lou.
»Ein Geheimnis. Sag ich doch.«
»Scheiß drauf. Was für ein Geheimnis?«
»Ein Geheimnis.«
»Ein richtiges Geheimnis?«
Ich wandte mich ab, ich zitterte, mein Mund griente so sehr, daß es weh tat. »Ja. Ein richtiges Geheimnis.«

Zum letztenmal habe ich Mary Lou gesehen, als sie im Bus nicht neben mir sitzen wollte, sie ging mit hoch erhobenem Kopf an mir vorbei und warf mir einen bösen Blick zu. Und beim Aussteigen gab sie mir einen Puff, als sie an meinem Platz vorbeikam, und beugte sich vor. »Ich find's schon selber raus, ich kann dich sowieso nicht leiden«, sagte sie so laut, daß alle im Bus es hörten. »Ich hab dich noch nie leiden können.«

Es war einmal, so fangen alle Märchen an. Aber dann sind sie zu Ende, und oft weiß man gar nicht, was wirklich passiert ist, wie das alles gedacht war, man weiß nur das, was einem gesagt wurde, was man den Worten entnehmen konnte. Jetzt, da ich meine Geschichte aufgeschrieben habe, ein halbes Schreibheft voll in einer Handschrift, die ich enttäuschend finde, weil sie so zittrig und kindlich ist – jetzt, da die Geschichte zu Ende ist, begreife ich nicht, was sie bedeutet. Ich weiß, was in meinem Leben geschehen ist, aber was auf diesen Seiten geschehen ist, das weiß ich nicht.

Mary Lou wurde zehn Tage, nachdem sie das zu mir gesagt hatte, ermordet aufgefunden. Im Elk Creek, eine Viertelmeile von der Straße und von dem alten Minton-Haus entfernt. Das, wie es in der Zeitung hieß, seit fünfzehn Jahren unbewohnt war.

Mary Lou, hieß es, war dreizehn gewesen und seit sieben Tagen vermißt, im ganzen Bezirk war in einer großen Suchaktion nach ihr gefahndet worden.

Seit Jahren, hieß es, war das Minton-Haus unbewohnt, aber manchmal hausten dort Obdachlose. Die Leiche, hieß es, war unbekleidet und verstümmelt. Einzelheiten waren nicht zu erfahren.

Das ist jetzt lange her.

Der Mörder (oder die Mörder, wie es immer in der Zeitung hieß) wurde nie gefunden.

Natürlich verhafteten sie Hans Meunzer, er wurde drei Tage im Bezirksgefängnis festgehalten und verhört, aber dann mußten sie ihn laufenlassen; die Beweise reichen für eine Anklageerhebung nicht aus, stand in der Zeitung, dabei wußten schließlich alle, daß er es gewesen war, nicht? Noch nach Jahren sagten das die Leute, als Hans längst auf und davon war und die Siskins weggezogen waren, keiner wußte wohin.

Hans schwor, daß er es nicht gewesen war, daß er Mary Lou seit Wochen nicht mehr gesehen hatte. Es gab Zeugen, die aussagten, er könne es nicht gewesen sein, zum einen habe er den Wagen seines Bruders nicht mehr gehabt, und außerdem habe er zu der Zeit auf dem Feld gearbeitet, er könne sich nicht unbemerkt entfernt haben, um zu tun, was er nach Meinung der Polizei getan hatte. Und Hans selbst beteuerte immer wieder seine Unschuld. Von wegen Unschuld ... Der Mistkerl gehört gehängt, sagte mein Vater, wir wissen doch Bescheid. Der Hans muß es gewesen sein. Wenn es nicht ein Penner war. Oder ein Angler ... Angler fuhren gern an den Elk Creek, wegen der Barsche, sie machten Feuer am Ufer und hinterließen eine Menge Müll, manchmal schlichen sie um das Minton-Haus rum und sahen nach, ob's dort was zu klauen gab. Die Polizei hatte ein paar Autonummern und verhörte die Männer, aber es kam nichts dabei raus. Dann gab es da noch diesen spinnigen alten Einsiedler, der in einer Bruchbude an der Müllhalde hauste, von dem die Leute sagten, er gehöre schon seit Jahren weggesperrt. Aber alle wußten, daß es Hans gewesen war, und Hans machte, daß er wegkam, er verschwand spurlos, und nicht mal seine Familie wußte, wo er steckte, aber vielleicht – wahrscheinlich sogar – war das gelogen.

Mutter wiegte mich in den Armen und weinte, wir weinten beide, Mary Lou ist jetzt glücklich, sagte sie, Mary Lou ist im Himmel, der Herr Jesus hat sie zu sich genommen, das weißt du ja, nicht? Ich hätte am liebsten losgelacht. Mary Lou hätte nicht mit Jungs gehen dürfen, nicht mit einem so üblen Burschen wie Hans, sagte Mutter, sie hätte sich nicht herumtreiben dürfen, das weißt du ja, nicht? Mutters Worte setzten sich in meinem Kopf fest, trieben mir das Lachen aus. Der Herr Jesus liebt auch dich, das weißt du ja, Melissa. Mutter nahm mich fest in den Arm. Ja, sagte ich. Ich lachte nicht, ich weinte.

Ich durfte nicht mit auf die Beerdigung, der Schock wäre zu groß für sie, hieß es. Obwohl der Sarg schon geschlossen war.

Angeblich erinnert man sich im Alter an lange Zurückliegendes deutlicher als an Sachen, die gerade erst passiert sind, und das kann ich bestätigen.

Zum Beispiel weiß ich nicht mehr, wann ich das Schreibheft bei Woolworth gekauft habe, letzte Woche oder letzten Monat oder erst vor ein paar Tagen. Ich weiß nicht mehr, warum ich angefangen habe zu schreiben, was ich mir davon versprach. Aber ich weiß noch genau, wie Mary Lou sich vorbeugte, um mir diese Worte ins Ohr zu sagen, und ich weiß noch genau, wie Mary Lous Mutter ein paar Tage später um die Abendbrotzeit zu uns kam und fragte, ob ich Mary Lou gesehen hätte – ich sehe noch das Essen auf meinem Teller, einen trockenen kleinen Berg Kartoffelbrei. Ich weiß noch, wie Mary Lou in der Auffahrt stand und meinen Namen rief, sie legte die Hände vor den Mund dabei, Mutter fand das schrecklich, nur primitives Volk benimmt sich so, sagte sie.

»Lissa!« rief Mary Lou, und ich rief zurück: »Okay, ich komme!« *Es war einmal.*

Die Puppe

Vor vielen Jahren bekam ein kleines Mädchen zum vierten Geburtstag ein altes Puppenhaus geschenkt, das ungewöhnlich schön, ungewöhnlich fein ausgearbeitet und auch von den Abmessungen her ungewöhnlich war, denn es war fast so groß, daß ein Kind sich hineinsetzen konnte.

Das Puppenhaus hatte, so hieß es, vor fast hundert Jahren ein entfernter Verwandter der Mutter des kleinen Mädchens gebaut, es hatte sich von einer Generation zur nächsten vererbt und war noch bestens erhalten: ein steiles Giebeldach, viele hohe, schmale, richtig verglaste Fenster, dunkelgrüne Fensterläden zum Zuklappen, drei steinerne Kamine, Blitzableiter, Verschindelung (weiß), eine Veranda, die sich fast um das ganze Haus zog, Buntglasfenster links und rechts der Haustür und im Treppenhaus, sogar eine Kuppel mit kleinem, abnehmbarem Dach. Im Elternschlafzimmer stand ein Himmelbett mit weißen Organzarüschen, an den meisten Fenstern hingen kleine Blumenkästen; die Möbel – natürlich viktorianisch – waren beste, liebevollste Handwerksarbeit. Die Lampenschirme hatten kleine goldene Fransen, es gab eine wunderbare alte Badewanne mit Klauenfüßen und in fast allen Zimmern einen Kronleuchter.

Als die Kleine am Morgen ihres vierten Geburtstages das Puppenhaus zum erstenmal zu Gesicht bekam, verschlug es ihr vor Staunen die Sprache, denn das Geschenk war unerwartet und geradezu unheimlich »real«. Es sollte das eindrucksvollste Geschenk, die eindrucksvollste Erinnerung ihrer Kindheit werden.

Florence besaß mehrere Puppen, normal große Puppen, die nicht in das Haus paßten, aber sie setzte sich mit ihnen vor die offene Seite, spielte, flüsterte und schimpfte mit ihnen und dachte sich Gespräche für sie aus. Eines Tages tauchte unvermittelt der Name *Bartholomew* für die Familie auf, der das Puppenhaus gehörte. Woher hast du den Namen, fragten die Eltern; das sind die Leute, die in dem Haus wohnen, gab Florence zur Antwort. Ja, aber woher hast du den Namen?

Ratlos-stumm, fast ein bißchen ärgerlich deutete das Kind auf die Puppen.

Da gab es ein Mädchen mit glänzenden blonden Locken, blauen, dicht bewimperten und fast zu runden Augen, und einen rothaarigen sommersprossigen Jungen in Denim-Overall und kariertem Hemd, die natürlich Bruder und Schwester waren, weiter eine erwachsene Frau, vielleicht die Mutter, mit scharlachroten Lippen und einem raffinierten Kopfputz aus grauweißen Federn, ein Puppenbaby aus ganz weichem Gummi, haarlos und ausdruckslos und zu groß im Verhältnis zu den anderen Puppen, sowie einen zwanzig Zentimeter langen Spaniel mit großen braunen Augen und einem drollig hochstehenden Schwanz. Manchmal war die eine, dann wieder die andere Puppe der Liebling von Florence. An manchen Tagen spielte sie am liebsten mit dem blonden Mädchen, dessen Augen im Kopf rollten und das einen zarten Pfirsichteint hatte, dann wieder zog sie den verschmitzten rothaarigen Jungen vor. Manchmal wollte sie von den Puppen nichts wissen und spielte mit dem Spaniel, der, weil er so klein war, in die meisten Puppenhauszimmer paßte.

Hin und wieder zog Florence die Puppen aus und wusch sie mit einem Schwämmchen. Wie sonderbar sie aussahen ohne Kleider! Porenlos glatte, glänzende Körper, da war nichts Heimliches oder Häßliches, da waren keine Spalten, in denen sich Schmutz verbergen konnte, da war alles ganz unproblematisch. Unbewegte Gesichter. Gelassen kluge, furchtlose, weit geöffnete Augen, die kein harsches Wort, kein Klaps schrecken konnte. Aber Florence liebte ihre Puppen sehr und hatte nur selten das Bedürfnis, sie zu strafen.

Ihr größter Schatz war natürlich das Puppenhaus mit dem steilen viktorianischen Dach, den schnörkeligen Verzierungen, den vielen Fenstern und der prächtigen Veranda, auf der hölzerne Schaukelstühlchen mit winzigen Kissen standen. Besucher – Freunde ihrer Eltern oder kleine Mädchen in ihrem Alter – staunten immer darüber. Wie schön, sagten sie, und: Fast so groß wie ein richtiges Haus! – aber das stimmte natürlich nicht, es war nur ein Puppenhaus und knapp neunzig Zentimeter hoch.

Als Florence Parr fast vier Jahrzehnte später über die East Fainlight Avenue in Lancaster, Pennsylvania, fuhr, eine Stadt, in der sie noch nie gewesen war und über die sie nicht das mindeste wußte, sah sie zu ihrer Verblüffung am Ende einer ansehnlichen Ulmenallee, ein wenig von der Straße zurückgesetzt, ihr altes Puppenhaus oder vielmehr dessen Replikat oder Vorbild stehen.

Sie war vor Staunen sekundenlang völlig ratlos. Als erste Reaktion trat sie auf die Bremse, denn sie war eine vorsichtige, ja penible Autofahrerin, die in einer unübersichtlichen Situation oder beim ersten Anzeichen von Schwierigkeiten ihren Wagen sofort zum Stehen brachte.

Eine schöne, breite, mit Ulmen und Platanen bestandene Straße in einer ihr völlig neuen, reizvollen Stadt. Ein Tag Ende April: ein duftend frischer, fast berauschender Frühlingstag nach einem langen, bitterkalten Winter. Die Luft war gesättigt von Wärme und Farben. Eindrucksvolle, großzügig geschnittene Grundstücke, auf denen ersichtlich reiche Häuser standen; Backsteinmauern, schmiedeeiserne Gitter oder dichte immergrüne Hecken grenzten die leicht abfallenden, gepflegten Rasenflächen gegen die Straße ab. Überall Azaleen, diese prunkvollsten aller Frühjahrsblüher – scharlachrot und weiß und gelb und flammend-orangefarben –, die das Auge fast blendeten mit ihrer Schönheit. Neu angelegte Beete mit Tulpen, zarte Apfel- und Kirschblüten und noch andere blühende

Bäume, die Florence nicht hätte benennen können. *Ihr* Haus war von einem altmodischen schmiedeeisernen Gitter umgeben, in dem großen Vorgarten drängten rote und gelbe Tulpen durch einen verunkrauteten Rasen.

Und dann stand sie vor dem Gartentor. Es war – wie das schwere Tor an der Auffahrt – nicht nur offen, sondern in der Erde förmlich festgeklemmt, und zwar offenbar schon seit geraumer Zeit. Ein handgeschriebenes, relativ neues Schild mit schwarzen Buchstaben: 1377 EAST FAINLIGHT. Kein Vorname, kein Familienname. Florence stand da, sah an dem Haus hoch und hatte Herzklopfen. Sie konnte nicht recht glauben, was sie da sah. Das gab es doch nicht. Nicht mit all diesen Einzelheiten.

Das alte Puppenhaus. *Ihr* Haus. Nach all den Jahren. Das schiefergedeckte Steildach, die alten Blitzableiter,. die reizvollbizarre kleine Kuppel, die Veranda, die weiße Verschindelung (die in der strahlenden Frühlingssonne recht verwittert wirkte) und das Verblüffendste, Eindrucksvollste – die acht hohen, schmalen Fenster, vier in jedem Stockwerk, mit den Läden, die dunkel gestrichen waren, dunkelgrün oder schwarz. Welche Farbe hatten sie in dem Puppenhaus gehabt? Der schnörkelige Zierat wirkte morsch.

Die erste Welle fast schwindelnder Erregung, die sie im Auto erfaßt hatte, war vorbei, aber sie empfand noch immer eine unangenehm bohrende Unruhe. Ihr altes Puppenhaus. Hier auf der East Fainlight Avenue in Lancaster, Pennsylvania. Ein völlig unerwarteter Anblick an diesem warmen Frühlingsmorgen. Was hatte das zu bedeuten? Es mußte eine Erklärung geben. Ihr entfernter Onkel hatte dieses Haus – oder ein anderes, das genauso aussah – nachgebaut, sicher gab es viele Häuser dieser Art. Florence kannte sich in der viktorianischen Architektur nicht aus, aber es war anzunehmen, daß selbst große, teure Häuser damals nur in den seltensten Fällen Unikate waren. Im Gegensatz zu zeitgenössischen Architekten waren die Baumeister jener Zeit in ihren Möglichkeiten sehr beschränkt und deshalb genötigt gewesen, immer wieder auf bestimmte Grundstrukturen und Grundornamente zurückzugreifen: Kuppeln, Giebel, Schnörkel. Was sie als so merkwürdig und geheimnisvoll empfand, war im Grunde nur ein Zufall, den sie zu Hause als unterhaltsame Geschichte, als erheiternde Anekdote zum besten geben konnte, andererseits war die Sache vielleicht gar nicht erwähnenswert. Ihre Eltern hätten sich dafür interessiert, aber die waren beide tot. Und sie sprach ungern über sich, über ihr Privatleben, weil sie fürchtete, ihre Freunde, Bekannte, Kollegen könnten auch Persönliches an dem messen, was sie in der Öffentlichkeit darstellte, und das wollte sie vermeiden.

An einem der Fenster im Obergeschoß bewegte sich etwas, die Bewegung übertrug sich geheimnisvoll fließend auf das nächste Fenster, floß von rechts nach links…, aber nein, es war nur die Spiegelung von Wolken, die der Wind hinter ihr über den Himmel wehte.

Sie blieb – was völlig untypisch für sie war – regungslos stehen. Sie wollte nicht die Stufen zur Veranda hochgehen, sie wollte nicht klingeln, lächerlich, außerdem wurde die Zeit knapp, sie mußte weiter, wurde erwartet. Und doch kam sie von dem Haus nicht los, diesem Haus, das unglaublicherweise ihr altes Puppenhaus war. (Das sie vor dreißig, fünfunddreißig Jahren verschenkt, an das sie seither kaum einen Gedanken verschwendet hatte.) Es war albern, so dumm und ratlos, so seltsam verwundbar hier herumzustehen, aber war das nicht andererseits die richtige Einstellung in dieser eigenartig weihevollen, jenseitigen Stimmung, die das Haus heraufbeschworen hatte?

Sie würde klingeln. Warum eigentlich nicht. Sie war eine hochgewachsene, selbstsichere, ziemlich breitschultrige Frau in einem geschmackvollen hellen Frühjahrskostüm, die es normalerweise nicht nötig hatte, sich zu rechtfertigen, zu entschuldigen. Vielleicht früher einmal, als junges Mädchen, als schüchternes, dummes, unsicheres Ding, aber das war vorbei. Das ergrauende wellige Haar war aus der breiten, energischen Stirn gebürstet. Sie trug kein Make-up, seit Jahren schon nicht mehr, sah gut aus mit ihrem frischen, glatten Teint und wirkte besonders attraktiv, wenn sie lächelte, wenn die Anspannung aus den übergroßen Augen wich. Ja, sie würde klingeln, mal sehen, wer aufmacht, sie würde sagen, was ihr gerade in den Sinn kam. Ich suche eine Familie, die hier in der Gegend gewohnt hat, ich sammle für einen neuen Schulbus, ich wollte fragen, ob Sie alte Kleider haben, alte Möbel …

Auf halbem Wege fiel ihr ein, daß der Autoschlüssel steckte, der Motor lief. Und ihre Handtasche auf dem Sitz lag.

Sie merkte, daß sie ungewöhnlich langsam ging. Auch das war untypisch für sie, und das Gefühl des Irrealen, das Gefühl, eine andere Welt zu betreten, war neu und verwirrend. Irgendwo bellte ein Hund, das Geräusch fuhr ihr geradewegs in Brust und Bauch. Panik regte sich, die Lider begannen zu flattern … Aber das war natürlich Unsinn. Sie würde klingeln, irgendwer würde aufmachen, vielleicht ein dienstbarer Geist, eine ältere Frau, sie würden ein paar Worte wechseln, Florence würde an ihr vorbei einen Blick in die Diele werfen, sich vergewissern, ob die elegant geschwungene Treppe noch so aussah wie früher, ob der alte Messingkronleuchter, der »Marmor«-Fußboden noch da war. Kennen Sie die Familie Parr, würde Florence fragen, wir wohnen seit Generationen in Cummington, Massachusetts, ich halte es für durchaus denkbar, daß jemand aus meiner Familie Sie in diesem Haus besucht hat, natürlich liegt das schon sehr lange zurück. Entschuldigen Sie die Störung, aber ich fuhr gerade vorbei und sah Ihr schönes Haus, da konnte ich nicht widerstehen und habe aus Neugier einen Augenblick angehalten …

Da waren die Buntglasfenster rechts und links der Eichentür. Aber wie groß sie waren, wie kühn in den Farben. In ihrem Puppenhaus hatte man die kleinen bunten Glassplitter kaum bemerkt, hier maß jedes Fenster etwa dreißig Zentimeter im Quadrat; wunderschöne Rot-, Grün- und Blautöne. Wie in einer Kirche.

Entschuldigen Sie die Störung, flüsterte Florence, aber ich fuhr gerade vorbei und …

Entschuldigen Sie die Störung, aber ich suche nach einer Familie Bartholomew, es könnte sein, daß sie hier in der Gegend wohnt... Aber vor der Veranda verstärkte sich die Panik. Ihr Atem kam kurz und stoßweise, ihre Gedanken jagten, sie war wie gelähmt vor Angst. Das Hundegebell steigerte sich zur Hysterie.

Wenn Florence sich geärgert hatte, wenn sie nervös oder traurig war, flüsterte sie häufig ihren Namen vor sich hin. Florence Parr, Florence Parr, das beruhigte, das tat gut, Florence Parr, auch eine leise Mahnung schwang darin mit, denn Florence Parr – das bedeutete nicht nur Autorität, sondern auch Verantwortung. Sie benannte sich, identifizierte sich. Meist reichte das schon, um die Gedanken, die aus dem Ruder zu laufen drohten, wieder auf geraden Kurs zu bringen. Es war die erste Panikattacke seit vielen Jahren. Sie war plötzlich völlig kraftlos. Wenn ich nun hier in Ohnmacht falle, ich mache mich doch restlos lächerlich...

Als junge Hochschuldozentin wäre sie einmal während einer Vorlesung über metaphysische Dichter beinah dieser Panik erlegen. Sonderbarerweise kam die Attacke nicht zu Beginn des Semesters, sondern erst im zweiten Monat, als sie schon meinte, ihre Lehrtätigkeit fest im Griff zu haben. Eine ganz eigenartige Angst, eine unergründliche, grundlose Angst hatte sie erfaßt, die sie später nie mehr hatte nachvollziehen können... Eben noch sprach sie von Donnes berühmtem Bild in »The Relic« – einem Armreif »von hellem Haar um den Knochen« –, gleich drauf nahm ihr die Panik den Atem. Sie wäre am liebsten aus dem Hörsaal, aus dem Haus gerannt, es war, als sei ihr ein Dämon erschienen, der ihr seinen Atem ins Gesicht blies, an ihr zerrte, versuchte, sie in die Tiefe zu ziehen. Sie glaubte zu ersticken, zu vergehen. Es war das Schlimmste, was sie je erlebt hatte, obgleich das Erlebnis nicht mit Schmerz, nicht mit bestimmten Bildern verbunden war. Sie wußte nicht, woher diese Angst kam, hatte nie begriffen, warum sie am liebsten aus dem Hörsaal, vor den neugierigen Blicken ihrer Studenten geflohen wäre.

Aber sie floh nicht. Sie zwang sich, am Pult stehenzubleiben, mit schwankender Stimme setzte sie ihre Vorlesung fort, wie in einen gleißenden Nebel hinein. Sicher hatten doch ihre Studenten gemerkt, daß sie zitterte…? Aber sie ließ sich nicht unterkriegen, sie war wirklich sehr couragiert für eine Vierundzwanzigjährige, sie imitierte sich kurzerhand selber, ihren normalen Tonfall, ihre Redewendungen, und damit bezwang sie den Anfall. Während der sich allmählich legte, sie wieder klarer sah, ihr Herzschlag sich beruhigte, wußte sie plötzlich, daß die Panik im Hörsaal nie wiederkommen würde.

Jetzt aber gelang es ihr nicht, ihrer Unruhe Herr zu werden. Sie hatte kein Pult, auf das sie sich stützen, kein Skript, an das sie sich halten, niemanden, den sie imitieren konnte. Eine Blamage war nicht auszuschließen. Und bestimmt wurde sie vom Haus aus beobachtet… Im Grunde hatte sie ja keine Erklärung, keinen Vorwand für ihren Besuch. Was um Himmels willen sollte sie sagen, nachdem sie geklingelt hatte, wie einem skeptischen Unbekannten ihre Anwesenheit erklären? Ich muß mir einfach Ihr Haus ansehen, würde sie flüstern, eine unbekannte Macht hat mich die Auffahrt hinaufgeführt, ich kann es nicht erklären, bitte entschuldigen Sie, bitte haben Sie Geduld mit mir, ich fühle mich nicht wohl, ich weiß gar nicht, was heute mit mir los ist, ich will mir nur kurz Ihr Haus ansehen, will wissen, ob es das Haus ist, das ich in Erinnerung habe… Ich hatte auch mal so ein Haus… Ihr Haus. Aber es wohnten nur Puppen darin, eine Puppenfamilie. Ich habe sie geliebt, aber ich habe immer gespürt, daß sie mir den Weg verlegten, mich einengten…

Ein Hund aus der Nachbarschaft antwortete auf das Gebell des ersten. Florence trat den Rückzug an, sie drehte sich um, hastete zurück zu ihrem Wagen, ja, der Schlüssel steckte, die leichtsinnigerweise auf dem Sitz zurückgelassene elegante Lederhandtasche war noch da.

Sie floh vor dem Puppenhaus, ihr armes Herz jagte. Du bist eine dumme Kuh, Florence Parr, dachte sie unbarmherzig, und heiße Röte stieg ihr ins Gesicht.

Der Rest des Tages – der Empfang am späten Nachmittag, das Diner, das gesellige Beisammensein danach – verlief reibungslos-routiniert, kam ihr aber irgendwie nicht ganz real vor. Daß sie Florence Parr, die Präsidentin von Champlain College, war, daß sie bei dieser Tagung vor Führungskräften kleiner privater Colleges für Geisteswissenschaften einen Vortrag halten sollte, erschien ihr irgendwie als Betrug, als Hochstapelei. Ständig sah sie das Puppenhaus vor sich. Es war schon eine sehr merkwürdige Erfahrung gewesen, aber es gab niemanden, mit dem sie darüber hätte sprechen können, um ihr diese übertriebene Bedeutung zu nehmen, sie in eine amüsante Anekdote umzumünzen... Die anderen merkten nichts von ihrem Unbehagen. Sie sähe gut aus, sagten sie und schüttelten ihr herzlich die Hand. Viele waren alte Bekannte, mit einer Reihe der Männer und Frauen – hauptsächlich aber Männern – hatte sie schon in dem einen oder anderen College zusammengearbeitet, daneben gab es auch Unbekannte, jüngere Führungskräfte, die von ihren heroischen Bemühungen am Champlain College gehört hatten und sich um ihre Bekanntschaft bemühten. Zur lärmenden Cocktailstunde und beim Essen hörte sich Florence etwas zerstreut die üblichen Themen behandeln: sinkende Studentenzahlen, Mittel für Baumaßnahmen, Zuwendungen durch Ehemalige, Stiftungen, Investitionen, einzelstaatliche und bundesweite Förderung. Man nahm ihre Ausführungen mit der gewohnten achtungsvollen Aufmerksamkeit entgegen, als sei sie ganz so wie sonst.

Zum Diner hatte sie ein hellblaues Leinenkleid mit dunkelblauen Streifen angezogen, das ihre große, elegante Figur betonte und von ihren breiten Schultern und Hüften ablenkte. Sie trug die neuen Schuhe mit dem modisch hohen Absatz, die sie nicht mochte. Der Haarschnitt war kleidsam, sie hatte sich am Vorabend die Nägel manikürt und poliert, sie wußte wohl, daß sie attraktiv wirkte, besonders unter so vielen Teilnehmern in mittleren Jahren oder darüber. Aber ihre Gedanken schweiften immer wieder ab, sie nahm weder den stattlichen, wenn auch etwas dunklen Speisesaal im Kolonialstil noch die schwungvoll witzige Tischrede des emeritierten Präsidenten vom Williams College gänzlich wahr, der nebenbei auch schriftstellerte und früher mal ihr Kollege in Swarthmore gewesen war. Sie lächelte und lachte mit den anderen, konnte sich aber auf die geschliffenen Geistesblitze des gepflegten, weißhaarigen, alten Herrn nicht konzentrieren, sondern mußte immer wieder an das Puppenhaus in der East Fainlight Avenue denken. Wie gut, daß sie nicht geklingelt hatte. Wenn dort nun ein Tagungsteilnehmer vor ihr gestanden hätte? (Was gar nicht mal so unwahrscheinlich war, da die Tagung vom Lancaster College ausgerichtet wurde.) Damit hätte sie sich dann wirklich bis auf die Knochen blamiert.

Kurz nach zehn ging sie auf ihr Zimmer im Gästehaus, einem massiven Feldsteinbau, obwohl mehrere Leute gern noch mit ihr gesprochen hätten und sie wußte, daß sie eine schlaflose Nacht vor sich hatte. Sie hatte kaum das Zimmer mit den antiken Möbeln und der bewußt altväterlichen Tapete betreten, als sie sich fast schon wieder in die fröhlich lärmende Menge dort unten zurückwünschte. Kleine private Colleges hatten es nicht leicht heutzutage, die meisten Tagungsteilnehmer kämpften mit großen finanziellen Problemen und erheblichen Schwierigkeiten innerhalb des Lehrkörpers, trotzdem herrschte an diesem Abend eine fröhlich-kameradschaftliche Stimmung, die natürliche Folge so eines geselligen Beisammenseins. Man belacht dankbar eine witzige Bemerkung und genießt die muntere Komplizenschaft mit Schicksalsgenossen, die es auch nicht leichter haben als man selber. Der Mensch ist doch ein rätselhaftes Wesen, dachte Florence, während sie ungewöhnlich langsam ihre Vorbereitungen für die Nacht traf, in Gesellschaft ein öffentliches, für sich allein ein privates Ich, beide aber werden als gleichermaßen real erfahren...

Sie lag in dem ungewohnten Bett und fand keinen Schlaf. Von fern hörte sie Geräusche, sie schaltete den Ventilator der Klimaanlage ein, um sie zu übertönen, schlafen aber konnte sie immer noch nicht. Das Haus in der East Fainlight Avenue, das Puppenhaus ihrer Kindheit... Während sie mit offenen Augen dalag, kamen ihr bizarre, unzusammenhängende Gedanken, sie fragte sich jetzt, warum sie sich durch diesen lächerlichen Panikanfall davon hatte abhalten lassen, die Stufen zur Veranda und zur Haustür hochzusteigen, schließlich war sie Florence Parr, sie brauchte sich nur vorzustellen, daß Studenten oder Kollegen sie beobachteten, um zu wissen, wie sie sich zu geben hatte, ziel- und selbstbewußt nämlich. Nur wenn sie vergaß, wer sie war und sich völlig allein glaubte, kam diese lähmende Unsicherheit, diese Angst über sie.

Nach den Leuchtziffern ihrer Uhr war es erst kurz nach halb elf. Im Grunde noch nicht zu spät, sich wieder anzuziehen, noch einmal zu dem Haus zu fahren, zu klingeln. Natürlich würde sie nur klingeln, wenn unten Licht brannte, noch jemand auf war... Vielleicht wohnte dort ein alleinstehender älterer Herr, der ihren Großvater noch gekannt, der die Parrs in Cummington besucht hatte. Zufall hin, Zufall her – es mußte eine Verbindung zwischen dem Puppenhaus und dem Haus in dieser Stadt geben, eine Verbindung zwischen ihrer Kindheit und diesem Haus, davon ließ sie sich nicht abbringen. Wenn sie mit jemandem aus dem Haus dort sprach, würde sie sich allerdings ganz lässig geben müssen. Wer so lange ein College leitet, wird zwangsläufig zur Diplomatin. Übergroße Ernsthaftigkeit ist bei Führungskräften nie gut, das verunsichert nur, gefragt ist selbstbewußte Leichtigkeit, eine Andeutung von Insiderkenntnissen, von Geheimwissen. Den meisten Menschen geht es ja gar nicht um Gleichberechtigung, sie wünschen sich eine überlegene Führung, die aber stillschweigend vermittelt werden muß, weil sie sonst kränkend wirkt...

Plötzlich bekam sie es mit der Angst zu tun: Wenn nun morgen vormittag bei ihrem Vortrag (»Die Zukunft der Geisteswissenschaften im amerikanischen Bildungssystem«) die Panik sie anfiel? Sie sollte um 9 Uhr 30 sprechen, die erste Vortragende des Tages mit dem ersten vollgültigen Vortrag der Veranstaltung. Wenn nun diese erschreckende Schwäche wiederkehrte, dieses Gefühl totaler, fast infantiler Hilflosigkeit... Sie richtete sich auf, machte Licht und holte ihre handgeschriebenen Notizen hervor. Sie brauchen nicht getippt zu werden, hatte sie zu ihrer Sekretärin gesagt, sie hatte diesen Vortrag in unterschiedlicher Form schon mehrfach gehalten, würde ihr Thema eher locker und nicht zu formell angehen, natürlich durften die erforderlichen statistischen Angaben nicht fehlen... Aber womöglich war es die falsche Entscheidung gewesen, die Notizen nicht tippen zu lassen, an manchen Stellen konnte sie die eigene Schrift nicht lesen.

Trinken – das wäre vielleicht ein Ausweg, aber das ging nur drüben im Lancaster Inn, wo die Tagung stattfinden sollte und wo es eine Bar gab, auf dem Zimmer hatte sie natürlich nichts. Sie trank ohnehin selten Alkohol und nie allein... Wenn aber ein Schluck ihr zum Einschlafen verhelfen, ihre jagenden Gedanken zur Ruhe bringen würde...

Das Puppenhaus war ein Geburtstagsgeschenk gewesen, das war alles so lange her, eine kleine Ewigkeit. Und auch an ihre Puppen, an ihre kleine Puppenfamilie hatte sie ein halbes Leben nicht mehr gedacht. Sie spürte Zärtlichkeit und Trauer um Verlorenes wie einen kurzen stechenden Schmerz.

Florence Parr – die häufig unter Schlaflosigkeit litt, was aber natürlich niemand wußte.

Florence Parr – die sich kurz nach ihrem achtunddreißigsten Geburtstag einen Knoten in der rechten Brust hatte entfernen lassen, eigentlich eine Zyste, harmlos, völlig harmlos, aber keiner ihrer Freunde in Champlain, nicht einmal ihre Sekretärin, hatte davon gewußt. Das häßliche kleine Ding stellte sich als gutartig heraus, als absolut harmlos, ein Glück, daß niemand etwas ahnte.

Florence Parr – die als distanziert, ja verschlossen galt. Man kommt nicht an sie heran, hieß es. Und dann wieder sagte man ihr große Herzlichkeit und Offenheit nach, sie ist ganz ohne Falsch, hieß es. Beliebt als Präsidentin, geschätzt von den Lehrkräften. Eifersüchteleien gab es natürlich immer mal wieder, besonders unter den Vizepräsidenten und Dekanen, aber normalerweise konnte sie auf allgemeine Unterstützung zählen. Dafür war sie dankbar, und so sollte es auch bleiben.

Nur spätabends wollten ihre Gedanken keine Ruhe geben. Sollte sie sich, ihrem spontanen Einfall folgend, rasch anziehen, noch einmal zu dem Haus fahren? In zehn Minuten konnte sie dort sein. Wahrscheinlich brannte unten sowieso kein Licht mehr, wahrscheinlich schlief inzwischen alles, schon von der Straße aus würde ersichtlich sein, daß sie nicht mehr klingeln konnte, sie würde einfach weiterfahren und mit Anstand aus dem Abenteuer aussteigen...

Ja, aber wenn ich das tue, folgt daraus...

Und wenn ich es lasse...

Sie selbst war kein spontaner Mensch, impulsive, »spontane« Menschen konnten ihr auch nicht imponieren, sie waren, wie sie fand, meist unreif und exhibitionistisch und ihrer eigenen Spontaneität allzusehr bewußt.

Den Vorwurf aber, berechnend, übertrieben vorsichtig zu sein, wies sie zurück. Sie war allenfalls betont pragmatisch, ging alle Aufgaben engagiert an und zog sie konsequent durch, eine nach der anderen, Monat für Monat, Jahr für Jahr, da mußte anderes eben zurückstehen. So hatte sie zum Beispiel nie geheiratet. Nicht die Eheschließung selbst wäre bei Florence überraschend gewesen, sondern daß sie Zeit gefunden hätte, eine Beziehung so zu pflegen, daß sie bis zu einer Heirat gedeihen konnte. Ich habe nichts gegen die Ehe an sich, sagte sie einmal ungewollt naiv, aber es ist so zeitaufwendig, mit einem Mann bekannt zu werden, mit ihm auszugehen, zu reden... In Champlain, wo sie allgemein beliebt war und man sich Anekdoten über sie erzählte, hieß es, sie habe selbst als jüngere Frau auch sehr liebenswürdige, aufmerksame Männer so wenig zur Kenntnis genommen, daß sie einen jungen Linguisten und Pultnachbarn in der Widener Library nicht wiedererkannte, obwohl der junge Mann sie, wie er beteuerte, jeden Tag begrüßt und hin und wieder eine Einladung zum Kaffee ausgesprochen hatte (die sie wegen Arbeitsüberlastung zu ihrem Bedauern nie hatte annehmen können). Als er in Champlain auftauchte, verheiratet, Autor eines sehr gut aufgenommenen Werkes über Linguistik und Professor der Geisteswissenschaften, hatte Florence ihn nicht nur nicht erkannt, sondern ihn von früher überhaupt nicht mehr in Erinnerung gehabt, während er sie sehr deutlich im Gedächtnis behalten hatte und die Runde mit Beschreibungen ihrer Garderobe in jenem Winter erheiterte – bis hin zur Farbe ihrer Stricksocken. Diese Geschichte war ihr natürlich etwas peinlich gewesen, aber irgendwie war sie ja auch amüsant und fast schmeichelhaft – der schlagende Beweis dafür, daß Florence Parr sich selbst treu geblieben war.

Ein bißchen traurig war sie im nachhinein doch, denn die Anekdote bedeutete ja wohl, daß sie sich wirklich nicht für Männer interessierte. Sie war nicht zur alten Jungfer geworden, weil niemand sie genommen hätte oder weil sie zu wählerisch gewesen wäre, sondern weil sie kein Interesse an Männern hatte, sie nicht einmal »sah«, wenn sie sich in Positur stellten. Betrüblich, aber nicht zu ändern. Ihre Askese war demnach nicht so sehr Willensentscheidung als Veranlagung.

Jetzt legte sie ihre Notizen endgültig beiseite. Sie hatte Herzklopfen wie ein junges Mädchen. Es half nichts – wenn sie Schlaf finden, wenn sie ihren Verstand behalten wollte, mußte sie in Erfahrung bringen, was es mit dem Haus auf sich hatte. So wie das geschenkte Puppenhaus das große Ereignis ihrer Kindheit gewesen war, sollte der Besuch des Hauses in der East Fainlight Avenue das große Ereignis in Florence Parrs Erwachsenenleben werden – auch wenn sie später nie wieder daran zu denken wagte.

Es war eine stille, milde, blütenduftende und ganz und gar unbedrohliche Nacht. Florence fuhr durch die Allee und fand es tröstlich, daß noch so viel Licht in den Häusern war. Es war eben wirklich noch nicht spät, ihr Vorhaben gar nicht so besonders ungewöhnlich.

Im Erdgeschoß brannte Licht. Wer immer dort wohnte, war auf, war im Wohnzimmer. Wartete auf sie.

Sie stieg die Verandastufen hoch, die unter ihrem Gewicht leicht nachgaben, und klingelte. Nach einer Minute ging eine

Außenbeleuchtung an, sie fühlte sich exponiert und lächelte nervös. Lächeln gehört dazu, das lernt man schnell. Es gab kein Zurück mehr.

Sie sah die alten Korbmöbel auf der Veranda. Zwei Schaukelstühle, ein Sofa. Einst weiß gestrichen, jetzt stark verwittert. Keine Kissen.

Ein Hund bellte böse.

Florence Parr, Florence Parr. Sie wußte, wer sie war, aber das brauchte sie *ihm* nicht zu erzählen, der da durch das Buntglas spähte. Ein älterer Mann, irgendein übriggebliebener Großvater. Immerhin, in dieser Gegend ein Haus zu haben, bedeutete Geld und Rang, so etwas hat Gewicht, auch wenn man darüber die Nase rümpfen mag. Allein die Grundsteuern, Schulsteuern …

Die Tür ging auf, ein Mann sah sie fragend, mit leichtem Lächeln an. Er war nicht so, wie sie erwartet hatte, nicht betagt, sondern von unbestimmbarem Alter, vielleicht jünger als sie. »Ja? Guten Abend. Was kann ich für Sie …«

Sie hörte ihre Stimme, dunkel und ruhig. Die eingeübte Frage. Fragen. Nach außen hin zurückhaltend, fast schüchtern, mit einem großen Maß an innerer Sicherheit. »… heute früh hier durch die Gegend gefahren, wohne bei Freunden … Interessiere mich für eine alte Verbindung zwischen unseren Familien … Oder vielmehr zwischen meiner Familie und den Leuten, die das Haus gebaut haben …«

Er war sichtlich überrascht und erfaßte ihre Fragen nicht ganz. Sie hatte zu schnell gesprochen und würde alles noch einmal erzählen müssen.

Er bat sie hinein, mit einer gleichsam unbewußten, automatischen Höflichkeit. Erstaunt, aber nicht argwöhnisch. Nicht unfreundlich. Vielleicht zu jung für dieses Haus, für ein so altes Haus mit seiner verlebten Eleganz. Ihr plötzliches Auftauchen vor seiner Tür, ihre beherzten Fragen, ihr angestrengtes Lächeln – das alles mußte ihn verblüfft haben, aber er hielt sie nicht für verschroben, nahm sie ernst, lehnte sie nicht in Bausch und Bogen ab. Ein schlichter, freundlicher Mensch.

Womöglich sogar ein bißchen beschränkt. Langsam im Denken. Sie atmete auf. Mit den Kreisen, in denen sie sich hier in der Stadt bewegte, hatte er nichts zu tun, soviel stand fest, von ihm würde niemand etwas über sie erfahren.

»... fremd in der Stadt? ... wohnen bei Freunden?«

»Ich wollte Sie nur fragen, ob der Name Parr Ihnen etwas sagt.«

Ein Hund bellte laut und heftig, blieb aber auf Distanz.

Der Mann führte Florence ins Wohnzimmer; aus diesem Raum kam das Licht, das sie von der Straße her gesehen hatte. Die Treppe war unverändert anmutig, die Täfelung aber verschandelt, in einem merkwürdigen Schieferblau überstrichen, und der Boden war nicht mehr aus Marmor, sondern einer armseligen Imitation, aus ganz gewöhnlichem Linoleum...

»Der Kronleuchter«, entfuhr es ihr.

Der Mann sah sie an und lächelte sein liebenswürdig-müdes, fragendes Lächeln.

»Ja?«

»Ein schönes Stück. Sicher schon alt?«

In dem milden orangefarbenen Licht sah sie, daß er rötliches Haar hatte, das sich auf dem Kopf bereits lichtete und an den Schläfen jungenhaft gelockt war. Er mochte Ende dreißig sein, doch sein Gesicht war vorzeitig gefurcht, er hatte beim Stehen eine Schulter hochgezogen, als sei er sehr müde. Sie entschuldigte sich erneut, daß sie ihn so spät noch gestört hatte, ihm mit ihrer spontanen, wahrscheinlich ganz vergeblichen Neugier lästig fiel.

»Aber nein«, sagte er, »ich gehe meist erst lange nach Mitternacht zu Bett.«

Und dann saß Florence auf einer wulstigen Couch und lächelte angestrengt, aber entschlossen. Sie spürte die Wärme auf ihrem Gesicht, vielleicht merkte er nicht, daß sie rot geworden war.

»... Schlaflosigkeit?«

»Ja, manchmal.«

»Ich auch. Manchmal.«

Er trug ein grünblaukariertes Hemd mit dünnen roten Streifen, ein Flanellhemd mit bis zu den Ellbogen hochgekrempelten Ärmeln, und eine robuste Hose, vielleicht hatte er im Garten gearbeitet. Sie suchte fieberhaft nach einem Gesprächsthema, hörte sich nach seinem Garten fragen, seinem Rasen. So viele schöne Tulpen, vor allem rote. Und Platanen und mehrere Ulmen...

Er stützte die Ellbogen auf die Knie und sah sie an. Sein sommersprossiges Gesicht mit dem hellen Teint der Rothaarigen war leicht gebräunt.

Der Sessel, in dem er saß, kam ihr nicht bekannt vor. Häßlicher brauner Kunststoffsamt. Wer mochte ihn gekauft haben? Eine törichte junge Ehefrau wahrscheinlich.

»...Familie Parr?«

»Aus Lancaster?«

»Nein, nein, aus Cummington, Massachusetts, wir wohnen seit Generationen dort.«

Er sah nachdenklich zu Boden.

»...kommt mir irgendwie bekannt vor...«

»Wirklich? Ich hoffte...«

Der Hund kam näher, er bellte jetzt nicht mehr, er wedelte, der Schwanz schlug an die Sofalehne, an das Bein eines altmodischen Tisches, um ein Haar wäre die Lampe umgefallen. Der Mann schnippte mit den Fingern, und der Hund blieb stehen. Er zitterte und legte sich mit einem Laut zwischen Knurren und Stöhnen, die Schnauze auf den Pfoten, den mageren Schwanz ausgestreckt, einen knappen Meter neben Florence nieder. Sie wollte ihn beschwichtigen, sich mit ihm anfreunden, aber er war ein so häßliches Vieh, fast haarlos, schmutzigweiße Schnurrhaare, nackter Hängebauch.

»Wenn der Hund Sie stört...«

»Nein, nein, gar nicht.«

»Er meint es nur gut...«

»Ja, das merke ich«, sagte Florence und lachte mädchenhaft-verlegen. »Ein hübscher Kerl.«

»Hast du gehört?« Der Mann schnippte wieder mit den

Fingern. »Bist ein hübscher Kerl, sagt die Dame. Kannst du nicht wenigstens aufhören zu sabbern, hast du denn gar keine Manieren?«

»Ich habe keine Haustiere, aber ich bin sehr tierlieb.«

Ihre Anspannung legte sich. Das Wohnzimmer war nicht ganz so, wie sie es sich vorgestellt hatte, aber es hätte schlimmer sein können. Die Polster der wulstigen Couch waren mit einem silberweißen, silbergrauen fedrig schimmerndem Stoff bezogen, dicke Polster, Riesenpolster, wie Bäuche oder Brüste, ein monströses Möbel eigentlich, von dem man sich aber bestimmt nicht leichten Herzens trennte; sicher war es ein Erbstück, das gut und gern seine achtzig, neunzig Jahre auf dem Buckel hatte. Daneben stand der viktorianische Tisch mit den neckisch geschwungenen Beinen und dem Troddeltischtuch und dieser erstaunlichen übergroßen Lampe, die Florence im Antiquitätengeschäft belächelt hätte, die aber hierher ganz gut paßte. Sie mußte wohl etwas dazu sagen, da sie das gute Stück so unverhohlen angestarrt hatte.

»... antik? Europa?«

»Ich glaube ja«, sagte der Mann.

»Soll es eine Frucht sein oder ein Baum oder ...«

Ausladend, fleisch- oder pfirsichfarben. Ein Ständer aus angelaufenem Messing. Ein verstaubter goldener Lampenschirm mit besticktem blauen Besatz, der einmal sehr hübsch gewesen sein mußte.

Sie sprachen über Antiquitäten. Alte Häuser. Familien.

Ein merkwürdiger, aber nicht unangenehmer Geruch machte sich im Zimmer breit.

»Möchten Sie etwas trinken?«

»Ja, ich ... wenn ...«

»Entschuldigen Sie mich einen Augenblick.«

Sie hätte gern das Zimmer erforscht. Es war lang und schmal und an einem Ende so schlecht beleuchtet, als löse es sich hinten gänzlich in der Dunkelheit auf. Undeutlich konnte man Möbel erkennen, ein altes Spinett, durcheinanderstehende Stühle, und ein Erkerfenster, das wohl auf den Garten hinausging. Das Porträt über dem Kaminsims interessierte sie sehr, aber wenn sie hinging, fing womöglich der Hund an zu bellen oder machte Theater. Er war wohlig zuckend näher an sie herangerutscht.

Der Rothaarige kam leicht gebückt mit zwei Gläsern zurück, in denen eine dunkle Flüssigkeit war.

»Kosten Sie!«

»Scheint ziemlich stark zu sein.«

Schokolade. Schwarz, bitter, dickflüssig.

»Eigentlich müßte man sie heiß servieren«, sagte der Mann.

»Ist da Alkohol drin?«

»Zu stark?«

»Aber nein. Nein, ganz und gar nicht.«

Noch nie war Florence etwas so Bitteres auf die Zunge gekommen. Sie unterdrückte ein Würgen.

Aber dann zwang sie sich zu einem zweiten, einem dritten Schluck. Das unangenehme Prickeln im Mund legte sich.

Der Rothaarige setzte sich nicht wieder in seinen Sessel, sondern blieb lächelnd vor ihr stehen. Draußen hatte er irgendwas mit seinem Haar gemacht, hatte vielleicht versucht, es mit der Hand zu glätten. Auf der hohen Stirn stand ein wenig Schweiß.

»Wohnen Sie allein hier?« fragte Florence.

»Das Haus ist ziemlich groß für eine Person, was?«

»Aber Sie haben ja Ihren Hund...«

Florence setzte das Glas ab und wußte plötzlich wieder, woran der Geschmack sie erinnerte: Ein Geschäftsfreund ihres Vaters hatte vor Jahren eine Schachtel Pralinen von einer Rußlandreise mitgebracht. Die kleine Florence hatte sich eine Praline in den Mund gesteckt und sie, erschrocken von dem unerwartet bitteren Geschmack, vor aller Augen halb zerkaut in die Hand gespuckt.

Als könne er ihre Gedanken lesen, fuhr der Rothaarige zusammen, er bewegte ruckartig den Kiefer und die rechte Schulter, lächelte aber unentwegt weiter, und Florence äußerte sich lobend über die Wohnzimmereinrichtung und wiederholte, wie schön sie diese stattlichen alten Häuser fand. Der Mann nickte und sah sie wartend an.

»... eine Familie namens Bartholomew? Es müßte allerdings recht lange her sein.«

»Bartholomew? Wohnten sie in dieser Gegend?«

»Ich glaube ja. Deshalb habe ich ja hier geklingelt. Ich kannte mal ein kleines Mädchen, das...«

»Bartholomew, Bartholomew«, wiederholte der Mann stirnrunzelnd. Ein Mundwinkel zuckte, während er angestrengt nachdachte, und wieder bewegte er ruckartig die rechte Schulter. Florence fürchtete schon, er würde seine Schokolade verschütten.

Offenbar hatte er ein Nervenleiden, aber darauf konnte sie ihn natürlich nicht ansprechen.

Mit ernster, fast verdrossener Miene murmelte er den Namen *Bartholomew* vor sich hin. Schon bereute Florence ihre verlogene Frage. Sie log selten, aber diesmal war ihr die Lüge glatt von den Lippen gegangen.

Sie lächelte schuldbewußt, senkte den Kopf, nahm noch einen Schluck Schokolade.

Der Hund hatte sich unbemerkt weiter herangeschoben, der große Kopf lag jetzt auf ihren Füßen, die feuchten braunen Augen waren mit seltsam liebevollem Ausdruck auf sie gerichtet. Babyaugen. Er sabberte auf ihre Fesseln, aber er konnte ja nichts dafür... Dann sah sie, daß er, kaum einen Meter weiter, auf den Teppich gemacht hatte. Einen dunklen Fleck, eine kleine Pfütze.

Sie ekelte sich, aber sie war hier zu Gast, sie konnte nicht weg.

»... Bartholomew. Die Leute haben in dieser Gegend gewohnt, sagen Sie?«

»Ja.«

»Und wann?«

»Das weiß ich nicht genau... Ich war noch ein Kind...«

»Und wann war das?«

Er starrte sie jetzt geradezu unverschämt an, der Mundwinkel zuckte heftiger. Als er das Glas absetzte, waren seine Bewegungen abrupt, marionettenhaft. Florence wußte, daß ihre übergroßen dunklen Augen manchen Menschen Unbehagen bereiteten, aber was konnte sie dafür, wenn andere Ungeduld oder Vorwurf darin zu sehen meinten. Sie versuchte, mit einem Lächeln den Eindruck zu mildern, aber das gelang nicht immer.

Ihr Gastgeber lächelte nicht mehr, sie hatte das Gefühl, daß er sich über sie lustig machte. Die buschigen rötlichen Augenbrauen hoben sich ironisch.

»Vorhin haben Sie gesagt, Sie seien fremd in der Stadt, jetzt behaupten Sie, daß Sie schon mal hier waren...«

»Aber das ist so lange her, ich war erst...«

Er richtete sich zu seiner vollen Größe auf, das heißt, sehr groß war er nicht und sehr kräftig auch nicht. Er hatte eine ziemlich schmale Taille für einen Mann, die Hosen oder Jeans waren eigenartig geschnitten, sie lagen an den Schenkeln eng an, ohne Knöpfe oder Reißverschluß, nahtlos, ohne Schritt. Im Verhältnis zum Oberkörper und zu den Armen waren seine Beine ziemlich kurz.

Jetzt lächelte er wieder, verschlagen und vorwurfsvoll. Mit zuckendem Kopf, mit einer ungeschickten Bewegung des Kinns deutete er auf den Boden.

»Sie haben sich danebenbenommen. Auf dem Teppich.«

Florence schnappte nach Luft, rückte von dem Hund ab. »Ich habe nicht... Ich war nicht...«

»Da, schauen Sie hin! Deutlich zu sehen. Und zu riechen.«

»Das war ich nicht.« Florence wurde rot vor Zorn. »Sie wissen ganz genau, daß es...«

»Bin gespannt, wer das saubermacht. Ich jedenfalls nicht.« Der Mann feixte, aber in seinen Augen stand noch Zorn.

Er mochte sie nicht, ganz klar, sie hätte gar nicht herkommen dürfen. Aber wie kam sie jetzt hier weg? Der Hund hatte sich wieder an sie herangemacht und beleckte und besabberte ihre Fesseln, und der eben noch so liebenswürdige Rothaarige beugte sich, die Hände an den schmalen Hüften, frech grinsend über sie.

Als wollte er ihr einen Schrecken einjagen, so wie man ein Tier erschreckt oder ein Kind, klatschte er unvermittelt in die Hände. Florence blinzelte verstört. Und dann beugte er sich vor und machte es noch einmal, direkt vor ihrem Gesicht. Lassen Sie mich in Ruhe, rief sie, in ihren Augen brannten Tränen, sie drückte sich in die Sofapolster, legte den Kopf zurück, und dann schlug er ihr mit beiden Händen auf die brennenden Wangen, weißglühend rann es durch ihren ganzen Körper, vom Gesicht, vom Hals in den Bauch, tief in den Bauch, und vom Bauch hinauf in die Brust, in den Mund und wieder hinunter bis in die steifen Beine. Aufhören, schrie sie den Rothaarigen an, aufhören, sie zuckte und zappelte auf dem Sofa, um ihm zu entkommen.

»Schwindelliese! Nichtsnutziges Mädchen! Schlechtes Mädchen!« rief jemand.

Sie trug die neue Lesebrille mit dem hübschen Plastikrahmen, ein flottes Frühjahrskostüm mit geblümter Seidenbluse und die engen, modischen Schuhe.

Ihre achtungsvoll-aufmerksamen Zuhörer sahen nicht, daß ihre Hände hinter dem Pult zitterten, ihre Knie leicht schlotterten, und hätten sich sehr gewundert, wenn man ihnen gesagt hätte, daß sie zum Frühstück keinen Bissen hinuntergebracht hatte, daß sie deprimiert und erschöpft war, auch wenn sie ab zwei dann doch noch geschlafen hatte, tief und traumlos wie immer.

Sie räusperte sich mehrmals, eine Angewohnheit, die sie bei anderen verabscheute.

Nach und nach aber kehrte ihre Kraft zurück. Es war ein so sonnig-harmloser Vormittag.

Diese Menschen waren schließlich Kollegen und Freunde, die ihr wohlwollten, die sich offenkundig für ihre Ausführungen über die Zukunft der Geisteswissenschaften interessierten. Vielleicht wußte Frau Dr. Parr etwas, was sie nicht wußten, ließ sie womöglich an ihrem akademischen Insiderwissen teilhaben.

Florence merkte, wie ihre Stimme von Minute zu Minute voller und freier wurde und wie sie zu ihrem gewohnten Rhythmus zurückfand. Sie entspannte sich, atmete gleichmäßiger. Bewegte sich jetzt auf vertrautem Boden, trug die in zahllosen Besprechungen mit ihren Dekanen und Fachbereichsleitern in Champlain und mit anderen Lehrkräften vorgebrachten Argumente vor. Ihr Hinweis, wie gefährlich es für kleine Privatcolleges sei, in unüberlegten Wettbewerb miteinander zu treten, wurde ebenso heftig beklatscht wie ihr nachdrückliches Statement, neben den Massenuniversitäten müsse immer auch Platz für die kleinen privaten Colleges sein. Gewiß, das waren Allerweltsweisheiten ohne jede Originalität, die aber ihre Zuhörer von ihr besonders gern hörten. Daß sie Florence Parr bewunderten, stand außer Zweifel.

Sie nahm die Lesebrille ab und sprach lächelnd weiter, die Notizen brauchte sie jetzt nicht mehr. Dieser Teil des Vortrags – eine amüsante Schilderung der Konsequenzen gewisser versuchsweise unter ihrer Ägide eingeführter Studiengänge – war eher praxisorientiert und sprach die Zuhörer deshalb besonders an, und natürlich kannte sie ihn auswendig.

Es war wieder mal eine schwierige Nacht gewesen. Die jagenden Gedanken, die aufflammende Furcht, die Schlaflosigkeit. Keine Hilfe. Kein Ausweg. Sie war über ihren Notizen eingeschlafen und mit einem Ruck, mit stolperndem Herzschlag und schweißgebadet aufgewacht, der Nacken steif, das linke Bein eingeschlafen. Sie hatte geträumt, daß sie doch noch einmal zu ihrem Puppenhaus gefahren war; in Wirklichkeit hatte sie das Hotelzimmer nicht verlassen.

Keinen Schritt hatte sie aus dem Hotel getan, sie war eingeschlafen und hatte geträumt, aber sie weigerte sich, den Traum zurückzuholen, so hielt sie es auch sonst mit ihren Träumen. Manchmal war sie sich nicht einmal sicher, ob sie Träume hatte, sie erinnerte sich nie an etwas. Florence Parr gehörte zu den Menschen, die in der Sekunde des Aufwachens sofort völlig munter und bereit zu neuen Taten sind.

Als sie zum Ende gekommen war, gab es begeisterten Beifall. Sie hatte solche Vorträge schon oft gehalten, die Aufregung war völlig überflüssig gewesen.

Glückwünsche. Händeschütteln. Kaffeepause.

Florence, erleichtert und freudig gerötet, sah sich von dankbaren Zuhörern umringt. Das war ihre Welt, das waren ihre Kollegen, die sie kannten, sie bewunderten. Albern, meine Nervosität, dachte Florence und lächelte in die freundlichen Gesichter hinein, schüttelte Hände. Tüchtige Menschen, ernsthafte Akademiker, die ihr allesamt von Herzen sympathisch waren.

In der Ferne hallte es höhnisch *Schwindelliese! Schlechtes Mädchen!*, aber Florence hörte sich statt dessen die scharfsinnigen Ausführungen des noch recht jungen neuen Dekans für Geisteswissenschaften in Vassar an. Wie gut der heiße, frische Kaffee war. Und die zarte Aprikosenblätterteig-Brioche von dem ihr dargebotenen Silbertablett.

Kränkung und Verdruß der vergangenen Nacht lösten sich in Nichts auf, und das Puppenhaus verschwand aus ihrem Blickfeld. Sie holte das Bild nicht zurück. Schluß, aus, vorbei, denk nicht mehr daran. Freunde, Bekannte, Gönner umringten Florence, sie spürte, daß ihre Haut glühte wie die eines jungen Mädchens, ihre Augen strahlten. In solchen Momenten, getragen von anteilnehmenden Menschen, von den Wellen des Beifalls, vergißt du das Alter, vergißt du die Einsamkeit, die deine Seele umfangen hält.

Der *Tag* ist das einzig Reale, sie hatte es ja schon immer gewußt.

Für Florence war die Tagung trotz ihres so erfolgreichen Verlaufs und obwohl es sich bis zu den Kollegen in Champlain herumgesprochen hatte, daß ihr Beitrag besonders günstig aufgenommen worden war, innerhalb weniger Wochen vergessen. So viele Tagungen! – So viele günstig aufgenommene Vorträge! – Florence war eine Akademikerin, die – obwohl sie es gar nicht darauf anlegte – bei Männern und Frauen gleich gut »ankam«, sie entfesselte keine kontroversen Debatten, sondern »stimulierte die Diskussion«. Jetzt bereitete sie sich gründlich auf ihre erste wirklich bedeutende Konferenz vor, die im September in London stattfinden sollte: »Die Rolle der Geisteswissenschaften im 21. Jahrhundert.« Ein wenig Lampenfieber, gewiß, sagte sie zu Freunden. »Aber es ist eine echte Herausforderung.«

Als mit der Post ein Scheck über fünfhundert Dollar kam, das Honorar für ihren Vortrag in Lancaster, Pennsylvania, war Florence zunächst ratlos – sie erinnerte sich weder an den Vortrag noch an die Begleitumstände. Wie merkwürdig. Wann, um Himmels willen, war sie denn da gewesen? Dann kamen die Bilder zurück, bruchstückhaft, traumgleich: die schöne Landschaft von Pennsylvania im üppigen Schmuck der Frühjahrsblumen; eine kleine Gruppe anteilnehmender Zuhörer, die sie umringten, ihr die Hand schüttelten. Warum, überlegte Florence, hatte sie sich solche Sorgen um ihren Vortrag, um ihr öffentliches Ich gemacht? Sie war zuverlässig wie ein kunstvoll präzises Uhrwerk, ein lebendiger Maschinenmensch. Auch Sie werden Beifall klatschen, wenn Sie einen Vortrag von ihr hören.

Der Bingomaster

Der Auftritt des Bingomasters Joe Pye erfolgt mit einer effektvollen Verspätung von zehn bis fünfzehn Minuten, und der ganze Saal – bis auf Rose Mallow – begrüßt ihn mit lautstarker Begeisterung oder zumindest mit strahlendem Lächeln; sie sind ja froh, daß er da ist, die Verspätung wird ihm leichten Herzens verziehen.

»Jetzt seht bloß, was er heut abend wieder anhat!« ruft die füllige junge Mutter, die Rose gegenübersitzt, und auf dem hübschen Gesicht erscheinen zwei reizende Kindergrübchen. »Toll, der Mann!« setzt sie halblaut hinzu und sieht Rose an, die sich ihrerseits bemüht, an ihr vorbeizusehen.

Joe Pye, der Bingomaster, Stadtgespräch in Tophet – oder zumindest in *Teilen* von Tophet –, der die alte Harlequin-Spielhalle in der Purslane Street neben dem Gayfeather Hotel gekauft (die Rose längst leer und mit Brettern vernagelt oder gar abgerissen wähnte, aber nein, das Unternehmen floriert – wie man sieht!) und mit seinem Bingosaal so viel Erfolg hat, daß selbst die Bekannten von Roses Vater, gesetzte alte Herren aus der Kirchengemeinde oder aus dem Klub, über ihn reden. Im Frühjahr hatte der Stadtrat einen Anlauf genommen, Joe Pyes Laden zu schließen, erstens weil sich dort so viele Besucher drängten, daß Brandgefahr bestand, zweitens weil er es unterlassen hatte, eine Geldstrafe (oder vielleicht ein Schmiergeld, überlegt Rose Mallow boshaft) ans Gesundheitsamt zu zahlen, dessen Kontrolleur den Zustand der Toiletten und die Qualität der am Erfrischungsstand angebotenen Hotdogs und Käse-Pizzas »mit Befremden und Widerwillen« zur Kenntnis genommen hatte. Und zwei oder drei Kirchen, die Joe Pye seine Gewinne neideten, weil sie dadurch den eigenen Säckel bedroht sahen (denn das Donnerstagabend-Bingo war für manche Kirchen in Tophet, Gott sei Dank aber nicht für die Episkopalkirche St. Matthäus, der die Odoms angehören, die Haupteinnahmequelle), hatten versucht, Joe Pye an den Stadtrand abzudrängen, wohin schon die Erotikshops und Pornokinos hatten abwandern müssen. Die Zeitungen hatten Leitartikel zu dem Thema gebracht und Pro- und Contra-Leserbriefe, und Rose Mallow, die sonst mit Lokalpolitik nichts im Sinn hatte und kaum etwas von dem mitbekam, was in ihrer Vaterstadt geschah – sie ist eben mit ihren Gedanken immer anderswo, wie ihr Vater und ihre Tante bemerkten –, hatte ihren Spaß an der »Joe-Pye-Kontroverse« gehabt. Daß der Bingosaal nicht schließen mußte, hatte sie gefreut, besonders weil er vielen Leuten aus der Gegend, wo sie wohnte – zwischen Golfplatz, Park und Van Dusen Boulevard – ein Dorn im Auge war; hätte ihr jemand gesagt, daß sie selbst einmal besagten Bingosaal betreten und an einem der langen wachstuchbespannten Tische unter den grellen Leuchtstoffröhren sitzen würde, umgeben von lärmend-fröhlichen Menschen, die sich alle zu kennen scheinen und eifrig den »Erfrischungen« zusprechen, obgleich es erst halb acht ist und sie doch sicher vorher zu Abend gegessen haben (und warum sind sie bloß so verrückt auf diesen albernen Joe Pye?), hätte Rose Mallow belustigt schnaubend abgewinkt – mit einer von ihrer Tante als »unpassend« bezeichneten Handbewegung.

Doch es läßt sich nicht leugnen: Rose Mallow Odom sitzt tatsächlich in Joe Pyes Bingosaal; sie ist zeitig gekommen und mustert, die Arme unter der Brust gekreuzt, den berühmten Bingomaster. Natürlich betreibt er das Unternehmen nicht allein, er hat Assistentinnen, junge Mädchen aus der High-School mit hochtoupiertem, geblondetem Haar, Ohrsteckern und kunstgerecht geschminken Gesichtern, und ein, zwei ältere Frauen; auf den Kragen der rosafarbenen Kittel prangt in einer krakeligen grünen Arabeske der Name *Joe Pye*, und draußen steht ein höflicher junger Mann mit milchschokoladefarbener Haut, der einen Anzug mit Weste trägt und nur dazu da zu sein scheint, die Bingospieler zu begrüßen und möglicherweise Gesindel weißer oder schwarzer Hautfarbe fernzuhalten, denn der Bingosaal liegt in einer ziemlich anrüchigen Gegend. Joe Pye aber steht im Mittelpunkt, um Joe Pye dreht sich alles. Das, was er in rasantem Tempo und plumpvertraulichem Ton ins Mikrophon raunt, ist so dumm und unverständlich wie die hektischen Monologe der hiesigen Diskjockeys, die Rose manchmal mitbekommt, wenn sie im Radio nach leichter Unterhaltung sucht, aber alle hören wie gebannt zu, und das Gelächter setzt ein, noch ehe er einen Witz ganz zu Ende erzählt hat.

Der Bingomaster, das erkennt Rose auf den ersten Blick und gibt es auch bereitwillig zu, ist ein sehr gut aussehender Mann, obwohl Spitzbart und Augenbrauen wie mit Farbe aus dem Billigregal getönt scheinen und seine Haut, die so glatt und irgendwie auch so unwirklich wie Stein wirkt, dunkelbraun gebrannt ist wie die der Männer auf den Werbeplakaten, die, eine qualmende Zigarette in der Hand, mit zusammengekniffenen Augen in die Sonne blicken; obwohl seine Lippen zu rosig sind und die Oberlippe so stark gekerbt ist, daß sie ihm zu einem regelrechten Schmollmund verhilft und Rose bei seinem Aufzug (oder gibt es eine wohlwollendere Bezeichnung? Der arme Mann trägt einen blendendweißen Turban, einen silbrigrot melierten Kasack und weite Schlabberhosen aus glänzendem schwarzen Stoff) am liebsten die Augen gen Himmel schlagen und schleunigst das Weite suchen würde. In der Tat ein attraktiver, ein schöner Mann, wenn man denn bereit ist (Rose ist es nicht), einem Mann das Adjektiv »schön« zuzubilligen. Die tiefliegenden Augen strahlen eine Begeisterung aus, die nicht – oder zumindest nicht zur Gänze – geheuchelt sein kann. Die ausgefallene Kleidung sitzt tadellos, betont die gutproportionierten Schultern, die schlanke Taille, die schmalen Hüften. Die Zähne, die er häufig, allzu häufig, in einem betörend gemeinten Lächeln zeigt, sind weiß und regelmäßig,

Zähne, wie man sie Rose Mallow in Aussicht gestellt hatte, auch wenn sie schon als Zwölfjährige wußte, daß die häßliche schmerzende Spange und die noch häßlichere würgende »Trense« ihr Gebiß keineswegs verschönern würden. Gute Zähne imponieren ihr, wecken ihren Neid, ihren Groll. Deshalb ist es besonders irritierend, daß Joe Pye so oft lächelt, wobei er sich genüßlich die Hände reibt und sein dankbar kicherndes Publikum betrachtet.

Selbstverständlich ist seine Stimme, wenn sie sich nicht gerade »enthusiastisch« überschlägt, vertraulich gedämpft, und Rose denkt, daß sie, müßte sie sich nicht dieses unsinnige Geschwafel von »reizenden Damen« und »Jackpot-Preisen« anhören, von »Überraschungskarten« und »Zehn-Spiele-für-den-Preis-von-sieben« (unter bestimmten komplizierten, ihr unverständlichen Bedingungen), diese Stimme, ja, den ganzen Mann durchaus anziehend finden könnte. Aber sein Geschwätz wirkt alles andere als verführerisch, es wirkt ausgesprochen ablenkend, und Rose errötet verärgert, während sie einem der jungen Mädchen im rosa Kittel eine schmuddelige Bingokarte abkauft. Der Abend ist ein Experiment, ein nicht ganz ernstzunehmendes Experiment wohlgemerkt; sie ist mit dem Bus und allein in die Stadt gekommen, in Seidenstrümpfen und Stöckelschuhen, parfümiert und mit rot geschminkten Lippen, lange nicht so herausfordernd bieder anzusehen wie sonst, um, wie es so schön heißt, ihre Jungfräulichkeit zu verlieren. Oder wäre es treffender, weniger narzisstisch zu sagen, sie sei in die Stadt gekommen, um sich einen Lover zu nehmen?

Nein – Rose Mallow Odom liegt nichts an einem Lover, ihr liegt überhaupt nichts an Männern, aber einer ist wohl für das Ritual, das sie vollziehen möchte, unabdingbar.

»Wenn Sie so weit sind, meine Damen, meine Herren, liebe Freunde, können wir loslegen«, tönt Joe Pye, während eine junge Frau mit rotem Krisselhaar und breitem, magentarotem Lächeln den Griff des Drahtkorbes dreht, in dem weiße Bälle von der Größe und offenbar auch vom Gewicht von Pingpongbällen tanzen. »*Ich* bin jedenfalls so weit, und ich wünsche Ihnen allen von ganzem Herzen alles alles Gute, und vergessen Sie nicht, daß es bei jedem Spiel mehr als einen und an jedem Abend Dutzende von Gewinnern gibt und daß bei Joe Pye *niemand* mit leeren Händen weggeht, das ist eine eiserne Regel. So, und nun wollen wir mal sehen. Die erste Zahl ist…«

Unwillkürlich hat sich Rose Mallow über das schmutzige Stückchen Pappe gebeugt, ein Maiskorn zwischen den Fingern, die Unterlippe zwischen den Zähnen. *Die erste Zahl ist…*

Am Vorabend ihres neununddreißigsten Geburtstages, vor fast zwei Monaten, faßte Rose Mallow Odom den Vorsatz, ihre Jungfräulichkeit zu »verlieren«.

So ganz aus heiterem Himmel kam die Idee wohl nicht. Sie entstand, als sie einen ihrer berühmten weitschweifigen Briefe schrieb (die bei ihren Freundinnen so hoch im Kurs stehen – *Ist Rose nicht herrlich*, sagen sie, *ist sie nicht mutig*), es war ein Brief an Georgene Wescott, die wieder in New York City ist, ihre zweite Scheidung hinter sich, eine neue, anspruchsvolle, aber (wie Rose mutmaßt) nicht sehr gut bezahlte Position an der Columbia University vor sich und gerade mit einem angesehenen New Yorker Verlag einen Vertrag für ein neues Buch, eine Essaysammlung über zeitgenössische Künstlerinnen, abgeschlossen hat. *Liebe Georgene*, schrieb Rose, *das Leben in Tophet ist unterhaltsam wie eh und je, Papa und Tante Olivia & ich gehen fleißig zu unseren teuren $peziali$ten in dieser gräßlichen Klinik, von der ich dir schon erzählt habe, außerdem gab es einen Riesenskandal im Tophet Women's Club, weil ein Schwesternklub, der Räume in dem Gebäude angemietet hat (linke Weltverbesserer, Du & Ham & Carolyn wärt bestimmt längst eingetreten, wenn Ihr das Pech hättet, in dieser Gegend zu wohnen), zwei oder drei Schwarze auf der Mitgliederliste führt. Was zwar nicht dem Buchstaben, entschieden aber dem Geist nach gegen die Klubsatzung verstößt, & außerdem hatten wir noch*, schrieb Rose spätabends, als Tante Olivia sich zurückgezogen hatte und selbst ihr Vater, der ebenso wie Rose an Schlaflosigkeit litt, schon zu Bett gegangen war, *die NSWPP-Tagung im hiesigen Holiday Inn (das wohl noch nicht stand, als Du mit Jack hier warst)... das an der Schnellstraße... also jedenfalls (ich hab das dumme Gefühl, daß ich Dir das schon mal geschrieben habe, oder vielleicht auch Carolyn, oder vielleicht sogar Euch beiden) war alles vorbereitet, Tagungsräume und Bankettsaal bestellt, da kommt doch dieser ausgeschlafene junge Reporter von der Globe Times in Tophet (der inzwischen »in den Norden« gegangen ist, nach Norfolk nämlich, weil sie ihm dort mehr zahlen) den Leuten drauf, daß NSWPP für National Socialist White People's Party steht, was (Ehrenwort, Georgene, auch wenn ich Dich murmeln höre: »Warum verarbeitet sie das nicht zu einer Story oder einem symbolistischen Gedicht wie früher, dann wäre ihr langes Schweigen im Exil wenigstens gerechtfertigt«, & natürlich hast Du hundertprozentig recht) nichts anderes ist als (jetzt halt Dich fest) die amerikanische Nazi-Partei! Jawohl, so eine Partei gibt es wirklich, und sie hat, wie Papa sauer bemerkt, Kontakte zum Klan und gewissen bürgerbewußten Kreisen hier in der Gegend, konkreter mochte er nicht werden, vielleicht weil seine Tochter, die alte Jungfer, so hingerissen Mund und Nase aufsperrte. Kurzum, die Nazis kriegten das Holiday Inn nicht, & es war schon eindrucksvoll, wie die Presse über sie herzog! (Ich habe gehört – aber vielleicht ist das nur ein Gerücht –, daß die Nazis nicht nur heimlich ihre Hakenkreuz-Armbinden tragen, sondern innen am Jackenaufschlag kleine Parteiabzeichen stecken haben, natürlich auch Hakenkreuze...* Und dann hatte sie das Thema gewechselt, hatte mehr oder weniger skandalträchtige Nachrichten von Freundinnen, deren Ehepartnern und Ex-Ehepartnern weitergegeben (denn von der lebhaften, geselligen, genialisch angehauchten Clique, die sich vor fast zwanzig Jahren ganz zwanglos in Cambridge, Massachusetts, zusammengefunden hatte, war Rose Mallow Odom die einzige fleißige Briefschreiberin, die alle per Post zusammenhielt, die auch dann noch unverdrossen ihre munteren Briefe schrieb, wenn sie ein, zwei Jahre keine Antwort bekommen hatte) und fügte als witziges PS an, inzwischen nähere sie sich mit Riesenschritten ihrem 39. Geburtstag und beabsichtige, sich endlich von ihrer verdammten Jungfräulichkeit zu trennen, das sei ihr Geburtstagsgeschenk an sich selbst, *was, da meine berühmte Bügelbrettfigur flacher denn je ist und meine Brüste nach der unvermeidlichen Frühjahrsgrippe und einer Reprise meiner elenden Bronchitis nur noch Stöpselgröße haben, eine beträchtliche Herausforderung bedeutet.*

Natürlich war das nur ein Scherz, einer dieser selbstironischen Scherze, die Rose so liebte, ein rasch hingeworfener Nachsatz, während ihr schon fast die Augen zufielen. Trotzdem... Als sie den Umschlag zuklebte, begriff sie, daß das angekündigte Vorhaben unvermeidlich geworden war. Sie würde es durchziehen, so wie sie, die vielversprechendste, mit Zuwendungen, Stipendien und Preisen überhäufte junge Autorin aus dem Kreis von damals sich vor Jahren gezwungen hatte, unzählige Vorhaben allein deshalb durchzuziehen, weil sie eine Herausforderung bedeuteten und Mühe kosteten. (Rose hatte zwar vom Intellekt her für die puritanische Sinnenfeindlichkeit der Odoms nur Hohn und Spott übrig, glaubte aber nichtsdestoweniger, daß Mühsal, schmerzliche Erfahrungen, ja, auch der Schmerz an sich durchaus heilsam sind.)

Und so machte sie sich schon am nächsten Abend, einem Donnerstag, auf den Weg; sie wolle in die Stadtbibliothek, sagte sie zu ihrem Vater und ihrer Tante Olivia. Als die beiden erwartungsgemäß und einigermaßen betroffen fragten, warum das unbedingt jetzt sein müsse, zog Rose einen Schulmädchenflunsch und sagte, das sei ihre Sache. Ob denn zu dieser ungewöhnlichen Zeit die Bibliothek überhaupt noch geöffnet sei, wollte Tante Olivia wissen. Donnerstags immer bis neun, hatte Rose gesagt.

An jenem ersten Donnerstag hatte Rose in eine Bar für Singles gehen wollen, von der sie gehört hatte und die im Erdgeschoß eines neuen Bürohochhauses eröffnet worden war. Zunächst hatte sie Mühe, die Bar überhaupt zu finden, irrte in ihren schlecht sitzenden hochhackigen Schuhen lange in dem gewaltigen Turm aus Glas und Beton herum und murrte, selbst die schmerzlichste Erfahrung sei wohl kaum diese Mühe wert. (Wobei zu bemerken ist, daß es sich bei Rose Odom um eine züchtige junge Frau handelte, deren generelle Einstellung zum Sex nicht viel anders war als in der Grundschule, wo die Ärmste sich, wenn ihre primitiveren, robusteren und besser informierten Mitschülerinnen gewisse Worte johlten, die Ohren zugehalten hatte.) Endlich hatte sie die Bar entdeckt – oder vielmehr eine lange Schlange junger Leute, die sich durch ein finsteres Treppenhaus und noch Hunderte von Metern über den Gehsteig wand: alles potentielle Besucher des *Chanticleer*. Nicht nur die große Zahl der Wartenden, sondern ihre ausgelassene Jugendlichkeit erschreckte sie. Niemand war älter als fünfundzwanzig, niemand angezogen wie sie. (*Sie* sah aus wie auf dem Weg zum Sonntagsgottesdienst, der ihr verhaßt war. Aber wie sollte man sich denn sonst anziehen?) Also trat sie den Rückzug an und ging nun doch in die Stadtbibliothek, wo die Mitarbeiterinnen, die sie alle kannten, sich respektvoll nach ihrer »Arbeit« erkundigten (auch wenn sie seit Jahren geduldig darauf hinwies, daß sie nicht mehr »arbeitete«; die lange Krankheit und Pflege ihrer Mutter, der angegriffene Gesundheitszustand ihres Vaters und ihre eigene Krankheitsgeschichte – häufige Erkrankungen der Atemwege, Anämie und Knochenbrüche – hatten die Konzentration auf anderes unmöglich gemacht). Nachdem es ihr gelungen war, die zutraulichen alten Damen abzuschütteln, verbrachte sie den Abend durchaus nutzbringend mit der Lektüre der »Orestie« in einer ihr bislang unbekannten Übersetzung, wobei sie – wie immer – kleine Zettel mit Notizen für eventuelle Artikel, Erzählungen oder Gedichte anlegte, die sie – wie immer – später zerknüllte und wegwarf. Immerhin brauchte sie den Abend nun nicht als Totalverlust abzubuchen.

Am zweiten Donnerstag ging sie ins Park Avenue, Tophets einziges anständiges Hotel. Sie hatte sich vorgenommen, so lange in der düsteren Cocktail-Lounge sitzenzubleiben, bis irgend etwas passierte, aber sie hatte kaum die Halle betreten, als Barbara Pursley auf sie zukam, und das Unternehmen endete damit, daß sie mit Barbara und deren Mann, die auf ein paar Tage in Tophet waren, und Barbaras Eltern, die ihr seit jeher sympathisch waren, zum Essen ging. Auch wenn sie Barbara seit fünfzehn Jahren nicht mehr gesehen und in dieser Zeit keinen Gedanken an sie verschwendet hatte (nur daß eine gute Freundin von Barbara in der sechsten Klasse den brutalen, aber wohl recht passenden Spitznamen »Vogel Strauß« für Rose erfunden hatte, fiel ihr manchmal wieder ein), wurde es ein netter Abend. Hätte jemand ihren Tisch in dem Speisesaal mit der gewölbten Decke und der Eichentäfelung beobachtet und dort insbesondere die hochgewachsene, magere, ziemlich aufgedrehte Frau, die so viel lachte und dabei alle Zähne zeigte, ständig an ihrem Haar herumnestelte (ganz feines, weiches, hellbraunes Babyhaar ohne richtigen Schnitt, aber trotzdem recht kleidsam) und an Kragen und Ohrringen zupfte, hätte er sich wohl sehr gewundert, wenn er erfahren hätte, daß diese Frau (unbestimmbaren Alters, die »sanften«, ausdrucksvollen schokoladenbraunen Augen konnten ebensogut einer linkischen Siebzehnjährigen wie einer Frau in den Fünfzigern gehören) die Absicht gehabt hatte, an diesem Abend einen Mann aufzureißen.

Am dritten Donnerstag (die Familie hatte sich inzwischen an die Donnerstage gewöhnt, die Tante protestierte nur mehr schwach, ihr Vater bat sie, ein Buch für ihn in die Bibliothek zurückzubringen) ging sie ins Kino, in ebenjenes Lichtspieltheater, in dem sie und ihre Freundin Janet Brome als Vierzehn- oder Fünfzehnjährige mit sogenannten »älteren Jungen« von siebzehn oder achtzehn zusammengewesen – oder eben dann doch nicht zusammengewesen – waren (große, kräftige Burschen von den Farmen im Umland, die nach Tophet kamen, um Mädchen aufzureißen; aber nicht mal in dem dunklen Zuschauerraum des Rialto bissen diese Knaben bei Typen wie Rose oder Janet an). Und dann tat sich nichts. Überhaupt nichts. Rose ging, als der Film, eine unangenehm dreist daherkommende Komödie über Seitensprünge in Manhattan, erst zur Hälfte vorbei war. Sie fuhr mit dem Bus heim und kam noch rechtzeitig, um mit ihrem Vater und ihrer Tante Eis und Kekse zu essen. »Du siehst aus, als wenn du einen Schnupfen kriegst«, bemerkte Roses Vater. »Deine Augen tränen.« Rose stritt das ab, aber prompt war am nächsten Tag der Schnupfen da.

Einen Donnerstag ließ sie aus, aber in der Woche darauf machte sie sich wieder auf den Weg, nachdem sie sich zynisch, ohne jede Voreingenommenheit im Schlafzimmerspiegel gemustert hatte (der schlapp und verlebt aussah, seit wann können Spiegel altern, dachte Rose) und sich sagte, ein Mann, der mit leicht zusammengekniffenen Augen in freundlich gedämpftem Licht zu ihr hinübersah, könne sie mit ihren großen Straußenaugen, ihrer Straußenlänge und linkischen Würde für durchaus hübsch halten. Sie wußte nun schon, daß das Projekt zum Scheitern verurteilt war, aber es bereitete ihr so etwas wie selbstquälerischen Genuß, noch einmal ins Park Avenue Hotel zu gehen, einfach, wie sie an eine Freundin schrieb (mit der sie in Radcliffe das Zimmer geteilt hatte, Pauline war damals so jungfräulich gewesen wie Rose und von Männern womöglich noch mehr eingeschüchtert als diese, inzwischen aber geschieden, Mutter von zwei Kindern und Lebensgefährtin eines irischen Dichters, mit dessen Kindern sie in einem Turm, nicht unähnlich dem von Yeats, nördlich von Sligo hauste), einfach aus Spaß an der Freud.

Und zunächst hatte sich der Abend durchaus vielversprechend angelassen. Durch Zufall war Rose in die Zweite Jahrestagung der Freunde der Evolution geraten, sie saß ganz hinten in dem überfüllten Ballsaal, hörte sich den Vortrag eines würdevollen Herrn mit Kneifer und roter Nelke im Knopfloch an und klatschte, als alle klatschten, brav mit. (Von dem Vortrag hatte Rose nur so viel verstanden, daß es dabei um die Notwendigkeit extraterrestrischer Kommunikation ging; oder bestand diese Kommunikation bereits, und FBI und gewisse »Universitätsprofessoren« hatten sich zusammengetan, um sie zu unterbinden?) Ein zweiter Vortrag, gehalten von einer gehbehinderten Dame in Roses Alter, vertrat offenbar die These, daß Christus sich im Weltraum befand – »da draußen im All« –, was jedem einleuchten mußte, der sich gründlich mit den Offenbarungen des Johannes beschäftigt hatte, und wurde noch eifriger beklatscht. Rose allerdings gönnte der Vortragenden nur einen Höflichkeitsapplaus, denn sie hatte im Lauf ihres Lebens viel über Jesus von Nazareth und seine Lehre nachgedacht, und eines schönen Tages war sie heimlich zu einem Psychiater im Mount Yarrow Hospital gegangen, dem sie zerknirscht und unter Tränen gestanden hatte, sie wisse sehr wohl, wie kindisch und unsinnig diese ganze Geschichte sei, ertappe sich aber dennoch hin und wieder bei einer leisen Glaubenssehnsucht; war sie – klinisch gesehen – geistesgestört? Ihr Tonfall und der komisch-verzweifelte Augenaufschlag hatten dem Arzt wohl verraten, daß Rose Mallow Odom von seiner Art war – schließlich hatte sie im Norden studiert! –, und deshalb sagte er beschwichtigend, natürlich sei die Geschichte kindisch und unsinnig, aber es gäbe da eben doch gewisse Anhänglichkeiten, wie in einer Familie, ja, gewiß, in der Familie wird ewig gestritten, man wirft sich die schrecklichsten Sachen an den Kopf, aber die Anhänglichkeit bleibt, er würde ihr gegen die Schlaflosigkeit ein Barbiturat verschreiben, und sie solle sich unbedingt mal gründlich untersuchen lassen, sie sähe (er meinte es gut und wußte nicht, daß er sie mit dieser Bemerkung bis ins Herz traf) doch recht elend aus. Rose verriet ihm nicht, daß sie ihren halbjährlichen Checkup gerade hinter sich hatte und – für ihre Verhältnisse – kerngesund war: keine Bronchialprobleme, die Anämie unter Kontrolle. Ganz zum Schluß fiel dem Psychiater auch ein, wer Rose war: »Sie sind doch in unserer Gegend richtig berühmt, haben Sie nicht einen Roman geschrieben, der alle schockiert hat?«, und Rose hatte sich so weit wieder gefaßt, daß sie ziemlich steif kontern konnte, man lebe hier schließlich in Alabama, da gäbe es bekanntlich überhaupt nichts Berühmtes, und darüber geriet das eigentliche Thema völlig in Vergessenheit. Und jetzt schwebte Jesus von Nazareth irgendwo im Weltraum... oder umkreiste irgendeinen Mond... oder saß Er vielleicht in einem Raumschiff (der Ausdruck »Raumschiff« wurde von den Tagungsteilnehmern häufig benutzt) und wartete auf die ersten Besucher vom Planeten Erde? Rose erfuhr freundliche Zuwendung durch einen weißhaarigen Herrn um die siebzig, der zwei, drei Klappstühle aufrückte und sich direkt neben sie setzte, und ein etwas jüngerer Mann – er mochte um die fünfzig sein – mit fettigem Stachelhaar und einem leichten Sprachfehler, laut Namensschild ein gewisser H. Speedwell aus Sion, Florida, wollte sie nach dem Vortrag sogar zu einem Kaffee einladen. Rose spürte einen Hauch von – ja, Erheiterung? Interesse? Verzweiflung? Sie mußte den Finger an die Lippen legen wie eine Lehrerin, weil der ältere Herr zu ihrer Rechten und H. Speedwell zu ihrer Linken ziemlich emphatisch – mit einer Art Imponiergehabe – von ihren Erfahrungen mit UFOs redeten, während der dritte Vortragende schon das Wort ergriff.

Das Thema des Referenten, Pfarrer Jake Gronwell vom New Holland Institute of Religious Studies in Stoneseed, Kentucky, war »Die nächste und letzte Phase der Evolution«. Rose saß kerzengerade, die Hände im Schoß gefaltet, die Knie brav aneinandergelegt (denn – es mußte wohl ein Zufall ein – Mr. Speedwells rechtes Knie hatte sich an das ihre geschmiegt) und heuchelte Aufmerksamkeit. In Wirklichkeit flatterten ihre Gedanken herum wie Federvieh im Hühnerstall, wenn der Fuchs auftaucht. Bei dem wilden Geflatter hätte sie nicht einmal mehr sagen können, was sie empfand. Irgendwie war sie an einem Donnerstagabend im September in den Regency-Ballsaal des Park Avenue Hotels geraten und hörte sich den Vortrag eines Mannes mit Schweinsgesicht und knallrotem Schlips in einem prall sitzenden, graurot karierten Anzug an. Erstaunlich, wie viele Tagungsteilnehmer behindert waren, an Stöcken oder Krücken gingen oder sich in Rollstühlen fortbewegten. In einem saß ein junger Mann mit scharfgeschnittenem Gesicht, der in Roses Alter sein mochte, aber nicht älter als zwölf wirkte und von seinem Armaturenbrett aus mit seinem Gefährt wahre

Wunderdinge bewerkstelligte (Rose hatte sich vor Jahren, als sie wegen eines eingeklemmten Nervs im Rücken bewegungsunfähig gewesen war, auch mal einen Rollstuhl geliehen, aber das war ein ganz gewöhnliches Feld-, Wald- und Wiesenmodell gewesen), ansonsten aber sah sie fast nur ältere Menschen. Gewiß, auch ein paar Männer in ihrem Alter gab es, aber die waren, wie sie fand, nicht sehr vielversprechend, und Mr. Speedwell, der merkwürdig stumpf roch wie Tapioca, war es schon gar nicht. Rose blieb höflichkeitshalber noch ein paar Minuten sitzen, ließ sich von Pfarrer Gronwells eintöniger Stimme und von der Ballsaaldekoration einlullen (Schlangenlinien in Orange, Grün und Lila auf dem Teppich, zehn Meter hohe, üppige Samtportieren, sanft von unsichtbaren Luftdüsen bewegt, schrille Diskobeleuchtung an der Spiegeldecke, in der diese Ansammlung von Glatzen, Wackelköpfen und Hinkebeinen irgendwie verwegen und leicht gespenstisch wirkte), dann murmelte sie eine Entschuldigung und machte sich davon.

Und jetzt sitzt Rose Mallow Odom an einem der langen Tische in Joe Pyes Bingosaal, hat leichtes Bauchgrimmen nach dem »garant. reinen Orangensaft«, den sie gerade getrunken hat, und vor ihr liegt eine vielversprechende, eine sehr vielversprechende Karte. Sie überlegt, ob die wachsende Erregung, die sie empfindet, legitim ist, etwas mit dem Getränk zu tun hat oder aber einfach eine ganz normale Abwehrhaltung signalisiert, denn natürlich will sie gar nicht gewinnen. Sie kann sich überhaupt nicht vorstellen, daß sie es fertigbringen würde, laut und vernehmlich »Bingo!« zu rufen. Es ist nach halb elf, sie hatten schon mehrere erste und zweite Sieger, die meisten haben ihr »Bingo!« voller Begeisterung laut herausgeschrien, ein paar haben es gegrölt, ein oder zwei nur ungläubig nach Luft geschnappt – und eigentlich hätte sie längst heimgehen müssen. Joe Pye ist das einzige halbwegs attraktive männliche Wesen im Saal (alles in allem sind nicht mehr als zehn, zwölf Männer da), und daß sich Joe Pye mit seinem flotten Kostüm, seinem blendendweißen, mit einer goldenen Brosche zusammengehaltenen Turban, den eleganten Schultern und der Säuselstimme ausgerechnet *ihr* zuwenden könnte, scheint unwahrscheinlich. Doch Trägheit oder Neugier halten sie fest. Was soll's, denkt Rose, während sie Maiskörner auf abgewetzten Pappkärtchen hin- und herschiebt und die Bekanntschaft etlicher Mitbürger aus Tophet macht, es ist sicher nicht die schlechteste Art, einen Donnerstagabend herumzubringen. Am Wochenende wird sie einen ihrer berühmten Briefe an Hamilton Frye und Carolyn Sears schreiben – obgleich die ihr noch eine Antwort auf ihren letzten schuldig sind – und ihnen ausführlich die an diesem Abend gewonnenen neuen Freunde schildern (die füllige, schwitzende, gutherzige junge Frau ihr gegenüber heißt Lobelia, und es ist eine Ironie des Schicksals, daß Rose mit einemmal so gut abschneidet, denn vor Beginn der Runde hat Lobelia ihr spontan vorgeschlagen, die Karten zu tauschen – »Du gibst mir meine und ich geb dir deine, Rose«, hat sie liebenswert falsch und mit strahlendem Lächeln gesagt, und selbstverständlich willigt Rose sofort ein), sie wird den deprimierend hell ausgeleuchteten Saal mit der unverhältnismäßig großen amerikanischen Fahne auf Joe Pyes Podium beschreiben und all die verschrobenen, wunderlichen, traurigen, munteren, nervösen Spieler, etliche sind schon sehr alt, sie haben Runzelgesichter und zittrige Hände, andere sind verkrüppelt, kleinwüchsig oder auf eine nicht näher zu benennende, aber unverkennbare Art irgendwie nicht ganz »richtig«, wieder andere sehr jung (im Grunde ist es ja ein Skandal, daß die Kinder so lange aufbleiben und – häufig mit zwei oder drei Karten – Bingo spielen dürfen, während neben ihnen die Mütter gierig mit vier Karten, dem erlaubten Maximum, hantieren), die schaurige Musik vom Band wird sie beschreiben, die erbarmungslos Joe Pyes unermüdliche Stimme untermalt, und natürlich den Bingomaster selbst, der allen ein so strahlend-herzliches Lächeln schenkt und der – falls Rose mit ihren von der Beleuchtung irritierten schwachen Augen das nicht falsch gesehen hat – ihr, der Neuen, ganz speziell zugelächelt und zugezwinkert hat. Sie wird das Erlebnis zu einer ihrer beliebten Anekdoten verarbeiten. Sie wird, wie stets, mit sich sehr streng ins Gericht gehen und Spekulationen über das Phänomen der Spannung und ihre psychologische Bedeutung anstellen (ist nicht jede Spannung – nicht nur die im Bingosaal – eigentlich etwas Idiotisches?) sowie über die geborenen Verlierer, die Verlierer bleiben, auch wenn sie gewinnen (denn wie sollten ein Haartrockner oder hundert Dollar in bar oder ein Gartengrill oder eine elektrische Eisenbahn komplett mit Gleisen oder eine illustrierte Bibel mit weißem Kunstledereinband das Leben dieser Menschen entscheidend verändern?) Sie wird das enttäuschte, verzweifelte Aufstöhnen schildern, wenn jemand »Bingo!« gerufen hat, und das Volksgemurmel, wenn die Zahlen des Gewinners, verlesen von einer der gelangweilt dreinschauenden Assistentinnen, sich als richtig erweisen; die Tränen der Gewinner, den markigen Händedruck und Wangenkuß, den jeder von Joe Pye bekommt, als sei gerade er ihm besonders ans Herz gewachsen, ein alter Freund, den man sich beeilt zu begrüßen; den giftiggelben Senf auf den Würstchen und den pappigen Brötchen; die zahlreichen Babys, die auf einer leider ganz in der Nähe befindlichen Bank gewickelt werden; Lobelia, die abergläubisch an dem Goldkreuzchen herumspielt, das an einer Kette um ihren Hals hängt; das kleine Mädchen, das erschöpft auf dem Fußboden eingeschlafen ist, den Kopf auf einem vielleicht vor Stunden von irgendeinem Familienmitglied gewonnenen rosa Teddybären; und...

»Du hast gewonnen! Hier... He, sie hat gewonnen. Hierher. Diese Karte, hier! Hier! Joe Pye, hierher!«

Die großmütterliche Frau links von Rose, mit der sie zu Beginn des Abends ein paar freundliche Worte gewechselt hat (es stellt sich heraus, daß sie Cornelia Teasel heißt und mal bei den Nachbarn der Odoms, den Filarees, geputzt hat), ist ganz aus dem Häuschen, sie hat Rose bei der Hand genommen und in ihrer Aufregung alle Maiskörner von den Karten gewischt, aber das spielt jetzt keine Rolle, Rose hat eine Gewinnerkarte, sie hat gewonnen und kann nichts dagegen machen.

Wie stets ist leises Stöhnen, diskretes Schluchzen, zornig enttäuschtes Volksgemurmel zu hören, aber das Spiel geht zu

Ende, und ein kaugummikauendes junges Mädchen mit einem Helm messingfarbener Haare liest die Zahlen Joe Pye vor, der sie nicht nur mit einem »Ja, ganz recht« quittiert, sondern »Weiter, Schätzchen!« sagt und: »Na also, da kommen wir der Sache ja schon näher!«, und dabei strahlt er übers ganze Gesicht, er freut sich wie ein Schneekönig, man sieht es ihm an. Ein Hundertdollargewinn! Eine Neue (wenn er sich nicht irrt), die auf Anhieb hundert Dollar gewonnen hat!

Rose, deren Gesicht vor Verlegenheit brennt und pocht, muß zu Joe Pye aufs Podium, um den Scheck und Joe Pyes herzlichste Glückwünsche in Empfang zu nehmen sowie einen geräuschvoll schmatzenden Kuß, der bedrohlich nah an ihrem Mund landet (sie muß sich zusammennehmen, um nicht heftig zurückzuweichen, der Mann ist so lebendig, so real, so ganz da). »Na endlich, Schätzchen, jetzt lächelst du mal«, sagt er ganz glücklich. Aus der Nähe sieht er noch genauso gut aus, nur das Weiße in seinen Augen ist vielleicht ein bißchen zu weiß. Die goldene Schmucknadel in seinem Turban ist ein krähender Hahn. Seine Haut ist bronzebraun, der Spitzbart noch schwärzer, als Rose gedacht hat. »Ich beobachte dich schon den ganzen Abend, Schätzchen, du wärst viel hübscher, wenn du mal loslassen und mehr lächeln würdest«, flüstert Joe Pye ihr ins Ohr. Er riecht süßlich, wie kandierte Früchte oder Wein.

Rose tritt gekränkt einen Schritt zurück, aber sie kommt nicht weg, Joe Pye hat wieder nach ihrer Hand gegriffen, ihrer kalten schmalen Hand, und reibt sie kräftig. »Du bist neu hier, stimmt's? Heute das erstemal da?« fragt er.

»Ja«, sagt Rose so leise, daß er sich vorbeugen muß, um sie zu verstehen.

»Und du wohnst in Tophet? Hast deine Familie hier?«

»Ja.«

»Und bist trotzdem noch nie in Joe Pyes Bingosaal gewesen?«

»Nein.«

»Und jetzt hast du auf Anhieb hundert Dollar gewonnen. Wie fühlt man sich da?«

»Toll natürlich...«
»Wie meinst du?«
»Ich meine... Ich hätte nie erwartet...«
»Spielst du oft Bingo? In der Kirche oder so?«
»Nein.«
»Also nur so zum Spaß bist du hier? Und gewinnst gleich am ersten Abend hundert Dollar! Wenn das kein Dusel ist! Bist ein hübsches Mädel, besonders wenn du rot wirst, wie jetzt. Wenn du noch ein halbes Stündchen Zeit hast, bis ich hier fertig bin... nebenan ist eine gemütliche Bar, du bist doch allein hier, stimmt's... wir könnten noch einen Schlaftrunk nehmen, wir zwei beide... na, wie wär's?«

»Ich glaube nicht, Mr. Pye...«
»Joe Pye heiße ich.« Er beugt sich grinsend vor. »Und wie heißt du, Schätzchen? Ein Blumenname, stimmt's?«

Rose ist ganz durcheinander und will nur noch weg, aber er hält ihre Hand ganz fest.

»Zu schüchtern, um Joe Pye deinen Namen zu verraten?« fragt er.

»Ich... Olivia«, stottert Rose.

»Olivia...«, wiederholt Joe Pye langsam, und sein Lächeln erstarrt. »*Olivia* also... Na ja, danebengreifen kann jeder mal, obgleich mir das eigentlich selten passiert... habe auch nie behauptet, daß ich immer ins Schwarze treffe. Olivia also... Auch gut. Warum denn so nervös, Olivia? Das Mikro kriegt nicht mit, was wir sagen. Gegen elf auf einen Schlaftrunk? Ich wohne nebenan im Gayfeather, sie haben eine sehr gemütliche Lounge, da wären wir ungestört, nur wir zwei beide, ganz unverbindlich...«

»Mein Vater wartet auf mich, und...«

»Komm, Olivia, du bist aus Tophet, willst du nicht, daß sich Ortsfremde bei euch wohlfühlen?«

»Es ist nur...«

»Also abgemacht? Sobald hier Schluß ist, ja? Nebenan im Gayfeather...«

Rose sieht mit großen Augen zu dem Mann mit den glitzernden Augen und dem glitzernden heraldischen Hahn am Turban hoch und hört sich matt zustimmen, und erst dann gibt Joe Pye ihre Hand frei.

Es ist kaum zu fassen, es ist lächerlich – aber gegen Mitternacht sitzt Rose Odom Mallow tatsächlich in der gruftähnlichen Lounge des Gayfeather Hotels, zusammen mit dem Bingomaster (dessen Turban selbst hier inmitten der Rauchschwaden und vor dem farbigen Flackern des Fernsehers hoch über der Theke geradezu übernatürlich weiß wirkt) sowie zwei, drei weiteren schattenhaft verlorenen Gestalten, einsamen Trinkern, die offenkundig nichts miteinander zu tun haben wollen. (Einer von ihnen, ein recht gut gekleideter alter Herr mit Säufernase, erinnert Rose ein wenig an ihren Vater – bis auf den Zinken natürlich.) Sie nippt in nervösen kleinen Schlucken an ihrem Drink, der sich »Orange Blossom« nennt. Es ist ein süßsäuerliches Jungmädchengetränk, das sie seit 1962 nicht mehr getrunken und heute abend bestellt hat – oder sich von ihrem Begleiter hat bestellen lassen –, weil ihr nichts Besseres eingefallen ist. Joe Pye erzählt Rose von seinen Reisen in ferne Länder – nach Venezuela, Äthiopien, Tibet, Island –, und Rose tut möglichst überzeugend so, als glaube sie ihm aufs Wort, als sei sie naiv genug, ihm zu glauben, denn sie hat sich vorgenommen, die Sache durchzuziehen, sich diesen ausgefallenen Hochstaplertyp als Lover zu nehmen, für eine einzige Nacht oder einen Teil der Nacht – so lange eben, wie man für eine solche Unternehmung braucht. »Noch einen Drink?« fragt Joe Pye halblaut, und sie läßt es widerspruchslos zu, daß er seine Finger um ihr Handgelenk legt.

In dem schräggestellten Fernseher über der Theke knattert Maschinengewehrfeuer, und undeutliche, vermutlich menschliche Gestalten rennen unter einem grell-türkisfarbenen Himmel über hellen Sand. Joe Pye dreht sich verärgert um und macht dem Barkeeper mit der Hand ein Zeichen in umgekehrter Uhrzeigerrichtung, der daraufhin sofort den Ton leiser stellt. Daß der Barkeeper Joe Pye gegenüber so dienstbeflissen ist, imponiert Rose, aber sie läßt sich ohnehin leicht beeindrukken, das heißt, normalerweise läßt sie sich überhaupt nicht leicht beeindrucken, aber heute ist ihr der prickelnde Drink zu Kopf gestiegen.

»Die ganze Welt habe ich bereist, den Norden und den Süden, den Osten und den Westen, auf Frachtern und mit dem Zug, manchmal war ich auch zu Fuß unterwegs, zu Fuß im Gebirge, ein Jahr hier, ein halbes dort, zwei Jahre wieder woanders, bis es mich schließlich nach Hause gezogen hat, in die Staaten, und da bin ich wieder auf Wanderschaft gegangen, bis ich das Gefühl hatte: Hier bist du richtig. So ist das manchmal: Du spürst, daß eine Stadt oder eine Landschaft oder ein anderer Mensch richtig für dich ist. Dein Schicksal eben«, sagt Joe Pye leise. »Wenn du weißt, wie ich es meine, Olivia.«

Zwei bronzebraune Finger streicheln ihren Handrücken. Sie fröstelt, dabei ist es eher ein Kitzelgefühl.

»...Schicksal«, sagt Rose. »Ja, ich denke, ich weiß, wie Sie es meinen.«

Sie möchte gern Joe Pye fragen, ob es bei ihrem Gewinn mit rechten Dingen zugegangen ist, ob er nicht vielleicht ein bißchen nachgeholfen hat. Denn er hatte sie an diesem Abend offenbar von Anfang an im Visier gehabt. Eine Fremde, eine stirnrunzelnd skeptische Fremde, die ihn mit ihrem intelligenten, zweifelnden Blick fixiert, die am konservativsten und geschmackvollsten gekleidete Spielerin im ganzen Saal. Aber er mag wohl nicht gern über Geschäftliches reden, er redet viel lieber über sein Leben als »Glücksritter« – was immer er darunter versteht –, und Rose überlegt, ob ihre Frage wohl naiv klingen oder ihn kränken würde, denn damit würde sie ihm ja unterstellen, daß er geschummelt hat, daß die Bingospiele manipuliert waren. Aber vielleicht ist ja allgemein bekannt, daß beim Bingo genauso geschummelt wird wie beim Pferderennen?

Sie möchte fragen, aber die Worte bleiben ihr in der Kehle stecken. Joe Pye sitzt so dicht neben ihr in der Nische, seine

Haut ist so frisch und gesund, seine Lippen sind so dunkel, seine Zähne so weiß, der Spitzbart so mephistophelisch und seine Art – jetzt, da er ganz er selbst sein kann – so einschmeichelnd vertraulich, daß sie ein wenig ins Schwimmen kommt. Sie ist bereit, das Komisch-Absurde an der Sache zu sehen (sie, Rose Mallow Odom, die Männer und alles Körperliche verabscheut, läßt es zu, daß dieser Scharlatan sich einbildet, *er* verführe *sie*), andererseits ist sie unheimlich nervös, vermag sich kaum verständlich auszudrücken; irgendwie hat sie die Situation noch nicht im Griff. Joe Pye aber redet unentwegt weiter, er scheint sich glänzend zu unterhalten. Als führten sie ein ganz normales Gespräch. Ob sie Hobbys hat oder Haustiere, will er wissen. Ob sie in Tophet aufgewachsen und zur Schule gegangen ist. Ob ihre Eltern noch leben. Was für einen Beruf ihr Vater hat. Ob sie viel gereist ist. Nein? Irgendwann mal verheiratet gewesen? Einen Beruf gehabt? Schon mal verliebt gewesen? Nein? Kann ja noch kommen...

Rose errötet, hört sich verlegen kichern, ihre Worte überstürzen sich. Joe Pye ist ganz dicht an sie herangerückt und kitzelt ihren Unterarm, ein nach süßlicher Überreife riechender Clown in schwarzseidener Schlafanzughose und Turban. Die dunklen Brauen sind hochgewölbt, das Weiße in den Augen leuchtet, die fleischigen Lippen sind gefällig aufgeworfen; er ist unwiderstehlich. Seine Nüstern weiten sich in gespielter Leidenschaft... Rose kichert und kann nicht wieder aufhören.

»Du bist ein sehr attraktives Mädchen, besonders wenn du ein bißchen lockerer wirst, wie jetzt«, sagt Joe Pye. »Wir könnten auf mein Zimmer gehen, da wären wir ganz ungestört. Was hältst du davon?«

Rose holt tief und zitternd Atem, um klarer denken zu können. »Mit neununddreißig Jahren ist man kein Mädchen mehr.«

»Auf meinem Zimmer wären wir ganz unter uns. Keiner würde uns stören.«

»Mein Vater fühlt sich nicht wohl, er wartet auf mich«, sagt Rose rasch.

»Inzwischen schläft er bestimmt schon.«
»Nein, er leidet an Schlaflosigkeit. Genau wie ich.«
»Wirklich? Mir geht es genauso«, sagt Joe Pye und drückt ihr ganz aufgeregt die Hand. »Seit einem schlimmen Erlebnis in der Wüste ... in einem fernen Winkel der Welt ..., aber davon erzähl ich dir später mal, wenn wir uns besser kennen. Wenn wir beide unter Schlaflosigkeit leiden, Olivia, sollten wir einander Gesellschaft leisten. Die Nächte in Tophet sind sehr lang.«
»Ja, das stimmt«, sagt Rose und wird rot.
»Aber deine Mutter wartet nicht auf dich?«
»Meine Mutter ist seit Jahren tot, ich mag nicht sagen, woran sie gestorben ist, aber Sie werden es sich denken können, es dauerte ewig, und als sie gestorben war, habe ich mein ganzes Zeug genommen – ich hatte einen etwas komischen Beruf, aber ich will Sie nicht mit Einzelheiten langweilen –, meine ganzen Papiere, Geschichten und Notizen und so weiter habe ich genommen und mit dem Müll verbrannt, und seither bin ich Tag und Nacht nur zu Hause, und es war ein gutes Gefühl, das Zeug zu verbrennen, und es ist ein gutes Gefühl, daran zurückzudenken ... und jetzt – jetzt habe ich auch ein gutes Gefühl«, sagt Rose trotzig und leert ihr Glas. »Und deshalb weiß ich, daß das, was ich getan habe, eine Sünde ist.«
»Ein aufgeklärtes Mädchen wie du glaubt an Sünde?« Joe Pye lächelt belustigt.
Der Alkohol füllt ihre Lungen wie ein warmer, goldglühender Atemzug und verteilt sich von da in ihrem ganzen Körper, bis in die Zehenspitzen, bis in die Ohrläppchen. Ihre Hand aber bleibt fischig kalt, auch wenn Joe Pye noch so fleißig streichelt. Sie soll also verführt werden, und es ist genauso albern und täppisch, wie sie es sich vorgestellt hat, wie sie sich schon als junges Mädchen solche Sachen vorgestellt hat. So wie Descartes es sah, ich bin ich, da oben in meinem Kopf, und mein Körper ist mein Körper, ausgedehnt in den Raum hinein, mal sehen, wie es weitergeht, denkt Rose gefaßt. Aber sie ist nicht gefaßt, sie zittert. Du mußt dich zusammenreißen; wie grotesk das alles ist.

Auf dem Weg zum Zimmer 302 (der Fahrstuhl ist außer Betrieb, oder vielleicht gibt es gar keinen, sie müssen die Feuerleiter nehmen, Rose ist liebenswürdig beschwipst, so daß ihr Begleiter sie festhalten muß) erzählt sie Joe Pye, daß sie den Bingogewinn eigentlich gar nicht verdient hat, von Rechts wegen müßte sie die hundert Dollar zurückgeben oder vielleicht Lobelia schenken (von der sie aber leider nicht weiß, wie sie mit Nachnamen heißt), denn im Grunde war es ja Lobelias Karte, die gewonnen hat, und nicht ihre. Joe Pye nickt einigermaßen verständnislos. Während er aufschließt, beginnt Rose eine unzusammenhängende Geschichte, fast so etwas wie eine Beichte, über etwas, was sie mit elf Jahren angestellt und nie jemandem erzählt hat, und Joe Pye führt sie herein und macht mit einer theatralischen Geste das Licht und den Fernseher an, den er allerdings gleich wieder ausschaltet. Rose schaut blinzelnd auf die wirren, schlangengleichen Windungen des Teppichmusters und schließt lallend: »... sie war so beliebt und so hübsch, und ich habe sie gehaßt, auf dem Weg zur Schule war ich immer früher dran als sie und bin extra langsam gegangen, damit sie mich einholt, manchmal hat es funktioniert und manchmal nicht, ich hab sie gehaßt, ich hab eine Valentinskarte gekauft, eine von diesen Witzkarten, dreißig Zentimeter hoch, Hochglanzkarton, auf der Vorderseite war irgendein Trottel abgebildet, ›Mutter hat mich liebt‹ stand drunter, und wenn man die Karte aufklappte, stand da ›aber sie ist gestorben‹, die hab ich Sandra geschickt, weil ihre Mutter gestorben ist ... als wir in der fünften Klasse waren ... und ... und ...«

Joe Pye löst die Hahnenbrosche und windet sich aus seinem beeindruckend langen Turban. Rose macht sich mit grinsend verzerrten Lippen an dem obersten Knopf ihres Kleides zu schaffen, einem kleinen stoffbezogenen Knopf, der sich ihren Bemühungen widersetzt, aber sie läßt nicht locker, und schließlich schafft sie es, ihn aus dem Knopfloch zu befreien, und hält schwer atmend einen Augenblick inne.

Ich muß es ganz unpersönlich sehen, sagt sie sich, als etwas rein Körperliches, Nichtgeistiges, *wie eine Untersuchung beim Frauenarzt.* Nur sind Rose die Untersuchungen beim Frauenarzt verhaßt. Sie hat Angst vor ihnen, drückt sich davor, sagt im letzten Augenblick ihre Termine ab. *Geschieht mir recht, wenn...,* denkt sie oft. Aber der Krebs ihrer Mutter war zunächst anderswo, erst später dann überall in ihrem Körper, da gibt es vielleicht keinen Zusammenhang.

Joe Pyes Schädel ist mit moosartigem, offenbar sehr dichtem, aber kurzgeschorenem schwarzen Haar bedeckt. Er hat wohl vor einer Weile seinen Kopf rasiert, und jetzt wächst das Haar ungleichmäßig nach. Der Bronzeton endet am Haaransatz, dahinter ist seine Haut teigig weiß wie die von Rose, die er jetzt mit einem zärtlich fragenden Lächeln bedenkt. Dann reißt er sich mit einer jähen, entschlossenen Bewegung den Spitzbart ab. Rose schnappt erschrocken nach Luft.

»Aber was machst *du* denn da, Olivia?« fragt er.

Der Fußboden neigt sich plötzlich, gleich wird sie stürzen, ihm in die Arme fallen. Sie tritt einen Schritt zurück, drückt mit ihrem ganzen Gewicht den Fußboden nach unten, in seine alte Lage. Reißt nervös und gereizt an den prüden, häßlichen kleinen Knöpfen. »Ich... ich beeile mich ja schon«, sagt sie undeutlich.

Joe Pye reibt sich das Kinn, das rot und ein wenig wund aussieht, und starrt Rose Mallow Odom an. Auch ohne Spitzbart, auch ohne den majestätischen Turban ist er ein imposanter Mann mit tadelloser Haltung; die Schultern hat er leicht hochgezogen. Er sieht Rose an, als wollte er seinen Augen nicht trauen.

»Olivia?«

Sie zerrt an ihrem Kleid, ein Knopf springt ab, es ist sehr komisch, aber sie hat keine Zeit, sich darüber Gedanken zu machen, irgendwas stimmt nicht, sie bekommt das Kleid nicht vom Leib, dann sieht sie, daß der Gürtel noch geschlossen ist, kein Wunder, daß sie das Kleid nicht vom Leib bekommt, warum starrt er sie denn so an, der Idiot, ungeduldig schluchzend streift sie die Träger von den mageren Schultern und entblößt ihre Brust, den kläglichen Busen; Rose Mallow Odom, die sich in ihrer vornehmen Schule über Jahre im Umkleideraum versteckt hat, weil schon der Gedanke an ihren Körper sie mit Scham erfüllte, entblößt sich bedenkenlos vor einem Unbekannten, der sie ansieht, als wäre ihm eine wie sie noch nie untergekommen.

»Aber Olivia, was *machst* du da...?« fragt er, bestürzt und ziemlich steif. Rose wischt sich Tränen aus den Augen und sieht ihn verwundert an.

»Aber so was macht man nicht, Olivia, doch nicht so, nicht so schnell und verbissen«, sagt Joe Pye. Er wölbt die Augenbrauen, kneift mißbilligend die Augen zusammen, seine Haltung strahlt große Würde aus. »Mir scheint, du hast meinen Vorschlag mißverstanden.«

»Was heißt, so was macht man nicht... Man? Wieso man?« winselt Rose. Sie muß blinzeln, um ihn überhaupt erkennen zu können, aber immer neue Tränen kommen, sie laufen an ihren Wangen herunter und ziehen Furchen durch das stark deckende Make-up, das sie vor vielen Stunden reichlich, mit raschen, verächtlichen Bewegungen, aufgetragen hat. Irgend etwas ist schiefgegangen, ganz schrecklich schiefgegangen, warum starrt er sie so mitleidig an, der Idiot?

»Anständige Leute«, sagt Joe Pye bedächtig, »anständige Leute machen so was nicht.«

»Aber ich... Ich...«

»*Anständige* Leute«, sagt er leise, und ein Mundwinkel hebt sich leicht, so daß ein winziges ironisches Grübchen entsteht.

Rose fröstelt, dagegen kommt auch das goldglühende Brennen in ihrer Kehle nicht an. Ihre Brüste sind bläulichweiß, die hellbraunen Brustwarzen haben sich verhärtet vor Angst. Vor Angst und Kälte und in plötzlichem Begreifen. Sie versucht, sich mit den Armen vor Joe Pyes Glitzerblick zu schützen, aber es geht nicht, er sieht alles. Wieder neigt sich der Fußboden, aufreizend langsam neigt er sich, sie wird vornüberfallen, in seine Arme, und wenn sie sich noch so sehr bemüht, das Gewicht auf den kippeligen Stöckelschuhen nach hinten zu verlagern.

»Aber ich dachte … Wolltest du nicht … Willst du nicht …«, flüstert sie.

Joe Pye richtet sich kerzengerade auf. Wie groß er ist, der Bingomaster, riesengroß in seiner silbernen Tunika und den weiten schwarzen Hosen, dem Schatten des Spitzbarts, der das schmale, zornige Lächeln umgibt wie ein Ekzem, den angewidert verengten Augen. Rose fängt an zu weinen, als er den Kopf schüttelt. Nein. Und noch einmal Nein. Nein.

Sie weint, sie bettelt, sie stolpert schwankend auf ihn zu. Etwas ist schiefgegangen, und sie kann es nicht begreifen. In ihrem Kopf lief alles so glatt, sie hatte schon die passenden eiskalten, blitzgescheiten Formulierungen parat, um den Ablauf möglichst treffend schildern zu können, aber Joe Pye weiß nichts von ihren Plänen, ihren Formulierungen, ihm liegt nichts an ihr.

»Nein«, sagt er scharf und schlägt zu.

Sie muß ihm entgegengefallen sein, die Knie haben wohl unter ihr nachgegeben, denn plötzlich hat er sie, rot im Gesicht, bei den nackten Schultern gepackt und schüttelt sie heftig. Ihr Kopf pendelt hin und her, schlägt gegen die Spiegelkommode, gegen die Wand, jäh und hart, mit dem Hinterkopf knallt sie gegen die Wand, die Zähne schlagen aufeinander, die Augen sind weit aufgerissen, ohne etwas wahrzunehmen.

»Nein nein nein nein *nein*.«

Plötzlich liegt sie auf dem Boden, etwas hat ihre rechte Mundseite getroffen, durch vibrierende Luftschichten blickt sie zu einem Mann mit rundem Schädel und bösen, feuchten Augen hoch, den sie noch nie gesehen hat. Hinter ihr, unendlich hoch und fern, brennt wie eine grelle, blendende Sonne die nackte Birne in der Deckenfassung.

»Aber ich … Ich dachte …«, flüstert sie.

»Kommst in Joe Pyes Bingosaal stolziert und machst alles kaputt, kommst hier in mein Zimmer stolziert und machst alles kaputt, was denkst du dir eigentlich dabei?« Joe Pye stellt sie auf die Füße, zieht ihr das Kleid hoch, er hat sie wieder bei den Schultern gepackt und zerrt sie zur Tür, keine Spur von Zuneigung oder Liebenswürdigkeit, nein, ihm liegt nichts an ihr, nichts, und dann ist sie draußen auf dem Gang, ihre Lackledertasche kommt hinterhergeflogen, und die Tür zu Zimmer 302 schlägt zu.

Es ist alles so schnell gegangen, Rose begreift überhaupt nichts mehr. Sie sieht mit großen Augen auf die Tür, die muß doch gleich wieder aufgehen, aber nein, sie bleibt geschlossen. Weiter hinten macht jemand eine andere Tür auf und steckt den Kopf heraus, und als er Rose in ihrem derangierten Zustand sieht, macht er sie schnell wieder zu. Rose ist nun ganz allein.

Sie ist so benommen, daß sie kaum Schmerz empfindet, nur ein Stechen wie von vielen Nadeln im Kinn, und ein Pochen in den Schultern, wo Joe Pyes Geisterfinger noch immer zupakken. Ihm lag also gar nichts an ihr ...

Wie eine Betrunkene – sie *ist* ja betrunken – torkelt sie über den Gang, mit einer Hand hält sie das zerrissene Kleid vorn zusammen, mit der anderen drückt sie die Handtasche an sich, schwankt und torkelt und führt Selbstgespräche. »Was heißt das, so etwas macht man nicht ... Wieso man ...?«

Warum hat er mich denn nicht in die Arme genommen ... Warum hat er mich denn nicht geliebt ...

Auf der Feuerleiter wird ihr plötzlich sehr schwindlig, und sie setzt sich schleunigst hin. In ihrem Kopf dröhnt ein Pulsschlag, der nicht ihrem Willen gehorcht, vielleicht ist es der Pulsschlag des Bingomasters, auch seine wütende Stimme geistert in ihrem Kopf herum und drängt sich in ihre Gedanken. Irgend etwas läuft in ihrem Mund zu einer Pfütze zusammen, sie spuckt Blut, würgt ... und merkt, daß ein Schneidezahn sich gelockert hat, und auch der daneben wackelt.

»Mein Gott, Joe Pye«, flüstert sie, »mein Gott, was hast du getan ...«

Weinend und schniefend müht sie sich mit dem goldfarbenen Verschluß der Handtasche, endlich ist sie offen, wimmernd kramt sie darin herum, da war doch... nein, er ist weg, sie kann ihn nicht finden... doch, da ist er, winzigklein zusammengefaltet und zerknittert (ganz schnell hat sie ihn eingesteckt, so peinlich war ihr die Sache): der Scheck über hundert Dollar. Ein ganz gewöhnlicher Scheck; wenn sie sich konzentrieren könnte, müßte sie groß und schwarz Joe Pyes kühn geschwungene Unterschrift darauf erkennen.

»Joe Pye..., so was macht man nicht...?« wimmert sie blinzelnd. »Ich hab noch nie gehört... *Welche* Leute, wo...?«

Die weiße Katze

Einem durch eigenes Vermögen unabhängigen Gentleman geschah es, daß er im Alter von sechsundfünfzig Jahren eine heftige Abneigung gegen die weiße Perserkatze seiner viel jüngeren Frau faßte.

Sein Haß auf die Katze entbehrte nicht der Ironie und war auch deshalb verwunderlich, weil er sie selbst seiner Frau vor Jahren, gleich nach der Heirat, geschenkt und nach der ihm liebsten Shakespeare-Heldin Miranda genannt hatte.

Der Ironie entbehrte dieser Tatbestand auch deshalb nicht, weil besagter Gentleman kaum zu irrationalen Gefühlsausbrüchen neigte. Abgesehen von seiner Frau (die er spät geheiratet hatte, bei ihm war es die erste Ehe, bei ihr die zweite) brachte er keinem Menschen besondere Zuneigung entgegen und hätte es für unter seiner Würde gehalten, jemanden zu hassen. Denn – wen sollte er schon ernst nehmen? Das eigene Vermögen, das ihn materiell unabhängig machte, erlaubte ihm auch eine Unabhängigkeit des Geistes, die in diesem Ausmaß den wenigsten Menschen zuteil wird.

Julius Muir war schlank gebaut und hatte dunkle, tiefliegende Augen von einer nicht genau bestimmbaren Farbe. Das sich lichtende Haar war bereits leicht ergraut und babyweich, das schmale, gefurchte Gesicht hatte jemand mal – ohne ihm damit plump schmeicheln zu wollen – als *lapidar* bezeichnet. Aus einer alten amerikanischen Familie stammend, war er für die derzeit so beliebten Strömungen und Tendenzen der »Identität« nicht anfällig. Er wußte, wer er war und wer seine Vorfahren waren, ansonsten konnte er dem Thema kein besonderes Interesse abgewinnen. Sein Studium in Amerika und im Ausland hatte er nicht so sehr als Wissenschaftler denn mit der Freude eines Dilettanten betrieben und machte nicht viel Wesen davon. Schließlich lernt der Mensch zuvörderst aus dem Leben selbst.

Mr. Muir, der mehrere Sprachen fließend beherrschte, pflegte seine Worte ungewöhnlich sorgfältig zu wählen, als müsse er sie erst in die Umgangssprache übersetzen. Seine Haltung war diskret reserviert, ohne jede Eitelkeit oder Arroganz, aber auch ohne jede sinnlose Demut. Er war Sammler (vor allem seltener Bücher und Münzen), doch hatte diese Liebhaberei nichts Zwanghaftes; die Sammelwut gewisser Mitmenschen betrachtete er mit verständnislosem Abscheu. Den sich rasch steigernden Haß auf die schöne weiße Katze seiner Frau fand er deshalb erstaunlich und zunächst durchaus amüsant. Oder beängstigend? Er wußte beim besten Willen nicht, was er davon halten sollte.

Die Animosität begann als eine harmlose häusliche Irritation, ein eher vages Gefühl, daß er, der in der Öffentlichkeit so viel Ansehen genoß, der als hochstehende und bedeutende Persönlichkeit anerkannt war, auch in seinem privaten Bereich Anspruch darauf hatte, in diesem Lichte betrachtet zu werden. Natürlich wußte er sehr wohl, daß Katzen ihre Gunst nicht mit der von Menschen entwickelten Diskretion und Feinsinnigkeit zu erkennen geben. Doch je älter, verwöhnter und wählerischer die Katze wurde, desto deutlicher zeigte sich, daß sie sich als Gegenstand ihrer Zuneigung nicht *ihn* erwählt hatte. Alissa war natürlich ihr Lieblingsmensch, auch manche Haushaltshilfen schätzte sie, nicht selten aber war es auch einem völlig Fremden vergönnt, der zum erstenmal bei den Muirs eingeladen war, Mirandas wetterwendisches Herz zu gewinnen – oder sich zumindest in dieser Illusion zu wiegen. »Miranda! Komm her!« rief dann Mr. Muir – durchaus freundlich zwar, aber gebieterisch, er war der Katze gegenüber stets von einer im Grunde recht albernen Rücksichtnahme –, woraufhin Miranda gewöhnlich den Blick gleichmütig und ohne Blinzeln auf ihn richtete, aber keinen Schritt auf ihn zutat. Wie töricht, schien sie zu sagen, ein Geschöpf zu hofieren, das sich so wenig aus dir macht!

Wenn er versuchte, sie auf den Arm zu nehmen, sie sich wie spielerisch zu unterwerfen, wehrte sie sich nach echter Katzenart so heftig wie bei Unbekannten. Als sie sich einmal zappelnd aus seinem Griff befreite, kratzten ihre Krallen ihm die Haut blutig, und ein wenig Blut geriet auf den Ärmel seiner Smokingjacke. »Julius, Lieber, bist du verletzt?« fragte Alissa. »Aber nein.« Mr. Muir tupfte mit einem Taschentuch an den Kratzern herum. »Ich glaube, Miranda ist nervös, weil wir Besuch haben«, sagte Alissa, »du weißt ja, wie sensibel sie ist.« »Allerdings«, bestätigte Mr. Muir milde und blinzelte seinen Gästen zu. Aber in seinem Kopf pochte es, am liebsten hätte er die Katze mit bloßen Händen erwürgt, nur war er eben nicht der Typ, der so etwas fertigbringt.

Noch irritierender war die Art, wie die Katze ihn in Alltagssituationen ihre Abneigung spüren ließ. Wenn er und Alissa abends – jedes in seiner Sofaecke – beisammensaßen und lasen, sprang Miranda häufig ungebeten auf Alissas Schoß, während sie es geflissentlich vermied, sich von Mr. Muir auch nur anfassen zu lassen. Er spielte den Gekränkten, er spielte den Amüsierten. »Ich habe den Eindruck, daß Miranda mich nicht mehr mag«, klagte er. (Dabei hätte er inzwischen gar nicht sagen können, ob sie ihn überhaupt je gemocht hatte. Als ganz junges Tier vielleicht, das ihre Zärtlichkeiten noch völlig unterschiedslos verteilt hatte?) Alissa, die laut und sinnlich schnurrende Katze auf dem Schoß, lachte und sagte begütigend: »Natürlich mag sie dich, Julius. Aber du weißt doch, wie Katzen sind.«

»Ich lerne dazu.« Mr. Muir lächelte etwas gezwungen.

Doch hätte er das, was er dazulernte, nicht benennen können.

Wie er auf den Gedanken gekommen war, Miranda umzubringen, wußte er später nicht mehr zu sagen. Als er eines Tages mit ansehen mußte, wie sie einem mit seiner Frau befreundeten Regisseur um die Beine strich, sich in einem kleinen Kreis bewundernder Gäste schamlos produzierte (sogar ausgesprochene Katzenfeinde erlagen Mirandas Reizen, streichelten sie, kraulten ihr die Ohren, säuselten blödsinnige Koseworte), ertappte sich Mr. Muir bei dem Gedanken, daß er mit der Katze, die er schließlich aus freien Stücken ins Haus gebracht, für die er eine nicht unbeträchtliche Summe gezahlt hatte, eigentlich nach Belieben verfahren könne. Gewiß, die reinrassige Perserkatze war ein besonders wertvolles Stück in einem Hauswesen, in dem man auf den Erwerb von Besitztümern viel Sorgfalt und nicht eben wenig Geld verwendete, und Alissa liebte sie heiß und innig, letztlich aber gehörte sie Mr. Muir, und folglich war er auch Herr über Mirandas Schicksal.

»Ein bildschönes Tier! Männlich oder weiblich?« fragte einer seiner Gäste (oder vielmehr einer von Alissas Gästen, seit ihrer Rückkehr ans Theater hatte sie einen neuen, ziemlich gemischten Bekanntenkreis), und sekundenlang war er um eine Antwort verlegen. Die Frage ging ihm nach wie ein Rätsel: *Männlich oder weiblich?* »Weiblich natürlich«, sagte er dann liebenswürdig. »Schließlich heißt sie Miranda.«

Sollte er warten, bis Alissas Proben für das neue Stück angefangen hatten, oder lieber rasch handeln, ehe sein Entschluß wieder ins Wanken kam? (Alissa, eine nicht überragende, aber durchaus angesehene Schauspielerin, war als zweite Besetzung für die weibliche Hauptrolle in einem Broadway-Stück vorgesehen, das im September Premiere hatte). Und wie sollte er es angehen? Erwürgen kam nicht in Frage – ein so rücksichtslos brutales Vorgehen lag ihm nicht –, auch würde er sie kaum wie zufällig überfahren können (obschon das wirklich ein sehr glücklicher Umstand gewesen wäre).

An einem Mittsommerabend, als sich Miranda seidenweich-raffiniert auf den Schoß von Alissas neuem Freund geschmeichelt hatte (Alban war Schauspieler, Autor, Regisseur – ein offenbar vielseitig begabter Mensch), kam das Gespräch auf berüchtigte Mordfälle, auf Gifte, und Mr. Muir dachte zufrieden: *Natürlich! Gift!*

Am nächsten Morgen stöberte er im Schuppen des Gärtners herum, bis er den Zehn-Pfund-Sack mit körnigweißem Pulver, ein sogenanntes »Nagergift«, gefunden hatte oder vielmehr das, was davon übriggeblieben war. Im Herbst hatten sie eine Mäuseplage gehabt, und der Gärtner hatte auf dem Dachboden und im Keller Giftfallen ausgelegt. (Offenbar mit bestem Erfolg, denn die Mäuse waren verschwunden.) Das Raffinierte an diesem Gift war, daß es rasenden Durst verursachte, so daß die Tiere nach Verzehr des vergifteten Köders auf der Suche nach Wasser das Haus verließen und draußen verendeten. Ob das Gift »schnell und schmerzlos« wirkte, entzog sich Mr. Muirs Kenntnis.

Zur Ausführung seines Planes bot sich der Sonntagabend an; die Dienstboten hatten frei, und Alissa war, obwohl die Proben noch nicht angefangen hatten, auf ein paar Tage in die Stadt gefahren. Mr. Muir fütterte Miranda in ihrer gewohnten Küchenecke, nachdem er unter ihr übliches Fressen einen gehäuften Teelöffel Gift gemischt hatte. (Sie war wirklich ein verwöhntes Vieh! Seit sie mit sieben Wochen ins Haus gekommen war, bekam Miranda ein protein- und vitaminreiches spezielles Katzenfutter, angereichert mit roher gehackter Leber, Hühnerklein und weiß Gott noch was. Allerdings, sagte sich Mr. Muir zerknirscht, habe ich seinerzeit kräftig mitgeholfen, sie zu verwöhnen.)

Miranda fraß wie stets gierig, aber manierlich, ohne den Herrn des Hauses auch nur zur Kenntnis zu nehmen, geschweige denn Dankbarkeit an den Tag zu legen. Er hätte genausogut einer der Dienstboten oder ein beliebiger Fremder sein können. Wenn sie gemerkt hatte, daß etwas anders war als sonst – daß Mr. Muir ihr den Wassernapf weggenommen und nicht wieder hingestellt hatte zum Beispiel –, ließ sie es sich als echte Aristokratin nicht anmerken. Noch nie – weder bei Menschen noch bei Tieren – war ihm so viel Selbstgefälligkeit begegnet wie bei dieser weißen Perserkatze.

Beim Anblick der sich systematisch vergiftenden Miranda überkam Mr. Muir nicht das erwartete Hochgefühl, ja, er empfand nicht einmal Genugtuung, daß ein Unrecht wiedergutgemacht worden, daß der Gerechtigkeit (wie vage auch immer) Genüge getan war, sondern fast so etwas wie schmerzliche Trauer. Daß dieses verwöhnte Geschöpf den Tod verdient hatte, stand für ihn außer Zweifel; denn begeht nicht eine Katze im Laufe ihres Lebens zahllose Grausamkeiten gegenüber Vögeln, Mäusen, Karnickeln? Doch fand er es betrüblich, daß er, Julius Muir, der so viel für sie gezahlt hatte und der so stolz auf sie gewesen war, nun wohl oder übel die Rolle des Vollstreckers übernehmen mußte. Dennoch – die Tat hatte zu geschehen, und auch wenn er womöglich vergessen hatte, warum sie zu geschehen hatte, so wußte er doch, daß sie ihm aufgetragen war, ihm ganz allein.

Als sie neulich nach dem Abendessen mit ihren Gästen auf der Terrasse gesessen hatten, war weiß schimmernd Miranda aus dem Nichts aufgetaucht und auf der Gartenmauer entlangspaziert, den fedrigen Schwanz gereckt, eine seidige Halskrause um den hoch erhobenen Kopf, mit goldleuchtenden Augen. Wie aufs Stichwort, stellte Alissa fest. »Das ist Miranda. Komm und sag guten Abend. Ist sie nicht wunderschön?« (Denn Alissa wurde nie müde, sich über die Schönheit ihrer Katze auszulassen, eine harmlose Form von Narzißmus, sagte sich Mr. Muir.) Es gab die gewohnten Lobeshymnen oder Schmeicheleien. Die Katze, die natürlich ganz genau wußte, daß sie im Mittelpunkt stand, putzte sich, dann sprang sie mit raubtierhafter Grazie die steilen Steinstufen zum Flußufer hinunter, wo sie verschwand. In diesem Moment glaubte Mr. Muir zu begreifen, warum von dem Phänomen Miranda eine so beklemmende Faszination ausging: Sie verkörperte eine Schönheit, die zweckfrei und notwendig zugleich war, eine Schönheit, die (wenn man Mirandas Stammbaum bedachte) zur Gänze ein Kunstprodukt und dennoch (denn letztlich handelte es sich ja um ein Geschöpf aus Fleisch und Blut) völlig natürlich war. Natur pur.

Nur – ist Natur immer und unter allen Umständen ... etwas Natürliches?

Während die weiße Katze ihre Mahlzeit beendete (wobei sie wie üblich ein gutes Viertel ihres Futters unberührt im Napf ließ), sagte Mr. Muir laut und in einem Ton, in dem sich Kummer und Zufriedenheit mischten: »Aber das Schönsein rettet dich nicht.«

Die Katze hielt inne und sah mit ihrem starren, ungerührten Blick zu ihm auf. Sekundenlang erschrak er: Wußte sie Bescheid? Wußte sie ... es schon? Sie hatte nie majestätischer ausgesehen, fand er, mit ihrem reinweißen, seidenweichen Fell, der wie frisch gebürsteten dichten Halskrause, dem schmollenden Mopsgesicht, den langen steifen Schnurrhaaren, den wachsam hochgestellten schönen Ohren. Und dann natürlich die Augen ...

Schon immer hatten ihn Mirandas Augen fasziniert, diese bernsteingoldenen Augen, die sie scheinbar beliebig aufleuchten lassen konnte. Wenn man sie bei Nacht sah – vom Mond beschienen oder im Lichtkegel des Wagens, in dem die Muirs heimkamen –, strahlten sie wie kleine Scheinwerfer. »Was meinst du, ist das Miranda?« fragte dann Alissa, wenn sie den doppelten Lichtstrahl im hohen Gras am Straßenrand sah. »Kann schon sein«, antwortete Mr. Muir. »Sie wartet auf uns!« stieß dann Alissa in kindlicher Aufregung hervor. »Ist das nicht süß? Sie hat darauf gewartet, daß wir heimkommen.« Mr. Muir, der bezweifelte, daß die Katze ihre Abwesenheit überhaupt bemerkt, geschweige denn sehnsüchtig auf ihre Rückkehr gewartet hatte, äußerte sich dazu nicht.

Dann gab es da noch einen Punkt, Mirandas Augen betreffend, über den sich Mr. Muir nicht genug wundern konnte; während der menschliche Augapfel weiß und die Iris farbig ist, haben Katzen einen farbigen Augapfel und eine pechschwarze Iris. Grün, gelb, grau, ja, sogar blau – der ganze Augapfel! Und die Iris mit ihren empfindlichen Reaktionen auf Lichteinwirkung oder sonstige Reize kann sich zu rasiermesserdünnen Schlitzen zusammenziehen und so weit werden, daß die

Schwärze fast das ganze Auge ausfüllt ... Als sie jetzt zu ihm aufsah, war in ihren Augen kaum noch Farbe zu sehen.

»Nein, Schönsein rettet dich nicht, damit allein ist es nicht getan«, sagte Mr. Muir leise. Mit zitternden Fingern öffnete er die Fliegentür und ließ die Katze in die Nacht hinaus. Im Vorbeigehen rieb sich diese unberechenbare Kreatur kurz an seinen Beinen, was sie seit vielen Monaten, ja, vielleicht seit Jahren nicht mehr getan hatte.

Alissa war zwanzig Jahre jünger als Mr. Muir, wirkte aber noch jugendlicher – eine zierliche Frau mit sehr großen, sehr hübschen braunen Augen, schulterlangem blonden Haar und dem beschwingten, wenn auch zuweilen etwas hektischen Benehmen einer routinierten Naiven. Sie war als Schauspielerin nur mäßig begabt, und auch ihr Ehrgeiz war, wie sie bereitwillig zugab, nur mäßig, denn die Schauspielerei ist, wenn man sie ernsthaft betreibt, eine elende Schinderei. Auch dann, wenn man es irgendwie schafft, sich gegen die Konkurrenz durchzusetzen.

»Und Julius kümmert sich ja so rührend um mich«, sagte sie, wenn das Thema zur Sprache kam, und hakte sich bei ihm ein oder legte kurz den Kopf an seine Schulter. »Ich habe hier alles, was ich brauche ...« *Hier* war das Landhaus, das Mr. Muir ihr zur Hochzeit gekauft hatte. (Natürlich hatten sie auch eine Wohnung in dem zwei Autostunden weiter südlich gelegenen Manhattan, aber Mr. Muir hatte nichts mehr für die Großstadt übrig, sie strapazierte seine Nerven wie Katzenkrallen, die über einen Wandschirm schurren, und kam nur noch selten nach New York.) Unter ihrem Mädchennamen Howth hatte Alissa – mit Unterbrechungen – acht Jahre Theater gespielt; ihre erste, als Neunzehnjährige geschlossene Ehe mit einem bekannten, berüchtigten und inzwischen verstorbenen Hollywoodschauspieler war eine Katastrophe gewesen, über die sie im einzelnen nichts erzählen mochte. (Und Mr. Muir hütete sich, sie nach diesen Jahren zu fragen, für ihn war es, als habe es sie nie gegeben.)

Als sie sich kennenlernten, machte Alissa gerade eine vorübergehende Spielpause, wie sie sich ausdrückte. Sie hatte einen kleinen Erfolg am Broadway gehabt, den sie aber nicht hatte ausbauen können. Und war diese ständige Plackerei eigentlich all die Mühe wert? Das ständige Vorsprechen, Saison für Saison, das Kräftemessen mit den Neuen, den »vielversprechenden« jungen Talenten ... Ihre erste Ehe war gescheitert, sie hatte eine Reihe von Affären mit mehr oder weniger Tiefgang gehabt (die genaue Anzahl sollte Mr. Muir nie erfahren), und vielleicht war es wirklich an der Zeit, sich ins Privatleben zurückzuziehen. Und da war nun eben dieser Julius Muir – nicht mehr jung, nicht ausgesprochen bestrickend, aber wohlhabend, wohlerzogen, in sie vernarrt und ... nun ja.

Mr. Muir seinerseits war hingerissen von Alissa und hatte Zeit genug und Geld genug, sie hingebungsvoller als jeder andere Verehrer zu umwerben. Er sah, so schien es, Eigenschaften in ihr, die noch niemand an ihr entdeckt hatte; seine Phantasie war für einen so zurückhaltenden, in sich gekehrten Mann überaus lebhaft, farbig – und sehr, sehr schmeichelhaft. Ausdrücklich beteuerte er, es störe ihn nicht, daß er sie mehr liebte als sie ihn – obschon Alissa widersprach, auch sie liebe ihn ja, würde sie ihn denn sonst heiraten wollen?

Ein paar Jahre war vage die Rede davon, »eine Familie zu gründen«, aber daraus wurde nichts. Alissa hatte zuviel zu tun oder war gesundheitlich nicht ganz auf der Höhe, sie waren gerade auf Reisen, oder Mr. Muir machte sich Gedanken um die unabsehbaren Folgen eines Kindes für ihre Ehe (denn sicher hätte doch dann Alissa weniger Zeit für ihn). Die Jahre vergingen, und eine Weile bedrückte ihn der Gedanke, daß er, wenn er starb, keinen Erben, das heißt kein eigenes Kind haben würde, aber das war nun nicht zu ändern.

Sie führten ein sehr reges gesellschaftliches Leben, hatten ständig etwas vor. Und dann gab es ja auch noch diese bildschöne weiße Perserkatze. »Für Miranda wäre ein Baby im Haus ein ausgesprochenes Trauma«, sagte Alissa. »Das können wir ihr eigentlich nicht antun.«

»Nein, wirklich nicht«, bestätigte Mr. Muir.

Und dann beschloß Alissa unvermittelt, ans Theater zurückzukehren, sich wieder ihrer »Karriere« zu widmen, wie sie gewichtig sagte, als handele es sich dabei um ein Phänomen, auf das sie selbst keinen Einfluß hatte, um das Diktum einer höheren Macht. Und Mr. Muir freute sich für sie, ja, er freute sich wirklich sehr. Er war stolz auf die Professionalität seiner Frau, er war nicht eifersüchtig auf ihren immer größer werdenden Freundes-, Bekannten-, Kollegenkreis. Er war nicht eifersüchtig auf ihre Schauspielerkollegen und Kolleginnen – Rikka, Mario, Robin, Sibyl, Emile und jetzt Alban mit den feuchten dunkelglänzenden Augen und dem raschen gewinnenden Lächeln. Auch neidete er ihr nicht die Zeit, die sie auswärts oder zu Hause arbeitend in ihrem sogenannten Studio verbrachte. Als reife Frau gab Alissa Howth besonders gern rauhe, aber herzliche Typen, auch wenn sie dadurch auf bestimmte Rollen festgelegt war, Rollen, für die ohnehin nur ältere Schauspielerinnen in Frage kamen und für die nicht unbedingt Äußerlichkeiten ausschlaggebend waren. Sie spielte jetzt viel besser, viel subtiler, das sagten alle.

Ja, Mr. Muir war stolz auf seine Frau und freute sich für sie. Und wenn er hin und wieder so etwas wie einen leichten Groll verspürte – nein, vielleicht nicht einmal das, sondern nur einen Hauch von Bedauern darüber, daß ihr Leben nicht mehr eins war, sondern auf getrennten Wegen verlief –, war er zu sehr Gentleman, um sich das anmerken zu lassen.

»Wo ist Miranda? Hast du Miranda heute schon gesehen?«

Es wurde Mittag, es wurde vier, es dunkelte – und Miranda war noch nicht wieder da. Alissa hatte fast den ganzen Tag am Telefon verbracht – die Anrufe rissen nicht ab – und erst nach und nach begriffen, wie lange die Katze schon fort war. Sie ging nach draußen, rief, schickte Dienstboten nach ihr aus. Und natürlich trug auch Mr. Muir sein Teil bei, er lief auf dem Grundstück herum und in den Wald hinein, er legte die Hände an den Mund und rief mit hoher, zitternder Stimme: »Miez-

miez-miez-miez! Miez-miez-miez …« Wie kläglich, wie töricht – wie vergeblich. Und doch mußte es sein, denn es war das, was in so einer Situation erwartet wurde. Julius Muir, fürsorglichster aller Ehemänner, kämpfte sich durchs Unterholz und suchte nach der Perserkatze seiner Frau …

Arme Alissa, dachte er. Sie wird tagelang, womöglich wochenlang untröstlich sein.

Auch ihm würde Miranda fehlen, zumindest als Teil des Inventars. Im Herbst hätten sie die Katze zehn Jahr gehabt.

Das Abendessen verlief an diesem Tag gedämpft, fast bleiern. Nicht nur, weil Miranda nicht da war (was Alissa in ganz außerordentliche und offenbar ehrliche Unruhe versetzte), sondern weil Mr. Muir und seine Frau allein dinierten; der nur für zwei Personen gedeckte Tisch schien fast unästhetisch. Und diese widernatürliche Ruhe … Mr. Muir versuchte Konversation zu machen, aber seine Stimme verlor sich sehr bald in schuldbeladenem Schweigen. Während des Essens stand Alissa einmal auf, um einen Anruf entgegenzunehmen (aus Manhattan, wie konnte es anders sein, ihr Agent, ihr Regisseur, Alban oder eine Freundin – es war wohl dringend, denn in solchen Stunden der Zweisamkeit ließ Mrs. Muir sonst keine Gespräche durchstellen), und Mr. Muir beendete sein einsames Mahl geknickt, verletzt und in einer Art Trance, ohne etwas zu schmecken. Er dachte an den vergangenen Abend, an den durchdringenden Geruch des Katzenfutters, die weißen Giftkörner, den Blick der schlauen Kreatur, als sie sich an seinen Beinen gerieben hatte in einer verspäteten Geste … der Zuneigung? Des Vorwurfs? Des Spotts? Wieder schlug ihm das Gewissen, aber die tiefinnerliche Genugtuung überwog. Dann blickte er auf – und sah etwas Weißes auf der Gartenmauer entlangspazieren …

Miranda war wieder da.

Sprachlos vor Entsetzen sah er hin, hoffte, das Trugbild würde wieder verschwinden.

Dann stand er benommen auf und zwang sich, so etwas wie Frohlocken in seiner Stimme anklingen zu lassen. »Miranda ist heimgekommen«, rief er zu Alissa ins Nebenzimmer hinüber. »Alissa, Liebling! Miranda ist wieder da.«

Ja, es war Miranda, die mit bernsteingelb leuchtenden Augen von der Terrasse ins Speisezimmer blickte. Mr. Muir zitterte, aber es dauerte nicht lange, bis sein Verstand die Tatsache verarbeitet und eine logische Erklärung dafür gefunden hatte. Sie hatte das Gift erbrochen, ja, so mußte es gewesen sein. Oder das Gift hatte nach einem kalten feuchten Winter im Gartenschuppen seine Wirkung verloren.

Jetzt aber hieß es ganz schnell die Schiebetür entriegeln, um die weiße Katze einzulassen. Seine Stimme bebte vor Erregung: »Alissa! Eine gute Nachricht! Miranda ist wieder da.«

Alissas Freude war so groß, seine eigene Erleichterung zunächst so aufrichtig, daß ihm, während er über den fedrigen Katzenschweiz strich und Alissa ihre Miranda überschwenglich begrüßte, der Gedanke durch den Kopf ging, er habe grausam und selbstsüchtig und für ihn sehr untypisch gehandelt, so daß er beschloß, der Katze, die dem Tod von der Hand ihres Herrn entkommen war, das Leben zu schenken. Er würde es *nicht* ein zweites Mal versuchen.

Ehe er mit sechsundvierzig Jahren geheiratet hatte, hatte Julius Muir – wie die meisten unverheirateten Männer und Frauen eines ganz bestimmten introvertierten und zurückhaltenden Typs, die eher passiv beobachtend denn als aktive Macher durchs Leben gehen –, die Ehe als etwas Bedingungsloses gesehen, hatte geglaubt, Mann und Frau seien in mehr als bildlichem Sinne ein Fleisch. Seine eigene Ehe allerdings war in diesem Sinne entschieden reduziert, der eheliche Verkehr war praktisch eingestellt, und es bestand wenig Aussicht auf eine Wiederaufnahme. Schließlich wurde er demnächst siebenundfünfzig (auch wenn er sich manchmal fragte: Ist das wirklich so alt?).

In den ersten zwei, drei Ehejahren (als Alissas Stern am Theaterhimmel im Sinken war, wie sie zu sagen pflegte), hatten sie zusammen in einem Doppelbett geschlafen wie alle Ehepaare (jedenfalls ging Mr. Muir davon aus, daß dies der Brauch war, denn für das Verständnis des Begriffs Ehe war die seine nicht sehr hilfreich). Immer öfter aber führte Alissa Klage darüber, daß sie wegen Mr. Muirs nächtlicher »Unruhe« – mit Zappeln, Treten, Fuchteln, gelegentlichem lauten Reden – nicht schlafen könne. Wenn sie ihn weckte, wußte er sekundenlang nicht, wo er war, entschuldigte sich dann ausgiebig und sehr geniert und begab sich zum Schlafen (wenn er denn schlafen konnte) in ein anderes Zimmer. Mr. Muir fand diese Situation zwar unbefriedigend, hatte aber für Alissa volles Verständnis: Die Ärmste hatte, sensibel wie sie war, seinetwegen gewiß manch schlaflose Nacht verbracht, ohne ihm davon ein Sterbenswort zu sagen. Typisch für sie, diese Rücksichtnahme; sie konnte einfach niemandem weh tun.

Infolgedessen war es ihnen zur lieben Gewohnheit geworden, daß Mr. Muir zuerst ein halbes Stündchen bei seiner Frau verbrachte, wenn sie sich hingelegt hatte, und sich dann – auf Zehenspitzen, um sie nicht zu stören – in ein anderes Zimmer schlich, um dort ungestört zu schlafen (sofern das seine gelegentlichen Alpträume zuließen, von denen er die am meisten fürchtete, die ihn nicht weckten).

In den letzten Jahren hatte das zu einer weiteren Konsequenz geführt. Alissa hatte es sich angewöhnt, noch lange wachzubleiben, im Bett zu lesen, fernzusehen oder gar zu telefonieren, so daß es Mr. Muir sinnvoll fand, sich nach einem zärtlichen Gutenachtkuß gleich in sein Zimmer zurückzuziehen. Manchmal meinte er im Schlaf, Alissa rufen zu hören; dann wachte er auf, lief auf den dunklen Gang hinaus, blieb ein, zwei Minuten erwartungsvoll vor ihrer Tür stehen und fragte flüsternd: »Alissa? Alissa, Liebling... Hast du mich gerufen?«

Ebenso unvorhersehbar und wetterwendisch wie Mr. Muirs schwere Träume waren die nächtlichen Gepflogenheiten der Katze Miranda. Zuweilen rollte sie sich behaglich am Fußende von Alissas Bett zusammen und schlief dort friedlich bis zum nächsten Morgen durch, dann wieder ruhte sie nicht, bis man sie hinausließ, so gern Alissa es auch hatte, wenn die Katze auf ihrem Bett schlief. Es sei irgendwie tröstlich, sagte Alissa (kindisch, ich weiß, fügte sie dann gern hinzu), die weiße Perserkatze die ganze Nacht in ihrem Zimmer zu wissen, ihr Gewicht warm und fest auf dem Satinbezug am Fußende ihres Bettes zu spüren.

Andererseits wußte Alissa natürlich, daß man eine Katze zu nichts zwingen kann. »Das ist fast so was wie ein Naturgesetz«, sagte sie feierlich.

Wenige Tage nach dem mißlungenen Giftmord war Mr. Muir in der frühen Dämmerung mit seinem Wagen auf dem Heimweg, als er eine Meile vor seinem Grundstück die weiße Katze sah; reglos, wie gelähmt vom Scheinwerferstrahl, saß sie auf der Gegenfahrbahn. Ungebeten schoß ihm der Gedanke *Ich will sie nur ein bißchen erschrecken* durch den Kopf. Er riß das Steuer herum und hielt auf sie zu. Die goldenen Augen leuchteten auf – in blanker Überraschung, vielleicht aber auch erschrocken oder in plötzlicher Erkenntnis. Es ist ja nur wegen der ausgleichenden Gerechtigkeit, dachte Mr. Muir, gab Gas, fuhr geradewegs auf die weiße Perserkatze zu und erwischte sie, ehe sie sich in den Straßengraben hatte flüchten können, mit dem linken Vorderrad. Ein dumpfer Schlag, ein Aufjaulen, ein ungläubiger Aufschrei – und es war vollbracht.

Mein Gott! Es war *vollbracht*!

Zitternd und mit trockenem Mund besah sich Mr. Muir im Rückspiegel die unbewegliche weiße, rot umflossene Gestalt. Er hatte Miranda nicht töten wollen, aber diesmal hatte er es geschafft... ohne Vorsatz und deshalb ohne Schuldgefühle.

Und jetzt war die Tat vollbracht.

»Und keine Reue dieser Welt kann sie rückgängig machen«, sagte er leise und sehr erstaunt.

Mr. Muir war ins Dorf gefahren, um aus der Apotheke ein Medikament für Alissa zu holen; sie war in der Stadt gewesen, um etwas am Theater zu erledigen, war spät in einem überfüllten Pendlerzug nach Hause gekommen und hatte sich gleich hingelegt, weil sie merkte, daß eine Migräne im Anzug war.

Jetzt kam er sich herzlos vor und wie ein Heuchler, weil er seiner Frau Kopfschmerzentabletten brachte und dabei ganz genau wußte, daß sich ihre Migräne verzehnfachen würde, wenn sie von seiner Tat wüßte. Aber wie hätte er ihr klarmachen sollen, daß er diesmal Miranda gar nicht hatte umbringen wollen, daß das Lenkrad sich wie von selbst gedreht, sich seinem Griff entwunden hatte? Denn so hatte Mr. Muir, der noch immer zitterte und so erregt war, als sei er selbst einem gewaltsamen Tod nahe gewesen, den Vorfall in Erinnerung behalten.

Auch den gräßlichen Schrei der Katze hatte er noch in Erinnerung, den der Aufprall jäh, aber nicht sofort hatte verstummen lassen.

Und hatte der Kotflügel des feinen englischen Wagens etwa eine Delle? Mitnichten. Und sah man Blut am linken Vorderrad? Mitnichten.

Und gab es sonst irgendwelche Spuren auch nur des kleinsten Mißgeschicks? Mitnichten.

»Keine Beweise«, sagte sich Mr. Muir zufrieden, »keine Beweise.« Immer zwei Stufen auf einmal nehmend rannte er die Treppe zu Alissas Zimmer hinauf. Als er die Hand hob, um zu klopfen, hörte er erleichtert, daß es Alissa offenbar besser ging. Sie führte ein angeregtes Telefongespräch und ließ dabei sogar ihr silberhelles Lachen ertönen, das ihn an das Klingeln von Glöckchen in einem lauen Sommerwind erinnerte. Das Herz ging ihm auf vor Liebe und Dankbarkeit. »Liebste Alissa … wie glücklich wir von jetzt an sein werden.«

Und dann begab sich zur Schlafenszeit das Unglaubliche: Die weiße Katze tauchte wieder auf. *Sie war gar nicht tot.*

Mr. Muir, der in Alissas Zimmer noch einen Schlaftrunk mit ihr nahm, sah sie zuerst: Miranda war aufs Dach geklettert – wohl an einem Rosenspalier, das sie häufig zu diesem Zweck benutzte –, und ihr Mopsgesicht erschien an einem der Fenster; es war wie eine gespenstische Wiederholung der nur wenige Tage zurückliegenden Szene. Mr. Muir war wie gelähmt vor

Schreck, und es war Alissa, die aus dem Bett sprang, um die Katze hereinzulassen.

»Du machst Sachen, Miranda ... Was denkst du dir eigentlich dabei?«

Die Katze war diesmal nicht so lange fort gewesen, daß man sich hätte Sorgen machen müssen; ein unvoreingenommener Beobachter allerdings hätte nach Alissas überschwenglicher Begrüßung durchaus zu dieser Annahme kommen können. Und Mr. Muir mußte herzklopfend und zutiefst angewidert gute Miene zum bösen Spiel machen und konnte nur hoffen, daß Alissa das blanke Entsetzen in seinem Blick nicht bemerkt hatte.

Die Katze, die er überfahren hatte, mußte eine andere Katze gewesen, konnte nicht Miranda gewesen sein ... Ganz offensichtlich nicht Miranda. Eine andere weiße Perserkatze mit bernsteingelben Augen ...

Alissa überschüttete Miranda mit Zärtlichkeiten, streichelte sie, tat alles, um sie aufs Bett zu locken, aber nach ein paar Minuten sprang sie wieder herunter und kratzte an der Tür. Sie hatte kein Abendessen gehabt, sie hatte Hunger, sie hatte genug von den Zärtlichkeiten ihrer Herrin. Ihrem Herrn, der sie angeekelt betrachtete, gönnte sie nicht einen einzigen Blick. Jetzt wußte er, daß er sie töten mußte – und sei es auch nur, um zu beweisen, daß er einer solchen Tat fähig war.

Nach diesem Zwischenfall ging die Katze Mr. Muir aus dem Wege – nicht mehr lässig-gleichmütig wie früher, sondern ganz geflissentlich und deutlich des Wandels ihrer Beziehung bewußt. Daß er versucht hatte, sie umzubringen, konnte sie natürlich nicht wissen, möglicherweise aber spürte sie es. Vielleicht hatte sie sich im Buschwerk an der Straße versteckt und gesehen, wie er ihre unglückliche Doppelgängerin überfahren hatte ...

Das war ziemlich, ja, es war im Grunde ganz und gar unwahrscheinlich, wie Mr. Muir sehr wohl wußte. Wie sonst aber hätte er sich ihr Verhalten, ihre unmißverständlich zur Schau gestellte oder zumindest simulierte animalische Furcht erklären sollen? Den jähen Satz auf einen Schrank, wenn er ins Zimmer kam; den Sprung auf den Kaminsims (wobei sie wie in voller Absicht eine seiner geschnitzten Jadefiguren herunterwarf, die in tausend Stücke zerbrach); die ungraziöse Rutschpartie durch eine offene Tür, wobei die spitzen Zehennägel auf dem Parkettboden klicken. Näherte er sich ihr draußen, kletterte sie geräuschvoll an einem der Rosenspaliere, an der Weinlaube oder an einem Baum hoch oder flüchtete wie gehetzt ins Unterholz. Alissa staunte immer wieder über dieses scheinbar sinnlose Verhalten. »Was meinst du, ob Miranda krank ist?« fragte sie. »Sollen wir mit ihr zum Tierarzt gehen?« »Ich weiß nicht recht, ob sie sich dazu einfangen läßt«, sagte Mr. Muir beklommen. »Oder ob ich mir zutraue, sie dazu einzufangen...«

In diesem Moment hätte er Alissa am liebsten das Verbrechen – oder das versuchte Verbrechen – gebeichtet: Er hatte die verhaßte Kreatur umgebracht – *und sie war nicht gestorben.*

Eines Abends Ende August träumte Mr. Muir von frei im Raum schwebenden glühenden Augen. Und inmitten dieser Augen, altmodischen Schlüssellöchern gleich, die nachtschwarze Iris – Pforten ins Nichts. Er konnte sich nicht rühren, nicht wehren. Ein warmes, pelziges Gewicht legte sich genüßlich auf seine Brust und dann auf sein Gesicht. Die schnurrhaarbewehrte weiße Schnauze berührte in einem diabolischen Kuß seinen Mund, nahm ihm den Atem...

»Nein... nein! Hilfe! O Gott...«

Die feuchte Schnauze an seinem Mund, die ihm den Atem raubte... Keine Möglichkeit, ihr zu entkommen... Arme wie Blei, der ganze Körper wie gelähmt...

»Hilfe... *Hilfe!*«

Von seinen Hilferufen, seinen hektischen Bewegungen wachte er auf. Obschon ihm sogleich klar war, daß er geträumt haben mußte, ging sein Atem noch immer flach und schnell, sein Herz hämmerte so heftig, daß er glaubte sterben zu müssen. Hatte nicht erst neulich sein Arzt ihn ernsthaft auf eine beginnende Herzschwäche, die Möglichkeit eines Herzstillstandes hingewiesen? Und war es nicht sonderbar, daß er noch nie einen so hohen Blutdruck gehabt hatte?

Mr. Muir wälzte sich aus dem feuchten, zerwühlten Bett und machte mit zitternden Händen Licht. Wie gut, daß er allein war, daß Alissa diese neueste Nervenkrise nicht miterlebt hatte.

»Miranda?« flüsterte er. »Bist du da?«

Er schaltete eine Deckenlampe ein. Das Schlafzimmer war voll flüchtiger Schatten und ihm in diesem Augenblick vollkommen fremd.

»Miranda?«

Dieses raffinierte, verderbte Geschöpf, diese elende Kreatur! Die Vorstellung, daß die kätzische Schnauze seine Lippen berührt hatte, die Schnauze eines Tieres, das Mäuse und Ratten fraß, unaussprechliche schmutzige Dinge draußen im Wald... Mr. Muir ging ins Badezimmer und spülte sich den Mund aus, wobei er sich gut zuredete: Es war schließlich nur ein Traum und die Katze eine Phantasmagorie, und natürlich war Miranda nicht hier im Zimmer.

Und doch... ihr Gewicht hatte warm, pelzig, unverkennbar auf seiner Brust gelegen. Sie hatte versucht, ihm den Atem zu rauben, ihn zu erwürgen, zu ersticken, sein armes Herz anzuhalten. *Es lag in ihrer Macht.* »Nur ein Traum«, sagte Mr. Muir laut und lächelte seinem Spiegelbild bläßlich zu. (Kaum zu glauben, daß diese bleiche, elende Gestalt er selbst sein sollte...) Lauter und in wissenschaftlich präzisem Ton wiederholte Mr. Muir: »Ein törichter Traum. Ein Traum, wie Kinder ihn träumen. Oder Frauen.«

Als er wieder in seinem Zimmer war, hatte er das flüchtige Gefühl, daß irgend etwas unbestimmt Weißes unter sein Bett huschte. Er hockte sich hin und sah nach, fand aber natürlich nichts.

Auf dem hochflorigen Teppich aber fand er Katzenhaare. Weiße, feste Haare – unverkennbar aus Mirandas Fell. »Das ist der Beweis«, sagte er erregt. Ein paar verstreute Haare an der Tür, sehr viel mehr am Bett – als habe das Tier dort eine Weile gelegen, sich gar gewälzt (wie Miranda es draußen auf der Terrasse in der Sonne zu tun pflegte), die graziösen Glieder hingebungsvoll von sich gestreckt. Oft genug hatte Mr. Muir das erstaunlich genießerische Gehabe der Katze bei solchen Anlässen bewundert, eine Lust des Fleisches (und des Fells), zu der er keinen Zugang hatte. Schon vor der Verschlechterung ihrer Beziehung hatte es ihn immer wieder gedrängt, einfach hinzugehen und kräftig mit dem Absatz auf diesen zarten, ungeschützten, rosablassen Bauch zu treten...

»Miranda? Wo bist du? Bist du noch da?« fragte Mr. Muir kurzatmig. Als er sich jetzt nach dem langen Hocken mühsam aufrichtete, taten ihm die Beine weh.

Mr. Muir suchte das ganze Zimmer ab, aber die weiße Katze war offenbar verschwunden. Er ging auf den Balkon, lehnte sich ans Geländer, blinzelte in die von mattem Mondlicht durchdrungene Dunkelheit, sah aber nichts; verstört, wie er war, hatte er vergessen, die Brille aufzusetzen. Minutenlang atmete er die feuchtwarme Nachtluft ein und versuchte so, wieder zur Ruhe zu kommen, aber irgend etwas stimmte nicht. Er meinte leises Gemurmel zu hören... eine Stimme? Stimmen?

Dann sah er sie: eine geisterhaft weiße Erscheinung im Gebüsch. Mr. Muir blinzelte, machte große Augen, konnte aber nichts Genaues ausmachen. »Miranda...?« Über ihm trappelte und raschelte es. Er drehte sich um. Auf dem Steildach bewegte sich etwas Weißes, stieg just in diesem Moment behende über den Dachfirst. Er blieb – vor Angst oder aus Berechnung, das hätte er nicht zu sagen gewußt – regungslos stehen. Daß es mehr als eine weiße Katze, mehr als eine weiße Perserkatze, ja, mehr als eine Miranda gab, war eine Möglichkeit, die er bisher nicht in Betracht gezogen hatte. »Aber vielleicht ist das des Rätsels Lösung«, sagte er sich, bei aller Angst konnte er so klar und scharf denken wie eh und je.

Es war nicht sehr spät, noch nicht mal eins; das Gemurmel erwies sich als Alissas Stimme, hin und wieder unterbrochen durch ihr silberhelles Lachen. Man hätte fast meinen können, es sei jemand bei ihr im Zimmer…, aber natürlich führte sie nur eins ihrer nächtlichen Telefongespräche, vermutlich mit Alban… Wahrscheinlich hechelten sie wieder einmal in aller Harmlosigkeit ihre Kolleginnen und Kollegen, gemeinsame Freunde und Bekannte durch. Alissas Balkon lag auf der gleichen Seite wie der von Mr. Muir, was erklärte, daß ihre Stimme (oder waren es nicht doch *Stimmen*? Mr. Muir horchte verwirrt) so deutlich zu hören war. Er sah kein Licht in ihrem Zimmer. Sie telefonierte offenbar im Dunkeln.

Mr. Muir wartete noch ein paar Minuten, aber die weiße Erscheinung dort unten im Gebüsch war verschwunden. Und das Schieferdach über ihm, das in matten, ungleichmäßigen Flecken das Mondlicht zurückwarf, war leer. Er war allein und beschloß, sich wieder hinzulegen, sorgte aber vorher noch dafür, daß er auch allein blieb. Er schloß alle Fenster und die Tür ab und schlief bei Licht, dabei aber so tief und fest, daß er erst durch Alissas Klopfen erwachte. »Julius? Julius? Hast du was, Liebling?« rief sie. Überrascht sah er, daß es fast zwölf war. Er hatte viel länger geschlafen als sonst.

Alissa verabschiedete sich, sie hatte es eilig; eine Limousine würde sie in die Stadt bringen, wo sie mehrere Tage hintereinander zu tun hatte; sie machte sich Sorgen um ihn, um seine Gesundheit, hoffentlich doch nichts Ernstes… »Aber nein«, sagte Mr. Muir gereizt. Nach dem späten Aufstehen war er benommen und desorientiert, der lange Schlaf hatte ihn nicht erquickt. Als Alissa ihn zum Abschied küßte, war es, als ließe er ihren Kuß nur notgedrungen über sich ergehen, und als sie aus dem Haus war, mußte er sich zusammennehmen, um nicht mit dem Handrücken über den Mund zu fahren.

»Gott helfe uns«, flüsterte er.

Mr. Muirs zunehmend verdüsterte Gemütslage brachte es mit sich, daß er nach und nach die Freude am Sammeln verlor. Als ein Antiquar ihm eine seltene Oktavausgabe des »Directorium Inquisitorum« anbot, berührte ihn das so wenig, daß er sich den Schatz von einem Mitbewerber wegschnappen ließ. Wenige Tage später reagierte er womöglich noch lauer auf die Chance, bei einer Quartausgabe von Machiavellis »Belfagor« mitzubieten. »Haben Sie irgendwas, Mr. Muir?« fragte ihn der Händler. (Sie waren seit einem Vierteljahrhundert miteinander im Geschäft.) »*Habe* ich irgendwas?« wiederholte Mr. Muir ironisch und brach das Telefongespräch ab. Der Mann sollte nie wieder von ihm hören.

Noch bedenklicher war, daß Mr. Muir neuerdings keinerlei Interesse an finanziellen Fragen hatte. Er nahm keine Anrufe der Wallstreet-Gentlemen mehr entgegen, die sein Vermögen verwalteten; ihm genügte es nun zu wissen, daß das Geld da war und immer da sein würde, Details zu diesem Thema empfand er nur noch als störend und profan.

In der dritten Septemberwoche fand die Premiere des Stückes statt, in dem Alissa die zweite Besetzung spielte; es wurde mit überschwenglichen Kritiken bedacht, was auf eine erfreulich lange Laufzeit hoffen ließ. Auch wenn die weibliche Hauptdarstellerin sich bester Gesundheit erfreute und kaum damit zu rechnen war, daß sie eine Vorstellung würde versäumen müssen, sah Alissa sich genötigt, häufig – manchmal für eine ganze Woche – in die Stadt zu fahren. (Was sie dort tat, wie sie sich Tag für Tag, Abend für Abend beschäftigte, wußte Mr. Muir nicht, und er war zu stolz, um sie danach zu fragen.) Wenn sie ihn aufforderte, das Wochenende mit ihr zu verbringen (er könne bei dieser Gelegenheit ja zu seinen Antiquaren gehen, das habe er doch früher so gern gemacht), sagte Mr. Muir schlicht: »Warum? Ich habe hier auf dem Land alles, was ich zu meinem Glück brauche.«

Seit dem Erstickungsversuch belauerten sich Mr. Muir und Miranda noch wachsamer. Die weiße Katze mied ihn nun nicht mehr, vielmehr hielt sie, wenn er ins Zimmer kam, gleichsam herausfordernd die Stellung. Ging er auf sie zu, wich sie erst im letzten Moment zurück, oft drückte sie sich flach auf den Boden und ringelte sich schlangengleich davon. Wenn er fluchte, bleckte sie fauchend die Zähne. Er lachte laut, um ihr zu zeigen, wie wenig ihn das kümmerte; sie sprang auf einen

Schrank, wo er sie nicht greifen konnte, und verfiel in einen seligen Katzenschlaf. Jeden Abend zur vereinbarten Zeit rief Alissa an, jeden Abend erkundigte sie sich nach Miranda. »So schön und gesund wie immer«, antwortete dann Mr. Muir. »Schade, daß du sie nicht sehen kannst.«

Im Lauf der Zeit wurde Miranda kühner und bedenkenloser – wobei sie womöglich die Reflexe ihres Herrn unterschätzte. Manchmal lief sie ihm unerwartet zwischen die Beine, so daß er fast die Treppe herunterfiel; sogar dann, wenn er eine potentielle Waffe in der Hand hatte – ein Fleischmesser, einen Schürhaken, ein schweres ledergebundenes Buch –, traute sie sich an ihn heran. Ein- oder zweimal sprang sie Mr. Muir sogar, während er allein und gedankenversunken bei Tisch saß, auf den Schoß und von da über den Eßtisch, so daß Schüsseln und Gläser umfielen.

»Biest!« fuhr er sie an, versuchte sie zu packen und griff in die Luft. »Was willst du von mir?«

Was mochten wohl die Dienstboten über ihn erzählen, was für Hintertreppengeschichten über ihn verbreiten? Und wieviel davon mochte Alissa in der Stadt davon zu Ohren kommen?

Eines Abends aber beging Miranda einen taktischen Fehler, und Mr. Muir bekam sie tatsächlich zu fassen. Sie hatte sich in sein Arbeitszimmer geschlichen, wo er bei Lampenlicht über seinen seltensten und kostbarsten Münzen (aus Mesopotamien und Etrurien) saß, und hoffte offenbar darauf, notfalls durch die Tür entkommen zu können. Mr. Muir aber sprang mit fast katzenhafter Behendigkeit auf und trat gegen die Tür, so daß sie zufiel. Und nun gab es eine Jagd! Einen Kampf! Ein Getobe! Mr. Muir fing die Katze ein, verlor sie, fing sie von neuem, verlor sie von neuem; sie kratzte ihm beide Handrükken und das Gesicht blutig; er bekam sie wieder zu fassen, schlug sie gegen die Wand, legte ihr die blutigen Hände um den Hals und drückte zu. Jetzt hatte er sie, keine Macht der Erde konnte ihn dazu bringen, sie wieder loszulassen. Die Katze schrie und kratzte und trat und zappelte und schien in den letzten Zügen zu liegen. Mr. Muir hockte geduckt vor ihr, dicke, sichtbare pochende Adern auf der Stirn. »Jetzt hab ich dich! Jetzt!« Und just in dem Moment, als das Lebenslicht der weißen Perserkatze schon fast erloschen war, wurde die Tür zu Mr. Muirs Arbeitszimmer aufgerissen, einer der Dienstboten stand da, bleich und fassungslos: »Mr. Muir? Was ist denn? Wir hörten...«, stotterte der Tölpel; und natürlich entschlüpfte Miranda dem gelockerten Griff ihres Herrn und flüchtete.

Nach diesem Vorfall fand Mr. Muir sich offenbar damit ab, daß so eine Chance nie wiederkehren würde. Es ging nun sehr schnell dem Ende zu.

In der zweiten Novemberwoche kam völlig unerwartet Alissa nach Hause.

Sie war aus dem Stück ausgestiegen, war fertig mit dem Theater und vorläufig auch mit New York, wie sie ihrem Mann ungestüm eröffnete.

Er sah bestürzt, daß sie geweint hatte. Ihre Augen waren unnatürlich blank und schienen ihm kleiner als früher. Und ihr Liebreiz schien brüchig, als dränge darunter ein anderes, härteres und kleiner dimensioniertes Gesicht hervor. Arme Alissa! Mit wieviel Hoffnung war sie weggefahren! Doch als Mr. Muir auf sie zuging, um sie tröstend in die Arme zu nehmen, wich sie zurück, mit gerümpfter Nase, als sei ihr sein Geruch zuwider. »Nein, bitte...«, sagte sie, ohne ihn anzusehen. »Ich fühle mich nicht wohl, ich habe nur den einen Wunsch, allein zu sein... ganz allein...«

Sie zog sich in ihr Zimmer zurück und legte sich zu Bett. Mehrere Tage verschanzte sie sich dort, nur eine Hausangestellte durfte zu ihr und natürlich ihre geliebte Miranda, sofern diese sich herabließ, ins Haus zu kommen. (Mr. Muir hatte zu seiner größten Erleichterung festgestellt, daß der weißen Katze von dem gerade erst überstandenen Kampf nichts anzusehen war. Die Kratzer in seinem Gesicht und an seinen Händen heilten nur langsam, Alissa aber schien das in ihrem Kummer, ihrer Versunkenheit gar nicht bemerkt zu haben.)

Hinter abgeschlossener Zimmertür führte Alice – häufig unter Tränen – eine Reihe von Telefongesprächen mit New York City. Mit Alban sprach sie, soweit Mr. Muir das feststellen konnte (der sich in dieser besonderen Situation zum Mithören genötigt sah) kein einziges Mal.

Und das bedeutete ... ja – was? Er wußte es beim besten Willen nicht, und Alissa konnte er nicht fragen, denn dann hätte er beichten müssen, daß er gelauscht hatte, und das hätte sie schwer getroffen.

Mr. Muir schickte Sträußchen mit Herbstblumen in Alissas Krankenstube; kaufte ihr Pralinen und Bonbons, Gedichtbändchen, ein neues Brillantarmband. Mehrmals stellte er sich, noch immer der beflissene Verehrer, vor ihrer Tür ein, aber sie erklärte, sie sei noch nicht bereit, mit ihm zu sprechen. Noch nicht. Ihre Stimme war schrill und hatte einen ganz neuen metallischen Beiklang.

»Liebst du mich nicht, Alissa?« entfuhr es ihm eines Tages.

Eine kurze verlegene Pause. Dann: »Natürlich liebe ich dich. Aber bitte geh jetzt und laß mir meine Ruhe.«

In seiner Sorge um Alissa konnte Mr. Muir neuerdings nie mehr als ein, zwei Stunden hintereinander schlafen, Stunden, in denen ein turbulenter Traum dem anderen folgte. Die weiße Katze! Die grauenvoll erdrückende Last! Fell in seinem Mund! Doch wenn er wach war, dachte er nur an Alissa und daß sie nach Hause, aber nicht zu ihm zurückgekommen war.

Er lag allein in seinem einsamen Bett, in dem zerwühlten Bettzeug, und weinte leise. Als er sich eines Morgens übers Kinn strich, spürte er Borsten: Er hatte sich tagelang nicht mehr rasiert.

Von seinem Balkon aus sah er die weiße Katze, sie saß auf der Gartenmauer, putzte sich und wirkte größer, als er sie in Erinnerung hatte. Sie war nach dem Kampf mit ihm völlig wiederhergestellt (sofern sie überhaupt Verletzungen davongetragen hatte; sofern es sich bei der Katze auf der Gartenmauer um ebenjene handelte, die in sein Arbeitszimmer eingedrungen war). Das weiße Fell schien in der Sonne Funken zu sprühen, die Augen waren tief in den Höhlen liegende, goldglühende kleine Kohlen. Mr. Muir überkam etwas wie leiser Schreck: Was für ein schönes Geschöpf!

Doch gleich darauf erkannte er natürlich, was sie war.

An einem windigen, regnerischen Abend Ende November fuhr Mr. Muir über die schmale asphaltierte Höhenstraße oberhalb des Flusses. Alissa saß schweigend – verstockt schweigend, dachte er – neben ihm. Sie trug einen schwarzen Kaschmirmantel und einen kleinen schwarzen Filzhut, der ihr Haar fast ganz verdeckte, Kleidungsstücke, die Mr. Muir noch nicht kannte und die in ihrer strengen Eleganz die wachsende Entfremdung zwischen ihnen noch zu betonen schienen. Als er ihr in den Wagen geholfen hatte, hatte sie sich leise bedankt, aber in einem Ton, der besagte: »Mußt du mich unbedingt anfassen?« Und Mr. Muir hatte, ohne Hut im Regen stehend, eine spöttische kleine Verbeugung gemacht.

Und ich habe dich so sehr geliebt.

Sie schwieg. Das schöne Profil hatte sie von ihm weggewandt, wie gefesselt von dem peitschenden Regen, den aufgewühlten Wogen unter ihnen, den Windstößen, die an dem feinen englischen Wagen rüttelten, als Mr. Muir noch mehr Gas gab. »Es ist die beste Lösung, liebe Frau«, sagte Mr. Muir leise. »Selbst wenn du keinen anderen liebst – mich liebst du nicht, das ist mir leider nur zu klar.« Bei diesen gemessenen Worten fuhr Alissa schuldbewußt zusammen, sah ihn aber noch immer nicht an. »Hast du verstanden, meine Liebe? Es ist besser so ... hab keine Angst.« Je schneller Mr. Muir fuhr, desto heftiger warf der Wind den Wagen hin und her. Alissa drückte die Hände vor den Mund, als wollte sie ihren Protest ersticken, und sah so gebannt wie Mr. Muir auf den unter ihnen dahinrasenden Asphalt. Erst als Mr. Muir die Leitplanke ansteuerte, verlor sie die Fassung. Sie schrie ein paarmal leise und gepreßt auf und drückte sich in den Sitz, machte aber keine Anstalten, ihm in den Arm, ins Steuer zu fallen. Und dann ging alles sehr schnell: Der Wagen durchbrach die Leitplanke, wirbelte durch die Luft, landete hart auf dem steinigen Hang, fing Feuer und überschlug sich viele, viele Male...

Er saß in einem Stuhl mit Rollen – einem Stuhl, den man rollen konnte! Eine erstaunliche Erfindung, überlegte er, wer mochte sich so was wohl ausgedacht haben?
Da er fast völlig gelähmt war, konnte er sich allerdings nicht selbständig vorwärtsbewegen.
Und da er blind war, besaß er ohnehin keine Selbständigkeit. Er war es zufrieden, dort sitzenzubleiben, wo er saß, nur ziehen durfte es nicht (das unsichtbare Zimmer, in dem er jetzt seine Tage und Nächte verbrachte, war meist behaglich warm – dafür sorgte seine Frau –, trotzdem traf ihn hin und wieder ein unberechenbarer kalter Luftzug, und er hatte die Befürchtung, daß dem auf Dauer seine Körpertemperatur nicht gewachsen war.
Er hatte von vielen Dingen die Namen vergessen und war nicht böse darüber. Wenn einem die Namen nicht einfallen, mindert das den Wunsch nach den Dingen, die geisterhaft und unerreichbar hinter diesen Namen stehen. Und natürlich hing das alles auch weitgehend mit seiner Blindheit zusammen, wofür er durchaus dankbar war. Wirklich dankbar!
Blind, aber doch nicht gänzlich blind, denn er sah (oder auch nicht) Weiß in Wellen, Weiß in Abstufungen, Weiß in ganz erstaunlich subtilen Nuancen – wie einzelne Strömungen in einem Strom, der ständig um seinen Kopf war und sich an ihm brach, nicht eingeengt durch Formen, Umrisse, etwas so Banales wie die Andeutung eines räumlichen Gegenstandes.
Er war offenbar mehrmals operiert worden. Wie oft, das war ihm unbekannt und interessierte ihn auch nicht. In den letzten Wochen hatte man ihm ernsthaft die Möglichkeit einer neuerlichen Gehirnoperation in Aussicht gestellt mit dem (hypothetischen) Ziel, ihm die Bewegungsfähigkeit einiger Zehen des linken Fußes zurückzugeben. Hätte er lachen können, hätte er darüber gelacht, aber vielleicht war würdiges Schweigen in diesem Fall besser.

Auch Alissas liebe Stimme hatte sich in den Chor freudloser Zuversicht gemischt, aber soweit er wußte, hatte die Operation nicht stattgefunden oder war kein voller Erfolg gewesen. Die Zehen seines linken Fußes waren ihm so fern und fremd wie alle anderen Körperteile.

»Was für ein Glück, Julius, daß ein anderer Wagen vorbeikam, sonst wäre es womöglich aus mit dir gewesen.«

Julius Muir hatte offenbar in einem schweren Gewitter die schmale River Road, die Höhenstraße über dem Fluß, befahren, und zwar in hohem Tempo, was ihm nicht ähnlich sah; er hatte die Kontrolle über den Wagen verloren, die unzureichende Leitplanke durchbrochen, war in die Tiefe gestürzt und »wie durch ein Wunder« aus dem brennenden Wagen geschleudert worden. Zwei Drittel der Knochen in dem mageren Körper gebrochen, schwerer Schädelbruch, Wirbelsäule kaputt, eine Lunge verletzt ... So kam – in unregelmäßigen Bruchstücken gleich Scherben einer geborstenen Windschutzscheibe – nach und nach heraus, wie Julius an diese letzte Ruhestätte, an diesen Ort milchweißen Friedens gekommen war ...

»Julius, Lieber, bist du wach, oder ...?« fragte die vertraute, entschlossen muntere Stimme aus dem Nebel, und er versuchte, ihr einen Namen zuzuordnen. Alissa? Oder ... nein ... Miranda?

Man sprach davon – manchmal in seinem Beisein –, daß es womöglich eines Tages gelingen könnte, ihm einen Teil seines Augenlichts zurückzugeben. Doch Julius Muir hörte kaum hin, es berührte ihn nicht sehr. Er lebte für jene Tage, an denen er, aus leichtem Dämmerschlaf erwachend, ein pelzig-warmes Gewicht auf seinem Schoß spürte – »Julius, Lieber, du hast einen ganz besonderen Besuch ...« –, weiß, aber erstaunlich schwer; warm, aber nicht unangenehm heiß, zunächst ein wenig unruhig (Katzen müssen sich bekanntlich umständlich drehen und wenden, um die für sie ideale Ruhestellung zu finden), bis sie nach wenigen Minuten wunderbar entspannt, schnurrend und mit den Pfoten sanft seine Glieder knetend, zufrieden-zutraulich einschlief. Er hätte gern durch die flimmernd wäßrige Weiße seines Gesichtsfelds hindurch die ihr eigene besondere Weiße gesehen, hätte sehr gern noch einmal das so weiche, so seidige Fell gefühlt. Immerhin: Er hörte das tief aus der Kehle kommende melodische Schnurren, er fühlte – bis zu einem gewissen Grade – ihr warmes, pulsierendes Gewicht, das Wunder ihrer geheimnisvollen Lebenskraft, die an die seine rührte, und dafür war er unendlich dankbar.

»Mein Liebling!«

Zweiter Teil

Das Modell

1. Mr. Starr tritt auf

War er aus dem Nichts aufgetaucht, oder beobachtete er sie schon seit einiger Zeit, länger noch, als er behauptete und aus einem anderen Grund? Vermutlich ja, dachte sie fröstelnd, sie hatte ihn oft in der Stadt oder im Park gesehen, ohne ihn wirklich wahrzunehmen; ihn und die lange glänzend schwarze Limousine, mit der sie ihn nicht in Verbindung gebracht hätte, selbst wenn sie sich seiner bewußt gewesen wäre – den Mann, der sich Mr. Starr nannte.

Denn ihr Blick ging ja täglich rasch und flüchtig über Bekannte und Unbekannte, die sie nur unscharf wahrnahm wie den Hintergrund eines Films, dessen essentielle Realität, das eigentlich Wichtige der Vordergrund ist.

Sie war siebzehn. Es war der Tag nach ihrem Geburtstag, ein heller, windiger Spätnachmittag im Januar. Sie war nach Schulschluß in dem Park am Meer gelaufen, jetzt kehre ich um, hatte sie beschlossen, war stehengeblieben, um sich übers Gesicht zu wischen, das feuchte Baumwollstirnband zurechtzurücken, ihrem beschleunigten Herzschlag, dem leichten, nicht unangenehmen Schmerz in den Beinmuskeln nachzuspüren, und als sie zögernd und überrascht hochsah, stand er da – ein Mann, den sie bewußt noch nie gesehen hatte, mit einem herzlich-erwartungsvollen Lächeln. Er hatte sich, leicht auf einen Stock gestützt, so hingestellt, daß sie nicht an ihm vorbeikam; seine höflich-beflissene Haltung aber wollte wohl vermitteln, daß sie von ihm nichts zu befürchten hatte. Seine Stimme knarzte, als hätte er sie lange nicht benutzt: »Hallo, junge Dame, verzeihen Sie ... Ich weiß, das kommt ein bißchen plötzlich, wahrscheinlich halten Sie mich jetzt für aufdringlich, aber ich bin Künstler und suche ein Modell. Hätten Sie Lust, mir Modell zu stehen? Nur hier im Park, meine ich, am hellichten Tag. Nicht umsonst natürlich, ich zahle pro Stunde...«

Sybil sah ihn mit großen Augen an. Wie die meisten Jugendlichen konnte sie das Alter von Leuten über fünfunddreißig nicht abschätzen. Dieser komische Kerl konnte ebensogut in den Vierzigern wie weit über fünfzig sein. Vielleicht sogar noch älter – das dünne, strähnige Haar sah aus wie altes Silber, die Haut war extrem blaß, körnig, rauh, seine Brille so dunkel getönt wie eine Blindenbrille. Er war gedeckt und konservativ gekleidet – ein locker sitzendes Tweedsakko, ein bis zum Hals zugeknöpftes Hemd, kein Schlips, blankgeputzte, altmodische, schwarze Lederschuhe. Seine Art hatte etwas Zögerliches, ja, fast etwas von einem Rekonvaleszenten, als habe ihn, wie viele andere in dieser südkalifornischen Küstenstadt mit ihrem großen Anteil an Pensionären, älteren und gebrechlichen Mitbürgern, die Erfahrung gelehrt, sich vorsichtig fortzubewegen, weil man sich nicht unbedingt darauf verlassen konnte, daß die Erde einen tragen würde. Das Gesicht war gut geschnitten, aber müde, und wirkte merkwürdig schiefgezogen, als sei es hinter Rillenglas oder einer Wasserwand.

Daß sie seine Augen nicht sehen konnte, störte Sybil. Sie erkannte nur, daß er die Augen zusammengekniffen hatte und sie scharf beobachtete. Um die Augenwinkel saßen weiße Fältchen, als habe er im Lauf seines Lebens schon häufig die Augen zusammengekniffen und gelächelt.

»Nein, danke, ich kann nicht«, sagte Sybil rasch, aber nicht unhöflich, und wandte sich ab. Der Mann ließ sich nicht abschrecken. »Ich weiß, ich habe Sie überrumpelt«, sagte er begütigend, »aber ich sah einfach keine andere Möglichkeit. Ich habe gerade erst angefangen, hier im Park zu zeichnen und...«

»Nein, tut mir leid.«

Sybil fing wieder an zu laufen, nicht überhastet, keinesfalls in Panik, sondern in ihrem üblichen gemessenen Tempo, mit hoch erhobenem Kopf, schwingenden Armen. Sie ließ sich, obgleich sie jünger aussah als siebzehn, nicht so leicht einschüchtern und hatte auch jetzt keine Angst, aber die Sache war ihr peinlich, sie spürte, daß sie rot geworden war. Hoffentlich hatte keiner aus ihrem Bekanntenkreis die Szene mitgekriegt. Glencoe war eine Kleinstadt, bis zur High School war es von hier nur eine Meile. Warum mußte dieser verdrehte Mensch auch ausgerechnet auf sie verfallen!

»Ich komme morgen wieder her«, rief er ihr nach, wahrscheinlich schwenkte er sogar seinen Stock dabei, sie traute sich nicht zurückzublicken. »Mein Name ist Starr! Bitte verurteilen Sie mich nicht vorschnell! Ich stehe zu meinem Wort. Mein Name ist Starr! Ich zahle pro Stunde...« Und dann nannte er eine exorbitante Summe, fast doppelt so viel, wie Sybil mit Babysitten oder als gelegentliche Hilfskraft in der Zweigstelle der Stadtbücherei verdiente.

Der Mann muß verrückt sein, dachte sie verblüfft.

2. Die Versuchung

Nachdem Sybil Blake dem Mann entkommen war, der sich Starr nannte, und während sie über den Buena Vista Boulevard zur Santa Clara, von der Santa Clara zur Meridian und von dort nach Hause lief, überlegte sie, daß Mr. Starrs Angebot, so verdreht es sich anhörte, durchaus verlockend war. Sie hatte noch nie Modell gestanden, aber im Kunstunterricht hatten sich ein paar aus ihrer Klasse in ganz normaler Haltung und vollständig bekleidet vor ihnen aufstellen müssen, und sie und die anderen hatten die da vorn abgezeichnet – oder es zumindest versucht, denn menschliche Figuren abzuzeichnen, ist gar nicht so einfach, wie man denkt, und Gesichter sind noch viel schwerer. Als Modell aber tat man sich, sobald man sich an das Angestarrtwerden gewöhnt hatte, überhaupt nicht schwer. Es war eine gewissermaßen moralisch einwandfreie Tätigkeit.

Was hatte Mr. Starr gesagt? *Nur hier im Park, am hellichten Tag. Ich stehe zu meinem Wort.*

Und Sybil brauchte Geld, sie sparte fürs College und hätte gern einen Sommerkurs an der Uni von Santa Barbara belegt. (Sie hatte Gesang als Leistungsfach, und der Chorleiter der High-School hatte ihr geraten, Unterricht bei einem guten Lehrer zu nehmen.) Ihre Tante Lora Dell Blake, bei der sie lebte, die sie mit zwei Jahren und acht Monaten zu sich genommen hatte, wollte ihr das Studium bezahlen, aber Sybil war es ein bißchen unangenehm, Geld von Tante Lora zu nehmen, die als Physiotherapeutin in einer Klinik in Glencoe arbeitete und deren Gehalt für eine staatliche Angestellte zwar sehr anständig, für kalifornische Begriffe aber ziemlich bescheiden war. Ich kann schließlich nicht verlangen, daß Tante Lora mich zeitlebens unterstützt, sagte sich Sybil.

Sybil hatte vor langer Zeit, in einem Alter, da man mit dem Wort Tod noch nichts anzufangen weiß, in einer einzigen Schicksalsstunde beide Eltern verloren. Sie waren bei einem Bootsunglück auf dem Lake Champlain ums Leben gekommen, Sybils Mutter war sechsundzwanzig, Sybils Vater einunddreißig gewesen, gutaussehende junge Leute, ein »beliebtes Paar«, wie Tante Lora sich ausdrückte, ihre Worte mit Bedacht wählend; sehr viel mehr sagte sie nicht. *Warum fragen*, schien Tante Lora ihre Nichte warnen zu wollen, *du mußt am Ende nur weinen*. Sobald sich der Umzug hatte ermöglichen lassen und feststand, daß Sybil bei ihr bleiben konnte, war Tante Lora nach Kalifornien gezogen, in diese sonnenverwöhnte Küstenstadt auf halbem Wege zwischen Santa Monica und Santa Barbara. In Glencoe war der Wohlstand nicht ganz so augenfällig wie in diesen beiden Orten, aber mit ihren palmengesäumten Straßen, ihrer sonnigen Milde und der Nähe zum Meer war die kleine Stadt, wie Tante Lora zu sagen pflegte, die Antithese zu Wellington, Vermont, wo die Blakes seit Generationen ansässig waren. (Nach dem Umzug hatte Lora Dell Blake die kleine Sybil offiziell adoptiert, und so hieß Sybil nun »Blake« wie ihre Mutter. Wenn man Sybil nach dem Namen ihres Vaters fragte, dauerte es immer einen Augenblick, bis er ihr – mit Mühe und Not! – wieder einfiel: »Conte«.) Tante

Lora sprach so negativ von Neuengland im allgemeinen und von Vermont im besonderen, daß in Sybil keine Sehnsucht, kein sentimentales Bedürfnis aufkam, ihren Geburtsort oder auch nur das Grab ihrer Eltern zu besuchen. Nach dem, was Tante Lora erzählte, hatte sich bei Sybil die Vorstellung festgesetzt, daß Vermont zwölf Monate im Jahr kalt und feucht, insbesondere im Winter aber klirrend kalt war; die bewaldeten Berge waren mit den schönen schneebedeckten Gebirgszügen im Westen nicht zu vergleichen und warfen ihren Schatten auf kleine, enge, entvölkerte und verarmte alte Städte. Tante Lora, die verpflanzte Neuengländerin, konnte sich nicht genug tun, Kalifornien zu preisen: »Mit dem Pazifischen Ozean im Westen«, sagte sie, »ist Kalifornien wie ein Zimmer, dem eine Wand fehlt. Man wendet den Blick gefühlsmäßig nach draußen und nicht zurück, und das ist ein gutes Gefühl.«

Lora Dell Blake gehörte zu den Menschen, denen man ansieht, daß sie erwarten, mit ihren Feststellungen auf Widerspruch zu stoßen, aber beim Anblick der großen, schlaksigen, nervös-aggressiven Frau verging den meisten Menschen die Lust auf Widerspruch.

Tante Lora hatte Sybil nie ermutigt, Fragen nach ihren toten Eltern oder dem tragischen Unfall zu stellen; falls sie Fotos, Schnappschüsse, Andenken an Wellington, Vermont, besaß, waren sie gut versteckt, und Sybil hatte sie noch nie zu Gesicht bekommen. »Es wäre zu schmerzlich«, sagte sie zu Sybil. »Für uns beide.« Das war Bitte und Warnung zugleich.

Weshalb natürlich Sybil das Thema tunlichst nicht berührte.

Sie hatte sich eine sorgfältige Erklärung zurechtgelegt für den Fall, daß sie gefragt wurde, warum sie bei ihrer Tante lebte und nicht bei ihren Eltern oder zumindest einem Elternteil. Aber hier in Südkalifornien lebten nur wenige Kinder aus Sybils Klasse noch bei den Eltern. Niemand fragte.

Eine Waise? Ich bin keine Waise, hätte Sybil in so einem Fall gesagt. *Ich war auch nie eine, weil meine Tante Lora immer da war.*

Als der Unfall passierte, war ich zwei.

Nein, ich erinnere mich nicht.
Aber niemand fragte.

Sybil erzählte ihrer Tante Lora nichts von dem Mann im Park, der sich Starr nannte; zunächst hatte sie ihn ganz vergessen, abends aber, kurz vor dem Einschlafen, fiel er ihr plötzlich wieder ein, und sie sah ihn ganz deutlich vor sich. Das Silberhaar, die spiegelblanken Schuhe. Die hinter der dunklen Brille verborgenen Augen. Ein verlockendes Angebot... Natürlich würde Sybil es nicht annehmen, gar keine Frage.

Andererseits schien Mr. Starr harmlos zu sein. Er meinte es offenbar gut. Ein Sonderling, aber ein interessanter Mann. Er mußte wohl Geld haben, wenn er ihr soviel fürs Modellstehen bieten konnte. Irgendwie schien er nicht recht in diese Zeit zu passen. Die Kopf- und Schulterhaltung, die reservierte Höflichkeit, mit der er seine ausgefallene Bitte vorbrachte... In Glencoe hatte die Zahl der Armen und Obdachlosen in den letzten Jahren merklich zugenommen, besonders in den Parkanlagen am Meer, aber zu diesem Kreis gehörte Mr. Starr entschieden nicht.

Und dann war es, als habe sich jählings eine bislang geschlossene Tür geöffnet: Sybil wußte jetzt, daß sie Mr. Starr schon mal irgendwo gesehen hatte. Im Park, wo sie nachmittags meist eine Stunde lief? In der Stadt? Auf der Straße? In der Bibliothek? Vor der Glencoe Senior High School? In der Schule selbst, in der Aula?

Die Erinnerung hervorzuholen war eine fast körperliche Anstrengung: Der Schulchor hatte im vorigen Monat für das bevorstehende Weihnachtskonzert Händels »Messias« geprobt, Sybil hatte ihr Solo, einen anspruchsvollen Part für eine Altstimme, gesungen, der Chorleiter hatte sie vor den anderen gelobt..., und sie hatte vage ganz hinten im Zuschauerraum einen Unbekannten sitzen sehen, einen Mann mit auffallend silbergrauem Haar, dessen Gesicht sie nicht hatte erkennen können. Und hatte dieser Mann nicht, Beifall andeutend, lautlos die Hände aneinandergelegt? *Ganz hinten, am Gang.* Es kam oft vor, daß Eltern oder Verwandte der Chormitglieder oder Kollegen des Chorleiters während der Proben kurz vorbeischauten, deshalb war der Unbekannte, der sich bescheiden ganz hinten in den Zuschauerraum gesetzt hatte, nicht weiter aufgefallen. Er trug unauffällig-gedeckte, konservative Kleidung und eine dunkle Brille, die seine Augen verbarg. *Ihretwegen war er gekommen! Wegen Sybil Blake.* Nur hatte sie ihn damals gar nicht richtig wahrgenommen.

Auch wie er sich leise erhob und leicht hinkend, auf seinen Stock gestützt, den Saal verließ, hatte sie nicht bewußt registriert.

3. Das Angebot

Sybil hatte nicht vorgehabt, nach Mr. Starr zu suchen oder sich auch nur nach ihm umzusehen, aber als sie wieder heimwärts joggte, war er plötzlich da – größer, als sie ihn in Erinnerung hatte, hoch aufgerichtet, die dunklen Brillengläser blitzten in der Sonne, ein zögerndes Lächeln lag auf den blassen Lippen. Er trug die Kombination von gestern, dazu eine karierte Golfmütze, die an ihm verwegen und melancholisch zugleich wirkte, und einen wie in Eile umgebundenen, zerknitterten, beigefarbenen Seidenschal. Er stand ungefähr an der gleichen Stelle wie gestern und stützte sich auf seinen Stock. Auf einer Bank in der Nähe lag eine Leinentasche, wie Studenten sie haben, in der wohl seine Zeichensachen waren. »Hallo«, sagte er schüchtern, aber erwartungsvoll. »Ich habe kaum zu hoffen gewagt, daß Sie wieder hier vorbeikommen würden, und trotzdem...«, das Lächeln wurde fast desperat, die Fältchen in den Augenwinkeln vertieften sich, »...trotzdem hatte ich noch Hoffnung.«

Nach dem Laufen fühlte Sybil sich immer besonders gut, sie spürte neue Kraft in den Armen, den Beinen, der Lunge. Sie war ein zierliches Mädchen und von klein auf anfällig für Erkrankungen der Atemwege, aber das nachhaltige Lauftraining hatte sie gekräftigt, und mit der körperlichen war auch eine zunehmende innere Selbstsicherheit gekommen. Sie lachte ein wenig über diese sonderbare Bemerkung und zuckte die Schultern. »Ich laufe immer hier.« Mr. Starr nickte eifrig, schien jede ihrer Reaktionen, jedes ihrer Worte begierig aufzunehmen. »Ja, gewiß. Wohnen Sie hier in der Nähe?«

Sybil zuckte erneut die Schultern, schließlich ging ihn das nichts an. »Kann schon sein.«

»Und Sie heißen …?« Er rückte seine Brille zurecht und sah sie erwartungsvoll an. »Mein Name ist Starr.«

»Mein Name ist … Blake.«

Mr. Starr blinzelte, als habe er den Verdacht, sie wolle ihn auf den Arm nehmen. »Blake? Ein ungewöhnlicher Name für ein Mädchen.«

Sybil lachte wieder und merkte, daß sie rot geworden war, sah aber davon ab, das Mißverständnis aufzuklären.

Heute, da sie auf die Begegnung gefaßt war und viele Stunden Zeit gehabt hatte, sich darauf einzustellen, fühlte Sybil sich lange nicht so unbehaglich wie am Vortag. Der Mann hatte ihr einen geschäftlichen Vorschlag zu machen, das war alles. Und der Park war ein übersichtlicher, öffentlicher, ungefährlicher Ort und ihr so vertraut wie der kleine, gepflegte Garten hinter Tante Loras Haus.

Als Mr. Starr sein Angebot wiederholte, sagte Sybil deshalb, ja, sie sei interessiert. Sie brauche Geld, sie spare fürs College. »Fürs College, wirklich? Ein so junges Mädchen wie Sie?« fragte Mr. Starr ganz überrascht. Sybil zuckte die Schultern, als lohne die Bemerkung keine Antwort. »Hier in Kalifornien werden die jungen Leute offenbar schneller erwachsen«, sagte Mr. Starr. Er hatte seinen Skizzenblock geholt und zeigte Sybil seine Arbeiten. Sybil blätterte mit höflichem Interesse und ließ Mr. Starr reden. Er sei reiner Amateur, sagte er, und mache sich über sein Talent keine Illusionen, sei aber der Meinung, die Welt könne durch die Kunst erlöst werden. »Und die Welt, die bekanntlich böse und verderbt ist, hat permanente Erlösung bitter nötig.« Er glaube, daß der Künstler »Zeugnis ablegen« müsse und daß Kunst in Fällen, wo das Herz leer sei, als »Emotionsleiter« dienen könne. Sybil sah sich die Skizzen an und hörte nur mit halbem Ohr auf Mr. Starrs Redefluß. Ihr fiel die flattrig-tastende, irgendwie ehrfürchtige Detailgenauigkeit der Zeichnungen auf, die nicht so schlecht waren, wie sie erwartet hatte, wenn auch keineswegs professionell. Mr. Starr trat spürbar befangen und erregt hinter sie und sah ihr über die Schulter, sein Schatten fiel über die Seiten. Das Meer, Wellen, der breite geriffelte Strand, von der Steilküste aus gesehen… Palmen, Hibiskusbüsche, Blumen… ein Kriegerdenkmal im Park… Mütter mit kleinen Kindern… einsame Gestalten auf Parkbänken… Radfahrer… Jogger… seitenweise Jogger. Mr. Starrs Arbeiten waren allenfalls mittelmäßig, aber durchaus ernst zu nehmen. Sybil fand sich oder zumindest eine Figur, die wohl sie darstellen sollte, unter den Joggern wieder – eine junge Frau mit schulterlangem dunklen Haar und Stirnband in Jeans und Sweatshirt beim Laufen, Arme und Beine schwingend… ja, da war sie, aber so schlecht getroffen, das Profil so unscharf, daß niemand sie erkannt hätte. Trotzdem merkte Sybil, daß ihr Gesicht heiß wurde, und sie spürte Mr. Starrs Erwartung wie einen angehaltenen Atemzug.

Sybil fand, daß sie, eine Siebzehnjährige, sich eigentlich nicht anmaßen konnte, über das Talent eines Mannes in mittleren Jahren zu urteilen, sie murmelte deshalb nur etwas unbestimmt Höfliches und Positives. Mr. Starr nahm ihr den Block aus der Hand. »Ich weiß, daß ich noch nicht sehr gut bin, aber ich gebe mir die größte Mühe.« Er lächelte ihr zu, zog ein frisch gewaschenes weißes Taschentuch hervor und tupfte sich die Stirn. »Haben Sie noch Fragen, oder können wir anfangen? Es ist noch drei Stunden hell.«

»Drei Stunden!« stieß Sybil hervor. »So lange?«

»Wenn es Ihnen zuviel wird«, sagte Mr. Starr rasch, »hören wir einfach auf.« Und als er ihre bedenkliche Miene sah, ergänzte er eifrig: »Wir machen hin und wieder eine Pause, das verspreche ich Ihnen.« Da Sybil noch immer unentschlossen schien, fügte er an: »Ich zahle für jede angebrochene Stunde den vollen Stundenpreis.« Sybil zögerte nach wie vor. Durfte sie dieses Angebot ohne Wissen von Tante Lora oder sonst jemandem annehmen? War es nicht sonderbar, daß Mr. Starr ihr so viel für so wenig zahlen wollte? Und war nicht sein Interesse an ihr zwar schmeichelhaft, aber irgendwie auch eine Spur beunruhigend? Wenn ihre Erinnerung sie nicht täuschte, beobachtete er sie schon seit einem guten Monat. »Wenn Sie wollen, zahle ich im voraus, Blake.«

Der Name hörte sich aus dem Mund dieses Fremden sehr eigenartig an. Noch nie war Sybil nur mit ihrem Nachnamen angeredet worden.

Sie lachte nervös auf. »Nein, danke, das ist nicht nötig.«

Und so wurde Sybil Blake wider bessere Einsicht Mr. Starrs Modell.

Und trotz ihrer Befangenheit, trotz des unbestimmten Gefühls, daß dieser Unternehmung irgend etwas leicht Bizarres anhaftete – und das galt auch für die angestrengte, umständlich-wichtigtuerische Art, mit der Mr. Starr zeichnete (er war Perfektionist oder tat jedenfalls so, zerknüllte fünf, sechs Bogen und nahm immer wieder ein neues Stück Zeichenkohle, ehe er eine Skizze zustande brachte, die ihm gefiel), verlief die erste Sitzung leicht und mühelos. »Was ich außer Ihrem schönen Profil – und Sie *sind* ein schönes Kind, Blake! – wiedergeben möchte«, sagte Mr. Starr, »ist das Grüblerische, das die See vermittelt, dieser Eindruck, daß sie ein eigenes Bewußtsein hat, denken kann, grübeln eben...«

Sybil schielte zu den schaumgekrönten Wellen, der rhythmisch ans Ufer schlagenden Brandung hin, zu den Surfern, die ihre Bretter mit so erstaunlicher, amphibienhafter Behendigkeit handhabten, und fand die See alles andere als grüblerisch.

»Warum lächeln Sie, Blake?« Mr. Starr hielt inne. »Ist irgendwas komisch? Bin *ich* komisch?«

»Nein, natürlich nicht, Mr. Starr«, sagte Sybil rasch.

»Wahrscheinlich doch«, sagte Mr. Starr ganz friedlich. »Sie dürfen ruhig über mich lachen.«

Und Sybil ertappte sich dabei, daß sie tatsächlich lachte, als habe jemand sie grob gekitzelt. Sie überlegte, wie es gewesen wäre, Eltern zu haben, eine Familie zu haben – denn das war ja wohl eigentlich der Normalzustand.

Mr. Starr hockte auf dem Rasen und sah sehr konzentriert zu Sybil hoch. Der Kohlestift in seiner Hand fuhr rasch auf und ab. »Die Fähigkeit zu lachen«, sagte er, »ist die Fähigkeit zu leben – beides ist deckungsgleich. Noch sind Sie zu jung, um das zu verstehen, später aber werden Sie es begreifen.« Sybil zuckte die Schultern und wischte sich die Augen, während Mr. Starr weiter große Reden schwang. »Die Welt ist verkommen und verderbt – das Gegenteil von gut oder heilig. Sie bedarf ständiger Überwachung, ständiger Erlösung. Diese Erlösung leistet der Künstler, indem er – soweit das in seinen Kräften steht – die Unschuld der Welt wiederherstellt. Der Künstler gibt, er nimmt nicht und verdrängt auch nicht.«

»Aber Sie wollen doch mit Ihren Zeichnungen Geld verdienen, nicht?« wandte Sybil skeptisch ein.

Mr. Starr schien ehrlich schockiert. »Aber nein. Ganz gewiß nicht.«

»Die meisten Leute wollen das, sie müssen es sogar. Wenn man ein Talent hat...«, sie sprach erstaunlich unverblümt, fast kindlich unbekümmert, »muß man es irgendwie zu Geld machen.«

Verlegen, wie ertappt, stotterte Mr. Starr: »Ich... ich bin nicht wie andere Leute, Blake. Ich habe ein bißchen Geld geerbt. Kein Vermögen, aber genug, um bequem davon leben zu können. Ich war im Ausland, und in meiner Abwesenheit haben sich die Zinsen angesammelt.«

»Dann haben Sie keinen richtigen Beruf?« fragte Sybil mit leisem Argwohn.

Mr. Starr ließ ein aufgeschrecktes Lachen hören. Aus der Nähe sah man, daß seine Zähne klobig und unregelmäßig waren und Flecken hatten wie Elfenbeintasten auf einem alten Klavier. »Aber das *ist* mein Beruf, liebes Kind: Die Welt zu erlösen.«

Und dann machte er sich mit erneutem Eifer ans Werk.

Minuten vergingen. Lange Minuten. Sybil spürte einen

leichten Schmerz zwischen den Schulterblättern, ein leichtes Unbehagen in der Brust. *Mr. Starr ist verrückt. Ist Mr. Starr verrückt?* Auf dem Weg hinter ihr kamen Leute vorbei, Jogger, Radfahrer... Mr. Starr war so vertieft, daß er sie gar nicht zur Kenntnis nahm. Ob irgend jemand sie erkannt, dieses sonderbare Bild registriert hatte? Oder legte sie in all das einfach zu viel hinein? Sie würde heute abend Tante Lora von Mr. Starr erzählen und ihr offen sagen, wieviel er ihr zahlte. Sie achtete und fürchtete das Urteil ihrer Tante; in Sybils Phantasie, in diesem unerforschten Bereich unseres Seins, das wir Phantasie nennen, war Lora Dell Blake als Respektsperson an die Stelle von Sybils verstorbenen Eltern getreten.

Ja, sie würde es Tante Lora erzählen.

Als Sybil nach einer Stunde und vierzig Minuten unruhig wurde und ein paarmal unbewußt aufseufzte, erklärte Mr. Starr die Sitzung unvermittelt für beendet. Er habe drei vielversprechende Skizzen gemacht und wolle weder sie noch sich selbst überfordern. Sie würde doch morgen wiederkommen?

»Ich weiß noch nicht«, sagte Sybil. »Vielleicht...«

Sie protestierte – wenn auch nicht sehr energisch –, als Mr. Starr ihr die volle Summe für drei Stunden zahlte. Er zahlte bar aus seiner Brieftasche – einer teuren, prall mit Geldscheinen gefüllten Brieftasche aus Nappaleder. Sybil bedankte sich sehr verlegen. Das Geschäftliche war ihr irgendwie peinlich, sie wollte nur noch weg.

Aus der Nähe konnte sie durch die dunklen Gläser fast Mr. Starrs Augen sehen, in denen sie Güte und Sanftmut zu erkennen meinte. Rasch und taktvoll wandte sie den Blick ab.

Sybil nahm das Geld, steckte es in die Tasche und wandte sich zum Gehen. »Sehen Sie, Blake?« rief Mr. Starr ihr unbekümmert nach. »Sehen Sie? Starr steht zu seinem Wort.«

4. Ist das Verschweigen der Wahrheit eine Lüge oder nur eine Unterlassungssünde?

»Und wie ist es dir heute ergangen, Sybil?« fragte Lora Dell Blake so betont geduldig, daß Sybil begriff, daß Tante Lora darauf brannte, ihr etwas zu erzählen. Aus dem Glencoe Medical Center, wo sie arbeitete, brachte sie stets einen scheinbar unerschöpflichen Vorrat an haarsträubend komischen Geschichten mit. Während sie wie immer zusammen das Abendessen richteten, begnügte sich Sybil deshalb damit, Tante Loras Geschichte zu belachen.

Denn das neueste Abenteuer in dem Narrenhaus, das sich Klinik nannte, war auch wieder ebenso haarsträubend wie komisch.

Lora Dell Blake war Ende vierzig, eine hochgewachsene, magere, nervöse Frau mit kurzgeschnittenem grauen Haar, sandfarbenen Augen und sandfarbener Haut, einem großen Herzen, aber einem Hang zum Sarkasmus. Sie behauptete zwar, Südkalifornien zu lieben – »Daß es ein Paradies ist, weiß nur, wer von woanders kommt!« –, wirkte aber noch immer wie eine nur unvollkommen verpflanzte Neuengländerin, deren persönliche Integrität und Kompromißlosigkeit hier völlig deplaziert waren. Sie sagte von sich – und zwar völlig zu Recht –, daß sie dumme Leute nicht ertragen konnte. Für den Job an der Klinik war sie überqualifiziert, aber sie hatte keine andere Stellung gefunden, einmal, weil sie nicht aus Glencoe wegziehen und Sybil »entwurzeln« wollte, solange die Nichte noch zur Schule ging, und zum anderen, weil noch keines ihrer Vorstellungsgespräche zum Erfolg geführt hatte. Lora Dell Blake brachte es einfach nicht fertig, gefügig, lenkbar, »feminin«, scheinheilig zu sein oder sich auch nur so zu geben.

Lora war nicht die einzige lebende Verwandte von Sybil – in Vermont gab es noch weitere Blakes und Contes –, aber in dem kleinen Stuckbungalow in der Meridian Street in Glencoe, Kalifornien, waren Besucher nicht willkommen. Briefe oder Karten, die ins Haus gekommen waren, als man Lora nach dem »Unglück«, wie sie sagte, das Sorgerecht für die Tochter ihrer jüngeren Schwestern zugesprochen hatte und sie quer durchs Land in eine Gegend gezogen war, von der sie nicht das mindeste wußte, wurden nicht beantwortet. »Dem Kind zuliebe will ich die Vergangenheit auslöschen und ein neues Leben anfangen«, hatte sie gesagt.

Und: »Für das Kind, für die arme kleine Sybil würde ich jedes Opfer bringen.«

Sybil, die ihre Tante sehr liebte, hatte das unbestimmte Gefühl, daß es vor vielen Jahren Einsprüche, Anfragen, Anrufe gegeben hatte, die sämtlich von Tante Lora abgeschmettert worden waren, um ihnen ein wirklich neues, »unkompliziertes« Leben zu ermöglichen. Tante Lora gehörte zu jenen starken Persönlichkeiten, die durch eine Herausforderung noch stärker werden. Sie schien geradezu Spaß an Konfrontationen zu haben – mit Verwandten, mit Kollegen in der Klinik, praktisch mit allen, die versuchten, ihr Vorschriften zu machen. Sybil galt ihre besondere Fürsorge, schließlich haben wir ja nur einander, pflegte sie zu sagen – durchaus zutreffend, denn dafür hatte sie selbst zielstrebig gesorgt.

Sybil war zwar von ihrer Tante adoptiert worden, aber sie ließ keinen Zweifel daran, daß sie Loras Nichte, nicht ihre Tochter war, und wer diese beiden äußerlich so unähnlichen Menschen zusammen sah, verfiel meist auch gar nicht auf diesen Gedanken.

So kam es, daß Sybil Blake, wenn man von der Tatsache des Unglücks selbst absah, keinerlei Kenntnis von ihrer Vergangenheit in Vermont hatte. Ihr Wissen um die Eltern und die genauen Umstände ihres Todes waren so verschwommen und unbegreiflich wie ein Kindermärchen. Denn wenn sie als Kind ihre Tante nach diesen Dingen gefragt hatte, hatte diese gekränkt, erschrocken, vorwurfsvoll oder – was am schlimmsten war – verstört reagiert. Tante Lora, die nie weinte, bekam dann nasse Augen, nahm Sybils Hände, drückte sie, sah sie fest an und sagte leise und gebieterisch: »Davon brauchst du nichts zu wissen, mein Kind!«

So ging es auch an diesem Abend, als Sybil ohne erkennbaren Grund wieder einmal Tante Lora fragte, wie eigentlich ihre Eltern gestorben seien. Tante Lora sah sie überrascht an. Minutenlang kramte sie ergebnislos in den Taschen ihrer Bluse nach Zigaretten (Tante Lora hatte im letzten Monat zum fünftenmal das Rauchen aufgegeben), ja, es war fast, als könne sie sich selber nicht mehr daran erinnern.

»Aber Schätzchen, warum fragst du das jetzt? Warum ausgerechnet *jetzt*?«

»Ich weiß nicht«, sagte Sybil ausweichend. »Nur ... nur so.«

»Es war doch nichts in der Schule?«

Sybil sah keinen Zusammenhang mit ihrer Frage, aber sie sagte höflich: »Nein, Tante Lora. Natürlich nicht.«

»Es ist nur, weil du so aus heiterem Himmel ... Ich kann mir einfach nicht vorstellen, *warum* du fragst«, sagte Tante Lora stirnrunzelnd.

Sie musterte Sybil besorgt, mit einem so erstickend intimen Blick, daß Sybil sekundenlang das Gefühl hatte, als schnüre man ihr ein Band um die Brust, das ihr den Atem nahm. *Warum machst du aus dieser Frage jedesmal einen Test für meine Liebe zu dir? Warum tust du das, Tante Lora?* Leicht gereizt sagte sie: »Ich bin vorige Woche siebzehn geworden, Tante Lora. Ich bin kein Kind mehr.«

Tante Lora lachte leicht verstört auf. »Nein, ganz gewiß nicht.«

Dann seufzte sie und fuhr sich mit einer für sie typischen Bewegung durchs Haar, die Ungeduld und pflichtschuldiges Entgegenkommen zugleich signalisierte. Viel zu erzählen sei da nicht, sagte sie. Der Unfall – das Unglück – lag ja inzwischen so lange zurück. »Deine Mutter Melanie war sechsundzwanzig, eine wunderschöne, sanftmütige junge Frau mit deinen Augen, deinem Gesichtsschnitt, hellem welligen Haar. Dein Vater, George Conte, war einunddreißig, ein vielversprechender junger Anwalt, der in der Kanzlei seines Vaters arbeitete, attraktiv und ehrgeizig...« Wenn sie so weit gekommen war, hielt Tante Lora regelmäßig inne, als habe sie bei ihrer Schilderung die beiden Menschen, um die es ging, völlig aus den Augen verloren, als erzähle sie eine beliebige Familiengeschichte, die wie eine der haarsträubenden Anekdoten aus der Klinik durch zahllose Wiederholungen geglättet und abgeschliffen war.

»Ein Bootsunfall... am Nationalfeiertag...«, half Sybil nach. »Ich war bei dir und...«

»Du warst bei mir und Großmama im Sommerhaus, du warst ja noch so klein.« Tante Lora blinzelte unter Tränen. »...es dämmerte schon, alles wartete auf das Feuerwerk. Mommy und Daddy waren mit Daddys Rennboot unterwegs, sie waren im Klub gewesen, am anderen Ufer...«

»...und wollten zurück...«

»Ja. Der Lake Champlain ist wunderschön, aber tückisch, wenn unerwartet Sturm aufkommt...«

»Und Daddy war am Steuer...«

»...und irgendwie kenterten sie und ertranken. Ein Rettungsboot machte sich sofort auf den Weg, aber es war zu spät.« Tante Loras Mund wurde schmal. In ihren Augen glitzerten zornige Tränen. »Sie sind ertrunken.«

Sybils Herz klopfte schmerzhaft. Bestimmt war das nicht alles, es konnte nicht alles sein, aber sie selbst hatte überhaupt keine Erinnerung an diesen Tag, nicht einmal daran, daß sie, die Zweijährige, auf Mommy und Daddy gewartet hatte, die nie mehr kommen sollten. Ihre Erinnerungen an die Eltern waren vage und gestaltlos wie ein Traum, der sich, wenn man gerade meint, ihn zu fassen, immer tiefer in die Dunkelheit zurückzieht. »Es war ein Unfall«, flüsterte sie. »Niemanden traf eine Schuld.«

»Niemanden traf eine Schuld«, bestätigte Tante Lora bedächtig.

Es gab eine Pause. Sybil sah die Tante an, die ihren Blick mied. Wie faltig und ledrig ihr Gesicht geworden war. Ihr Leben lang hatte sie sich unbekümmert Sonne, Wind und Wetter ausgesetzt, und jetzt, mit Ende vierzig, hätte man sie gut für zehn Jahre älter halten können. »*Niemanden* traf eine Schuld...?« wagte Sybil sich vor.

»Also wenn du es unbedingt wissen willst«, sagte Tante Lora, »es stellte sich heraus, daß er getrunken hatte. Beide hatten sie getrunken. Im Klub.«

Hätte Tante Lora die Hand ausgestreckt und sie kräftig gezwickt – Sybil hätte nicht überraschter sein können. «Getrunken?» Davon war noch nie die Rede gewesen.

»Aber es war wohl nicht so viel, daß es die Sachlage geändert hätte«, fuhr Tante Lora verbissen fort. »Wahrscheinlich nicht.«

Sybil war wie betäubt, sie brachte kein weiteres Wort, keine weitere Frage heraus.

Tante Lora war aufgestanden und ging auf und ab. Das kurz geschnittene Haar war zerzaust, ihre Haltung aggressiv, als halte sie ihr Plädoyer vor einem unsichtbaren Publikum.

»Diese dummen Kinder! Ich habe versucht, es ihr zu sagen. ›Beliebtes‹ Paar ... ›attraktives‹ Paar ... viele Freunde ... zu viele Freunde. Dieser verdammte Champlain Club, wo alle zuviel tranken. So viel Geld, so viele Privilegien. Und was hatten sie schließlich davon? Wie stolz sie – Melanie – darauf war, Mitglied zu werden ..., so stolz darauf, mit ihm verheiratet zu sein ... Ihr Leben hat sie weggeworfen! Darauf lief es schließlich hinaus. Ich hatte ihr gesagt, daß es gefährlich war, ein Spiel mit dem Feuer, aber sie wollte nicht hören. Beide wollten sie nicht hören. Doch nicht auf Lora, nicht auf *mich*! In diesem Alter denkt man eben, daß man das ewige Leben hat, daß man sein Leben wegwerfen kann ...«

Sybil wurde plötzlich ganz flau. Sie ging rasch auf ihr Zimmer, machte die Tür hinter sich zu, blieb im Dunkeln stehen und fing an zu weinen.

Das also war das Geheimnis. Das schäbige kleine Geheimnis, das hinter dem »Unglück« steckte: Trinken ... Trunkenheit ...

Taktvoll, wie sie war, klopfte Tante Lora nicht bei Sybil an, sondern ließ sie in Ruhe.

Erst als Sybil sich hingelegt hatte und es im Haus dunkel geworden war, fiel ihr ein, daß sie vergessen hatte, ihrer Tante von Mr. Starr zu erzählen. Das Geld, das er ihr in die Hand gedrückt hatte, lag ordentlich zusammengerollt unter ihrer Wäsche im Schrank wie in einem Versteck.

Sybil schlug das Gewissen. Ich erzähle es ihr morgen, nahm sie sich vor.

5. Der Leichenwagen

Mr. Starr kauerte hingegeben zeichnend vor Sybil und sagte schnell und entzückt: »Ja, ja, genau so, ja! Das Gesicht der Sonne zugewandt wie eine erblühende Blume! Genau so!« Und: »Es gibt nur zwei oder drei ewige Fragen, Blake, die immer wiederkehren, wie die Brandung: ›Warum sind wir hier?‹ ›Woher kommen wir und wohin gehen wir?‹ ›Liegt im Universum ein Sinn, oder ist alles nur Zufall?‹ Diese Fragen nun drückt der Künstler in den Bildern aus, die er kennt.« Und: »Liebes Kind, wollen Sie mir nicht etwas von sich erzählen? Es braucht gar nicht viel zu sein...«

Als habe sich in der Nacht eine Wandlung in ihr vollzogen, als habe sie eine neue Sicherheit gefunden, hatte Sybil heute nachmittag weniger Bedenken, für Mr. Starr Modell zu stehen. Es war, als ob sie einander inzwischen gut kannten: Sybil war ziemlich sicher, daß Mr. Starr kein Sittenstrolch oder sonst etwas Abartiges war; sie hatte einen Blick auf die Skizzen geworfen, die er von ihr gemacht hatte, sie waren umständlich, überstrapaziert, verwischt, aber durchaus ähnlich. Sein Gemurmel wirkte irgendwie tröstlich, beruhigend wie die Brandung, und war ihr jetzt auch nicht mehr peinlich, denn meist sprach er nicht mit ihr, sondern redete an sie hin, ohne eine Antwort zu erwarten.

In mancher Beziehung erinnerte sie Mr. Starr an Tante Lora, wenn sie eine ihrer komischen Geschichten über die Klinik zum besten gab. Tante Lora war unterhaltsamer als Mr. Starr, aber Mr. Starr war idealistischer.

Sein Optimismus wirkte, so schlicht gestrickt er auch war, irgendwie wohltuend.

Zu dieser zweiten Sitzung war Mr. Starr mit Sybil in einen Winkel des Parks gegangen, wo sie keine Störung zu befürchten hatten. Er hatte sie gebeten, das Stirnband abzunehmen und sich mit zurückgelegtem Kopf und halb geschlossenen Augen, das Gesicht der Sonne zugewandt, auf eine Bank zu setzen – eine zunächst unbequeme Haltung, bis Sybil, eingelullt von dem Rauschen der Brandung unter ihr und Mr. Starrs Monolog, ein eigenartiges, schwebend-friedliches Gefühl überkam.

Ja, in der Nacht hatte sich eine Wandlung in ihr vollzogen, deren Dimensionen sie nicht übersah. Sie hatte sich in den Schlaf geweint, und beim Aufwachen hatte sie sich – irgendwie verletzlich gefühlt. Ein nicht einmal unangenehmes Gefühl. Aufgerichtet. Wie eine erblühende Blume.

Heute früh hatte Sybil wieder vergessen, Tante Lora von Mr. Starr und von dem Geld zu erzählen, diesem großzügigen Honorar für eine so geringe Leistung. Sie verdrängte den Gedanken, wie ihre Tante darauf reagieren mochte, denn Tante Lora mißtraute Fremden, insbesondere fremden Männern. Wenn ich es Tante Lora heute abend erzähle oder morgen früh, sagte sich Sybil, werde ich ihr begreiflich machen, daß Mr. Starr etwas Gütiges und Vertrauenerweckendes, fast Kindliches an sich hat. Man konnte über ihn lachen, aber irgendwie kam ihr das ungehörig vor.

Als sei dieser Mann in mittleren Jahren lange fort gewesen, irgendwo fern der Erwachsenenwelt geschützt und aufgehoben. Unschuldig und verletzlich auch er.

Wieder hatte er Sybil angeboten, sie im voraus zu bezahlen, und wieder hatte Sybil abgelehnt. Sie mochte Mr. Starr nicht sagen, daß dann womöglich die Versuchung groß wäre, die Sitzung noch mehr abzukürzen.

»Blake?« setzte Mr. Starr zögernd an, »kannst du mir…?«, wieder eine Pause, und dann, wie in einer spontanen Eingebung, »…etwas über deine Mutter erzählen?«

Sybil hatte nicht recht zugehört. Jetzt öffnete sie die Augen und sah ihn an.

Mr. Starr war möglicherweise gar nicht so alt, wie sie zuerst gedacht hatte, und auch nicht so alt, wie er sich gab. Er war ein gutaussehender Mann, aber sein Gesicht war seltsam aufgerauht, die Haut wie Sandpapier, fahl, kränklich-blaß. Auf der Stirn, über dem linken Auge, hatte er eine nur noch schwach erkennbare Narbe, die aussah wie ein Angelhaken oder ein Fragezeichen. Vielleicht war es auch ein Muttermal oder – noch weniger romantisch – eine ganz gewöhnliche Hautunreinheit? Vielleicht kam die rauhe, grobkörnige Haut einfach von einer Jugendakne.

Bei seinem schüchternen Lächeln sah man die feuchten, klobigen Zähne.

Heute trug Mr. Starr keine Kopfbedeckung, der Wind spielte mit seinen dünnen, feinen, silbrigen Haaren. Er trug einfaches, nichtssagendes Zeug, ein Hemd, das ihm zu groß war, eine Khakijacke mit aufgerollten Ärmeln. Aus der Nähe konnte Sybil seine Augen erkennen, kleine, tiefliegende, kluge Glitzeraugen mit dunklen Tränensäcken, die aussahen wie Blutergüsse.

Sybil fröstelte, als sie so unmittelbar in Mr. Starrs Augen sah. Es war, als blicke man unvorbereitet in eines anderen Menschen Seele.

Sybil schluckte und sagte langsam: »Meine Mutter... lebt nicht mehr.«

Eine seltsame Formulierung. Warum sagte sie nicht das, was man in solchen Fällen normalerweise sagt: *Meine Mutter ist tot.*

Einen langen schmerzlichen Augenblick hingen Sybils Worte zwischen ihnen, als wolle Mr. Starr, von seinem Mißgriff verunsichert, sie gar nicht mehr hören.

»Ach so«, sagte er dann rasch und entschuldigend. »Das tut mir sehr leid.«

Die Sonne, die Brandung und Mr. Starrs Stimme hatten Sybil beim Modellstehen angenehm eingelullt. Jetzt war ihr, als habe man sie geweckt, mit einem Schubs in den Alltag zurückgeholt. Sie sah die auf dem Kopf stehende verschmierte Skizze, die Mr. Starr von ihr gemacht hatte, sah den Kohlestift wie bekümmert über dem dicken weißen Papier stehen. Sie lachte und wischte sich die Augen. »Es ist schon lange her, ich denke eigentlich nie daran.«

Mr. Starrs Ausdruck war nicht zu deuten. »Sie leben also ... bei Ihrem Vater?« fragte er gepreßt.

»Nein. Und wenn es Ihnen recht ist, möchte ich nicht mehr darüber reden, Mr. Starr.«

Das klang bittend, aber zugleich sehr endgültig.

»Nein, natürlich nicht. Aber ganz gewiß nicht«, sagte Mr. Starr schnell und fing mit angestrengt gekrauster Stirn wieder an zu zeichnen.

Und dann schwiegen sie sich längere Zeit an.

Sobald Sybil Zeichen von Unruhe erkennen ließ, verkündete Mr. Starr erneut, sie könne für heute Schluß machen, er wolle weder sie noch sich überfordern.

Sybil rieb sich den schmerzenden Nacken, reckte Arme und Beine. Die Haut prickelte leicht, von der Sonne oder vom Wind, die Augen brannten, als habe sie direkt in die Sonne gesehen. Oder hatte sie geweint? Sie wußte es nicht mehr.

Wieder zahlte Mr. Starr in bar aus seiner prallen Brieftasche. Seine Hand zitterte merklich, als er Sybil das Geld in die Hand drückte. (Verlegen faltete Sybil die Scheine und steckte sie in die Tasche. Zu Hause stellte sie fest, daß Mr. Starr ihr zehn Dollar zuviel gegeben hatte; ein Trostpflaster, weil er sie fast zum Weinen gebracht hatte?) Obgleich Sybil keinen Zweifel daran ließ, daß sie es eilig hatte wegzukommen, begleitete Mr. Starr sie den Hang hinauf in Richtung Boulevard, hinkend, auf seinen Stock gestützt, aber in flottem Tempo. Er fragte, ob Sybil – natürlich nannte er sie Blake, »die liebe Blake« – mit ihm eine Erfrischung einnehmen wolle, in einem Café in der Nähe, und als Sybil ablehnte, sagte er halblaut: »Ja, ja, das ist wohl verständlich.« Dann fragte er, ob Sybil am nächsten Tag wiederkommen würde, und als sie nicht nein sagte, fügte er hinzu, er würde ihren Stundensatz erhöhen, wenn sie ihm auf eine etwas andere Art Modell sitzen würde. »... hier im Park oder vielleicht unten am Strand, natürlich bei Tage, wie bisher, aber ein bißchen mehr...«, Mr. Starr unterbrach sich nervös und suchte nach dem richtigen Wort, »...experimentell.«

»Experimentell?« wiederholte Sybil skeptisch.

»Ich bin bereit, Ihr Honorar um die Hälfte aufzustocken, Blake.«

»Was verstehen Sie unter ›experimentell‹?«

»Emotionen.«

»Was?«

»Emotionen. Erinnerungen. Innerlichkeit.«

Als sie aus dem Park herauskamen, sah Sybil sich unruhig um, es wäre ihr sehr unangenehm gewesen, jemandem aus der Schule oder – schlimmer noch – Bekannten ihrer Tante zu begegnen. Mr. Starr fuchtelte beim Sprechen mit den Händen in der Luft herum und schien ganz aufgeregt. »Innerlichkeit. Das, was dem Auge verborgen bleibt. Ich erkläre es Ihnen morgen genauer, Blake. Wir treffen uns wieder hier?«

»Ich weiß nicht, Mr. Starr«, sagte Sybil leise.

»Aber Sie müssen kommen. Bitte...«

Sybil empfand plötzlich so etwas wie Zuneigung zu Mr. Starr. Er war freundlich und höflich und ein Gentleman; und zweifellos sehr großzügig. Wie mochte er leben? Sie sah ihn als einsamen Exzentriker ohne Freunde. Oder übertrieb sie am Ende seine Wunderlichkeit? Wie würde ein unbeteiligter Beobachter die hochgewachsene hinkende Gestalt beurteilen, den Stock, die Leinentasche, die blankgeputzten schwarzen Lederschuhe, bei denen sie immer an eine Beerdigung denken mußte, das schöne, feine Silberhaar, die in der Sonne blitzende dunkle Brille...? Würde ein Beobachter, der Sybil Blake und Mr. Starr zusammen sah, ein zweites Mal hinschauen?

»Sehen Sie mal...« Sybil streckte die Hand aus. »Ein Leichenwagen.«

Am Straßenrand stand ein langer, glänzend schwarzer Wagen mit dunkel getönten Scheiben. Mr. Starr lachte verlegen: »Tut mir leid, Blake, das ist kein Leichenwagen. Es ist mein Auto.«

»Ihr Auto?«

»Ja. Tut mir leid.«

Es war tatsächlich eine Limousine, die mit laufendem Motor am Straßenrand stand. Am Steuer saß ein Mann mit Schirmmütze, dem Profil nach Asiate. Sybil machte große Augen. Mr. Starr war also wirklich ein reicher Mann.

Entschuldigend, aber fast lausbubenhaft verschmitzt erläuterte er: »Ich fahre nicht selber, auch so ein Handicap. Früher einmal…, aber durch besondere Umstände…« Sybil sah häufig Wagen in Glencoe, in denen ein Chauffeur am Steuer saß, kannte aber niemanden, der einen solchen Wagen besaß.

»Darf ich Sie nach Hause bringen, Blake?« fragte Mr. Starr. »Es wäre mir ein Vergnügen…«

Sybil lachte, als hätte man sie gekitzelt.

»Nach Hause bringen? In dem da?«

»Es macht mir keine Umstände.« Mr. Starr hinkte zur hinteren Tür und öffnete sie mit Schwung, ehe der Fahrer hatte aussteigen können. Erwartungsvoll sah er Sybil an. »Es ist das mindeste, was ich nach unserer anstrengenden Sitzung für Sie tun kann.«

Lächelnd sah Sybil in den dunklen Innenraum der Limousine. Der livrierte Fahrer war ausgestiegen und stand wartend da, offenbar ungewiß, wie er sich verhalten sollte. Er mochte ein Filipino sein, nicht mehr jung, mit einem kleinen Schrumpelgesicht; er trug weiße Handschuhe. Sehr gerade und stumm stand er da und beobachtete Sybil.

Einen Augenblick sah es aus, als würde Sybil Mr. Starrs Angebot annehmen und sich in den Fond der langen, schwarz glänzenden Limousine setzen, so daß Mr. Starr hinter ihr einsteigen und die Tür zuschlagen konnte; aber aus einem ihr selbst nicht ganz erklärlichen Grund – vielleicht lag es daran, daß Mr. Starr sie so gespannt beobachtete, oder die starre Haltung des weiß behandschuhten Fahrers war schuld – überlegte sie es sich anders. »Nein, danke«, stieß sie hervor.

Mr. Starr war enttäuscht und gekränkt, man sah es an seinen herabgezogenen Mundwinkeln, aber er sagte tapfer: »Verständlich, Blake, durchaus verständlich. Ich bin schließlich ein Fremder, man kann nicht vorsichtig genug sein. Aber ich sehe Sie doch morgen, liebes Kind?«

»Vielleicht«, rief Sybil und lief über die Straße.

6. Das Gesicht.

Sie mied den Park. *Weil ich es will. Weil ich es kann.*

Am Donnerstag hatte sie nach der Schule ihre Gesangsstunde, am Freitag war Chorprobe, am nächsten Abend war sie mit Freunden zusammen. Am Samstagvormittag joggte sie nicht in dem Park am Meer, sondern in einem anderen, meilenweit entfernten, in dem Mr. Starr sie unmöglich gesucht hätte. Und am Sonntag fuhr Tante Lora mit ihr zu einer nachträglichen Geburtstagsfeier nach Los Angeles – sie gingen in eine Kunstausstellung, zum Essen, ins Theater.

Ich schaffe es also, ich kann es. Ich brauche Ihr Geld nicht, Mr. Starr, und Sie selber auch nicht.

Seit dem Abend, an dem Tante Lora von dem Bootsunfall erzählt hatte, der möglicherweise auf Trunkenheit zurückzuführen war, hatten weder Sybil noch ihre Tante das Thema berührt. Sybil mochte gar nicht daran denken. Das hast du nun von deiner Neugier, sagte sie sich streng.

Warum fragen? Am Ende mußt du nur weinen.

Sybil hatte sich nicht dazu aufraffen können, Tante Lora von Mr. Starr und dem Modellstehen zu erzählen. Nicht einmal an dem gemeinsam verbrachten langen Sonntag. Kein Wort über den Schatz im Schrank.

Geld wofür? Für den Sommerkurs, fürs College.

Für die Zukunft.

Tante Lora hielt nichts vom Herumspionieren innerhalb der Familie, aber sie hatte von der Klinik her einen geschulten Blick und behielt Sybil aufmerksam im Auge. »Du bist neuerdings sehr still, Sybil. Es ist doch hoffentlich nichts passiert?« Und

Sybil antwortete rasch und nervös: »Aber nein, was soll denn passiert sein?«

Sie hatte ein schlechtes Gewissen, weil sie Tante Lora etwas verheimlichte. Und weil sie Mr. Starr versetzt hatte.

Zwei Erwachsene. Eine doppelte Last. Dabei war ihr ja Mr. Starr eigentlich fremd, war gar nicht Teil ihres Lebens. Aber irgendwie eben doch, dachte sie, das ist ja das Sonderbare...

Die Zeit verging, und statt daß sie Mr. Starr vergaß und ihr Vorsatz, nicht mehr für ihn Modell zu stehen, sich immer mehr festigte, sah Sybil ihn im Geiste nur noch deutlicher vor sich. Sie begriff nicht, warum er sich offenbar zu ihr hingezogen fühlte, sie war überzeugt davon, daß es keine sexuelle Sache war, nein, das bestimmt nicht, es war etwas Reineres, Geistigeres – aber was? Warum gerade *sie*?

Warum war er in die Schule gekommen, hatte sich in die Chorprobe gesetzt? Hatte er gewußt, daß sie da sein würde – oder war es Zufall gewesen?

Sie mochte gar nicht daran denken, was Tante Lora sagen würde, wenn sie es wüßte. Wenn ihr etwas über Mr. Starr zu Ohren käme.

Mr. Starrs Gesicht tauchte vor ihr auf, blaß und traurig. Das Rekonvaleszentengesicht. Der erwartungsvolle Ausdruck. Die dunkle Brille. Das hoffnungsvolle Lächeln. Als sie einmal nachts aus einem besonders lebhaften, beängstigenden Traum erwachte, dachte Sybil in ihrer Verwirrung sekundenlang, sie habe Mr. Starr im Zimmer stehen sehen, es sei gar kein Traum gewesen. Wie verletzt er aussah, ratlos, gekränkt. *Komm mit mir, Sybil. Schnell. Jetzt gleich. Es ist so lange her.* Seit Tagen wartete er nun schon im Park auf sie, hinkte, die Leinentasche über der Schulter, über die Wege, jede unbekannte Passantin mit einem hoffnungsvollen Blick streifend.

Und hinter ihm die elegante, schwarz glänzende Limousine, größer, als Sybil sie in Erinnerung hatte. Ohne Fahrer.

Sybil? rief Mr. Starr ungeduldig. *Sybil?*

Als habe er von Anfang an gewußt, wie sie wirklich hieß. Und als habe sie gewußt, daß er es wußte.

7. Das Experiment

Und so war Sybil Blake am Montagnachmittag wieder im Park und stand Mr. Starr Modell.

Als sie ihn dort hatte warten sehen, hätte Sybil sich am liebsten entschuldigt. Nicht, daß er ihr Vorwürfe gemacht hätte (auch wenn er fahl und elend aussah, als habe er schlecht geschlafen) oder sie auch nur mit einem stummen Blick gefragt hätte: *Wo warst du denn?* Nein, er strahlte sie an und hinkte wie ein vernarrter Vater auf sie zu, ganz so, als habe es die letzten vier Tage gar nicht gegeben. »Hallo, Mr. Starr«, rief Sybil und hatte sonderbarerweise das Gefühl, als sei nun alles wieder in Ordnung.

»Wie schön... und ein so herrlicher Tag... bei hellichtem Tag, versprochen ist versprochen«, freute sich Mr. Starr.

Sybil war vierzig Minuten gejoggt, sie fühlte sich großartig und voller Kraft. Sie streifte das feuchte gelbe Stirnband ab und steckte es in die Tasche. Als Mr. Starr das Angebot der Vorwoche wiederholte und erneut das höhere Honorar nannte, stimmte Sybil sofort zu. Schließlich war sie ja deswegen gekommen, wie hätte sie so ein Angebot ablehnen können?

Es dauerte eine Weile, bis Mr. Starr einen ihm genehmen Platz gefunden hatte. »Es muß die ideale Stelle sein, eine Synthese aus Poesie und Praxis.« Schließlich entschied er sich für eine bröckelnde Mauer mit Blick auf den Strand in einem entlegenen Winkel des Parks. Er bat Sybil, sich an die Mauer zu lehnen und aufs Meer hinauszublicken, die Hände flach auf den Mauerrand gelegt, den Kopf so weit erhoben, wie es ihr eben noch ohne Anstrengung möglich war. »Heute, meine liebe Blake, werde ich nicht nur das äußere Bild eines schönen jungen Mädchens festhalten«, sagte er, »sondern die Erinnerungen und Emotionen, die sie bewegen.«

Sybil nahm bereitwillig die gewünschte Stellung ein. Sie war so froh, wieder in ihre Rolle als Modell schlüpfen zu können, daß sie der See zulächelte wie einer alten Bekannten. »Was für Erinnerungen und Emotionen, Mr. Starr?« fragte sie.

Mr. Starr griff eilfertig nach seinem Skizzenblock und einem neuen Stück Zeichenkohle. Es war ein milder Tag, der Himmel war klar, nur drüben in Richtung Big Sur zogen sich dicke Gewitterwolken zusammen. Kraftvoll und mit hypnotischem Rauschen schlugen die Wellen an den Strand. Hundert Meter unter ihr trugen junge Männer in Surfanzügen ihre Bretter mühelos, als seien sie aus Pappmaché, zum Wasser hinunter.

Mr. Starr räusperte sich und sagte fast schüchtern: »Ihre Mutter, liebe Blake. Erzählen Sie mir alles, was Sie von ihr wissen, woran Sie sich erinnern können.«

»Meine Mutter?«

Sybil fuhr zusammen und hätte ihre Stellung aufgegeben, wenn Mr. Starr nicht rasch zugegriffen hätte, um sie zu stützen. Zum erstenmal berührte er sie so. »Ein schmerzliches Thema, ich weiß«, sagte er begütigend. »Aber wollen Sie es nicht einmal versuchen, Blake?«

»Nein«, sagte Sybil.

»Sie wollen nicht?«

»Ich kann nicht.«

»Aber warum nicht, liebes Kind? Irgendeine Erinnerung an Ihre Mutter... egal, was für eine.«

»*Nein.*«

Sybil sah, daß Mr. Starrs Hand zitterte, während er sie skizzierte oder es zumindest versuchte. Am liebsten hätte sie ihm die Zeichenkohle aus der Hand gerissen und zerbrochen. Wie konnte er ihr so zusetzen!

»Ja, ja«, sagte Mr. Starr hastig, mit einem seltsam abgehobenen Gesichtsausdruck, als nähme er sie gar nicht wahr, obgleich er den Blick fest auf sie gerichtet hatte. »Genau so, Kind. Irgendeine Erinnerung. Irgendeine. Nur die eigene muß es sein.«

»Wessen sonst«, sagte Sybil lachend und merkte erstaunt, daß ihr Lachen wie Schluchzen klang.

»Unschuldige Kinder beziehen ihre Erinnerungen häufig von Erwachsenen«, sagte Mr. Starr düster, »und diese Erinnerungen sind dann von fremden Einflüssen kontaminiert, sind verfälscht und unecht.«

Sybil sah das Bild, das auf dem dicken weißen Zeichenpapier entstanden war. Es hatte etwas Abstoßendes. Sie trug, wie immer, ihr Joggingzeug, aber auf Mr. Starrs Zeichnung sah es aus, als habe sie ein anliegendes, fließendes Kleid oder womöglich überhaupt nichts an. Wo ihre kleinen Brüste hätten sein müssen, waren nur schwärzlich-wolkige Wirbel, als sei sie dabei, sich aufzulösen. Gesicht und Kopf waren ähnlich, wirkten aber seltsam unfertig, roh, angreifbar.

Mr. Starrs Silberhaar hatte an diesem Nachmittag einen metallischen Schimmer, ums Kinn herum sah man eine Spur von Stoppeln, die ebenfalls metallisch glänzten. Er hatte mehr Kraft, als sie gedacht hatte. Und ein Wissen, das weit größer war als das ihre.

Sybil setzte sich wieder zurecht und sah aufs Meer hinaus, auf die Wellenkämme mit den prächtigen Schaumkronen. Warum war sie hier, was wollte dieser Mann von ihr? Und plötzlich hatte sie Angst davor, ihm nicht das geben zu können, was er erwartete – was immer das sein mochte.

Mr. Starr aber murmelte mit seiner sanften Stimme: »Es gibt Menschen, hauptsächlich Frauen oder Mädchen, die ich ›Emotionsleiter‹ nennen möchte, bei denen schon fast Tote wieder lebendig werden. Sie brauchen nicht schön zu sein, es ist eine Sache der Blutwärme, der geistigen Integrität.« Er schlug die nächste Seite auf, begann, leise durch die Zähne pfeifend, eine neue Skizze. »Eine frierende Seele kann bei solchen Menschen ein Stück ihres verlorenen Seins wiedererlangen. Manchmal.«

Sybil versuchte, eine Erinnerung an ihre Mutter oder zumindest ein Bild von ihr heraufzubeschwören. *Melanie. Damals sechsundzwanzig. Augen ... Gesichtsschnitt ... helles welliges Haar.* Ein geisterhaftes Gesicht erschien, um sich gleich wieder in Nichts aufzulösen. Sybil schluchzte unwillkürlich auf. In ihren Augen brannten Tränen.

»... gespürt, liebe Blake ..., heißt du wirklich Blake? – daß du zu diesen Menschen gehörst. Ein ›Emotionsleiter‹, jemand, der schönere, höhere Dinge vermittelt. Ja, ja! Meine Intuition täuscht mich selten.« Er zeichnete rasch und erregt, dicht neben ihr kauernd, die dunklen Brillengläser blitzten in der Sonne. Wenn sie ihn jetzt ansah, würde sie seine Augen nicht erkennen können.

»Fällt dir dich denn wirklich gar nichts zu deiner Mutter ein?« fragte Mr. Starr überredend.

Sybil schüttelte ablehnend den Kopf.

»Aber wie sie hieß, weißt du doch sicher noch?«

»Mommy«, flüsterte Sybil.

»Ja, gewiß. Mommy. Für dich hieß sie natürlich so.«

»Mommy ... ist weggegangen. Sie haben mir gesagt ...«

»Ja? Sprich nur weiter ...«

»... daß Mommy weg ist. Mit Daddy. Auf dem See ...«

»Auf welchem See?«

»Lake Champlain. In Vermont. Tante Lora sagt ...«

»Tante Lora?«

»Mommys Schwester. Sie war älter. Ist älter. Sie ist mit mir weggezogen, hat mich adoptiert. Sie ...«

»Und ist Tante Lora verheiratet?«

»Nein. Sie hat nur mich.«

»Was passierte auf dem See?«

»... es ist im Boot passiert, auf dem See. Daddy war am Steuer, haben sie mir erzählt. Mich wollte er auch holen ..., aber ich weiß nicht, ob das an dem Tag oder an einem anderen war. Sie haben es mir erzählt, aber ich *weiß* es nicht.«

Sybil kamen die Tränen, die Beherrschung drohte sie zu verlassen. Immerhin brachte sie es fertig, nicht die Hände vors Gesicht zu schlagen. Sie hörte Mr. Starr schneller atmen, hörte die Zeichenkohle über das Papier schurren.

»Du mußt damals noch sehr klein gewesen sein«, sagte Mr. Starr sanft.

»Ich fand mich nicht klein. Ich ... war, die ich war.«

»Aber es ist lange her?«

»Ja. Nein. Es ist ... immer da.«

»Immer wo, Kind?«

»Wo ich ... es sehe.«
»Was denn, Kind?«
»Ich ... ich *weiß* es nicht.«
»Siehst du deine Mommy? War sie schön? Sah sie dir ähnlich?«
»Lassen Sie mich in Ruhe, ich *weiß* es nicht.«
Sybil weinte jetzt, und Mr. Starr hielt – reuig oder aus Vorsicht – sofort den Mund.

Hinter ihnen kam jemand vorbei, ein Radfahrer wahrscheinlich, und Sybil spürte einen neugierigen Blick: ein Mädchen, das mit verweintem Gesicht an einer Mauer lehnt, ein Mann in mittleren Jahren, der vor ihr hockt und sie zeichnet. Ein Künstler und sein Modell. Amateurkünstler und Amateurmodell. Nur seltsam, daß das Mädchen weint. Und der Mann so begierig ihre Tränen im Bild festhält.

Sybil hatte die Augen geschlossen. Ja, sie war ein »Emotionsleiter«. War nur noch Emotion, spürte, daß sie schwebte, obgleich sie mit beiden Beinen auf der Erde stand, obgleich Mr. Starr bei ihr war und ihr als Anker diente. Ein Schleier glitt zur Seite, und sie sah ein Gesicht ... Mommys Gesicht ... ein hübsches, herzförmiges Gesicht mit einem Ausdruck von Zärtlichkeit und leichter Ungeduld ... wie jung Mommy war ... das Haar, wunderschönes braunblondes Haar, mit einem grünen Seidentuch nach hinten gebunden. Mommy lief zum Telefon, als es läutete, Mommy hob ab. Ja? Ja? *Hallöchen* ... Denn das Telefon läutete ständig, und Mommy lief immer hin, und immer war dieser erwartungsvolle Ton in ihrer Stimme, dieser Ausdruck von Hoffnung und Überraschung ... *Hallöchen* ...

Sybil konnte ihre Stellung nicht mehr halten. »Schluß für heute, Mr. Starr. Tut mir leid.« Sie ging davon, er sah ihr bestürzt nach, rief etwas, ich habe dir das Geld noch nicht gegeben, aber Sybil hatte für heute genug vom Modellstehen, sie setzte sich in Trab, sie floh.

8. Vor langer Zeit...

Eine junge Frau, die zu jung geheiratet hatte..., war das die Erklärung?

Das herzförmige Gesicht, die ungeduldig verzogenen Lippen. Die in gespielter Überraschung geweiteten Augen: Ach, Sybil, was hast du angestellt...?

Ein Kuß für Klein-Sybil, und Klein-Sybil kichert vor Freude und Aufregung und hebt die runden Babyärmchen, um von Mommy ins Bett getragen zu werden.

Komm, Schätzchen, dafür bist du jetzt zu groß. Zu schwer.

Parfümduft umweht das Haar, das goldbraun wellig bis auf die Schultern fällt. Eine Perlenschnur um den Hals. Ein tief ausgeschnittenes Sommerkleid, mit bunten Blumen bedruckt, wie Tapete. Mommy!

Und Daddy? Wo war Daddy?

Erst war er weg, dann wieder da. Er war gekommen, um Klein-Sybil zu holen, ins Boot zu holen, der Motor brummte laut und zornig wie eine Biene, die einem um den Kopf fliegt, Sybil fing an zu weinen, und dann kam jemand, und Daddy ging wieder weg. Sie hörte den Motor aufjaulen, das Geräusch verhallen. Die Bugwelle konnte sie da, wo sie stand, nicht sehen, es war ja auch Nacht, aber sie weinte nicht, und niemand schimpfte.

Sie erinnerte sich an Mommys Gesicht, obgleich sie es nie wieder gesehen hatte. An Daddys Gesicht erinnerte sie sich nicht.

»Du brauchst keine Angst zu haben, mein armer kleiner Liebling«, sagte Großmama. Tante Lora sagte dasselbe und drückte sie an sich. »Du brauchst nie mehr Angst zu haben«, versprach Tante Lora. Es war unheimlich, Tante Lora weinen zu sehen. Tante Lora weinte nie.

Sie hob Klein-Sybil mit ihren starken Armen auf und trug sie ins Bett. Aber es war nicht so wie sonst. Es würde nie mehr sein wie sonst.

9. Das Geschenk

Sybil steht am Ufer.

Rauschend schlägt die Brandung an den Strand, das Wasser schwappt fast bis an ihre Füße. Wie wirres Rufen tönt es aus den Wellen. Sie möchte am liebsten loslachen. Ohne Grund. *Du kennst den Grund: Er ist zu dir zurückgekommen.*

Der Strand ist breit, sauber, leer, wie mit einem Riesenbesen gefegt. Eine Landschaft von traumgleicher Schlichtheit. Sybil hat sie oft und oft gesehen, aber ihr ist, als habe sie nie begriffen, wie schön sie ist. *Dein Vater: Dein Vater, von dem sie dir erzählt haben, er käme nie zurück: Er ist wieder da.* Es ist eine Wintersonne, die sie bescheint, aber sie ist warm, sie strahlt. Hängt am Himmel, als könne sie ganz rasch untergehen. Es wird schnell dunkel, denn schließlich ist Winter, so warm es auch ist. In einer halben Stunde wird es zehn Grad kälter sein. *Er ist gar nicht gestorben. All die Jahre hat er auf dich gewartet. Und jetzt ist er da.*

Sybil fängt an zu weinen und schlägt die Hände vor das brennende Gesicht. Sie steht plattfüßig da wie ein kleines Mädchen, die Brandungswelle strudelt um sie herum, und jetzt sind ihre Schuhe, ihre Füße naß, sie wird frieren in der aufkommenden Kälte. *Ach, Sybil…*

Als Sybil sich umdrehte, saß Mr. Starr am Strand. Er hatte offenbar das Gleichgewicht verloren und war gestürzt, der Stock lag zu seinen Füßen, der Skizzenblock war ihm aus der Hand gefallen, die verwegene Golfmütze saß schief. »Was haben Sie?« fragte Sybil besorgt; hoffentlich kein Herzinfarkt, dachte sie, und Mr. Starr lächelte matt und sagte, er wisse es nicht, ihm sei schwindlig geworden, die Beine seien ihm eingeknickt, er habe sich setzen müssen. »Ich glaube, es war deine Bewegung, die mich so mitgenommen hat«, sagte er, versuchte aufzustehen, blieb aber unbeholfen sitzen, nassen Sand auf der Hose und auf den Schuhen. Jetzt war Sybil bei ihm, er sah aus verengten Augen zu ihr hoch, was war es, was zwischen ihnen schwang? Verständnis? Zuneigung? Erkennen?

Sybil lachte, um den Bann zu brechen, streckte Mr. Starr die Hand hin, half ihm hoch. Auch er lachte, trotz seiner Rührung, seiner Befangenheit. »Ich steigere mich wohl zu sehr in solche Sachen hinein«, sagte er. Sybil zog an seiner Hand (wie groß sie war, wie kräftig der Druck seiner Finger), und als er sich brummelnd aufrappelte, spürte sie sein Gewicht.

Mr. Starr stand jetzt neben Sybil, er hielt noch immer ihre Hand. »Aus meiner Sicht ist das Experiment beinahe zu gut gelungen. Ich habe fast Hemmungen, es nochmals zu versuchen.«

Sybil lächelte ihn verlegen an. Er war etwa so alt, wie ihr Vater jetzt gewesen wäre. Ihr war, als dränge sich unter Mr. Starrs grobporig-fahlem Gesicht ein jüngeres Gesicht hervor. Die komische hakenförmige Narbe auf der Stirn hatte in der Sonne einen ganz eigenartigen Glanz.

Sybil entzog Mr. Starr höflich ihre Hand und schlug die Augen nieder. Sie fröstelte. Heute war sie nicht gelaufen, war nur zum Modellstehen gekommen, auf Mr. Starrs Bitte in Rock und Bluse. Sie trug keine Strümpfe, die Füße in den Sandalen waren naß von der Brandung.

»Mir geht es genauso, Mr. Starr«, sagte Sybil leise.

Sie stiegen das hölzerne Treppchen zur Steilküste hinauf, und da stand Mr. Starrs vornehme, schwarz glänzende Limousine. Um diese Nachmittagsstunde war viel Betrieb im Park. Eine Horde kichernder Schulmädchen kam vorbei, die Sybil aber nicht beachtete. Sie war noch immer aufgewühlt, matt vom Weinen, aber in einer ganz sonderbaren Hochstimmung. *Du weißt, wer er ist. Du hast es schon immer gewußt.* Plötzlich konnte sie Mr. Starrs Gemurmel nicht mehr ertragen. Warum sprach er sie nicht endlich einmal direkt an?

Der livrierte Chauffeur saß wie in Habachtstellung am Steuer, sah nicht nach rechts und nicht nach links. Schirmmütze, weiße Handschuhe. Ein Profil wie auf einer alten Münze. *Ob er von mir weiß,* dachte Sybil, *ob Mr. Starr mit ihm über mich spricht?* Daß ein Dritter womöglich Bescheid wußte, war ein aufregender Gedanke.

Weil Sybil ihm heute so geduldig Modell gestanden habe, sagte Mr Starr, weil seine Erwartungen mehr als erfüllt seien, habe er ihr etwas mitgebracht. »Als kleine Zugabe.«

Er machte die hintere Tür auf und überreichte Sybil schüchtern lächelnd eine viereckige weiße Schachtel. »Was ist es?« stieß Sybil aufgeregt hervor. Sie und Tante Lora schenkten sich so gut wie nie mehr etwas, es war wie ein wieder aufgelebtes schönes Ritual aus fernster Vergangenheit. Sie machte die Schachtel auf. Eine wunderbare Tasche kam zum Vorschein, eine Schultertasche aus dunkel-honigfarbenem Nappaleder. »Wie schön! Danke, Mr. Starr.« Sybil nahm die Tasche heraus. »Mach sie auf, Kind«, drängte Mr. Starr. In der Tasche steckten Geldscheine, ganz neue Scheine, der oberste war ein Zwanziger. »Hoffentlich haben Sie mir nicht wieder zuviel gezahlt«, sagte Sybil verlegen. »Ich hab Ihnen noch nie drei Stunden Modell gestanden. Es ist nicht fair.« Mr. Starr lachte, sein Gesicht war freudig gerötet. »Was heißt schon fair? *Wir* machen, was *wir* wollen.«

Sybil sah schüchtern zu Mr. Starr auf, der sie offenbar aufmerksam beobachtete, die Fältchen um die Augenwinkel hatten sich vertieft. »Heute fahre ich dich aber nach Hause, Kind, das lasse ich mir nicht nehmen«, sagte er lächelnd. In seiner Stimme schwang ein neuer, bestimmter Ton, irgendwie mußte das mit dem Geschenk zusammenhängen. »Es wird kühl, und du hast nasse Füße.« Sybil zögerte. Sie hielt sich die Tasche an die Nase und sog den würzigen Ledergeruch ein. Ein so wertvolles Stück hatte sie noch nie besessen. Mr. Starr sah sich rasch um, er lächelte noch immer. »Steig ein, Blake..., jetzt bin ich dir doch nicht mehr fremd.«

Noch immer zauderte sie. »Sie wissen doch, daß ich nicht Blake heiße, Mr. Starr«, sagte sie halb scherzhaft. »Woher eigentlich?«

Mr. Starr lachte belustigt auf. »Nein? Wie denn dann?«
»Wissen Sie das nicht?«
»Sollte ich es wissen?«
»Etwa nicht?«

Es gab eine Pause. Mr. Starr hatte Sybils Handgelenk gefaßt; leicht, aber fest, mit dem sanften Druck eines Uhrarmbandes legten sich seine Finger um die zarten Knochen.

Er kam noch einen Schritt näher, als wollte er ihr ein Geheimnis anvertrauen. »Ich habe dich bei eurem schönen Schulkonzert das Solo singen hören und muß gestehen, daß ich auch in einer Probe war, niemand hatte was dagegen. Hat der Chorleiter dich ... Sybil genannt?«

Ihr schwindelte, als sie ihren Namen aus Mr. Starrs Mund hörte. Sie konnte nur stumm nicken. Ja.

»Ich war mir nicht sicher, ob ich ihn richtig verstanden hatte. Ein wunderschöner Name für ein wunderschönes Mädchen. Und ist ›Blake‹ dein Familienname?«

»Ja«, sagte Sybil leise.

»Der Name deines Vaters?«

»Nein. Nicht der Name meines Vaters.«

»Ach nein? Normalerweise ist das doch so.«

»Weil...« Sybil hielt inne, sie wußte nicht recht, was sie sagen sollte. »Es ist – war – der Name meiner Mutter.«

»Verstehe.« Mr. Starr lachte. »Das heißt, so ganz verstehe ich es nicht, aber darüber können wir ein andermal reden. Wollen wir...«

Wollen wir einsteigen, meinte er und drückte fester zu, unverändert freundlich, aber fast schon ein bißchen ungeduldig. Sein Griff war unerwartet hart. Sybil war stehengeblieben, sie wollte schon nachgeben, aber dann dachte sie unbehaglich: Nein, nicht. Noch nicht.

Und strebte nervös auflachend von Mr. Starr weg, so daß er sie freigeben mußte. Seine Mundwinkel verzogen sich enttäuscht. Vielen Dank, sagte Sybil, aber sie wolle doch lieber zu Fuß gehen. »Dann sehe ich dich hoffentlich morgen ... Sybil!« rief Mr. Starr ihr nach. »Ja?«

Aber Sybil hatte die neue Tasche an die Brust gedrückt wie ein Kind sein Kuscheltier und ging rasch davon.

Fuhr die schwarze Limousine in diskretem Abstand hinter ihr her?

Sybil widerstand dem fast übermächtigen Drang, sich umzudrehen. Sie überlegte, ob sie irgendwann schon mal in so einem Fahrzeug gesessen hatte. Bei der Beerdigung ihrer Eltern hatte es vermutlich Limousinen mit Chauffeur gegeben, aber sie war nicht dabeigewesen, hatte von diesen Vorgängen allenfalls das sonderbare Benehmen ihrer Großmutter, ihrer Tante Lora und anderer Erwachsener in Erinnerung, deren Kummer und den tiefen, sprachlosen Schock, den sie dahinter spürte.

Wo ist Mommy, hatte sie gefragt, wo ist Daddy, und hatte immer dieselbe Antwort bekommen: Sie sind fort.

Da half kein Weinen. Da half keine Wut. Nichts half, was Klein-Sybil auch tun oder sagen mochte. Das war wohl ihre erste Lektion.

Aber Daddy ist nicht tot, das weißt du ja. Du weißt – und er weiß –, warum er zurückgekommen ist.

10. »Gedächtnisspuren«

Tante Lora rauchte wieder – zwei Schachteln pro Tag. Und Sybil schlug das Gewissen, weil sie wußte, daß es ihre Schuld war.

Denn da war die Sache mit der Nappaledertasche, dem heimlichen Geschenk. Das Sybil in der hintersten Ecke ihres Kleiderschranks versteckt und in Plastikfolie gewickelt hatte, damit der Ledergeruch nicht ins Zimmer drang. (Aber er war trotzdem da, diskret, aber durchdringend, schwer wie Parfüm.) Sybil hatte ständig Angst, ihre Tante könne die Tasche und das Geld entdecken, obgleich Lora Dell Blake das Zimmer ihrer Nichte nie unaufgefordert betrat. Noch nie hatte sie ein wirkliches Geheimnis vor ihrer Tante gehabt; es war ein aufregendes Gefühl, das sie stark machte und gleichzeitig mit kindlicher Angst erfüllte.

Besondere Sorge machte Lora Sybils neuerliches Interesse an *dieser Sache*. »Denkst du wieder an *diese Sache*?« fragte sie. »*Warum* denn nur?«

Diese Sache - das war Loras Euphemismus für »der Unfall« - »die Tragödie« - »der Tod deiner Eltern«.

Sybil, die, soweit Lora sich zurückerinnern konnte, nie mehr als flüchtige Anteilnahme an »dieser Sache« gezeigt hatte, legte jetzt eine »morbide Neugier« an den Tag, wie Lora sich ausdrückte. Dieser stumme, ratlose Blick. Dieser bebende, zuweilen mürrisch verzogene Mund. Eines Abends gab Lora sich einen Ruck. »Es zerreißt mir das Herz, Kind«, sagte sie und zündete sich mit zitternden Fingern eine Zigarette an. »Was willst du denn nun eigentlich wissen?«

Es war, als habe Sybil nur auf dieses Stichwort gewartet. »Lebt mein Vater?« fragte sie.

»Was?«

»Mein Vater, George Conte. Könnte es sein, daß... daß er am Leben ist?«

Die Frage hing zwischen ihnen, und einen langen, qualvollen Augenblick schien es, als wollte Tante Lora verächtlich schnaubend aufspringen und hinauslaufen. Dann aber schüttelte sie nur nachdrücklich den Kopf und senkte den Blick. »Nein, Kind, er ist nicht am Leben.« Sie hielt inne, zog an ihrer Zigarette, stieß energisch Rauch durch die Nasenlöcher, machte den Mund auf, machte ihn wieder zu, und dann sagte sie leise: »Du fragst nicht nach deiner Mutter, Sybil. Warum nicht?«

»Ich denke, daß meine Mutter tot ist. Aber...«

»Aber...?«

»Ich will es doch nur *wissen*«, stammelte Sybil mit glühenden Wangen. »Ich möchte etwas *sehen*. Ein Grab... einen Totenschein...«

»Ich kann mir aus Wellington eine Kopie des Totenscheins kommen lassen«, sagte Tante Lora. »Genügt dir das?«

»Hast du keine Kopie hier?«

»Wozu denn, mein Schatz?«

Die Tante musterte sie mitleidig und in leiser Angst. »In... in deinen Unterlagen«, stotterte Sybil mit rotem Gesicht. »Weggeschlossen...«

»Nein, mein Schatz.«

Es gab eine Pause. Dann sagte Sybil, und es war fast ein Schluchzen: »Ich war zu klein, um zur Beerdigung zu gehen. Ich habe nie etwas gesehen. Es heißt doch, daß das der Grund für das Ritual ist – die Toten zur Schau zu stellen...«

»Einer der Gründe.« Tante Lora griff nach Sybils Hand. »Viele Leute wollen einfach nicht glauben, daß ihre Lieben tot sind, in der Klinik erleben wir das immer wieder. Sie wissen es, aber sie können es nicht akzeptieren, der Schock ist zu groß. Und es gibt tatsächlich eine Theorie, daß man Probleme hat, es zu akzeptieren, wenn nicht sichtbar zum Ausdruck kommt, daß ein Mensch gestorben ist, wenn der Tod nicht durch eine öffentliche Zeremonie definiert wird. In solchen Fällen...«, Tante Lora runzelte die Stirn und machte eine kleine Pause, »...ist man unter Umständen anfällig für Phantasievorstellungen.«

Phantasievorstellungen! Sybil sah ihre Tante bestürzt an. *Aber ich habe ihn gesehen, ich weiß Bescheid. Ich glaube ihm und nicht dir.*

Das Thema schien zunächst erledigt. Tante Lora drückte energisch ihre Zigarette aus. »Wahrscheinlich ist es meine Schuld«, sagte sie. »Ich war hinterher mehrere Jahre in Therapie, ich mochte einfach nicht mehr darüber sprechen, und weil du mir nie Fragen gestellt hast, habe ich dir all das vorenthalten, das ist mir jetzt klar. Aber es gibt ja wirklich so wenig zu sagen. Melanie ist tot, und *er* ist tot. Und es ist alles lange her.«

Abends las Sybil in einem Buch über das Gedächtnis, das sie in der Stadtbücherei ausgeliehen hatte: *Man weiß, daß der Mensch eine unermeßliche Zahl schlafender »Gedächtnisspuren« besitzt, von denen einige unter bestimmten Bedingungen – unter anderem durch die Stimulierung gewisser Punkte in der Kortex – aktiviert werden können. Diese Spuren sind unauslöschlich dem Nervensystem eingeprägt und werden gewöhnlich durch mnemonische Reize – Worte, Bilder, Töne und insbesondere Gerüche – aktiviert. Mit diesen Erfahrungen ist eng das Phänomen des Déjà-vu verbunden, bei dem eine »Bewußtseinsverdoppelung« eintritt mit der Überzeugung, man habe eine Erfahrung schon einmal durchlebt. Bei einem großen Teil der menschlichen Erinnerung jedoch handelt es sich um eine Auswahl, um nachträgliche Korrekturen und Phantasievorstellungen...*

Sybil ließ das Buch zufallen. Zum zehntenmal besah sie sich die noch schwach erkennbaren roten Male auf ihrem Handgelenk, das Mr. Starr – der Mann, der sich Mr. Starr nannte – ergriffen hatte, ohne seiner eigenen Kraft gewahr zu werden.

Auch Sybil hatte in jenem Moment nicht gemerkt, daß seine Finger so viel Kraft besaßen, daß sie ihr Handgelenk so fest umklammert hatten.

11. »Mr. Starr« oder »Mr. Conte«

Sie sah ihn, und sie sah, daß er auf sie wartete. Es drängte sie, sofort zu ihm hinzulaufen und mit kindlicher Freude zu beobachten, wie sein Gesicht bei ihrem Anblick aufleuchtete. *Hier! Hier bin ich!* Sie war sich sehr deutlich der Macht bewußt, die sie, die siebzehnjährige Sybil Blake, über einen Mann hatte, den sie kaum kannte, dem sie ganz fremd war.

Weil er mich liebt. Weil er mein Vater ist. Darum.

Und wenn er nicht mein Vater ist...

Es war Spätnachmittag, ein trüber, bedeckter Tag. Trotzdem waren in diesem Teil des Parks zahlreiche Menschen unterwegs, vor allem Jogger in fröhlich bunten Sachen. Sybil joggte heute nicht, sie hatte schlecht geschlafen und an dies und das denken müssen. An ihre tote Mutter, die so schön gewesen war. An ihren Vater, dessen Gesicht sie nicht mehr in Erinnerung hatte (auch wenn es doch sicher den Zellen ihres Gedächtnisses tief eingeprägt war). An Tante Lora, die vielleicht die Wahrheit sagte, vielleicht auch nicht, und die ihre Nichte mehr liebte als jeder andere Mensch auf Erden. Und natürlich an Mr. Starr.

Oder Mr. Conte.

Sybil sah, daß sich Mr. Starr erwartungsvoll lächelnd umblickte. Er hatte seine Leinentasche mit und stützte sich auf seinen Stock, war gedeckt gekleidet wie immer und barhäuptig; das Silberhaar leuchtete. Wäre Sybil ihm näher gewesen, hätte sie das Licht in seinen dunklen Brillengläsern blitzen sehen. Die Limousine stand einen Block weiter auf dem Boulevard.

Eine langbeinige junge Frau mit wehenden Haaren joggte an Mr. Starr vorbei, er musterte sie aufmerksam und sah ihr nach, bis sie verschwunden war. Dann wandte er sich wieder um, bewegte ungeduldig die Schultern, blickte zur Straße, sah auf die Uhr.

Er wartet auf dich. Du weißt warum.

Sie würde nicht zu ihm hingehen, zu diesem Mann, der sich Starr nannte, beschloß Sybil. Im letzten Moment hatte sie es sich anders überlegt, der Entschluß hatte sie selbst überrascht, aber während sie rasch davonging, begriff sie, daß sie sich richtig entschieden hatte. Ihr Herz klopfte stolpernd, ihre Sinne waren hellwach, als sei sie mit knapper Not einer großen Gefahr entronnen.

12. Das Schicksal des »George Conte«

Am Montag, Mittwoch und Freitag besuchte Lora Dell Blake nach dem Dienst einen Aerobic-Kurs und kam dann selten vor sieben nach Hause. Heute war Mittwoch. Vier Uhr: nach Sybils Berechnung reichlich Zeit, die Unterlagen ihrer Tante durchzusehen und vor ihrer Heimkehr wieder in Ordnung zu bringen.

Tante Loras Schlüssel lagen in einem der oberen Schreibtischfächer, einer davon gehörte, wie Sybil wußte, zu einem kleinen Aktenschrank aus Aluminium neben dem Schreibtisch, in dem sie vertrauliche Unterlagen aufbewahrte. In dem Schubfach lagen zehn, zwölf Schlüssel durcheinander, aber Sybil fand mühelos den richtigen. »Verzeih, Tante Lora«, flüsterte sie. Es sprach für das Vertrauen der Tante, daß der Aktenschrank so leicht zugänglich war.

Noch nie hatte Sybil Blake das Vertrauen mißbraucht, das die Tante ihr entgegenbrachte. Als sie aufschloß und die Schubfächer herauszog, hatte sie das Gefühl, daß etwas Unwiderrufliches geschehen war.

Die Fächer waren vollgestopft mit abgegriffenen, eselsohrigen Aktendeckeln. Enttäuscht sah Sybil auf Hunderte von Quittungen, Steuererklärungen, Steuerbescheide. Dann entdeckte sie einen Packen Briefe aus den fünfziger Jahren, Tante Loras Jugendzeit, und ein paar Schnappschüsse und Atelieraufnahmen. Eine zeigte ein bildschönes, etwas unreif wirkendes junges Mädchen, das in Talar und Barett der Schulabschlußfeier mit glänzenden Lippen in die Kamera lächelte. Auf der Rückseite stand: »Melanie, 1969«. Sybil betrachtete mit großen Augen das Bild ihrer Mutter, die damals noch lange nicht ihre Mutter gewesen war, und empfand Genugtuung und Enttäuschung zugleich. Endlich einmal ein Bild der geheimnisvollen Melanie! Aber war das jene Frau, die sie als Klein-Sybil gekannt hatte? Oder nicht eher ein ziemlich egozentrisch wirkendes Schulmädchen, mit dem Sybil sich nie angefreundet hätte?

Mit zitternden Händen packte Sybil das Foto wieder weg. Sie war fast froh, daß Tante Lora so wenig Andenken aufgehoben hatte; um so weniger Schocks und Enthüllungen waren zu erwarten.

Kein gemeinsames Foto, nicht einmal ein Hochzeitsfoto von Melanie Blake und George Conte.

Und kein Foto von ihrem Vater »George Conte«.

Lange betrachtete sie eine Amateuraufnahme von Melanie mit Sybil als Baby. Sie war im Sommer entstanden, vor einem Haus am See. Melanie hatte sich in langem weißen Kleid, das Kind liebevoll im Arm, gefällig in Positur gestellt. Mutter und Kind sahen in die Kamera, als habe ihnen jemand gerade etwas zugerufen, um sie zum Lachen zu bringen; Melanie reagierte mit einem strahlenden Lächeln, Klein-Sybil sperrte das Mäulchen auf. Melanie wirkte auf diesem Bild kaum erwachsener als auf dem Schulabgangsfoto. Das hellbraun-blond gesträhnte Haar war schulterlang, die Augen sorgfältig mit Mascara umrandet, so daß sie markante Punkte in dem herzförmigen Gesicht bildeten.

Im Vordergrund, auf dem Rasen, zeichneten sich als Schattenriß Kopf und Schultern eines Mannes ab. George Conte? Der Verschollene.

Nachdenklich besah sich Sybil den verblaßten, zerknitterten Abzug. Er ließ sie seltsam unberührt. Konnte das Kleinkind auf dem Foto wirklich sie, Sybil Blake sein, wenn sie sich nicht erinnern konnte?

Oder saß irgendwo in ihrem Hirn, in jenen unauslöschlichen Gedächtnisspuren, doch eine Erinnerung?

Von jetzt an würde sie die hübsche, selbstbewußte junge Frau auf dem Schnappschuß als ihre Mutter »in Erinnerung« behalten. Dieses bunte Bild würde alle anderen verdrängen.

Zögernd schob Sybil das Foto wieder in das Paket zurück. Sie hätte es gern behalten, aber früher oder später wäre der Diebstahl entdeckt worden, und vor dem Wissen, daß die Nichte in ihren Sachen herumgeschnüffelt, ihr Vertrauen mißbraucht hatte, mußte Tante Lora bewahrt werden.

Die wenigen Mappen mit persönlichen Unterlagen waren rasch durchgesehen. Kein Hinweis auf den Unfall, die »Tragödie« …, nicht einmal ein Nachruf? Mit wachsender Ungeduld suchte Sybil weiter. Sie fragte sich jetzt nicht nur, wer ihr Vater war oder gewesen war, sondern viel dringlicher noch, warum Tante Lora auch in ihren privaten Unterlagen jede Spur von ihm getilgt hatte. Hatte es am Ende gar keinen »George Conte« gegeben? War ihre Mutter nie verheiratet gewesen? Womöglich gehörte auch das zu dem Geheimnis… War Melanie auf eine zumindest in den Augen von Lora Dell Blake so schreckliche Weise umgekommen, daß man es noch nach so vielen Jahren vor Sybil verheimlichen mußte? Sybil fiel ein, was Tante Lora vor ein paar Jahren mit großem Ernst zu ihr gesagt hatte:

»Eines solltest du wissen, Sybil: Deiner Mutter – und deinem Vater – wäre es nicht recht, daß du im Schatten ihres Todes aufwächst. Sie hätten ..., besonders deine Mutter hätte gewollt, daß du glücklich wirst.«

Und zu diesem Glücklichsein hatte wohl gehört, daß Sybil als ein ganz normales amerikanisches Mädchen aufgewachsen war, an einem sonnigen, schattenlosen Ort, der keine Geschichte hatte – oder zumindest keine, die sie betraf. »Aber ich will nicht *glücklich* sein, ich will wissen, was war«, sagte Sybil laut.

Doch auch die übrigen Aktendeckel, die so eng gepackt waren, daß man sie kaum herausziehen konnte, gaben darüber keinen Aufschluß.

Enttäuscht machte Sybil den Aktenschrank zu und schloß wieder ab.

Was war mit Tante Loras Schreibtischfächern? Soweit sie wußte, waren sie unverschlossen, was darauf hindeutete, daß sie nichts Wichtiges enthielten. Vielleicht aber, überlegte Sybil, betrachtete Tante Lora gerade deshalb eines der Schubfächer als besonders sicheres Versteck. Rasch und ohne viel Hoffnung kramte sie zwischen Kochrezepten und Quittungen herum, Programmheften von Theaterstücken, die sie zusammen in Los Angeles gesehen hatten – und in dem tiefsten Schubfach ganz unten, in einem zerknitterten braunen Umschlag mit der Aufschrift KRANKENVERSICHERUNG, fand Sybil das Gesuchte: Zeitungsausschnitte, stark vergilbt, einige mit brüchig gewordenem Tesafilm zusammengeklebt.

WELLINGTON, VERMONT: EHEMANN ERSCHIESST
SEINE FRAU, SELBSTMORDVERSUCH MISSLINGT

MORD AN EHEFRAU UND VERSUCHTER SELBSTMORD
AUF DEM LAKE CHAMPLAIN AM NATIONALFEIERTAG

GEORGE CONTE, 31, UNTER MORDANKLAGE
FESTGENOMMEN. ANWALT AUS WELLINGTON
NACH ERSCHIESSUNG DER EHEFRAU (26) IN HAFT

CONTE-PROZESS BEGINNT
ANKLÄGER BETONT VORSATZ
ANGEHÖRIGE SAGEN AUS

Und so erfuhr Sybil Blake innerhalb von sechzig Sekunden, wie es sich mit dem Unglück verhielt, dessen Einzelheiten Tante Lora seit fast fünfzehn Jahren von ihr ferngehalten hatte.

Ihr Vater hieß in der Tat George Conte, er hatte ihre Mutter Melanie in seinem Rennboot auf dem Lake Champlain erschossen und die Leiche über Bord geworfen. Dann hatte er versucht, sich umzubringen, sich aber nur einen lebensgefährlichen Kopfschuß beigebracht. Durch eine Gehirnoperation war er mit dem Leben davongekommen, man hatte ihn verhaftet, unter Anklage gestellt, wegen Mordes verurteilt und auf zwölf bis neunzehn Jahre ins Hartshill State Prison im nördlichen Vermont geschickt.

Mit fühllosen Fingern blätterte Sybil die Ausschnitte durch. Das war es also. Mord, versuchter Selbstmord – nicht nur Trunkenheit und ein »Unfall« auf dem See.

Tante Lora hatte die Ausschnitte in großer Eile oder voller Widerwillen in den Umschlag gestopft, bei einigen fehlten die Fotos, nur die Bildunterschriften waren erhalten: »Melanie und George Conte, 1975« – »Zeugin der Anklage Lora Dell Blake auf dem Weg vom Gericht«. Die Fotos von George Conte zeigten einen Mann, der eindeutig Ähnlichkeiten mit »Mr. Starr« aufwies, nur war er jünger, dunkelhaarig, das Kinn kantiger, vermittelte den Eindruck jugendlich-hoffnungsvoller Selbstsicherheit. *Schau hin: Dein Vater.* »*Mr. Starr.*« *Der Verschollene.*

Auch Melanie Conte war auf mehreren Aufnahmen zu sehen, ein Foto war offenbar dem Jahrbuch der High School entnommen, eines zeigte sie in langem Abendkleid, das Haar zu einer kunstvollen Hochfrisur gesteckt. »Frau aus Wellington von eifersüchtigem Ehemann ermordet.« Ein Hochzeitsfoto, auf dem das Paar sehr jung, sehr liebenswert und glücklich aussah. Ein Foto der »Familie Conte in ihrem Sommerhaus«, eins von »George Conte, Anwalt, nach dem Urteil« – der Verurteilte, benommen zu Boden schauend, wird von zwei grimmigen Mitarbeitern des Sheriffs in Handschellen abgeführt. Das Schreckliche, das ihrer Familie widerfahren war, hatte in Wellington, Vermont, offenbar großes Aufsehen erregt und war wohl auch eben deshalb so schrecklich, so schmachvoll.

Was hatte Tante Lora gesagt? Sie habe hinterher eine Therapie gemacht; demnach legte sie keinen Wert darauf, diese Erinnerungen noch einmal hervorzuholen.

Es ist alles so lange her, hatte sie gesagt.

Aber sie hatte auch gelogen. Sie hatte Sybil ins Gesicht gesehen und sie angelogen. Hatte behauptet, Sybils Vater sei tot, obwohl sie ganz genau wußte, daß er lebte.

Und Sybil selbst Grund zu der Annahme hatte, daß er lebte.

Mein Name ist Starr. Verurteilen Sie mich nicht vorschnell.

Immer wieder las Sybil die vergilbten Ausschnitte. Es waren an die zwanzig. Zweierlei ergab sich daraus: Daß ihr Vater George Conte aus einer in seiner Stadt sehr angesehenen Familie kam und sich einen sehr tüchtigen Verteidiger hatte leisten können; und daß die Öffentlichkeit trotz aller Beileidsbekundungen der trauernden Familie Blake gegenüber großes Vergnügen an dem Skandal gehabt hatte. Der aufsehenerregende Fall einer jungen, schönen Frau, die von ihrem »eifersüchtigen« jungen Ehemann ermordet und aus einem teuren Rennboot in den Lake Champlain geworfen wird, besitzt eben einen ganz eigenen Reiz. Die Medien hatten die Tragödie nach Kräften ausgeschlachtet.

Jetzt ist dir sicher klar, warum dein Name geändert werden mußte. Nicht von »Conte«, dem Mörder, sondern von »Blake«, dem Opfer, leitet sich deine Abkunft her.

Eine kindliche Wut, kindlich sprachloser Kummer hatte Sybil erfaßt. Warum? Warum? Mit seiner Gewalttat hatte dieser Mann, der sich George Conte nannte, alles kaputtgemacht.

Nach Aussagen von Zeugen war George Conte »unsinnig« eifersüchtig auf die Freundschaft seiner Frau mit anderen Männern aus dem gemeinsamen Bekanntenkreis gewesen; er hatte sich mehrmals mit ihr in aller Öffentlichkeit gestritten, es war bekannt, daß er ein Alkoholproblem hatte. Den Nachmittag des Nationalfeiertags hatte das Paar bei reichlichem Alkoholkonsum mit Bekannten im Lake Champlain Club verbracht und sich dann ins Boot gesetzt, um zu dem drei Meilen weiter südlich gelegenen Sommerhaus zu fahren. Unterwegs kam es zum Streit, und George Conte gab mehrere Revolverschüsse auf seine Frau ab, Schüsse aus einer Waffe, die er sich, wie er später gestand, zugelegt hatte, um »ihr zu zeigen, daß ich es ernst meine«. Dann warf er die Leiche über Bord und fuhr weiter zu dem Sommerhaus, wo er »heftig erregt« versuchte, seine zweijährige Tochter Sybil aufs Boot zu holen mit der Bemerkung, ihre Mutter warte auf sie. Doch die Großmutter und die Tante des Kindes – die nächsten Angehörigen der Ermordeten – hinderten ihn daran, und er ging allein zum Boot zurück, fuhr es weit auf den See hinaus und schoß sich in den Kopf. In dem treibenden Boot sank er zusammen, wurde rechtzeitig geborgen und in ein Krankenhaus in Burlington gebracht, wo es gelang, ihm das Leben zu retten.

Warum haben sie nur *ihm* das Leben gerettet, dachte Sybil bitter.

Noch nie hatte jemand so heftige Empfindungen, eine solche Empörung in ihr ausgelöst wie dieser George Conte, »Mr. Starr«. Natürlich hatte er auch sie umbringen wollen, deshalb hatte er versucht, sie zu holen, deshalb hatte er gesagt, ihre Mutter warte auf sie. Wären Sybils Großmutter und Tante Lora nicht dazwischengegangen, hätte er auch sie erschossen und in den See geworfen und schließlich die Waffe auf sich gerichtet, ohne sich umzubringen. Er hatte seinen Selbstmord verpfuscht. Und nach seiner Genesung auf Nicht-schuldig plädiert.

Und war wegen Mordes in einem minder schweren Fall zu einer Haftstrafe zwischen zwölf und neunzehn Jahren verurteilt worden. Und nun war dieser George Conte wieder frei. Und

hatte als »Mr. Starr« – Amateurkünstler, Liebhaber des Reinen und Schönen – Sybil gesucht und gefunden.
Und du weißt warum.

13. »Deine Mutter wartet auf dich«

Sybil Blake steckte die Ausschnitte wieder in den so unübersehbar als KRANKENVERSICHERUNG gekennzeichneten Umschlag und legte ihn zuunterst in das Schreibtischfach, das sie sorgfältig schloß. Sie sah sich, so aufgewühlt sie war, noch einmal gewissenhaft um. Hatte sie etwas durcheinandergebracht, Spuren ihres Kommens hinterlassen? Nein, alles in Ordnung...

Ja, sie hatte Tante Loras Vertrauen mißbraucht. Andererseits war auch sie von Tante Lora über viele Jahre sehr überzeugend hintergangen worden.

Sybil begriff, daß sie nie mehr einem Menschen unumschränkt würde glauben können. Sie begriff, daß ein Mensch, der einen anderen liebt, diesen anlügen kann und anlügen wird. Möglicherweise aus der moralischen Überzeugung heraus, daß die Lüge unumgänglich ist, was ja durchaus sein mag. Trotzdem: Lüge bleibt Lüge.

Auch wenn jemand einem in die Augen sieht und beteuert, die Wahrheit zu sagen.

Von den vernünftigen Schritten, die Sybil Blake hätte unternehmen können, wäre dies der vernünftigste gewesen: Lora Dell Blake mit dem aufgefundenen Beweismaterial, mit dem Wissen um die Tragödie zu konfrontieren und ihr von »Mr. Starr« zu erzählen.

Aber sie haßte ihn so sehr. Und auch Tante Lora haßte ihn. Und da sie ihn so haßten – wie konnten sie sich vor ihm schützen, falls er sich zum Handeln entschloß? Denn Sybil zweifelte nicht daran, daß ihr Vater gekommen war, um ihr etwas anzutun.

Wenn George Conte seine Haftstrafe verbüßt hatte und entlassen worden war, wenn er sich frei bewegen konnte wie jeder andere Bürger auch, hatte er unbestreitbar auch das Recht, nach Glencoe, Kalifornien, zu kommen. Sybil Blake, seine Tochter, anzusprechen, war kein Verbrechen. Er hatte sie nicht bedroht oder bedrängt, er hatte sich freundlich, höflich, großzügig verhalten – bis auf die Tatsache (in Tante Loras Augen eine empörende, ungeheuerliche Tatsache), daß er sich als jemand ausgegeben hatte, der er nicht war.

»Mr. Starr« war eine Lüge, eine Abscheulichkeit. Niemand aber hatte Sybil gezwungen, für ihn Modell zu stehen, ein teures Geschenk von ihm anzunehmen. Sie hatte es dankbar und aus freien Stücken getan, hatte sich nach anfänglichem Zögern bereitwillig für seine Zwecke einspannen lassen.

Denn »Mr. Starr« wäre es um ein Haar gelungen, sie zu verführen.

Wenn ich Tante Lora von »Mr. Starr« erzähle, sagte sich Sybil, ist in unserem Leben nichts mehr wie sonst. Tante Lora würde sich aufregen bis zur Hysterie, sie würde darauf bestehen, zur Polizei zu gehen. Die Polizei würde sie abwimmeln oder – schlimmer noch – sie scheinbar geduldig anhören. Und Tante Lora würde womöglich selbst »Mr. Starr« zur Rede stellen wollen...

Nein, Sybil würde ihre Tante nicht in diese Sache hineinziehen, sie nicht damit belasten.

»Dazu liebe ich dich zu sehr«, flüsterte Sybil. »Du bist alles, was ich habe.«

Um an diesem Abend nicht mit Tante Lora zusammenzutreffen, ging Sybil früh zu Bett. Sie sei ein bißchen erkältet, stand auf einem Zettel, den sie der Tante auf den Küchentisch legte. Als Tante Lora am nächsten Morgen zu Sybil ins Zimmer kam und sich besorgt nach ihrem Befinden erkundigte, lächelte diese matt und sagte, es gehe ihr schon besser, sie würde aber heute vorsichtshalber zu Hause bleiben.

Tante Lora, immer hellwach, wenn es um Krankheiten ging,

legte Sybil die Hand auf die in der Tat fiebrig-heiße Stirn, sah ihr in die geweiteten Augen, fragte die Nichte, ob sie Halsschmerzen oder Kopfschmerzen, Magenschmerzen oder Durchfall habe, und Sybil sagte nein, sie fühle sich nur ein bißchen schlapp und wolle schlafen. Tante Lora glaubte ihr, brachte ihr Aspirin und Fruchtsaft und Toast mit Honig, dann ging sie leise aus dem Zimmer und ließ sie in Ruhe.

Sybil fragte sich, ob sie ihre Tante je wiedersehen würde.

Doch, natürlich würde sie Tante Lora wiedersehen, sie konnte sich zwingen zu tun, was getan werden mußte.

Wartete nicht ihre Mutter auf sie?

Ein windig-frostiger Nachmittag. Sybil trug warme Jogginghosen, einen Pullover und Joggingschuhe. Aber heute lief sie nicht, sie hatte die Nappaledertasche über der Schulter.

Ihre schöne Ledertasche mit dem unverkennbaren Geruch.

Die Tasche, in die sie zu Hause das schärfste der scharfgeschliffenen Küchenmesser ihrer Tante gesteckt hatte.

Sybil war nicht in der Schule gewesen, sondern gegen Viertel vor vier, zur gewohnten Zeit, in den Park gekommen. Ganz in der Nähe stand Mr. Starrs lange, schwarz glänzende Limousine am Straßenrand, und da stand Mr. Starr selbst und wartete auf sie.

Wie munter er wurde, als er sie sah – genau wie sonst auch. Es kam Sybil ganz seltsam vor, daß für ihn alles unverändert war.

Er hielt sie für ahnungslos, für unschuldig. Für leichte Beute.

Er lächelte. Winkte. »Hallo, Sybil!«

Daß er es wagte, sie so zu nennen... Sybil.

Hinkend, auf seinen Stock gestützt, kam er rasch auf sie zu. Sybil lächelte. Es gab keinen Grund, nicht zu lächeln. Wie geschickt Mr. Starr diesen Stock handhabte, wie geübt er damit umging. Seit der Schußwunde? Oder hatte er im Gefängnis noch eine andere Verletzung erlitten?

Im Gefängnis, in den langen Jahren, als er Zeit zum Nachdenken gehabt hatte. Nicht zur Reue; Sybil hatte das Gefühl, daß er nicht bereut, sondern nur nachgedacht hatte.

Über seine Fehler und wie er sie korrigieren konnte.

»Hallo, liebes Kind! Du hast mir gefehlt«, sagte Mr. Starr. In seiner Stimme lag leiser Vorwurf, aber er lächelte, sie sollte merken, wie sehr er sich freute. »Ich will nicht fragen, wo du gesteckt hast, Hauptsache, du bist da. Und du hast deine schöne Tasche mitgebracht...«

Sybil sah Mr. Starr in das blasse, angespannte, lächelnde Gesicht, reagierte – obgleich sie das alles vorher durchgespielt hatte – langsam, schlafwandlerisch benommen.

»Und... du wirst mir heute wieder Modell stehen? Unter den neuen, verbesserten Bedingungen?«

»Ja, Mr. Starr.«

Mr. Starr hatte seine Leinentasche mitgebracht, Skizzenblock, Zeichenkohle. Er war barhäuptig, das schöne Silberhaar wehte im Wind. Er trug ein angeschmuddeltes weißes Hemd mit marineblauem Seidentuch, sein altes Tweedsakko, die glänzenden schwarzen Schuhe, bei denen Sybil immer an eine Beerdigung denken mußte. Die Augen hinter den dunklen Gläsern konnte sie nicht erkennen, aber an den tief eingekerbten Falten um die Augenwinkel sah sie, daß er sie scharf und ungeduldig musterte. Sie war sein Modell, er war der Künstler, wann konnten sie anfangen? Seine Finger zuckten erwartungsvoll.

»Allerdings habe ich den Eindruck, daß wir die Möglichkeiten des Parks praktisch ausgeschöpft haben, meinst du nicht, Kind? Ein hübsches Fleckchen Erde, aber recht durchschnittlich. Und so *endlich*«, sprudelte Mr. Starr hervor. »Genau wie der Strand hier in Glencoe. Irgendwie fehlt es ihm an Weite. Deshalb dachte ich... hoffte ich..., wir könnten uns heute ein wenig Abwechslung verschaffen und an der Küste entlangfahren. Nicht weit, nur ein paar Meilen. Weg von den vielen Menschen und Ablenkungen.« Als Sybil nicht gleich reagierte, fügte er lockend hinzu: »Ich zahle dir natürlich das Doppelte, Sybil. Du weißt ja inzwischen, daß du mir trauen kannst, nicht wahr?«

Das zarte, helle Gewebe der häßlichen kleinen hakenförmigen Narbe glänzte in dem weißlichen Licht. War dort die Kugel eingedrungen?

Mr. Starr war mit Sybil zum Straßenrand gegangen, wo die Limousine mit fast lautlos laufendem Motor wartete. Er machte die hintere Tür auf. Sybil drückte die Wildledertasche an sich und sah in das Dunkel des gepolsterten Innenraums. Einen Augenblick war ihr Kopf ganz leer. Sie kam sich vor wie auf einem Sprungbrett hoch über dem Schwimmbecken, ohne zu wissen, wie sie dorthin gekommen war, wo sie war und warum. Sie wußte nur, daß es kein Zurück mehr gab.

Mr. Starr lächelte erwartungsvoll: »Wollen wir, Sybil?«

»Ja«, Mr. Starr«, sagte Sybil und stieg ein.

Dritter Teil

Mildernde Umstände

Weil es eine Gnade war. Weil Gott selbst in seiner Grausamkeit zuweilen gnädig ist.
 Weil Venus im Zeichen des Schützen stand.
 Weil du über mich lachtest. Über meinen Glauben an die Sterne. Meine Hoffnung.
 Weil er weinte, du ahnst ja nicht, wie er weinte.
 Weil dann sein Gesichtchen so heiß und verzerrt war, seine Nase voller Rotz, den Blick so verletzt.
 Weil er darin wie seine Mutter war und nicht wie du. Weil ich ihm diese Schmach ersparen wollte.
 Weil er sich an dich erinnerte, er konnte *Daddy* sagen.
 Weil er im Fernsehen auf einen Mann deutete und sagte: *Daddy…?*
 Weil der Sommer so lang ist und kein Regen fällt. Und in der Nacht Wetterleuchten am Himmel steht, ohne Donner.
 Weil in der Stille der Nacht die Sommerinsekten so überlaut sirren.
 Weil tagsüber Walzen und Erdmaschinen unablässig die Wälder neben dem Spielplatz flachlegen. Weil der rote Staub uns in Mund und Augen drang.
 Weil er *Mami?* wimmerte – in diesem Ton, der mir das Herz zerriß.
 Weil am Montag die Waschmaschine kaputtgegangen ist; es rumpelte ganz schrecklich, und dann floß das schmutzig-seifige Wasser nicht ab. Weil er sah, wie ich im Licht der nackten Birne an der Decke die nasse Bettwäsche in der Hand hielt und mich jammern hörte: *Was soll ich machen, was soll ich bloß machen.*

Weil die Schlaftabletten, die sie mir jetzt geben, aus Mehl und Kalk sind, bestimmt.

Weil ich dich mehr liebte als du mich, von Anfang an, schon damals, als deine Augen flackernd über mich hingingen wie Kerzenflammen.

Weil ich das noch nicht wußte, oder doch, ich wußte es, aber ich habe es verdrängt.

Weil etwas Schmachvolles darin lag, dich zu lieben, obwohl ich wußte, daß du mich nicht genug lieben würdest.

Weil sie über meine Bewerbungen lachen, wegen der Rechtschreibfehler darin, und sie zerreißen, sobald ich weg bin.

Weil sie mir nicht glauben, wenn ich aufzähle, was ich alles kann. Weil mein Körper mißgestaltet ist, seit er zur Welt kam; der Schmerz ist immer da.

Weil ich weiß, daß es nicht seine Schuld ist und ich ihn nicht einmal davor habe bewahren können.

Weil ich es schon damals wußte, als er gezeugt wurde (damals waren wir so glücklich, doch, sehr glücklich waren wir, wenn wir zusammen auf der Kordsamtdecke in dem schmalen Wackelbett lagen und der Regen auf das Dach trommelte, dort unter der Schräge, die so steil war, daß du dich bücken mußtest, weil du so groß bist, von außen sah das Dach mit den dunklen Schindeln immer naß aus, wie eine gerunzelte Braue über den Fenstern im dritten Stock, und die Fenster selbst waren wie Schielaugen; wir gingen von der Uni nach Hause, an der Ecke, bei Hardee, trafen wir uns, du kamst vom Geologielabor oder aus der Bibliothek, ich aus der Buchhaltung, mir taten die Augen weh von dem Flackerlicht, das keinen störte außer mich, und ich war so glücklich, wir gingen eng umschlungen, ein ganz normales Studentenpärchen auf dem Heimweg, ja, es war ein Heim, so habe ich es immer empfunden, wir sahen zu den Fenstern hoch und lachten und sagten, wer da wohl wohnt? Wie mögen sie heißen? Wer mögen sie sein? Diese heimlich-behagliche Bude unter dem Dach, dieses triefend schwarze Dach, auch heute noch höre ich es darauf trommeln, aber nur, wenn ich tagsüber einschlafe, angezogen, müde und kaputt, und wenn ich aufwache, regnet es gar nicht, es sind nur die Erdmaschinen und Walzen im Wald, und ich muß zugeben: *Es ist nicht damals, es ist heute*), ja, weil ich es damals schon wußte.

Weil du nicht wolltest, daß er zur Welt kam.

Weil er so weinte, daß ich ihn durch die geschlossene Tür, durch alle Türen hören konnte.

Weil ich nicht wollte, daß er wie *Mami* wird, sondern ganz stark wie *Daddy*.

Weil ich diesen Waschlappen in der Hand hatte, als ich plötzlich alles glasklar vor mir sah.

Weil die Schecks vom Anwalt kommen und nicht von dir.

Weil meine Hände zittern, wenn ich die Umschläge aufreiße, und in meinen Augen so viel Hoffnung leuchtet, daß ich immer wieder vor mir selbst nackt und bloß dastehe.

Weil er Zeuge dieser Schmach geworden ist.

Weil er mit zwei Jahren zu jung war, um es zu begreifen. Weil er es trotzdem begriff.

Weil sein Geburtstag im Sternbild der Fische ein Zeichen war.

Weil er in manchem eben doch wie sein Vater war, in diesem wissenden Blick, der abschätzig an mir vorbeiging.

Weil er eines Tages auch lachen würde, wie du es getan hast.

Weil deine Nummer nicht im Telefonbuch steht und die Vermittlung sie nicht rausrückt. Weil ich überall nach dir gesucht und dich nicht gefunden habe.

Weil deine Schwester mir ins Gesicht gelogen hat, um mich zu täuschen. Weil sie, von der ich früher glaubte, sie sei mit mir befreundet, mir nie eine Freundin war.

Weil ich fürchtete, ihn zu sehr zu lieben und ihn durch diese Schwäche nicht vor Kummer bewahren zu können.

Weil sein Weinen mich, so sehr es mir ans Herz ging, auch verrückt machte, bis ich fürchten mußte, mich blindlings an ihm zu vergreifen.

Weil er zusammenfuhr, wenn er mich sah, und sein Auge nervös zuckte.

Weil er sich ständig weh tat, in seiner Tollpatschigkeit von der Schaukel fiel und mit dem Kopf an den Metallpfosten schlug, so daß eine der anderen Mütter rief: *Sehen Sie doch, Ihr Sohn blutet ja!*, und ein andermal in der Küche quengelnd an mir herumzerrte und nach einem Topfhenkel griff und sich fast das kochende Wasser übers Gesicht geschüttet hätte, so daß ich die Nerven verlor und ihn schlug und am Arm packte und schüttelte und *du dreckiger Bengel!* schrie, *du dreckiger Bengel!* Immer lauter in meiner Wut, mochte mich hören, wer wollte.

Weil du mich an jenem Tag im Gericht nicht angesehen hast, dein Gesicht war wie eine geschlossene Faust, und dein Anwalt hat es genauso gemacht, wie der letzte Dreck bin ich mir vorgekommen. Als ob er gar nicht dein Sohn wäre und du trotzdem alles unterschreiben würdest, weil du ja schließlich was Besseres bist.

Weil der Gerichtssaal nicht so war, wie man das hätte verlangen können, nicht groß und würdevoll und fernsehmäßig, sondern ein ganz gewöhnliches Zimmer mit einem Schreibtisch für den Richter und dreimal sechs Stühlen und keinem einzigen Fenster, und auch hier diese Flackerbeleuchtung, dieses gelblich-kränkliche Neonlicht, von dem mir die Augen weh tun, so daß ich meine Sonnenbrille aufsetzen mußte und der Richter einen falschen Eindruck von mir kriegte; ich schniefte und wischte mir die Nase, bei jeder Frage hörte ich mich kichern, ich war unheimlich nervös und kam sogar bei meinem Alter und meinem Namen ins Stottern, so daß du, so daß ihr alle mich verächtlich angeguckt habt.

Weil sie auf deiner Seite waren, ich konnte nichts dagegen machen.

Weil du mir Unterhalt für das Kind zahlst und deshalb das Recht hattest wegzuziehen. Weil ich nicht mitkommen konnte.

Weil er sich in die Hosen gemacht hatte, in seinem Alter.

Weil man mir die Schuld geben würde. Mir die Schuld *gab*.

Weil meine eigene Mutter mich am Telefon angebrüllt hat. Ich kann dir nicht helfen, mit deinem Leben fertigzuwerden, keiner kann das. Wir brüllten uns an, bis uns der Atem wegblieb und wir heulten und ich den Hörer hinknallte und wußte, ich habe keine Mutter mehr, und nach dem ersten Kummer begriff: *Es ist besser so.*

Weil er das eines Tages erfahren wird und das Wissen ihm weh getan hätte.

Weil er meine Haarfarbe hatte und meine Augen. Mein schwaches linkes Auge.

Weil ich damals, als es beinah passierte, als das kochende Wasser beinah über ihn geschwappt wäre, begriffen habe, wie einfach es sein würde. Wenn man ihn am Schreien hindern könnte, brauchten die Nachbarn überhaupt nichts mitzukriegen.

Oder erst, wenn es mir in den Kram paßte.

Weil du es dann erfahren würdest, aber erst dann, wenn es mir in den Kram paßte.

Weil ich dann in diesem Ton mit dir sprechen könnte. Vielleicht in einem Brief, über den Anwalt oder über deine Schwester weitergeleitet, vielleicht auch telefonisch oder sogar persönlich, denn dann könntest du ja nicht weg.

Weil du ihn nicht geliebt hast, ihn aber nicht loswerden konntest.

Weil ich sechs Tage ganz schlimm blute und dann noch drei, vier Tage Nachblutungen habe. Und auf der Toilette, wenn ich das Blut mit zusammengeknülltem Klopapier aufsauge und meine Hände dabei zittern, an dich denke, der du niemals blutest.

Weil ich auch meinen Stolz habe und nicht auf deine milden Gaben angewiesen sein will.

Weil ich es nicht wert bin, Mutter zu sein. Weil ich keine gute Mutter bin. Weil ich so müde bin.

Weil mich tagsüber die Maschinen martern, die in der Erde wühlen und Bäume niederwalzen, und nachts die Insekten mit ihrem überlauten Sirren.

Weil ich keinen Schlaf finde.

Weil er in den letzten Monaten nur schläft, wenn er bei mir im Bett ist.

Weil er wimmerte: *Mami! – Mami nicht!*
Weil er vor mir zurückgezuckt ist. Grundlos.
Weil der Apotheker, der mir das Rezept abgenommen hatte, so lange wegblieb, daß ich wußte, er ruft irgendwo an.
Weil sie in dem Drugstore, in dem ich seit eineinhalb Jahren kaufe, so tun, als wüßten sie nicht, wie ich heiße.
Weil die Kassiererinnen im Lebensmittelgeschäft feixen und glotzen, wenn er heulend an meinem Arm zerrt.
Weil sie hinter meinem Rücken geflüstert und gelacht haben, aber ich habe nichts dergleichen getan, ich habe schließlich auch meinen Stolz.
Weil er es miterlebt hat, weil er Zeuge war.
Weil er keinen hatte außer seiner Mami und seine Mami keinen außer ihm, und da ist man schon sehr einsam.
Weil ich von einem Sonntag zum nächsten sieben Pfund zugenommen habe und mein Hosenbund kneift; weil ich meinen Wabbelkörper hasse.
Weil du dich jetzt vor meiner Nacktheit ekeln würdest.
Weil ich früher mal schön für dich war, warum war dir das nicht genug?
Weil der Himmel an jenem Tag voller Wolken hing, die aussahen wie rohe Leber, und trotzdem kein Regen kam; nur dieses lautlose Wetterleuchten, das mich verrückt macht, aber kein Regen.
Weil sein linkes Auge diese Schwäche hatte und es ohne Operation auch so geblieben wäre.
Weil ich ihm nicht im Schlaf Schmerz und Schrecken zufügen wollte.
Weil du zahlen würdest, mit einem Scheck vom Anwalt ohne eine Zeile.
Weil du ihn gehaßt hast, deinen Sohn.
Weil er *unser* Sohn war, deshalb hast du ihn gehaßt.
Weil du weggezogen bist. So weit weg, bis es nicht mehr weiter ging.
Weil er, wenn er geweint hatte, so still in meinen Armen lag, und unsere Herzen schlugen wie ein einziges.

Weil ich wußte, daß ich ihn nicht vor Kummer bewahren kann.

Weil der Spielplatz unseren Ohren weh tat und roten Staub aufwirbelte, der uns in Mund und Augen drang.

Weil ich es so satt hatte, ihn sauberzumachen, zwischen den Zehen und unter den Nägeln, in den Ohren, am Hals, den vielen heimlichen Drecknestern.

Weil ich wieder diese Krämpfe gekriegt hatte und die große Panik wegen meiner Regel, die viel zu früh gekommen war.

Weil ich ihn nicht davor bewahren konnte, daß die älteren Kinder ihn auslachten.

Weil es ihm nach dem ersten schlimmen Schmerz nicht mehr weh tun würde.

Weil das eine Gnade ist.

Weil Gottes Gnade für ihn da ist und nicht für mich.

Weil keiner da war, um mich aufzuhalten.

Weil bei den Nachbarn der Fernseher so laut lief, daß sie nichts hören konnten, auch wenn er durch den Waschlappen hindurch schrie.

Weil du nicht da warst, um mich aufzuhalten.

Weil letztlich niemand da ist, um uns aufzuhalten.

Weil letztlich niemand da ist, um uns zu retten.

Weil meine eigene Mutter mich verraten hat.

Weil am Dienstag, dem ersten September, wieder die Miete fällig ist. Und bis dahin bin ich nicht mehr da.

Weil es mir nicht schwerfiel, ihn hochzuheben und in die Steppdecke einzuwickeln, du weißt schon, welche ich meine.

Weil der Waschlappen, der naß war von seinem Speichel, auf der Leine trocknen und nichts verraten wird.

Weil Heilung Vergeßlichkeit braucht und Vergessenkönnen.

Weil er immer zur falschen Zeit geweint hat.

Weil das Wasser in dem großen Topf, der auf der vorderen Kochstelle stand, summend und vibrierend zum Sieden kam.

Weil die Küche feucht war von dem Wasserdampf an den fest geschlossenen Fenstern, vierzig Grad muß es dort gehabt haben.

Weil er sich nicht wehrte. Oder erst, als es zu spät war.

Weil ich Gummihandschuhe angezogen hatte, um mich nicht zu verbrühen.

Weil ich wußte, ich darf nicht die Nerven verlieren, und ich hab sie auch nicht verloren.

Weil ich ihn geliebt habe. Weil Liebe so weh tut.

Weil ich dir das alles sagen wollte. Einfach nur so.

Traust du mir denn nicht?

Dies begab sich zu Beginn des zweiten Jahres nach Erlaß des Edikts, als die erste Welle der Arretierungen, der Geld- und Haftstrafen, der zahlreichen Todesfälle vorbei war und die Frauen – bis auf die desperatesten – bereit waren, die neuen Bedingungen zu akzeptieren und ihre Kinder so zu bekommen, wie das Moralgesetz des Landes es befahl.

Nur: Sie hatte keine Wahl. Sie studierte noch, sie hatte kein Geld und keine Aussicht, ohne abgeschlossenes Studium eine Anstellung zu bekommen. Ihre Mutter, geschieden und bitter arm, wäre außer sich gewesen. Sie konnte das Kind nicht bekommen, und sie würde es nicht bekommen, so viel stand für sie fest. »Ich weiß, es muß sein« – der resolute Vorsatz gab ihr Mut und hielt die Angst in Grenzen.

Bange Wochen vergingen, in denen sie furchtsam und unter der Hand herumfragte, wo sich wohl ein Arzt für den verbotenen Eingriff fände. Sie sprach nur Freundinnen an, denen sie glaubte trauen zu können. Nach dem Mutterschaftsgesetz handelte es sich sogar bei solchen Erkundigungen um ein Vergehen, das mit einer Geldstrafe von tausend Dollar und dem Ausschluß aus dem College geahndet werden konnte.

Dem jungen Mann, der sie geschwängert hatte – ihrem Liebhaber, nein, das war zu hoch gegriffen, eigentlich war er nicht mehr als ein Bekannter –, konnte sie nicht trauen. Sie ging ihm aus dem Weg, er wußte nichts von ihrem Zustand. Sie würde den Fehltritt, den sie zusammen begangen hatten, allein auf sich nehmen. Immer wieder hörte man ja von Männern, die als Denunzianten zum Amt für Medizinische Ethik gelaufen waren, die sogar die eigene Ehefrau verraten hatten. Aus Bosheit. Und aus Habgier: Denunzianten bekamen bis zu fünfhundert Dollar für Informationen, die zu einer Verhaftung führten.

Doch auch den Freundinnen gegenüber ließ sie sich ihre Not nicht anmerken, sondern sagte sehr sachlich, sehr distanziert: »Ich habe eine Freundin, die einen Fehler gemacht hat und Hilfe braucht...«

Und so führte sie der Weg zu Beginn des zweiten Trimesters zu Dr. Knight.

Das packe ich nicht, dachte sie. *Nein: In einer Stunde ist alles vorbei, dann bin ich frei.* Sie stieg die baufällige hölzerne Außentreppe zu Dr. Knights Praxis an der Hinterfront eines Reihenhauses in der South Main Street hoch. Abends halb elf, ein Wochentag. In ihrer Tasche Damenbinden, eine Garnitur Unterwäsche, achthundert Dollar in bar, von sämtlichen Freunden und Bekannten zusammengeborgt.

Sie drückte den Summer, wartete einen Augenblick, dann schurrte ein Riegel, die Tür ging auf, vor ihr stand Dr. Knight. »Komm rein. Schnell. Hast du das Geld?«

Dr. Knight machte die Tür hinter ihr zu und riegelte ab. Er hatte geraucht, der Zigarettendunst brannte ihr in den Augen. Es roch dumpf, muffig, leicht süßlich wie nach Müll und verstopften Abflußrohren.

Überrascht stellte sie fest, daß es weder ein Wartezimmer noch eine Schwester oder Sprechstundenhilfe gab. In der Mitte des düster-zugigen Zimmers stand unter einer grellen Deckenleuchte eine Art Küchentisch; in einer Ecke lagen nasse, schmutzige Handtücher auf dem Linoleumboden. Dr. Knight war ein großer Mann mit feist-muskulösem Oberkörper, schwarz glänzendem Haar, das gefärbt aussah, und einer Hornbrille mit getönten Gläsern; die untere Gesichtshälfte verdeckte eine Gazemaske. Er trug eine lange, weiße, blutbespritzte Schürze und glatte, eng anliegende Operationshandschuhe.

»Zieh dich aus und nimm das da über. Schnell.« Dr. Knight reichte ihr einen schmutzigen Baumwollkittel und wandte sich ab, um sein Geld zu zählen.

Ihre Hände zitterten so sehr, daß sie sich kaum ausziehen konnte, aber du weißt, daß es sein muß, sagte sie sich, dein Entschluß steht fest, im Grunde kannst du noch von Glück sagen – *in einer Stunde bist du frei.* Sie versuchte, nicht zu würgen, als ihr das Gemenge verschiedenartiger Gerüche in die Nase stieg; versuchte, die dunklen, sternförmig verlaufenen Flecken auf dem Linoleum zu übersehen; nicht hinzuhören, als Dr. Knight leise vor sich hinsummte, während er sich am Becken die Hände – die behandschuhten Hände – wusch.

Er winkte sie zu dem Tisch mit der Porzellanplatte, die ebenfalls Flecken hatte. An einem Ende waren Fußhalterungen befestigt. Dort setzte sie sich hin, Dr. Knight und ein Aluminiumgestell mit blinkenden gynäkologischen und chirurgischen Instrumenten im Blick. *Die Instrumente sind blank,* dachte sie nervös, *demnach müssen sie sauber sein.*

Natürlich hieß der Mann nicht »Knight«. Er hatte einen richtigen Namen, war ein richtiger Arzt; sehr wahrscheinlich arbeitete er an einer der hiesigen Kliniken, sehr wahrscheinlich war er Mitglied der politisch einflußreichen Vereinigung MFDF (»Mediziner für den Fötus«). Er genoß nicht ganz so viel Ansehen wie ein gewisser »Dr. Swan« oder ein gewisser »Dr. Dugan«, dafür verlangte er weniger Honorar.

Es überlief sie heiß und kalt zugleich, als sie sich auf die frostige Tischplatte legte, die Füße in den Halterungen, die Beine gespreizt. Ungefragt teilte sie Dr. Knight mit, wann sie ihre letzte Periode gehabt hatte, vielleicht konnte man ihm ja mit akribisch genauen Angaben imponieren. Dr. Knight gab ein schnalzendes Geräusch von sich, kerzengerade hatte er sich vor ihr aufgebaut, die Augen hinter den getönten Gläsern verborgen, im Licht der grellen Deckenlampe umstand das ergrauende Kräuselhaar seinen Kopf wie ein Heiligenschein. Die Gazemaske vor Mund und Nase war feucht von Speichel. »Bist schon ganz scharf drauf, es loszuwerden, wie?«

Ein kleiner Scherz, rauh, aber herzlich, nicht böse gemeint. Er war ein guter Mensch, dieser Dr. Knight. Doch, bestimmt.

»Es ist ein unkomplizierter medizinischer Eingriff, keine große Sache«, fuhr er ernsthafter fort. »In acht Minuten ist alles vorbei.« Als er dann aber die kalte, scharfe Spitze eines Instruments zur Weitung der Vagina einführte, verlor sie doch die Nerven und wich auf der rutschigen Tischplatte wimmernd zurück. Dr. Knight fluchte. »Willst du nun oder nicht? Deine Entscheidung. Aber Geld zurück gibt's nicht.«

Vor lauter Zähneklappern bekam sie nicht ganz mit, was er sagte.

»Könnten Sie... könnten Sie mir eine Betäubung geben?« flüsterte sie.

»Nicht für deine achthundert Dollar.«

Mit Chloroform hätte es dreihundert Dollar mehr gekostet, und sie fürchtete auch das Risiko, es hieß, daß ebenso viele Frauen an unsachgemäß verabreichtem Chloroform wie an Blutungen und Infektionen starben. Jetzt wünschte sie in ihrer Angst, sie hätte sich auch dieses Geld noch zusammengeborgt.

Nein: Bleib wach. Sobald es vorbei ist, gehst du weg und bist frei.

Ein unkomplizierter medizinischer Eingriff, wiederholte Dr. Knight, Absaugmethode, ein Mindestmaß an Schmerz und Blut, ich hab heute nacht einen Termin nach dem anderen, willst du nun, oder was ist? »Traust du mir denn nicht?« Die Frage hatte bei aller gekränkten Männlichkeit etwas rührend Schmollendes, ja Verletztes. *Traust du mir denn nicht?* So hatte auch ihr Liebhaber gefragt, erst in diesem Moment fiel es ihr wieder ein.

Sie zwang sich, wieder zu ihm hinzurutschen, und faßte, die Füße in den schaukelnden Halterungen, die kalten Beine gespreizt, die Tischkanten fester, sie fuhr sich mit der Zunge über die Lippen und flüsterte: »Doch.«

Und machte die Augen fest zu.

Der schuldige Teil

Jocko weckte sie fast jeden Morgen, heute aber war die Attacke besonders laut und heftig. Noch durch die dünne Bettdecke hindurch, die sie sich über den Kopf gezogen hatte, konnte sie die schwarz glänzenden Knopfaugen erkennen.

»Momma aufwachen, Momma nicht verstecken. Weißt du nicht, welcher Tag heute ist?«

Doch, sie wußte es. Pelzig drang ihre Stimme durch das Gewicht der nicht mehr ganz frischen Bettwäsche: »Nein. Bitte, laß mich in Ruhe.«

Jocko, ihr Kind. Für das sie elf Stunden in elend schmerzhaften Wehen gelegen hatte, weil sie prinzipiell gegen einen Kaiserschnitt war. Jocko, erst zwei und kaum aus den Windeln heraus, aber schon der Sprache mächtig, einer so brutalen und kompromißlosen Sprache, daß sie, die Mutter, die eigentlich Verantwortliche, sich fragte, was für Kräfte sie da auf die Welt losgelassen hatte.

Wenn sie morgens länger schlief, als nach Jockos Meinung statthaft war, riß er polternd die Tür zu ihrem Schlafzimmer auf, kletterte aufs Bett, setzte sich mit seinen kräftigen Knubbelknien auf sie und trommelte mit den Fäusten energisch auf ihr herum, als wollte er Brotteig kneten, was nebenbei auch ziemlich schmerzhaft war. Seine Stimme tönte grell und mahnend wie eine Posaune, mit seinen schwarzen Glubschaugen ähnelte er jenen schrecklichen Cherubinen, die in besonders kriegerischen Renaissancegemälden Gottes tatkräftige Helfer sind. In Jockos Mund war das »Momma« eine Waffe. »Verdammt, Momma, laß das Versteckspielen, vor *mir* kannst du dich nicht verstecken, du blöde Kuh, weißt du nicht, wer ich bin? Und ich hab Hunger.«

Sie protestierte nur schwach. »Du hast immer Hunger.«

Rücksichtslos zog er ihr die Bettdecke weg, entblößte sie so jäh, daß sie rasch einen Nachthemdträger hochzog, um die flache, schlaffe Brust zu verbergen, die sich von Jockos hitzigem Saugen nie mehr erholt hatte. Sie schrie leise auf und versuchte, ihn mit einem Tritt abzuschütteln, aber er ließ nicht locker, er war stark und böse und lächelte sie mit einem Mund voll weißer, feucht glänzender Zähne an, ein beängstigender Anblick. Ob wohl alle Mütter ihre Brut so sehen, dachte sie, und dabei fragen: *Bin ich für das da verantwortlich?*

Auch einen Vater hatte es natürlich gegeben, aber er war ihr entglitten, hatte sie verlassen. Noch vor Jockos Geburt.

Jockos Ton war jetzt milder, sie müsse aufstehen, mahnte er, und ihre Pläne machen, sie habe die Tage vergehen lassen bis zu diesem letzten, endgültig letzten Tag, jetzt habe sie keine Wahl: »Bis Mitternacht muß es gelaufen sein.«

»Nein. Ich bin noch nicht so weit.«

»Du *bist* so weit.«

»Nein.«

»*Doch!*«

»*Laß mich in Ruhe!*«

Sie rieb sich mit den Fäusten die Augen, als wollte sie das Bild des Sohnes daraus tilgen, aber das Bild war zu grell, zu erschreckend, strahlte wie Neon, war tief in ihre Seele eingeprägt, nein, Jocko wurde sie nicht mehr los.

»Momma, wo ist dein *Stolz!*«

Mutter und Sohn bewohnten ein Backsteinreihenhaus in einer niedergehenden Industriestadt am Mittelatlantik. Die Frau war nicht zur Mutterschaft bereit gewesen und noch immer, lange nach der Geburt des Sohnes, einigermaßen fassungslos, daß es so weit gekommen war, hatte sie sich doch, um die Entstehung eines Wesens wie Klein-Jocko zu verhindern, gewissenhaft an eine biochemische Methode der Empfängnisverhütung gehalten, bei der die Gefahr von Schlaganfällen, Blutgerinnseln, Lungenembolien, Gebärmutterkrebs und Depressionen nicht auszuschließen war. Diese allgegenwärtige Bedrohung hatte ihr ganzes aktives Sexualleben begleitet, das jetzt offenbar beendet war. (Seit ihre Liebe sich verflüchtigt, ihr Liebhaber sich davongemacht hatte, fiel es ihr schwer, sich als körperliches Wesen, geschweige denn als eine Frau in der Blüte ihrer Jahre zu sehen. Wie pflegte doch Jocko zu sagen – nicht kindlich-boshaft, sondern im Ton einer sachlichen Feststellung: »Jetzt, wo ich da bin, Momma, kannst du den Laden dichtmachen.«)

Ihr einstiger Liebhaber, den sie X nannte (da sie nicht einmal vor sich selbst seinen Namen über die Lippen brachte), hatte ihre Erklärung, Jockos Empfängnis sei ein Unfall gewesen und mithin nicht ihre Schuld, erbittert zurückgewiesen und sich kalt lächelnd von ihr getrennt, als sie mit der Abtreibung so lange gezögert hatte, bis es zu spät war; dabei wußte sie ganz genau, daß er sie ohnehin verlassen hätte.

Die Leidenschaft hat ein kurzes Gedächtnis – und wenn sie Folgen hat, sind wir unweigerlich die Dummen.

Die Frau, die sich für unabhängig gehalten hatte, die berufstätig war, versuchte ihre mißliche Lage ganz unpersönlich zu sehen, als ein Symptom des Hier und Jetzt. Ledige Mutter mit Kind. Vater glänzt durch Abwesenheit. (Wohnt aber noch in derselben Stadt, hat noch immer dieselbe Stellung in dem großen Komplex von Bürogebäuden und Laboratorien, in dem auch die Frau arbeitet.) Sie versuchte einzusehen, daß es sinnlos und kindisch war, Schuldzuweisungen vorzunehmen, von verratenem Vertrauen, verratener Liebe, dem »schuldigen Teil« zu sprechen, wie Jocko sich ausdrückte, wenn er X meinte, »dieses Arschloch, das abgestraft gehört«.

Jocko war knallhart, seine Ausdrucksweise direkt und schnörkellos, schon im Mutterleib hatte er gesagt: *Du hast dich lange genug kleinkriegen lassen, jetzt holen wir uns unser Recht*, nur versuchte sie immer, darüber wegzuhören.

Beim Frühstück, mit einen Suppenlöffel dicke, dampfende Porridgeklumpen einschaufelnd, sagte Jocko nachdenklich: »Er hat mich totmachen wollen, noch ehe ich angefangen hab zu atmen, mit dem Staubsauger hätten sie mich aus dir rausgeholt, wenn's nach dem Arsch gegangen wär, so wie du Haare und Flusen aus einer Dreckecke saugst.« Gierig kauend lachte er vor sich hin. »Der wird staunen, der Mistkerl. Heute bis Mitternacht.«

Die Frau, die Mutter, hielt eine Tasse schwarzen Kaffee in den zitternden Händen. »Nein, Jocko, ich glaube nicht. Wirklich... nein...«

»Auge um Auge, Zahn um Zahn.«

Und dann lächelte er wieder, noch prächtiger blitzten die starken weißen Zähne hier im hellen Küchenlicht, eine Spur zu groß für ein Milchgebiß und von ersichtlich festerer Struktur, als erste Zähne zu sein pflegen.

»Er hat kein Kind gewollt, das hat er mir von Anfang an gesagt. Im Grunde konnte er nichts dafür, wir können ihm keinen Vorwurf machen. Und...«

»Durch einen Schlauch wollte er mich saugen und ins Klo schmeißen lassen wie Kacke. *Mich!*«

»Aber Jocko, er wußte ja nicht, daß *du* es sein würdest.«

»Und du, geliebte Momma, hast du's gewußt?«

»Zuerst... zuerst nicht. Aber dann schon.«

»Weil ich die Sache in die Hand genommen habe. Deshalb. Blöde Kuh. Klein-Doofi mit Plüschloch!«

»Das geht zu weit, Jocko! Sag nicht solche Sachen.«

Jocko blickte finster kauend in seine sonnengelbe Porridge-Schale. Schon seit Monaten verweigerte er den hohen Babystuhl und bestand darauf, gefährlich auf zwei Telefonbüchern und mehreren Bänden der »World Book Encyclopedia« balancierend, mit ihr am Tisch zu sitzen. Seit der vergangenen Woche trank er Kaffee, und das konnte nicht gut für seine Nerven sein, für ihre Nerven war Kaffee mit Sicherheit nicht gut, aber da sie unentwegt – praktisch den ganzen Vormittag über – welchen trank, konnte sie ihn wohl Jocko schlecht verwehren, und wie denn auch? Wenn sie schwache Versuche machte, ihn in Zaum zu halten, zwinkerte er ihr nur zu und lachte wie über einen guten Witz, vielleicht über ihren Status als Mutter, seinen Status als Kind – aber wo war die Pointe?

Manchmal kam der Frau ihr geliebter Jocko wie ein fertiger Mann im Kleinformat vor. Seit X sie so schnöde verlassen hatte, fand sie Männer schwer erträglich und konnte sich ein Zusammenleben mit ihnen nicht mehr recht vorstellen. Mehr noch – für sie war der Sohn fast so etwas wie eine Mißgeburt, eine Abnormität und medizinische Monstrosität. Sie hatte von einer schweren Hormonstörung gelesen, die bei (vorwiegend männlichen) Kindern zu schnellem Altern führt, so daß sie ihre Eltern überholen und vor deren fassungslosen Augen sterben. Litt Jocko an dieser Krankheit? Wenn sie mit ihm zum Kinderarzt ging, gab er sich wie ein ganz normaler Zweijähriger, ja, er brachte es fertig, auch wie ein Zweijähriger auszusehen. Auf Dr. Monk machte der offenkundig aufgeweckte, intelligente Junge den denkbar besten Eindruck, er beglückwünschte die Mutter regelmäßig zu seinem »körperlichen Wohlbefinden«, wie er es nannte, fand aber im übrigen Jockos Entwicklung wohl nicht weiter auffällig. Und Jocko spielte ja auch das Kleinkind so erstaunlich perfekt, bis hin zu rührend tapsigen, unkoordinierten Bewegungen und lispelnd-stockend einsilbigem Sprechen, daß sich selbst seine Mutter beinah täuschen ließ.

»Jocko« – diesen Namen mit dem draufgängerisch maskulinen Drall hätte die Frau nie für ihren Sohn gewählt, sie hatte ihn nach ihrem verstorbenen Vater Allen nennen wollen. Er selbst war auf »Jocko« verfallen. Als Kleinkind hatte er gebrüllt wie am Spieß, wenn man ihn anders nannte.

»Jocko *hier*!« – »Jocko will *das*!« – »Jocko *jetzt* hungrig!«

X hatte Jocko nur dreimal besucht, hatte seine Abneigung diskret, aber unübersehbar erkennen lassen und den Sohn kein einziges Mal auf den Arm genommen, geschweige denn geküßt. Der hochgewachsene, hagere, bebrillte X mit dem schütteren Haar hatte ersichtlich Probleme mit seinem Körper; er hatte Biochemie und Mathematik studiert und sah die Welt wohl vor allem in Gleichungen. Sich selbst hatte er in seinem Sohn nicht wiedergefunden, in diesem Sohn, der schon als Neugeborenes ein so frisches Gesicht, so üppiges dunkles Stachelhaar und so blanke, durchdringende, schwarze Augen gehabt hatte, daß er gewissermaßen nur sich selbst ähnelte. »Jocko.«

Inzwischen war er zwei und hatte einen stämmigen Rumpf, der aussah wie ein altmodisches Waschbrett. Das runde Gesicht konnte zuweilen einen besorgt-berechnenden, kantigen Erwachsenenausdruck annehmen, die Kinderstirn war manchmal nachdenklich gefurcht. Die kurzen Beine hatten – ohne verkrüppelt zu sein – etwas Zwergenhaftes und waren unter dem Babyspeck so kräftig-muskulös wie Arme und Rumpf. Und die Augen, Jockos bemerkenswerte, lebensgierige Augen? Und die Genitalien, diese prallen Rundungen, die das weiße Höschen mit dem Gummizug spannten?
 Was ließ sich zu Jocko sagen – außer daß er *hier* war, Symbol eines neuen Zeitalters, eines neuen Lebens.
 »Was guckst du so, Momma?« fragte Jocko gereizt.
 »Ich ... gar nichts.«
 »Red keinen Stuß.«
 Die Frau hatte, die Tasse vor dem Gesicht, ihren kleinen Sohn angesehen, ohne recht aufzunehmen, was er sagte (so früh am Morgen hielt Jocko lange, lebhafte Monologe, es war, als denke er laut – für sich und für sie gleich mit). Jetzt stellte sie die Tasse ungeschickt ab, rieb sich mit den Fäusten erneut die Augen und fing an zu weinen, obgleich sie wußte, daß sie damit Jocko in Rage brachte. »Bitte..., ich hab Angst. Ich pack das nicht. Mein eigenes Blut, Jocko, das ich verloren habe, als du zur Welt kamst – das reicht!«

Tagesabläufe waren etwas Äußerliches, sie konnte gut damit umgehen, weil sie nicht ganz wirklich waren. Nicht so wirklich, wie Jocko und Jockos Vater und ihr verwundeter Körper.
 Mit mechanischen Bewegungen, aber untadeligem Geschmack zog sie sich fürs Büro an: Flanellkostüm mit taillierter

Jacke, Strümpfe mit Seidenglanz, schöne Eidechsschuhe, als kleinen Farbtupfer ein rotes Seidentuch. Jocko schimpfte immer, wenn ihr langgezogenes, vergrübeltes Gesicht zu blaß war ... »Nicht nötig, daß du dich älter und häßlicher machst, als du bist, Momma.« Schon längst brauchte sie ihn nicht mehr anzuziehen, pfeifend schloß er den Reißverschluß der scharlachroten Seidenjacke mit dem gestickten feuerspeienden, grünschuppigen Drachen auf den Rücken, zog sich die von ihr gestrickte rote Wollmütze tief in die Stirn, fast bis an die Augenbrauen. Es war ein bedeckter Apriltag, Regen und Graupelschauer schlugen an die Scheiben; Jocko bestand deshalb darauf, daß sie sich beide warm anzogen, mit typischer Erwachsenenlogik argumentierte er, daß es törichte Zeitverschwendung war, krank zu sein, »auszufallen«.

Jetzt klimperte er mit ihren Autoschlüsseln.

»Los, Momma, beweg gefälligst deinen dicken Arsch.«

»Laß diese Ausdrücke, du ... Ich komme ja schon.«

An fünf Tagen in der Woche brachte sie Jocko in den Kinderhort Kleine Biber, wo er sich, soweit sie das feststellen konnte, als ganz normaler robuster Zweijähriger gab. Wie er diese Verwandlung zustande brachte, war ihr ein Rätsel, aber ihm machte sie offenbar Spaß. »Mit diesen Hosenscheißern rumzumachen« war eine noch größere Herausforderung, als bei Dr. Monk die Kleinkindrolle zu spielen. Wenn seine Mutter ihn im Hort bei Junie abgab, einer heiteren Frau mit großem Busen und geflochtenem Haar, schien er förmlich zu schrumpfen, die flinken blanken Augen blickten unschuldig, sogar das Stachelhaar wirkte heller und ebenfalls harmlos-kindlich. Vor allem aber änderte sich Jockos ganze Art. Wenn seine Mutter leise sagte: »Tschüs, Liebling, sei brav, bis später«, und ihm einen Abschiedskuß gab, umarmte Jocko sie liebevoll, legte sein warmes Gesicht an das ihre und sagte: »Momma, geh nicht.« Es war nur ein ganz kurzer Ausrutscher, als sei Jocko auf geheimnisvolle Weise tatsächlich nur ein vaterloser Zweijähriger mit einer berufstätigen Mutter und einer großen Furcht vor dem Verlassenwerden.

Im Hort hieß es, Jocko sei reif für sein Alter, manchmal »unsozial und aggressiv«, manchmal »lieb, schüchtern, reserviert«. Zur Überraschung seiner Mutter war er ein großes Maltalent; seine in kühnen Primärfarben gehaltenen Poster von Sonnenblumen, grinsenden Ballongesichtern und halluzinogenen Planeten zierten an gut sichtbarer Stelle die Wände des Horts. Mit einigen Kindern schien er sich angefreundet zu haben, äußerte aber nie den Wunsch, zu ihnen nach Hause zu gehen, und legte auch keinen Wert darauf, daß sie ihn besuchten, was seiner Mutter nur recht war.

Mehr als einmal bemerkte er altklug: »Unheimlich nervig, mit kleinen Kindern zusammenzusein.«

Als die Frau an diesem Morgen Jocko ihren Abschiedskuß gab, legte er die Arme noch fester um sie als sonst und sagte in kindlich bittendem Ton: »Vergiß nicht, mich wieder abzuholen, Momma! *Vergiß nicht, was heute für ein Tag ist.*«

»Ach, Jocko«, sagte seine Mutter nervös, weil Junie dabei war, »wie könnte ich das vergessen.«

Und was für ein Tag war heute? Der Tag vor dem Umzug von X in eine andere Stadt.

Der letzte Tag, den er als Bezirksabteilungsleiter des SPI-Programms (Spezialprojekte Ingenieurwesen) bei den Bell Laboratories verbringen würde, der letzte Tag (und die letzte Nacht) in seiner Wohnung (etwa vier Meilen von der Wohnung der Frau entfernt), für den nächsten Morgen war der Möbelwagen bestellt, um seine Habe nach Cleveland, Ohio, zu bringen. Sie hatten X zum Leiter eines größeres SPI-Programms in der Bell-Filiale Cleveland ernannt, und darauf war er sehr stolz; hier hielt ihn ohnehin nichts mehr.

Diese demütigenden Fakten hatte die Frau natürlich nicht von X erfahren und auch nicht aus irgendeiner anderen Quelle, sie *wußte* es einfach. Und auch Jocko mit seiner erstaunlichen Fähigkeit, ihre Geheimnisse aufzuspüren, wußte es natürlich.

Und drängte seit Wochen: »Die Zeit läuft dir davon, Mädchen. *Er* streicht die Tage auf seinem Kalender ab, kannst dich drauf verlassen.«

Der Tag, ein Freitag am Monatsende, zog in erratischen Schüben vorbei wie eine Wolkenflottille. Wie ein Zug von Gewitterwolken im April mit nachdenklich gerunzelter Stirn. Wie eine torkelnde Prozession von Hirnen. Die Frau versuchte sich auf ihre Arbeit zu konzentrieren, denn dies war schließlich ihr öffentliches, ihr externes Leben, ein durchaus wertvolles Leben im Sinne der kapitalistischen Verbrauchergesellschaft, in der sie mitschwamm, indes das Jahrhundert sich seinem Ende zuneigte, wahrscheinlich nicht in der feurigen Apokalypse, von der ihre Generation ständig zu reden pflegte, aber ein Abschluß, ein Ende war abzusehen, soviel war sicher, und ein »neues« Jahrhundert stand schon im Kalender bereit, das unsere mit der Unduldsamkeit alles Neuen, Jungen, kraftvoll Begehrlichen unterzupflügen. Jocko würde im Jahre 2000 erst zwölf sein, er gehörte schon dem neuen Jahrhundert an.

Hoffentlich, dachte sie, vergißt er mich nicht allzu schnell.

Spontan versuchte sie X in seinem Büro anzurufen, das in einem anderen Gebäude war, durch labyrinthische Gänge, Aufzüge und Sackgassen von ihr getrennt, erfuhr aber von seiner Sekretärin (die möglicherweise ihre Stimme erkannt hatte), X sei »nicht greifbar«. Die Frau bedankte sich und legte still auf, ohne eine Nachricht zu hinterlassen. Ihr Stolz ließ es nicht zu, eine Nachricht zu hinterlassen, nachdem in den letzten vierundzwanzig Monaten so viele unbeantwortet geblieben waren.

Vierundzwanzig Monate. So lange?

So lange, so erschreckend lange schon währte die Zeit seines Verrats.

Dabei verhielt es sich, wie sie natürlich genau wußte, in Wirklichkeit so, daß X die Beziehung schon vorher, schon vor der Geburt des Babys, eiskalt abgebrochen hatte; die Zeitspanne nach ihrer Trennung war jetzt schon bedeutend länger als die Zeitspanne ihrer Liebesbeziehung gewesen war. Zuerst hatte X ein schlechtes Gewissen gehabt oder zumindest so getan, hatte ihr natürlich angeboten, die Abtreibung zu bezahlen, und ihr auch darüber hinaus Geld geboten, immer mehr

Geld, je mehr es ihn drängte, sie (und Jocko in ihrem Bauch) loszuwerden, aber sie hatte alles abgelehnt. Ich liebe dich, hatte sie gesagt. Durch unsere Liebe ist ein Leben entstanden, das wir nicht zerstören dürfen, und das weißt du auch ganz genau, aber es schien, als habe X gar nicht hingehört, er hatte sich auch durch die fast mystische Verzückung in ihren Worten nicht umstimmen lassen, obwohl das Wesen in ihrem Bauch ihr Mut machte: *Ja, so ist es gut, weiter so, der Mistkerl muß doch zur Vernunft zu bringen sein.*

    Er hatte sich nicht zur Vernunft bringen lassen, sondern sich kurzerhand von ihr getrennt wie andere Männer vor ihm, abrupt, rücksichtslos; nur war sie diesmal schwanger und wollte nicht abtreiben lassen, das Wesen in ihrem Bauch ließ es nicht zu. *Ich will geboren werden, ich will Sonne und einen richtigen Mund, du blöde Kuh, ich laß mich nicht unterkriegen*, und so kam es dann auch. X hörte nicht, was das Ungeborene sagte, und war auch nicht zu bewegen, sein Ohr an ihren Bauch zu legen oder sie dort zu streicheln, um das wunderbare Leben in ihr zu spüren, das sein Recht forderte. »Hör mal, es tut mir echt leid, können wir nicht Freunde bleiben?« sagte X. Und: »Ich glaube, daß es da ein grundsätzliches Mißverständnis zwischen uns gab, tut mir leid.« Dann, schon ungeduldiger: »Bitte, laß mich in Ruhe, ja? Es ist für uns beide peinlich.« Und: »Verdammt noch mal, du weißt genau, daß ich nicht der Vater sein kann, also laß mich bitte in Ruhe.« Zum Schluß hatte er aufgelegt, wenn die Frau ihn anrief, und in der Firma hatte er sich, sobald er sie sichtete, schleunigst davongemacht. Sie hatte den Eindruck, daß er mit seinem Chef neue Arbeitszeiten abgesprochen hatte, eine raffinierte Regelung, die sie nicht durchschaute, so daß sie keine Möglichkeit hatte, ihn auf dem Parkplatz abzupassen. Ein paarmal ging sie zu ihm nach Hause, aber er wies ihr die Tür. Sie schickte ihm viele, meist von Jocko diktierte Briefe. Der letzte, zu Weihnachten, war kurz und prägnant gewesen wie ein Gedicht: *Schwärende Schuld schädigt auch die Unschuldigen, also hüte dich.*

    X hatte keinen dieser Briefe beantwortet.

Verständlich, daß die Beziehung mittlerweile rettungslos kaputt war.

Ihre Arbeit aber erledigte sie nach wie vor gewissenhaft, sie war sehr tüchtig und bezog ein recht gutes Gehalt. Sie hatte Englisch studiert und gab bestimmten hochgeschätzten Mitarbeitern – Ingenieuren, Physikern, Chemikern, Mathematikern – Hilfestellung bei der Abfassung von Berichten für ihre Abteilungsleiter und für das Verteidigungsministerium in Washington, D.C. Einige der Mitarbeiter (ausschließlich Männer) waren im Ausland geboren und brauchten – vor allem die Japaner – besondere Unterstützung; alle, sogar die im Lande Geborenen, hatten Mühe, ihre Gedanken zusammenhängend und übersichtlich strukturiert zu Papier zu bringen. Diese Aufgabe bewältigte sie, ohne daß sie wußte oder auch nur zu wissen brauchte, wovon in diesen Berichten die Rede war; ob es nun um komplizierte Anträge für Mittel aus dem Pentagon ging oder einen Report über ihre Verwendung – die Formulierungen am PC gingen ihr rasch und sicher von der Hand, ohne daß sie viel von ihrem Thema, geschweige denn seinem jeweiligen ontologischen Status in der High-Tech-Welt von Hardware oder sonstiger -ware begriffen hätte.

»Da weißt du wenigstens, woran du bist«, war Jockos einigermaßen gefühlloser Kommentar. »Selbst wenn du von der Sache selbst keinen Dunst hast.«

Wenn er milder gestimmt war, stärkte er ihr sogar hin und wieder den Rücken. »Du leistest verdammt gute Arbeit, und das wissen die auch. Nicht die Nerven verlieren, Momma, okay?«

Ja, sagte sie. Ja, okay.

Am späten Nachmittag, die meisten Mitarbeiter waren schon nach Hause gegangen, legte die Frau den Kopf auf die Arme und die Arme auf dem Schreibtisch und weinte; oder versuchte zu weinen. »Es könnte doch sein, daß er mich noch liebt, daß er mir verzeiht und mich zurück haben will«, sagte sie leise vor sich hin, und minutenlang passierte überhaupt nichts, die Stille dehnte sich, die Leuchtstoffröhren an der

Decke summten. »Vielleicht überlegt er es sich und nimmt uns mit nach Cleveland, vielleicht...« Aber sie konnte nicht weinen, ihre Tränengänge waren ausgetrocknet vom vielen Weinen, außerdem war sie nicht allein, und plötzlich war da das hämmernde Stakkato von Jockos Stimme: *Warum wehrst du dich nicht, Momma? Du kennst dein Schicksal, also sorge gefälligst dafür, daß es sich erfüllt.*

Die Frau war noch nicht eine Stunde zu Hause, nachdem sie ihren Sohn im Kinderhort abgeholt hatte, als sie, weil sie wissen wollte, wo er steckte, die Küche betrat und dort etwas sah, was sie lieber nicht gesehen hätte.

Aber sie fragte ganz ruhig: »Wo hast du diese Messer her, Jocko?«

Jocko winkte ab, er dachte nach.

Er stand auf einem Stuhl und war dabei, ein halbes Dutzend Messer auf der orangefarbenen Resopalplatte zu sortieren. Offenbar nicht nach Größe, sondern nach Schärfe.

»Die Messer, Jocko...«

»Stell dich nicht blöd, Momma.«

Die Hände der Frau zitterten so heftig, als sei das ganze Haus ins Schwanken geraten. Sie hatte heute schon zuviel Kaffee getrunken, ihr Blick war nicht ganz klar. Auf der Heimfahrt wäre sie um ein Haar auf die Gegenspur gekommen. Sie wollte sich umdrehen und Jocko allein weiterspielen lassen, aber da hatte er schon mit einem stahlharten Griff seiner kleinen Finger ihr Handgelenk gepackt.

»Nein, das fasse ich nicht an«, sagte sie matt, aber schon hatte sie das Messer in die Hand genommen, das Jocko ein wenig von den anderen getrennt hatte, und wog es in der Hand.

Ein Tranchiermesser, *made in Taiwan,* mit fünfundzwanzig Zentimeter langer Klinge aus rostfreiem Stahl, scharf geschliffen, rasiermesserscharf. Der holzähnliche Plastikgriff lag in ihrer Hand, als sei er eigens dafür gemacht.

»Wann hab ich die gekauft? So was hab ich nie gekauft...«

»Weihnachtssonderangebot bei Sears, Momma.«

»Ich? Ausgeschlossen.«

»Wer sonst, Momma?«
»Mag sein, aber ich geh nicht aus dem Haus damit. Ich geh nirgendwohin damit.«
»Erst, wenn es dunkel ist.«
»Wann?«
»Gegen neun, Momma. Nicht zu früh und nicht zu spät.«
»Das mach ich nicht.«
»Klar machst du es.«
»Aber nicht allein.«
»Natürlich nicht allein, Momma.«
»Nein?«
»Du gehst doch nirgendwo allein hin, Momma. Jetzt nicht mehr.«

Und Jocko, der, auf einem Küchenstuhl stehend, so groß war wie seine Mutter, lächelte. Lächelte dieses zärtliche, gewaltfreie Lächeln, das so oft in den letzten Monaten, wenn ihr sterbenselend gewesen war, ihr Herz angerührt und neuen, leidenschaftlichen Lebenswillen in ihr geweckt hatte.

Jocko umarmte sie kindlich-zärtlich, gab ihr einen nassen Kuß und sagte noch einmal: »Du gehst nirgendwo allein hin, Momma, das weißt du doch.«

Wenn es nach ihr gegangen wäre, hätten sie den Aufzug zum neunten Stock genommen, aber der scharfsichtige Jocko zog sie am Arm zur Treppe. Keine Zeugen, nicht wahr?

Es war höchste Zeit. Wie pflegte Jocko zu sagen? »Bei einem schuldigen Teil kannst du nicht warten, bis Gott ihn straft.«

Als sie im neunten Stock angekommen waren, atmete die Frau schnell und flach, Erregung zuckte funkengleich durch ihren Körper. In ihrer Umhängetasche war das fünfundzwanzig Zentimeter lange Tranchiermesser, an ihrer Seite war Jocko, die Frucht ihres Leibes, der mit seinen kurzen, kräftigen Beinen die Stufen behender bewältigt hatte als sie. Da X sie so selten und seinen eigenen Sohn nie hierher gebracht hatte, sagte sich die Frau, war es nur recht und billig, wenn sie ihn jetzt besuchten. Es gab kein Zurück mehr.

Statt dessen war er in ihre Wohnung gekommen, *zu ihr*. Hatte gegessen, was sie liebevoll für ihn gekocht hatte. Wie andere. Wie seine Geschlechtsgenossen. Hatte behauptet sie zu lieben, hatte ihren erwartungsvollen Leib mit Küssen bedeckt. Und sie war schön geworden unter seiner Zuwendung.

Die Frau hatte ihm ihre Seele geschenkt, ohne zu wissen, daß der Mann, wenn seine Leidenschaft verpufft ist, eine Seele verbraucht und zerknittert zurückzugeben pflegt. »Wie ein Kleenex, mit dem sich der Mistkerl die Nase geputzt hat«, so hatte Jocko es höhnisch formuliert.

Nie wieder.

In dem Stockwerk, wo X wohnte, machte Jocko die Treppenhaustür einen Spaltbreit auf, vergewisserte sich, daß der Gang leer war, winkte der Frau. »Los, Momma!« Die Frau hantierte an ihrer Umhängetasche. Sie sah alles ein bißchen verzerrt: Ehe sie losgegangen waren, hatte sie mehrere Glas Wein getrunken und zur Nervenberuhigung eine große weiße Pille geschluckt. Sie hockte sich neben Jocko und flüsterte: »Laß mich nicht allein, Schatz. Versprich, daß du die Tür nur anlehnst.«

Jocko stieß mit den kleinen Fäusten gegen ihre Beine. »Herrgott, Momma, ist doch klar«, sagte er ungeduldig. Sie stöckelte in ihren schönen Eidechspumps durch einen gnädigen Nebel und zählte Türen, fand 9 G, die Wohnung von X, wischte sich die Augen, die sich immer wieder mit Tränen füllten, holte tief Atem und legte den Zeigefinger auf den Klingelknopf. So fest, daß sie nicht mehr zurück konnte.

Und erinnerte sich daran, wie sie damals (sie hatte gerade erst von ihrer Schwangerschaft erfahren) elend und angstgeschüttelt X angerufen hatte – es war X gewesen, bestimmt, auch wenn er es hinterher heftig abgestritten hatte –, das Telefon hatte geläutet geläutet geläutet, als flösse unstillbar das Blut aus ihr heraus, und zum erstenmal hatte sie die Stimme in ihrem Leib gehört, unendlich tröstlich und wunderbar wie der zornige Gott des Alten Bundes: *Eines Tages werden sie alle zahlen, die schuldig geworden sind – hab nur Geduld*, und

Geduld hatte sie ja nun wirklich gehabt, noch und noch, jetzt klingelte sie zum zweitenmal und hörte Schritte. Sie konnte also nicht mehr zurück?

Am Ende des trüb beleuchteten Ganges, hinter der Tür zum Notausgang, wartete Jocko auf sie, aber als sie die Augen zusammenkniff und hinsah, war da nur die leere Fläche einer geschlossenen Tür. Und ein kaum wahrnehmbares Flimmern in der Luft, ein leises Vibrieren auf dem Gang, als sei das ganze Haus, ja vielleicht sogar die Erde, die es trug, ins Wanken geraten, und das, sagte sich die Frau, eine im Grunde durchaus rationale Person, konnte eigentlich nicht sein. Jedenfalls hatte es nichts mit ihr zu schaffen, ging sie nichts an.

Wie dem auch sei – da war sie nun. Und dann ging die Tür auf, und da war auch X.

Das Vorgefühl

Weihnachten fiel in diesem Jahr auf einen Mittwoch. An dem Donnerstag davor fuhr Whitney, getrieben von einem Vorgefühl, in der Dämmerung quer durch die Stadt zum Haus seines Bruders Quinn.

Nicht, daß Whitney abergläubisch gewesen wäre; ganz im Gegenteil.

Auch war es nicht seine Art, sich in die Privatangelegenheiten anderer Leute einzumischen, zumal nicht in die seines älteren Bruders, der unerbetene Ratschläge höchst ungnädig aufzunehmen pflegte.

Doch Whitney war von seiner jüngsten Schwester angerufen worden, die durch eine andere Schwester von einem Gespräch mit einer Tante erfahren hatte, die bei ihrer Mutter auf Besuch gewesen war: Quinn habe wieder angefangen zu trinken, er habe seine Frau Ellen und vielleicht auch die Töchter bedroht, es war das alte Leiden. Seit elf Monaten ging Quinn zu den Anonymen Alkoholikern, nicht regelmäßig und zwischen Verlegenheit und Geringschätzung hin und her gerissen, aber er ging hin, soviel stand fest, er hatte aufgehört zu trinken oder hatte zumindest – hier gingen die Meinungen im Familienkreis auseinander – seinen Alkoholkonsum erheblich eingeschränkt. Alle waren sich darüber einig, daß ein so wohlhabender Mann wie Quinn, eine Lokalgröße, der älteste der Paxton-Söhne, sich sehr viel schwerer tat als ein normaler Sterblicher, zu den Anonymen Alkoholikern zu gehen, zuzugeben, daß er ein Alkoholproblem hatte, daß er zuweilen seinen Jähzorn nicht zügeln konnte.

In der vergangenen Nacht hatte Whitney eine Vorahnung und den ganzen Tag über das unbehagliche Gefühl gehabt, Quinn könne die Nerven verlieren, könne diesmal Ellen oder seinen Töchtern ernstlichen Schaden zufügen. Quinn, ein kräftiger Enddreißiger, Absolvent der Wharton School und selbsternannter Fachmann für Aktienrecht, war ein geselliger, meist gutmütiger, aber, wie Whitney aus ihrer Kindheit wußte, sehr körperbetonter Mensch; er artikulierte sich hauptsächlich mit den Händen, und das ging bisweilen nicht ohne Spuren ab.

Im Laufe des Tages hatte Whitney mehrmals bei seinem Bruder zu Hause angerufen, aber niemand hatte abgehoben. Ein Klicken, dann die vertraute rauhe Stimme aus dem Anrufbeantworter: *Hallo! Hier bei Paxton. Wir können leider im Augenblick nicht ans Telefon kommen, aber...* Eindeutig Quinns Stimme, munter, jovial, aber mit einem leise drohenden Unterton.

In Quinns Büro erfuhr Whitney von Quinns Sekretärin nur, der Chef sei nicht greifbar. Obgleich er sich als Quinns Bruder zu erkennen gab und die Sekretärin doch sicher wußte, wer er war, hatte sie sich nicht zu weitergehenden Auskünften bereit gefunden. »Ist Quinn zu Hause? Ist er verreist? Wo *ist* er?« hatte Whitney gefragt und versucht, sich seine Unruhe nicht anmerken zu lassen. Quinns Sekretärin, die Whitneys Bruder treu ergeben war, hatte nur gemessen gesagt: »Mr. Paxton wird sich über die Feiertage sicher mit Ihnen in Verbindung setzen.«

Weihnachten in dem riesigen Haus der alten Paxtons auf der Grandview Avenue, in dem es von Familie nur so wimmelte... Wie hätte Whitney in dieser hektischen Atmosphäre Quinn zu einem ruhigen Gespräch beiseite nehmen können? Außerdem konnte es bis dahin schon zu spät sein.

Und so hatte er sich denn, obgleich er nicht dazu neigte, sich in anderer Leute Ehen, geschweige denn das Privatleben seines Bruders einzumischen, in den Wagen gesetzt und war quer durch die Stadt aus dem bescheidenen Wohlstandsviertel der Eigentumswohnungen und Einfamilienhäuser, in dem er seit

Jahren ein anspruchsloses Junggesellenleben führte, in die schon fast ländliche Gegend mit den Millionendollarvillen gefahren, in die Quinn vor etlichen Jahren mit seiner Familie gezogen war. Whitewater Heights hieß die Siedlung, die Häuser waren groß, luxuriös, gegen die Straße durch Bäume und Hecken abgeschirmt, kein Grundstück kleiner als 10000 Quadratmeter. Quinn hatte sein Heim selbst entworfen, es war ein eklektisches Stilgemisch aus neogeorgianischen und zeitgenössischen Elementen mit Swimmingpool, Sauna und einer riesigen Redwood-Veranda hinter dem Haus. Wenn Whitney den Volvo über die bogenförmig angelegte Auffahrt bis zu der großen Dreiergarage fuhr und zur Haustür ging, um zu klingeln, wurde er nie so recht das Gefühl los, daß er das Grundstück widerrechtlich betreten hatte und daß man ihn selbst als geladenen Gast dafür zur Rechenschaft ziehen würde.

Deshalb beschlich ihn jetzt deutliches Unbehagen. Er klingelte. Wartete. Diele und Wohnzimmer waren dunkel, das Garagentor war geschlossen, weder Quinns noch Ellens Wagen stand in der Einfahrt. Niemand zu Hause? Doch... ihm war, als hörte er Musik. Ein Radio? Morgen ist Schule, dachte er, die Ferien fangen erst am Montag an, die Mädchen gehören um diese Zeit ins Haus. Und Ellen auch...

Er atmete tief die kalte Nachtluft ein. Die Temperatur war unter Null abgesunken, aber noch schneite es nicht. Nur einige wenige Häuser in Whitewater Heights hatten eine Weihnachtsbeleuchtung, ansonsten erinnerte hier nichts an das bevorstehende Fest. Das Haus, vor dem er stand, war nicht weihnachtlich geschmückt, nicht mal mit einem Tannenzweig an der Haustür... Kein Weihnachtsbaum? Bei den alten Paxtons in der Grandview Avenue wurde in der Diele immer eine hohe Fichte aufgestellt, das Schmücken des Baums war ein jährlich wiederkehrendes Ritual, an dem Whitney sich allerdings nicht mehr beteiligte. Zu den Vorteilen des Erwachsenseins gehörte es aus seiner Sicht, daß man zu dem, woraus sich einst Verdruß und Leid speisten, Abstand halten konnte. Immerhin war er mittlerweile vierunddreißig.

Natürlich würde er den Weihnachtstag bei der Familie verbringen. Oder einen Teil des Tages. Darum kam er, solange er in seiner Heimatstadt lebte, wohl nicht herum. Er würde seine teuer verpackten Geschenke abliefern und entgegennehmen; würde, wie immer, seiner Mutter überaus aufmerksam, seinem Vater ausgesucht verbindlich begegnen. Er wußte, daß sie enttäuscht waren, weil er sich nicht so entwickelt hatte wie Quinn, aber die festliche Stimmung, die vielen Menschen und der fröhliche Lärm würden den Schmerz um dieses Wissen lindern. Whitney lebte jetzt schon so lange damit, daß es vielleicht kein eigentlicher Schmerz, sondern nur noch eine Erinnerung daran war.

Er klingelte erneut. »Hallo!« rief er leise. »Hallo! Ist denn keiner zu Hause?« Durch das Dielenfenster sah er, daß im hinteren Teil des Hauses Licht brannte. Die Musik war verstummt. In der dunklen Diele, unten an der Treppe, standen Kisten... oder Handkoffer... kleine Kabinenkoffer?

Wollten sie verreisen? Jetzt, so kurz vor Weihnachten?

Whitney erinnerte sich an ein Gerücht, das ihm vor ein paar Wochen zu Ohren gekommen war: Quinn habe erzählt, er wolle mit einer seiner Freundinnen zu einem dieser astronomisch teuren exotischen Urlaubsziele, auf die Seychellen, fliegen. Er hatte dem Gerücht keinen Glauben geschenkt, denn Quinn mochte arrogant und seiner Frau gegenüber völlig rücksichtslos sein, aber so provozierend würde er sich nie benehmen, zumal ihm das sein Vater heftigst verübelt hätte. Außerdem war Quinn im allgemeinen sehr auf seinen Ruf bedacht, denn er spielte mit dem Gedanken, sich irgendwann in ein öffentliches Amt wählen zu lassen. Urgroßvater Lloyd Paxton war als republikanischer Kongreßabgeordneter sehr populär gewesen, und der Name Paxton galt noch etwas hier im Staat. Das wagt er nicht, der Mistkerl, dachte Whitney.

Trotzdem beschlich ihn leise Angst. Wieder so ein Vorgefühl. Wenn nun Quinn in einem Wutanfall Ellen und den Töchtern etwas angetan hatte? Whitney sah plötzlich Quinn vor sich, wie er in seiner blutbeschmierten »Hier kocht der

Chef«-Schürze auf der ausladenden Redwood-Veranda hinter dem Haus stand und Steaks grillte. Am Nationalfeiertag, dem vierten Juli, war das gewesen. Eine zweizinkige Gabel in der einen, das elektrische Tranchiermesser in der anderen Hand, dessen Sirren Whitney noch deutlich im Ohr hatte. So deutlich, wie ihm das mörderische Aufblitzen der Klinge vor Augen stand. Und Quinn, der vor Ärger rot angelaufen war, weil der jüngere Bruder sich verspätet hatte, den er jetzt mit dem mühsam beherrschten Überschwang eines Mannes heranwinkte, der schon angetrunken, aber fest entschlossen ist, es nicht zu zeigen. Wie dominierend Quinn gewirkt hatte, ein Zweizentnermann, fast zwei Meter groß, mit leicht vorstehenden, sehr blauen Augen und hallender Stimme. Whitney war gehorsam nähergetreten, und Quinn hatte ihm, die lustige Schürze fest um die überbordende Taille gebunden, in einer scherzhaften Geste das bedrohlich aussehende Tranchiermesser entgegengestreckt: ein makabrer Händedruck.

Noch in der Erinnerung überlief es Whitney kalt. Die anderen Gäste hatten gelacht. Auch Whitney hatte gelacht. Ein harmloser Scherz, und es war ja wirklich zum Lachen gewesen. Hatte Ellen es gesehen, überlief es auch sie kalt? Gemerkt hatte Whitney nichts davon.

Er bemühte sich, das Bild zu unterdrücken.

Dafür drängte sich ihm jetzt der Gedanke auf, daß es nicht nur verzweifelte, verarmte Männer sind, die ihre Familien umbringen, nicht nur Männer, die nicht mehr aus noch ein wissen, die bekanntermaßen geisteskrank sind. Erst neulich hatte Whitney in der Zeitung eine schreckliche Geschichte von einem Versicherungsvertreter gelesen, einen Mann in mittleren Jahren, der seine von ihm getrennt lebende Frau und seine Kinder mit einer Schrotflinte niedergeschossen hatte... Aber nein, lieber gar nicht an so was denken...

Whitney klingelte ein drittes Mal. Die Klingel funktionierte, er hörte sie anschlagen. »Hallo? Quinn? Ellen? Ich bin's, Whitney...« Wie matt, wie zittrig seine Stimme klang. Irgendwas stimmte nicht im Haus seines Bruders, das stand für ihn fest, aber Quinn würde ihn, falls er im Haus war, fürchterlich zusammenstauchen, er würde, ob er im Haus war oder nicht, in jedem Fall stocksauer sein, wenn er vom Besuch seines Bruders erfuhr. Die Paxtons waren ein großer, geselliger Clan, der gegenüber der Außenwelt fest zusammenhielt; Unruhestifter, Typen, die ihre Nase ungebeten in anderer Leute Angelegenheiten steckten, schätzte man dort nicht. Das Verhältnis zwischen Whitney und Quinn war zur Zeit durchaus freundschaftlich, aber als vor zwei Jahren Ellen die Scheidung beantragt hatte und vorübergehend ausgezogen war, hatte Quinn seinem Bruder vorgeworfen, er stecke mit Ellen unter einer Decke, ja sogar, er sei einer der Männer, mit denen Ellen ihn betrogen habe. »Sag's, wie's ist, Whit! Ich verkrafte das schon. Ich tu ihr nichts und dir auch nichts. Aber sag endlich, wie's ist, du feiges Arschloch…!« hatte Quinn getobt. Doch sein Getue hatte etwas Gekünsteltes, denn natürlich war Quinns Verdacht unbegründet. Ellen hatte nie einen anderen Mann als Quinn geliebt, er war ihr Leben.

Wenig später war Ellen mit ihren Töchtern zu Quinn zurückgekehrt, das Scheidungsverfahren war eingestellt worden. Whitney war enttäuscht und erleichtert zugleich gewesen – enttäuscht, weil er Ellens Ausbruchsversuch als notwendigen, folgerichtigen Schritt gesehen hatte, und erleichtert, weil Quinn ihn jetzt, da seine Familie wieder intakt war, seine Autorität nicht mehr in Frage stand, in Ruhe lassen würde. Quinn brauchte sich nicht mehr über seinen jüngeren Bruder zu ärgern, sondern konnte ihn behandeln wie eh und je: freundlich, aber ziemlich von oben herab.

»Natürlich hab ich das nicht im Ernst gemeint, daß sie mich mit dir betrogen hat«, hatte Quinn gesagt. »Ich muß damals huckevoll gewesen sein.«

Und dabei hatte er gelacht wie über etwas ganz und gar Unvorstellbares.

Seither hatte Whitney sich wohlweislich von Quinn und Ellen ferngehalten; nur bei Familienfeiern, zu Weihnachten etwa, hatte sich eine Begegnung nicht vermeiden lassen.

Whitney fröstelte. Sollte er nach hinten gehen, nachsehen, ob die Tür offen war, einen kurzen Blick ins Haus tun? Aber falls Quinn sich doch im Haus aufhielt, falls wirklich etwas passiert war, konnte das nicht ungefährlich sein. Quinn hatte mehrere Jagdgewehre, eine Schrotflinte, sogar einen Revolver, für den er einen Waffenschein besaß. Und wenn er getrunken hatte ... Whitney mußte daran denken, daß Polizisten besonders häufig bei dem Versuch erschossen werden, häusliche Streitigkeiten zu schlichten.

Ihm fiel ein Stein vom Herzen, als er Ellen zur Tür kommen sah ... War es Ellen? Irgendwas ist mit ihr, das war Whitneys erster, wenn auch vager Gedanke, der ihm noch lange nachgehen sollte. Ihr Gang war unsicher, fast torkelnd, als habe sie keinen festen Boden unter den Füßen. Sie rang die Hände – oder wischte sie an einer Schürze ab; das Klingeln, der unbekannte Besucher vor der Haustür waren ihr sichtlich nicht geheuer.

»Ich bin's nur, Whitney«, rief Whitney und sah, daß sie geradezu rührend erleichtert war.

Ob sie Quinn erwartet hatte?

Wie schnell Ellen das Licht in der Diele anmachte, wie bereitwillig sie ihm die Tür öffnete! Whitney fühlte sich geschmeichelt.

»Whitney!« stieß Ellen leise hervor.

Ihre Augen waren groß und feucht, die Pupillen geweitet. Sie wirkte erschöpft und zugleich fast festlich gestimmt. Die Überraschung, ihren Schwager zu sehen, war ihr anzumerken, als sie leicht schwankend seine Hand drückte. Hatte sie getrunken? Er hatte sie auf Partys beobachtet, wenn sie langsam, systematisch, als versuche sie sich bewußt zu betäuben, ein Glas Wein trank. Noch nie hatte er sie berauscht gesehen und noch nie in diesem sonderbaren Zustand.

»Entschuldige die Störung«, sagte Whitney, »aber ... du bist nicht ans Telefon gegangen, und ich habe mir Sorgen um dich gemacht.«

»Sorgen? Um mich?« Ellen sah ihn verwundert an und lächelte, erst ein wenig spöttisch, dann wie erlöst und mit leuchtenden Augen. »Um *mich*?«

»... und die Mädchen.«

»... *die Mädchen*?«

Ellen lachte, ein hohes, fröhlich-melodisches Lachen, das er noch nie von ihr gehört hatte.

Rasch, ja schwungvoll schloß Ellen die Tür hinter Whitney und schob den Riegel vor. Sie nahm ihn bei der Hand – ihre eigene Hand war kühl, feucht, starkknochig und energisch –, machte das Licht in der Diele aus und rief: »Es ist Onkel Whitney, Kinder! Es ist Onkel Whitney!« Ihre Stimme verriet ungeheure Erleichterung, klang aber dabei seltsam belustigt.

Whitney sah ein wenig ratlos auf seine Schwägerin herunter. Ellen trug schmuddelige lange Hosen, einen Kittel und darüber eine Schürze. Das hellbraune Haar war kunstlos aus der Stirn gebürstet und ließ die zarten Ohren frei. Sie war nicht geschminkt, hatte nicht einmal Lippenstift aufgetragen, und wirkte jünger und verletzlicher, als Whitney sie je gesehen hatte. In der Öffentlichkeit, als Quinn Paxtons Frau, war Ellen eine außergewöhnliche Erscheinung, schön, reserviert, gepflegt bis in die Fingerspitzen und elegant gekleidet, die sich noch die harmloseste Bemerkung sorgfältig zurechtzulegen schien. Quinn schätzte Stöckelschuhe bei Frauen – schönen Frauen, wohlgemerkt –, und deshalb trug Ellen sogar zu informellen Anlässen meist Schuhe mit modisch hohen Absätzen.

In den flachen Schuhen von heute abend wirkte sie kleiner und zierlicher. Kaum größer als ihre ältere Tochter Molly. Während Ellen ihren Schwager durchs Haus in die Küche führte – alle Zimmer waren dunkel, und nicht nur in der Diele, sondern auch im Eßzimmer standen Kisten und Kasten herum –, sprach sie so laut und munter, als legte sie es darauf an, von anderen gehört zu werden. »Du hast dir Sorgen gemacht, sagst du... um mich und die Mädchen. Aber warum eigentlich?«

»Wegen... wegen Quinn.«

»Wegen Quinn! Nein, so was.« Ellen drückte Whitney lachend die Hand. »Warum ›wegen Quinn‹? Und warum ausgerechnet jetzt? Heute abend?«

»Laura hat mir erzählt, daß er wieder angefangen hat zu trinken. Daß er dich wieder bedroht hat. Und da dachte ich...«

»Es ist lieb von dir und von Laura, daß ihr euch Gedanken um mich und die Kinder macht«, sagte Ellen, »und eigentlich ziemlich untypisch für die Paxtons. Aber du und Laura, ihr seid eben keine richtigen Paxtons. Ihr seid...« Sie zögerte, schien den ersten Begriff, der ihr in den Sinn gekommen war, zu verwerfen. »...Randfiguren. Ihr...« Sie verstummte.

Whitney stellte die Frage, die ihm am wichtigsten war, und konnte nur hoffen, daß man ihm seine Besorgnis nicht anhörte. »Ist... Quinn da?«

»Hier meinst du? Nein.«

»Ist er in der Stadt?«

»Er ist fort.«

»Fort?«

»Auf einer Geschäftsreise.«

»Ach so.« Whitney atmete auf. »Und wann kommt er wieder?«

»Er will uns eine Nachricht zukommen lassen. Nach Paris. Oder nach Rom. Wo wir gerade sind, wenn er seine Geschäfte erledigt und Zeit für uns hat.«

»Ihr wollt also auch weg?«

»Ja. Es kam alles ziemlich plötzlich. Den ganzen Vormittag bin ich herumgelaufen, um die Pässe der Kinder in Ordnung zu bringen. Ihre erste Auslandsreise, abgesehen von Mexiko! Wir sind alle sehr aufgeregt. Quinn war erst gar nicht begeistert, er hat komplizierte Verhandlungen in Tokio, du kennst ja Quinn, er muß immer verhandeln, immer rechnen, sein Gehirn hört nie auf zu...« Ellen unterbrach sich mit einem fast erschrockenen Lachen. »Na ja, du kennst ja Quinn. Du bist sein Bruder, lebst in seinem Schatten, wie solltest du ihn nicht kennen. Für dich brauche ich Quinn nicht zu zergliedern.«

Ellen lachte erneut und drückte Whitney die Hand. Ihm war, als lehnte sie sich leicht, fast haltsuchend an ihn.

Whitney war ein Stein vom Herzen gefallen. Daß sein Bruder nicht im Haus war, ihm nicht unmittelbar gefährlich werden konnte, beruhigte ihn doch sehr.

»Quinn ist also schon abgeflogen, und du kommst mit den Kindern nach?«

»Er muß noch was Geschäftliches erledigen, sonst wären wir zusammen geflogen, Quinn wollte das eigentlich so.« Ellen formulierte jetzt präziser, es war, als sagte sie einen eingeübten Text her. »Quinn wollte, daß wir zusammen reisen, aber es ging eben nicht. Wenn er in Tokio fertig ist, muß er möglicherweise noch nach... nach Hongkong, glaube ich.«

»Ihr seid also alle vier zu Weihnachten nicht hier?«

»Meine Weihnachtseinkäufe habe ich alle vorher noch erledigt, ich brauche kein schlechtes Gewissen zu haben. Nur werden wir nicht dabei sein, die Kinder und ich, wenn ihr im Haus der Eltern die Geschenke aufmacht«, sagte Ellen vergnügt und sorgsam artikulierend, als fürchte sie, ins Lallen zu kommen. »Ihr werdet uns natürlich alle sehr fehlen. Dein lieber Vater, deine bezaubernde Mutter, Quinns ganze Verwandtschaft... ja, ihr werdet uns sehr fehlen. Und Quinn empfindet das natürlich genauso.«

»Wann, sagst du, ist Quinn abgeflogen?«

»Hatte ich das schon gesagt? Gestern abend. Mit der *Concorde*.«

»Und du fliegst mit den Kindern...«

»Morgen. Nicht mit der *Concorde* natürlich. Mit einer ganz normalen Maschine. Aber du kannst dir vorstellen, daß es trotzdem enorm aufregend für uns ist.«

»Ja«, sagte Whitney verhalten. »Ja, das kann ich mir vorstellen.«

Demnach, überlegte Whitney, war Quinn tatsächlich mit seiner neuesten Freundin auf die Seychellen oder sonstwohin geflogen; er hatte seine gutgläubige Frau davon überzeugen können, daß es sich um eine seiner »vertraulichen« Geschäftsreisen handelte, und sie hatte seine Erklärung – vielleicht sogar noch dankbar – akzeptiert.

Frauen gieren eben danach, belogen und betrogen zu werden. Arme Ellen.

Aber von mir wird sie nichts erfahren, beschloß Whitney.

»Und wie lange, sagtest du, bleibt ihr weg, Ellen?«

»Sagte ich das? Ich kann mich nicht erinnern«, sagte Ellen lachend.

Und dann stieß sie die Pendeltür zur Küche auf und führte Whitney wie im Triumph herein.

»Onkel Whitney!« rief Molly.

»On-kel Whit-ney!« rief Trish und klatschte in die Hände; sie trug Gummihandschuhe.

Die Küche war so hell erleuchtet, die Stimmung so ausgelassen-fröhlich, ja, hektisch, daß Whitney fast meinte, in eine Feier hineingeraten zu sein. Auch daran sollte er sich später erinnern.

Ellen half ihm aus dem Mantel, und seine hübschen Nichten sahen nervös gickernd zu. Whitney hatte sie ein halbes Jahr nicht mehr gesehen und fand, daß sie gewachsen waren. Die vierzehnjährige Molly trug eine lässige Bluse und Jeans und eine Schürze um die schmale Taille; eine Sonnenbrille mit weißem Plastikrahmen und lila Gläsern verbarg ihre Augen. (War das eine Auge blaugeschlagen? Whitney erschrak und bemühte sich, seine Nichte nicht anzustarren.) Die elfjährige Trish war ähnlich gekleidet und trug eine umgedrehte Baseballkappe; als Whitney hereinkam, hatte sie auf dem Boden gekauert und mit einem Schwamm etwas aufgewischt. Die gelben Gummihandschuhe waren ihr zu groß, beim Händeklatschen gab es ein klebrig-schmatzendes Geräusch.

Whitney hatte seine Nichten sehr gern. Ihr lautstarkes, fast etwas übertriebenes Entzücken über seinen Besuch fand er ein bißchen peinlich, andererseits aber auch schmeichelhaft. »Toll, daß du da bist, Onkel Whitney«, riefen sie im Chor und dann gickernd: »Toll, daß *du* da bist, Onkel Whitney.«

Fast, als hätten sie jemand anders erwartet...

Whitney runzelte die Stirn. War Quinn etwa doch noch im Haus?

Ellen nahm rasch die schmutzige Schürze ab. »Etwas Besseres als dein Besuch hätte uns heute abend gar nicht passieren können, Whit«, sagte sie herzlich. »Meine Mädchen waren ganz traurig bei dem Gedanken, daß sie an Weihnachten ihren Lieblingsonkel nicht sehen würden. Und mir ging es genauso.«

»Mir tut es auch sehr leid, daß ich euch zu Weihnachten nicht sehen werde.«

Eine sehr feminine Atmosphäre, dachte Whitney, mit einem leicht hysterischen Unterton. Das Radio war auf einen Popmusiksender eingestellt, der die bei der amerikanischen Jugend so beliebte primitive, baßdröhnende, gnadenlos schrille Musik dudelte. Wie hielt Ellen das bloß aus? Die Deckenbeleuchtung war eingeschaltet, alles blitzte und blinkte wie frisch geputzt. Die Ablufthaube über dem Herd lief auf Hochtouren, trotzdem hing ein schwerer, feuchter, widerlich süßsaurer Geruch im Raum. Die Luft war überhitzt und dampfte. Leere Coladosen und Pizzareste lagen herum, auf der Arbeitsfläche stand neben einem Stapel hübsch verpackter Schachteln eine Flasche kalifornischer Rotwein. (Ellen hatte also tatsächlich getrunken. Whitney sah jetzt, daß ihre Augen glasig, die Lippen schlaff waren. Und auch sie hatte eine Prellung – oder Prellungen – über dem linken Auge.) Auffällig war, daß in der ganzen Küche – auch auf dem großen Hackstocktisch in der Mitte – Päckchen und Weihnachtspapier, Bänder und Namensschildchen herumlagen; mit einiger Überraschung stellte Whitney fest, daß sich seine Schwägerin und seine Nichten am Vorabend ihrer ambitionierten Auslandsreise mit ganzer Kraft in Weihnachtsvorbereitungen gestürzt hatten. Typisch Frau, in so einer Situation an andere zu denken. Kein Wunder, daß die Gesichter fiebrig gerötet waren, die Augen manisch glitzerten.

Ellen fragte, ob sie Whitney einen Drink anbieten dürfe oder lieber Kaffee? »Es ist so kalt draußen, und du mußt wieder in die Kälte hinaus«, sagte sie schuddernd. Auch die Mädchen schudderten und lachten. Worüber eigentlich, überlegte Whitney. Eine Tasse Kaffee hätte er gern, sagte er, wenn es keine allzu große Mühe machte, und Ellen sagte rasch: »Aber nein! Aber nein! *Jetzt* ist uns keine Mühe zu groß.«

Und wieder lachten sie alle drei – fast einstimmig.

Und Whitney überlegte: Wissen sie es? Wissen sie, daß Quinn sie betrogen hat?

Als habe sie Whitneys Gedanken gelesen, sagte Trish unvermittelt: »Daddy fliegt auf die See-Schellen, das sind so Inseln...«

»Nein, du Dummchen«, sagte Molly gutmütig lachend, »Daddy fliegt nach Tokio, das heißt, er ist schon da. In Geschäften.«

»...und dann trifft er sich mit uns. Auf den See-Schellen. ›Ein tropisches Paradies im Indischen Ozean.‹« Trish streifte die schmutzigen Gummihandschuhe ab und warf sie auf eine Arbeitsfläche.

»Du meinst die Seychellen, aber da fahren wir nicht hin«, sagte Ellen betont. Mit raschen, geschickten Bewegungen, fast ohne hinzusehen, machte sie den Kaffee. »*Wir* fahren nach Paris. Rom. London. Madrid.«

»Paris. Rom. London. Madrid«, wiederholten die beiden Kinder fast gleichzeitig.

Der Ventilator der Abzugshaube über dem Herd summte laut, hatte aber merklich Mühe, die feuchte, stickige Luft abzusaugen.

Ellen sprach angeregt über die bevorstehende Reise, und Whitney sah, daß die Prellungen an der Stirn lila-gelb waren. Hätte er sie gefragt, woher sie stammten, würde sie sicher sagen, sie habe sich versehentlich den Kopf gestoßen. Und Mollys blaues Auge war dann natürlich auch nur ein dummer Zufall. Whitney dachte daran, wie Quinn vor vielen Jahren bei einem Familientreffen im Garten der Paxtons unvermittelt und anscheinend grundlos seiner jungen Frau eine Ohrfeige verpaßt hatte – es war so schnell gegangen, daß kaum einer der

Gäste etwas gemerkt hatte. Wütend und rot im Gesicht hatte Quinn den Umstehenden lautstark erläutert: »Die verdammten Bienen wollten auf die arme Ellen losgehen.«

Ellen, in deren Augen Tränen standen, hatte Haltung bewahrt und sich ins Haus geflüchtet. Quinn war ihr nicht nachgegangen.

Auch sonst war ihr niemand nachgegangen.

Niemand sprach Quinn auf den Zwischenfall an, und soweit Whitney wußte, war in der ganzen Familie nie darüber gesprochen worden.

Schon jetzt hörte Whitney die Bemerkungen, die am Weihnachtstag fallen würden, wenn Quinn und seine Familie durch Abwesenheit glänzten, allem Anschein nach vorsätzlich der Feier fernblieben. Er hätte gern gewußt, mochte aber nicht fragen, ob Ellen schon mit seiner Mutter gesprochen, ihr die Situation erklärt, sich entschuldigt hatte. Warum hatten sie – und zwar alle Beteiligten, auch Quinn und seine Freundin – mit der Reise nicht bis Januar gewartet?

Nein, lieber nicht nachfragen, schließlich ging ihn, Whitney Paxton, das nichts an.

Ellen reichte ihm seinen Kaffee, bot ihm Sahne und Zucker an, aber der Teelöffel, den sie ihm geben wollte, fiel ihr aus der Hand und landete klirrend auf dem feuchten, frisch gewischten Küchenboden. Die gelenkige Trish bückte sich, hob ihn auf, warf ihn hoch in die Luft und fing ihn mit einem Griff über die Schulter wieder auf. »Trish«, sagte Ellen verweisend und lachte. Molly wischte sich das heiße Gesicht an der Bluse ab und lachte ebenfalls.

»Trish darfst du heute nicht so ernst nehmen, die kriegt ihre Tage«, sagte sie boshaft.

»Molly!« mahnte Ellen.

»Du bist gemein...« Trish schlug nach ihrer Schwester.

Whitney tat, peinlich berührt, als hätte er nichts gehört. War die kleine Trish wirklich schon so weit, daß sie menstruierte? War denn das möglich? Er hob mit leicht zitternder Hand die Tasse an die Lippen und trank.

So viele Geschenke. Ellen und die Mädchen mußten stundenlang gearbeitet haben. Gerührt, wenn auch ein wenig ratlos stand Whitney vor dieser Fleißarbeit. Typisch Frau, Dutzende von Geschenken zu kaufen, die kaum einer haben wollte und die zumindest die wohlhabenden Paxtons auch nicht brauchten, sie umständlich in teures Geschenkpapier, glänzendes grünes und rotes Weihnachtspapier einzuwickeln, mit Flitter und großen üppigen Schleifen zu versehen, Kärtchen zu beschriften. *Für Vater Paxton, Für Tante Vinia, Für Robert*, las Whitney. Die meisten Sachen waren schon fertig eingepackt und ordentlich gestapelt, nur noch fünf, sechs Behältnisse von einem hutschachtelgroßen Karton bis zu einem länglichen, etwa achtzig auf hundert Zentimeter großen Leichtmetallbehälter waren noch nicht in Weihnachtspapier verpackt. Bei einem der noch unverpackten Geschenke schien es sich um eine Schachtel teurer Pralinen in einer goldglänzenden Blechschachtel zu handeln. Auf den Arbeitsflächen und dem Mitteltisch lagen Bogen und Streifen von Geschenkpapier, Bandreste, Kleberollen, Rasierklingen, Scheren, sogar eine Gartenschere. Auf einem Stück grünem Abfallsack lagen wie für den Abtransport in die Garage oder auf den Müll vorbereitet die verschiedensten Werkzeuge – Splitthammer, Zangen, eine zweite Gartenschere, ein Schlachtermesser mit abgebrochener Spitze, Quinns elektrisches Tranchiermesser.

»Nicht schnüffeln, Onkel Whitney!«

Ganz aufgeregt zogen Molly und Trish ihn am Arm. Sie wollten wohl verhindern, daß er vorzeitig sein Weihnachtsgeschenk entdeckte.

»Ich könnte ja mein Geschenk gleich heute mitnehmen«, sagte er neckend, »dann braucht ihr es mir nicht zu schicken. Das heißt … wenn ich eins bekomme …«

»Natürlich bekommst du eins, Whit«, sagte Ellen vorwurfsvoll. »Aber mitgeben können wir es dir nicht.«

»Warum denn nicht?« Er zwinkerte seinen Nichten zu. »Ich verspreche auch, daß ich es erst am Weihnachtstag aufmache!«

»Weil … es geht eben nicht.«

»Selbst wenn ich mein großes Ehrenwort gebe?«

Ellen und ihre Töchter wechselten einen Blick aus blanken Augen. Wie ähnlich sich die Mutter und die Töchter sind, dachte Whitney, und das Herz tat ihm weh vor Liebe und Kummer. Diese drei hübschen, liebenswürdigen weiblichen Wesen, drei guten Feen gleich, waren die Familie seines Bruders Quinn, die nicht die seine war und nie sein würde. Die Nichten hatten Ellens helle, zarte Haut und ihre großen, ernsten, schönen grauen Augen. An Quinn, an die Familie Paxton erinnerten nur das leicht gekrauste Haar und ein kecker Zug um die Oberlippe.

Jetzt kicherten sie alle drei. »Es geht wirklich nicht, Onkel Whitney«, sagte Molly.

Er blieb dann nicht mehr lange. Sie sprachen von Unverfänglichem, von Reisen im allgemein, von Whitneys Studienjahr in London. Quinn wurde nicht erwähnt. Whitney spürte, daß sie trotz aller Ausgelassenheit und obgleich sie sich über seinen Besuch sichtlich gefreut hatten, gern wieder allein sein wollten, um ihre Vorbereitungen abzuschließen. Und auch Whitney hielt im Grunde hier nichts mehr.

Schließlich war dies Quinns Haus.

Wie die Küche war auch die Gästetoilette frisch geputzt. Handwaschbecken, Toilettenbecken, die weiße Badewanne strahlten vor Sauberkeit. Und die Entlüftung war auf die höchste Stufe gestellt.

Auch hier war dieser seltsam süßliche, leicht ranzige Geruch wie von Blut. Whitney rätselte daran herum, während er sich die Hände wusch, er erinnerte ihn an etwas – aber an was?

Und dann fiel es ihm wieder ein: Vor vielen Jahren, als Kind im Sommerlager in Maine, hatte Whitney der Köchin zugesehen, die laut pfeifend Hühner putzte, die toten Tiere in kochendes Wasser tauchte, Federn rupfte, Flügel, Beine, Füße abhackte, abriß, mit der Hand – igitt! – die glitschig-nassen Innereien heraus holte. Der Anblick und der Geruch hatten Whitney so angeekelt, daß er monatelang kein Huhn mehr hatte essen können.

Mit leisem Widerwillen überlegte er jetzt, ob der blutschwere Geruch doch etwas mit Menstruation zu tun hatte.

Sein Gesicht brannte. Im Grunde wollte er es gar nicht wissen.

Es gibt Geheimnisse, die Frauen besser für sich behalten.

Als Whitney sich verabschieden wollte, erwartete ihn eine Überraschung: Sie gaben ihm doch sein Geschenk mit.

»Nur, wenn du versprichst, es erst zu Weihnachten aufzumachen.«

»Du mußt es fest versprechen...«

Hocherfreut nahm Whitney die angenehm leichte Schachtel entgegen, die Ellen ihm aufdrängte – wunderschön in rotes und goldenes Papier verpackt, von der Größe her konnte ein Herrenhemd darin sein oder ein Pullover. *Für Onkel Whitney mit lieben Grüßen – Ellen, Molly, Trish.* Quinns Name fehlte, und Whitney war mit dieser wenn auch kleinen, unerheblichen Rache, die Ellen an ihrem selbstsüchtigen Mann übte, sehr einverstanden.

Ellen und die Kinder begleiteten Whitney durch das dunkle Haus zur Tür. Die Wohnzimmermöbel steckten in Schutzbezügen, die Teppiche waren aufgerollt, und in der dunklen Diele sah er wieder die Kisten, Hand- und Kabinenkoffer stehen. Das waren keine Zurüstungen für einen kurzen Urlaub, sondern für eine lange Reise. Offenbar hatte Quinn durch einen Trick Ellen dazu gebracht, sich auf irgendein verrücktes Projekt einzulassen, von dem er sich Vorteile versprach. Worum es sich dabei handeln mochte, ahnte Whitney nicht und wollte auch nicht fragen.

Sie verabschiedeten sich an der Haustür. Ellen, Molly und Trish küßten Whitney, er küßte alle drei, stieg mit dampfendem Atem und einem Gefühl der Erleichterung in seinen Wagen und legte das Geschenk auf den Beifahrersitz. Helle Mädchenstimmen riefen ihm nach: »Denk dran, erst zu Weihnachten aufmachen, du hast es versprochen. Denk dran!«, und Whitney rief lachend zurück: »Ja, ja, natürlich, versprochen ist versprochen.« Das konnte er leichten Herzens sagen, denn das

Geschenk interessierte ihn im Grunde gar nicht. Daß sie an ihn gedacht hatten, freute ihn natürlich, aber die alljährlichen Schenkrituale waren ihm so gleichgültig, daß er bei einschlägigen Anlässen seine Gaben hübsch verpackt direkt von einem Kaufhaus an den Empfänger schicken ließ. Wenn er Kleidungsstücke geschenkt bekam, die ihm nicht paßten, nahm er sich selten die Mühe, sie umzutauschen.

Als er quer durch die Stadt zurückfuhr, war Whitney doch recht zufrieden mit dem Gang der Dinge. Es freute ihn, daß er den Mut aufgebracht hatte, zu Quinns Haus zu fahren, Ellen und seine Nichten würden ihm das nie vergessen. Er würde es nie vergessen. Flüchtig sah er zu dem Geschenk hin, das neben ihm lag, und freute sich, daß sie es ihm schon heute abend gegeben hatten, daß sie sich darauf verließen, er werde es nicht vorzeitig aufmachen.

Typisch für Frauen, dachte Whitney. Wie schön, daß sie so viel Vertrauen zu uns haben; und daß zumindest hin und wieder dieses Vertrauen nicht unberechtigt ist.

Phasenübergang

Wer ist der Mann? Ist er mir nachgegangen, oder hat er an der Tür auf mich gewartet? Julia Matterling spürte den Beobachter mehr, als daß sie ihn wahrnahm, sein Gesicht hatte sie noch gar nicht gesehen. Reglos stand er links von ihr (an einer Wand?), am Rande ihres Blickfelds, und übte eine schier unwiderstehliche Anziehungskraft auf sie aus. Julia war hellwach, aber nicht alarmiert, nicht beängstigt, denn hier, in aller Öffentlichkeit, konnte er ihr schwerlich gefährlich werden. An diesem Wochentagnachmittag herrschte viel Betrieb im Souterrain des Bezirksgerichts von Broome, wo sich das Kreisamtsbüro befand. Sie hatte die Pässe abgeholt, die sie für sich und ihren Mann hatte verlängern lassen, hatte der Frau hinter dem Tresen einen Scheck gegeben und Pässe und Quittung in die Handtasche gesteckt. Jetzt wandte sie sich zum Gehen; dabei warf sie einen betont beiläufigen Blick auf den Mann, von dem sie sich beobachtet glaubte, und sah überrascht, daß er einer der im Gerichtsgebäude postierten uniformierten Hilfssheriffs war. Ja, er beobachtete sie tatsächlich, und zwar so unverhohlen, daß sie ganz unsicher wurde.

Kenne ich ihn? Bestimmt nicht. Kennt er mich?

Ein Mittdreißiger mit dunkler Haut, tiefliegenden spöttischen Augen, strähnigem, graubraun meliertem Haar, ironischem Mund. Auf eine primitiv rustikale Art nicht unattraktiv, aber schon leicht verfettet und aus der Form geraten. Die anthrazitgraue Uniform mit dem blauen Besatz lag am Oberkörper eng an. Julia meinte die Wölbung des blanken schwarzen Lederholsters und den Griff des Revolvers über dem rechten Schenkel zu erkennen. Sie hatte ihn noch nie gesehen und konnte sich auch nicht denken, daß er sie, Julia Matterling, oder ihren Mann Norman kannte; dabei starrte er sie unentwegt und so plump-vertraulich an, als seien sie alte Bekannte.

Hören Sie auf. Ich kenne Sie nicht.

Sekundenlang trafen sich ihre Blicke. Dann errötete Julia verlegen, sah betont weg und verließ rasch das Büro. Sie war selbst überrascht über diese sehr weibliche Regung, sich zu genieren, weil sie das Interesse eines Mannes geweckt hatte – als habe ausgerechnet sie sich in dieser Beziehung etwas vorzuwerfen!

Das Gerichtsgebäude von Broome County war recht ungemütlich, und Julia war froh, als sie wieder draußen war. Sollte sie zum Erdgeschoß die Treppe oder den Aufzug nehmen? Als sie vorhin die Treppe hinuntergegangen war, hatte sie festgestellt, daß das Treppenhaus schmuddelig und schlecht beleuchtet war. (Erst kürzlich hatte sie erfahren, daß eine Studienfreundin, leitende Angestellte bei CBS, im Treppenhaus eines angeblich sicheren Bürogebäudes in New York vergewaltigt und zusammengeschlagen worden war. Eine grauenhafte Vorstellung!) Wahrscheinlich ist der Aufzug ungefährlicher, dachte Julia; sie drückte den »Aufwärts«-Knopf und wartete.

Beobachtet er mich? – Folgt er mir? – Nein.

Verstohlen warf sie einen Blick über die Schulter, sah aber nur eine ältere Schwarze und einen jungen Mann, die gerade das Kreisamtsbüro betraten. Von dem Hilfssheriff keine Spur. *Meine Phantasie! Lächerlich.* Denn Julia Matterling war nicht mehr jung, sie war siebenunddreißig. Selbst als junges Mädchen – eine bildhübsche, zierliche Person mit dunkle Augen –, hatte sie nie das Gefühl gehabt, daß sie magnetisch aller Blicke auf sich zog, wenn sie einen Raum betrat oder in der Stadt unterwegs war, und hätte sich das auch gar nicht gewünscht. Denn was bedeutet diese abstrakte männliche Aufmerksamkeit? Verheißung oder Bedrohung?

Der Aufzug, ein altes, schon fast antikes Vehikel, ließ auf sich warten. Julia drückte noch einmal den Knopf und versuchte, ihre Nervosität in Zaum zu halten. In ihrer Eile, hier herauszukommen, benahm sie sich ja wie ein dummes, verängstigtes Kind!

Julia und Norman Matterling wohnten in dem zwanzig Meilen entfernten dörflichen Vorort Queenston. Wie die meisten Einwohner von Queenston kamen sie in die rußige Industriestadt, die der Sitz der Bezirksverwaltung war, eigentlich nur, um unvermeidliche Amtsgeschäfte zu erledigen. Julia war seit Jahren nicht mehr hier gewesen, Norman möglicherweise noch nie. Er war ein hochangesehener Forscher am Wissenschaftszentrum von Queenston, und wenn er sich widerstrebend zu einer Reise bereit erklärte, ging sie meist über viele Meilen, zu wissenschaftlichen Kongressen in fernen Ländern. Er war von seiner Tätigkeit völlig in Anspruch genommen, glücklich versunken wie ein großes Kind. Sogar noch beim Abendessen, wenn er stirnrunzelnd auf seinen Teller sah und seine Kauwerkzeuge sich immer langsamer bewegten, steckte er tief in der Arbeit, war völlig absorbiert, und Julia hütete sich dann, ihn zu stören.

Sie war stellvertretende Kuratorin in dem von einer privaten Stiftung betriebenen Museum für Bildende Kunst in Queenston, kümmerte sich aber daneben noch um den ganzen Haushalt und erledigte notwendige Behördengänge wie die Verlängerung ihrer Pässe. (Norman sollte nächsten Monat in Tokio einen wichtigen Vortrag über Phasenveränderungen in den Anfängen des Universums halten, und Julia wollte ihn begleiten.) Daß sie es war, der all diese praktischen Überlegungen zufielen, störte sie nicht, hatte sie nie gestört, sie hatte keine Kinder und auch sonst keine abhängigen Familienangehörigen (außer Norman).

Ein Pakt zwischen dem Irdischen und dem Himmlischen? Zwischen dem Gewöhnlichen und dem Außergewöhnlichen?

Endlich kam der Aufzug, und Julia stieg ganz automatisch ein.

Zu spät – die Tür hatte sich schon hinter ihr geschlossen – sah sie, wer noch im Aufzug stand: der Hilfssheriff.

Julia war zunächst so verblüfft, daß keine Angst in ihr aufkam. Wie war er an ihr vorbei in ein anderes Stockwerk und von dort in den Aufzug gekommen? Er fletschte die unregelmäßigen gelblichen Zähne zu einem höhnischen Lächeln, schüttelte schnell und kurz wie ein Hund den Kopf und warf dabei eine fettige Haarsträhne zurück, die ihm in die Augen hing.

»Was sind Sie...?«, flüsterte Julia. »Wer sind Sie...?«

Aber da kam er schon auf sie zu. Julia stieß einen leisen Schrei aus und versuchte, ihn mit der Handtasche abzuwehren; der Hilfssheriff packte sie bei den Schultern, drückte sie gegen die Wand der Aufzugkabine, so daß sie aufschrie vor Schmerz, und zog sie an sich. »Nein! Aufhören! Hilfe!« Julias Aufschrei erstickte unter der breiten Handfläche ihres Angreifers.

Aus der Nähe erkannte sie, daß die Haut des Mannes sehr grobporig war, wie voller Narben, die Augen waren feucht, grausam, höhnisch, ein öliger Schimmer lag auf seinem Gesicht. Julia konnte nicht mehr laut schreien, ihre Proteste richteten sich lautlos nach innen. *Nicht! Tun Sie mir nicht weh! Wer sind Sie!...* Inzwischen ruckelte der Aufzug am ersten Stock vorbei, am zweiten, am dritten, und Julias Angreifer hatte ihr lachend und schwer atmend den Rock des beigefarbenen Leinenkostüms bis über die Hüften hochgezogen, ungeniert den Reißverschluß seiner Hose aufgemacht und drückte sie erneut rücksichtslos gegen die Wand, stieß ihr seinen Penis zwischen die Beine, in sie hinein, oder *war es der Revolverlauf, den sie in sich spürte? Nein!* schrie Julia hinter seiner vorgehaltenen Hand. *Nicht ich!*, es war wie ein Guß kochendes Wasser, ein Brennen, das sich zunächst zwischen ihren Lenden konzentrierte, sich rasch in ihrem ganzen Körper ausbreitete und...

Julia erwachte keuchend und angstgeschüttelt. Verzweifelt suchte sie sich von dem zu befreien, was da verdrillt zwischen ihren Beinen steckte. Die Bettdecke? Sie lag im Bett?

Benommen tastete sie herum, spürte etwas Dunkles, Warmes, Lethargisch-Schweres neben sich: ihren schlafenden Mann.

»Gott sei Dank, Gott sei Lob und Dank«, stieß Julia laut flüsternd hervor.

Was für ein widerlicher Traum. Wie lebendig und wirklichkeitsnah. Und wie peinlich...!

Norman hatte nichts gemerkt. Er lag auf dem Rücken, sein Atem ging trocken rasselnd, er spürte nichts von Julias Nähe.

Es war vier. Steif und fröstelnd blieb Julia in ihrem durchgeschwitzten Nachthemd auf ihrer Seite des Bettes liegen und verbrachte den Rest der Nacht in unruhigem, immer wieder unterbrochenem Schlaf. Ein Glück, daß Norman nicht aufgewacht war, daß er weiterschlief wie ein großes Baby. Wenn er nachts durcharbeitete, legte er sich tagsüber hin, aber dann schlief er meist nicht sehr gut, während er nachts einen beneidenswert tiefen Schlaf hatte, als löste sich sein Ich in einzelne Teilchen auf wie das frühe Universum, das sein Lebenswerk war. *Er wird es nie erfahren.*

Als erstes Tageslicht ins Zimmer drang, hatte Julia ihren Traum schon fast vergessen. Nach dem Aufstehen entdeckte sie im Spiegel einen pflaumengroßen blauen Fleck an ihrem Hals, dessen Herkunft ihr unerklärlich war, sie hatte den Traum, den Kampf, das jähe Erwachen völlig vergessen.

Als Norman am nächsten Morgen ins Büro gegangen war, fuhr Julia wie vorgesehen zum Bezirksgericht von Broome. Wie merkwürdig..., wie unheimlich... Während sie den Wagen parkte, auf das Gebäude zuging, die Treppe hochstieg, erfaßte sie eine ganz sonderbare, erwartungsvolle Unruhe. Wie vertraut ihr das alte Gebäude war – von innen wie von außen –, wie vertraut sogar der Geruch, als sei sie erst vor kurzem hier gewesen, dabei lag ihr letzter Besuch Jahre zurück. Julia fuhr mit dem Aufzug ins Souterrain, ließ sich im Büro des Kreisamtes die Pässe aushändigen, zahlte die Gebühr; es gab keinerlei Schwierigkeiten, trotzdem zitterten ihr die Hände beim Ausschreiben des Schecks, was ihr sehr peinlich war. Sie blickte sich um, sah aber nur Unbekannte: Mitarbeiter der Kreisverwaltung hinter dem Tresen, einen Hilfssheriff an der Tür; niemand nahm die mindeste Notiz von Julia Matterling.

Sie wußte, daß sie eine attraktive – wenn auch nicht aufregend attraktive – Frau war, die ihre besten Jahre hinter sich hatte. Für Norman war sie einmal schön gewesen, und das hatte er ihr auch gesagt, schüchtern und unbeholfen, als fürchte er Julias beklommenes Lachen, ihren Widerspruch. (Die Furcht war unbegründet. Sehr gerührt und bereit zu glauben, daß sie in Normans unerfahrenen Augen wirklich schön war, hatte sie geschwiegen.) Die Julia von heute in ihrem taillierten beigefarbenen Leinenkostüm, den geschmackvollen Schuhen mit gemäßigt hohem Absatz und den Perlsteckern in den Ohren hätte an diesem Vormittag ganz gewiß keine Beachtung von Fremden erwartet oder gar verlangt, und so war es ganz gut, daß bei ihrem kurzen Besuch im Bezirksgericht von Broome niemand Notiz von ihr nahm – fast so, als sei sie unsichtbar.

Wie einer von Normans Quarks – oder heißen sie Leptonen? Hadronen? Gluonen? Squarks? –, die unsichtbar, wie durch Zauberkraft, ein Vakuum durchdringen können?

Julia musterte die Hilfssheriffs in den flotten grauen Uniformen mit blauem Besatz, die im Gerichtsgebäude postiert waren. Zur Zeit wurden sie offenbar nicht gebraucht, aber wenn ein Prozeß anstand, war eben doch manchmal mit Gewalttätigkeiten zu rechnen. Wie gelangweilt die meisten dreinschauten! Wie Aufseher im Museum ... Ob sie wohl – solche Gedanken waren Julia sonst fremd – in ihrer zwangsweisen Reglosigkeit mit offenen Augen träumten?

Als Julia zum Ausgang kam, öffnete einer der Hilfssheriffs, ein Mann mit dunkler Haut und strähnigem graubraunem Haar, ihr höflich die Tür und sagte halblaut: »Hier geht's raus, Ma'am«, aber selbst er sah sie kaum an.

Trotzdem war Julia Matterling sehr zufrieden mit sich. Der Gang zum Kreisamt war erfolgreich erledigt, die Rückfahrt nach Queenston schnell und reibungslos vonstatten gegangen, vor ihr lag der Trost eines straff geplanten Arbeitstages. Das Gefühl erwartungsvoller Unruhe fiel allmählich von ihr ab.

Was geschieht mit mir, was ist das für eine Veränderung, die mit mir vorgeht? Und warum gerade jetzt?

Am Dienstag war sie beim Kreisamt gewesen. Als sie drei Tage später noch einen Platz ganz hinten im überfüllten Audimax des Wissenschaftszentrums von Queenston ergatterte, wo ein Symposium über die Struktur des Universums stattfand, ergriff Julia wieder dieses unheimliche Gefühl extremer, fast Übelkeit erregender Unruhe, in die sich so etwas wie kindlicherwartungsvolle Erregung mischte.

Sie hatte sich beeilt, von ihrem Arbeitsplatz im Museum hierherzukommen, weil sie sich zu der Veranstaltung um halb fünf nicht verspäten oder zumindest – da eine Verspätung offenbar unvermeidlich war – nicht allzusehr auffallen wollte. Norman würde bestimmt nichts merken – derlei banale Dinge nahm er überhaupt nicht zur Kenntnis –, aber andere, seine Kollegen und deren Ehefrauen, würden die Verspätung mißbilligend registrieren. Julia trat atemlos ein, setzte sich rasch hin, versuchte sich zu sammeln. *Warum klopft mein Herz so schnell? Ich werde doch nicht etwa in Ohnmacht fallen?* Seit vierzehn Jahren, solange sie mit Norman Matterling verheiratet war, hörte Julia sich die Vorträge ihres berühmten Mannes an, da würde sie doch nicht ausgerechnet heute nachmittag um seinetwillen Lampenfieber haben?

Auf dem Podium diskutierten fünf Wissenschaftler, unter denen Norman Matterling mit seinem schütteren, silberblonden Haar und den dicken Brillengläsern sofort ins Auge fiel, ein offenbar hochwichtiges Problem. Julia hörte Begriffe wie »Krümmungsradius« »Supersymmetrie«, »Phasenübergang«, »Horizontproblem«, die ihr vage vertraut waren, hatte doch ihr Mann oft genug versucht, sie ihr zu erklären, denn Norman Matterling fand, daß es in dieser Epoche umwälzender Neuerungen äußerst bedauerlich, ja, eine wahre Tragödie war, wenn jemand den Anschluß verpaßte.

Julia sah voller Stolz, daß sich die Zuhörer und Zuhörerinnen allesamt gespannt vorbeugten, während die Teilnehmer der Podiumsdiskussion über die Bedeutung kürzlich ausgeführter Laborexperimente stritten, in denen man auf ganz erstaunliche Weise die Bedingungen des frühen Universums – *des Universums, als es erst eine zehnmilliardstel Sekunde alt war* - simuliert hatte, und zwar mit Hilfe von Maschinen, die zwei Protonenstrahlen fast auf Lichtgeschwindigkeit beschleunigten und sie dann frontal aufeinanderprallen ließen. Bei diesen Kollisionen erhöhten sich die Temperaturen auf etwa die Höhe wie zu dem Zeitpunkt, an dem die schwache Kernkraft und die elektromagnetische Kraft im Universum sich vereinigt hatten. »Und deshalb«, führte Norman Matterling mit seiner zittrigen Stimme aus, »kann man theoretisch...«

Es gab Julia einen Stich, als sie sah, daß Norman die abgewetzte jägergrüne Kordsamtjacke trug, die sie schon vor Jahren ausrangiert hatte, und daß ihm das schüttere Haar wie elektrisiert zu Berge stand. Hätte er es nicht mit einem nassen Kamm bändigen können? Wenn Norman sehr engagiert war – wie jetzt, als er sich unbeholfen erhob, an die Tafel eilte und in krakeligen Zügen eine lange, unleserliche Formel hinschrieb –, stotterte er leicht; Speicheltröpfchen sprühten von seinen Lippen, er sah aus wie ein Bär auf den Hinterbeinen, der den Blick nach innen richtet, um nicht das Gleichgewicht zu verlieren. Aber wie respektvoll die anderen Diskussionsteilnehmer sich ihm zuwandten! Wie gebannt die Zuhörer lauschten! Norman erläuterte die Theorie eines frühen Phasenübergangs des Universums, der so unmittelbar nach dem Großen Knall erfolgt war, daß man es sich nicht mehr vorstellen, sondern nur mathematisch ausdrücken konnte: 10^{-35} Sekunden (dargestellt durch ein Komma, vierunddreißig Nullen und eine Eins). Vorher waren offenbar »Quarks« zu Hadronen »gefroren«.

Julia lächelte etwas gequält. Hatte sie das gewußt?

Ein Phasenübergang war der Wechsel von einem Aggregatzustand in einen anderen – der Übergang von einem gasförmigen in einen flüssigen Zustand, von einem flüssigen in einen festen, von einem festen in einen gasförmigen, von einem scheinbar einheitlichen Ganzen in unendlich kleine Bruchstücke. Ein Phasenübergang ist nicht theoretisch ableitbar, sondern nur als praktische Möglichkeit verifizierbar. Ein Phasenübergang ist unwiderruflich – oder auch nicht.

Norman Matterling sprach von supersymmetrischen Teilchen, die ein Spiegelbild der bekannten Welt bildeten; daraus könne man ein ganzes Schattenuniversum ableiten, einen Spiegel des von uns bewohnten Universums – »das auf das unsere«, sagte Norman erregt, »nur durch die Schwerkraft einwirkt. Und deshalb...« An diesem Punkt unterbrach ihn ein anderer Diskussionsteilnehmer, ein Astrophysiker von der Cal Tech, und begann seinerseits eine unverständliche Gleichung an die Tafel zu schreiben.

Julia war der Diskussion mit gespannter Anteilnahme gefolgt. Ihr Herz hämmerte wie in unbewußter Vorahnung einer Krise, während sie leise aufstand, um zur Toilette zu gehen.

Unzählige Male war sie schon zu Vorträgen und gesellschaftlichen Anlässen hier gewesen, aber unweigerlich und zu ihrem großen Ärger tat sie sich immer schwer damit, eine Damentoilette zu finden. (Vielleicht waren in diesem mönchisch-maskulinen Ambiente solche Örtlichkeiten für Frauen tatsächlich rar.) Das Labyrinth der Korridore und Treppen, der verglasten Gänge, die einen Blick auf kahle japanische Gärten gewährten und ins Nirgendwo führten, erinnerte sie an das Phänomen des rasch expandierenden Universums. *Schwäche bedeutet Ferne. Und Wahnsinn.*

Doch an derlei Dinge dachte Julia in diesem Augenblick nicht, sondern, die Handtasche mit weißen Knöcheln umklammernd, nur an das Schwächegefühl, das sich in ihren Eingeweiden bemerkbar machte.

Sie atmete auf, als sie gleich hinter dem Küchenbereich eine Damentoilette fand.

Sie benutzte eine der Kabinen, stellte sich dann vor ein Waschbecken und spritzte sich kaltes Wasser ins Gesicht. Am Becken nebenan stand eine dickliche Frau mit unscheinbarem Gesicht und grauen, um den Kopf gelegten Zöpfen, die sich energisch die Hände wusch. Julia trocknete sich das Gesicht ab und bemerkte mit etwas gezwungener Munterkeit: »So leid's mir tut – ich verstehe sie einfach nicht, geht Ihnen das auch so? Ich weiß, daß sie um die Geheimnisse des Universums wissen – des *wirklichen* Universums, meine ich. In der High School hatte ich in Physik und Mathe immer eine Eins, ich bin keine Ignorantin, aber ich hab so gut wie alles vergessen, was ich mal gelernt habe, es wird immer schlimmer damit. Wie oft habe ich mir schon erklären lassen, was ein Quark ist und ein Schwarzes Loch und was Omega bedeutet – aber ich kann's mir beim besten Willen nicht merken. Manchmal wünschte ich, das alles würde einfach verschwinden, sich in Luft auflösen.« Julia lachte, aber statt mitzulachen, guckte die Frau nur sauer, trocknete sich die Hände und ging. Zu spät begriff Julia, daß diese Frau niemand anders als Elsa Heisenberg gewesen war, eine Verwandte des großen Werner Heisenberg und angesehene Astronomin am Observatorium von Palomar.

Im Spiegel über dem Waschbecken erkannte Julia ihr eigenes unscharfes Gesicht.

»Wie dumm von dir, *sie* mit *dir* zu verwechseln...«

Sie wollte sich nicht noch mehr von der Podiumsdiskussion entgehen lassen, aber bei ihrem eiligen Rückweg zum Hörsaal war sie offenbar irgendwo in die falsche Richtung gegangen und hatte sich rettungslos verlaufen. Sie irrte durch einen stickigen, überheizten Gang, bog um eine Ecke und landete in der Küche, wo mehrere stämmige junge Schwarze an einem Tisch saßen und rauchten (Marihuana? Haschisch? Der süßlich-durchdringende Geruch stieg Julia beißend in die Nase.) Als sie Julia sahen, fuhren sie hoch und rissen die Augen auf.

»Entschuldigen Sie bitte«, sagte Julia schüchtern, »ich... ich habe mich offenbar verlaufen. Wie komme ich zum Audimax zurück?«

Die Männer starrten sie an wie eine unerhörte Erscheinung. Sie hatten sich aufgerappelt und eine Art Habachtstellung eingenommen. Der Jüngste, ein braunhäutiger Schlaks mit bizarrem Haarschnitt – oben ganz flach und um die Schädelbasis herum kunstvoll ausmodelliert – kicherte schrill und versteckte die Zigarette hinter dem Rücken. Ein eher untersetzter

Typ mit Stiernacken, breitem, brutalen, fast lilaschwarz glänzenden Gesicht und dicken, wie geschwollenen Lippen, grinste Julia vielsagend an.

Kennen sie mich? Kenne ich sie?
Haben sie an dieser Nahtstelle von Zeit und Raum und Zufall auf mich gewartet?

Sie waren zu viert in ihrer schneeweißen Kellnerkleidung. Weiße Zähne, weißes Lächeln, blinkende Goldfüllungen. Der Jüngste hatte mehrere goldene Ringe im linken Ohr. War das ein Code, und wenn ja, was bedeutete er? Jetzt wechselten sie verstohlene Blicke und kamen langsam näher. Der Lange, der bestimmt an die zwei Meter groß war und spiegelnd ebenholzschwarze Haut hatte, war geschickt nach rechts ausgeschert und versperrte Julia den Weg.

Sie nahm ihre Handtasche fest in beide Hände. Hoch aufgerichtet, so achtunggebietend wie möglich, stand sie da. Sie hatte große Angst, bemühte sich aber trotz der Schwäche, die sie erfaßt hatte, ganz ruhig und vernünftig zu sprechen.

»Ich... habe mich offenbar verirrt. Können Sie mir bitte helfen? Wo geht es zum...« Sie hielt inne, vielleicht wußten diese primitiven Menschen gar nicht, was Audimax bedeutete, »...zur Eingangshalle? Zum Ausgang?« Die Augen weiteten sich noch ein bißchen mehr und glitzerten belustigt, die Lippen zuckten. »Ich höre mir die Podiumsdiskussion über die Struktur des Universums an, mein Mann ist einer der Diskussionsteilnehmer, deshalb möchte ich nichts davon versäumen. Die Geheimnisse des Universums werden dort enthüllt, die Vorstellung, die der Mensch bisher vom Himmel hatte, wird völlig revolutioniert! Wenn Sie so freundlich wären...« Julia wich zurück, denn die Schwarzen kamen jetzt auf sie zu, geschmeidig federnd wie große, behende, schwarze Raubkatzen.

In plötzlicher Panik wandte Julia sich zur Flucht. Sie knickte um, wäre fast hingefallen, die Handtasche flog in hohem Bogen durch die Luft. Der Jüngste fing Julia auf, die stahlharten Finger waren so lang, daß sie fast um ihren Brustkasten reichten. »Nein! Bitte! Lassen Sie mich los! Bitte... Ich habe keine

Vorurteile, das dürfen Sie mir glauben. Ich weiß, daß Queenston eine ... weiße Enklave ist, aber ich teile die ... die einseitigen Auffassungen meiner Nachbarn nicht. Ich bin die Frau von ...« Der junge Schwarze kreischte vor Lachen und schubste Julia grob einem seiner Freunde zu, der sie am Oberarm packte, ihr mit der Faust ins Haar griff und sie brutal schüttelte. Julia holte Luft zu einem Schrei, brachte aber keinen Ton heraus. Keuchend flüsterte sie: »*Ich bin die Frau von ...*«

Aber in ihrem Kopf war eine große Leere. Sie wußte den Namen ihres Mannes, wußte ihren eigenen Namen nicht mehr. *Demnach bin ich gar nicht hier? Oder ... wer ist hier?*

Julia Matterling setzte sich tapfer zur Wehr, obgleich sie, zahlenmäßig und kräftemäßig unterlegen, zierlich und verängstigt, im Grunde natürlich wußte, daß Widerstand sinnlos war. So gingen ihre Schreie stumm nach innen: *Nein! Nein bitte! Wißt ihr nicht, wer ich bin?* Ekelhafte, grobe Lippen drückten sich an die ihren, ein heftiger Schlag gegen den Kopf ließ ihre Ohren erdröhnen. Sie streichelten, drückten, kniffen ihre Brüste, kneteten ihre Hinterbacken wie weißen Brotteig. *Nein! Bitte! Nicht mich! Nicht hier!* Drohend hatten sich die Männer vor ihr aufgebaut, schrill auflachend und umweht von urtümlich männlichem Schweißgeruch. Julia wurde herumgestoßen, von einem Mann zum nächsten weitergegeben wie in einem Spiel, wie ein lebendiger Basketball oder Fußball, und es half ihr nichts, daß sie dabei weinte und bettelte: *Nein! Nicht! Erbarmt euch!*

Doch die Schwarzen in der schneeweißen Kellnerkleidung hatten kein Erbarmen mit Julia Matterling.

In ebenjenem Gebäude, in dem ihr berühmter Mann über die Struktur, den mutmaßlichen Ursprung und das mutmaßliche Ende des Universums referierte, wurde Julia Matterling in den feuchtwarmen eigentlichen Küchenraum gezerrt, wie ein totes Tier auf den Tisch geworfen, schwarze Hände schoben rasch Tabletts mit Salatbeilagen und Desserts beiseite (denn in Kürze sollte ein Bankett für die zweihundert Teilnehmer des Symposiums beginnen), und während sie jetzt fast hysterisch *Hilfe!* -

schrie, *Nein, bitte nicht!*, zogen sie den Rock des marineblauen Wollkostüms hoch und den Schlüpfer herunter, Finger stießen in ihre Vagina, schwarze Männer grunzten und kicherten und quiekten *Ah!* und *Oh!* und *Hmmm, weiße Fotze!* und *He, Mann!*, blinzelnd sah Julia zu Boden, sah Blut aus ihrer Nase auf die Kunststofffliesen tropfen, war ein Zahn locker? *Nein! Nein! Erbarmt euch doch! Ach, bitte...*, aber es gab kein Erbarmen für Julia Matterling, die Hände hielten den jetzt völlig nackten zappelnden Leib fest, einer setzte sich auf sie, pumpte heiß und grob und mitleidlos wie ein Preßlufthammer, ein schneidender Schmerz, der riesige, blutpralle, schwarze Penis bohrte sich zwischen den ungeschützten Gesäßbacken in ihren After, in jenen empfindlichen weiblichen Innenraum, in den noch kein Mann vorgedrungen war, am allerwenigsten jener Ehemann, dessen Namen sie vergessen hatte...

Erneut holte Julia Matterling tief Luft, und diesmal löste sich der Schrei: Sie schrie und schrie.

Und wachte wieder in ihrem Bett auf, im Dunkeln, in zerwühltem Bettzeug, das nach Schweiß roch.

Demnach bin ich gar nicht hier? Oder... wer ist hier?
Welche Schmach! Unbeschreiblich!

Julia war zutiefst angewidert von dem Traum – derart lebhaft, war es wirklich ein Traum gewesen? – und bemühte sich sehr, ihn zu vergessen. Die Einzelheiten verblaßten zwar rasch, aber das Grauen verließ sie tagelang nicht, als setze es sich in einer anderen Dimension des Universums fort.

Natürlich war Julia entschlossen, Norman nicht merken zu lassen, wie aufgewühlt sie war, er hätte sich nur Sorgen gemacht und nicht gewußt, was er tun sollte. *Kann man im Wahnsinn leben, ohne wahnsinnig zu sein?* Julia überlegte, ob Wahnsinn einen Menschen durchdringen konnte wie jene subatomaren Partikel, deren Namen sie immer wieder vergaß – Neuronen? Neutrinos? –, die durch feste Materie gehen und das Chaos mitbringen, ohne auf der Oberfläche der bekannten Welt auch nur die mindeste Spur zu hinterlassen.

Er wird, er darf es nie erfahren.

Julia erinnerte sich nicht mehr an die Einzelheiten, ja nicht einmal an die Konturen ihres Traums (sie wußte nur, daß er – welch absurder Schauplatz für einen Alptraum! – ausgerechnet im Wissenschaftszentrum gespielt hatte), aber sie begriff schuldbewußt und mit einem Gefühl sehr weiblicher Beschämung, daß sie erneut auf einen Mann – oder mehrere Männer – tödlich gewirkt hatte.

Ein Mann – oder mehrere Männer – waren verschwunden, nachdem sie Julia berührt hatten.

Sie lächelte. Nein, sie lächelte nicht. Sie war betroffen. Verstört.

Bin ich demnach eine »Femme fatale«? Ohne es zu wissen? Natürlich ist das alles grotesk, ist pure Phantasie, sagte sie sich, aber in den kommenden Tagen und Nächten fürchtete sie sich vor dem Schlaf und dem, was er über sie vermochte. Norman merkte zum Glück nichts. Julias kampfbereite Fürsorge für ihren Mann glich der einer Mutter, die sich um ein hochbegabtes Kind mit einer obskuren Behinderung kümmern muß. *Er wird es, er darf es nie erfahren.* Wenn Julia ihn jetzt zur Begrüßung oder zum Abschied küßte, lächelte er, verblüfft und erfreut, schmiegte sich an sie wie ein Kind und sagte halblaut: »Meine Julia! Ich liebe dich!«

Julia war entschlossen, diesen Horror, an den sie nicht denken durfte, von ihrer Arbeit im Museum fernzuhalten, denn schließlich und endlich war sie ja eine seriöse Wissenschaftlerin.

Zu ihrer Bestürzung aber überkam sie jetzt sogar dort, im Refugium ihres Büros, jene inzwischen vertraute erwartungsvolle Unruhe. *Was geschieht mit mir? Was ist das für eine Veränderung, die da über mich kommt?* An einem Vormittag, wenige Tage nach dem Symposium über die Struktur des Universums im Wissenschaftszentrum von Queenston (ja, dieses Symposium hatte tatsächlich stattgefunden), merkte Julia plötzlich, daß ihr Puls ungewöhnlich schnell schlug und daß die harmlosesten Dinge sie erschreckten: das Läuten des Telefons, Stimmen auf dem Gang, der Anruf des Kurators, der sie in sein Büro bat. (Der Kurator, ein betont vitaler Typ in mittleren Jahren, war auf diskrete Weise, aber unverkennbar schwul und erotisch weder an Julia Matterling noch überhaupt an Frauen interessiert.)

Als sie – wie tausendmal zuvor – an den Museumsaufsehern vorbeiging, erfaßte Julia ein seltsames Schwindelgefühl, sie wagte nicht hinzusehen, geschweige denn, ihnen zuzulächeln und sie beim Namen zu nennen. *Nein. Nicht hinsehen. Lieber gar nichts wissen wollen.* Seit jenem letzten, nur vage erinnerten Alptraum (die Küche im Wissenschaftszentrum? Aber warum die *Küche*? Und war es mehr als ein Angreifer gewesen?) verfolgte sie der Gedanke, daß sie eine ganz eigene, zerstörerische Macht besaß. Wenn Männer sich ihr näherten, wenn sie es wagten, sie zu berühren, ereilte sie eine schwere Strafe – sie implodierten, sie *verschwanden*.

Was sie allerdings auch verdient hatten. Bestien.

Ja, aber Julia wollte so etwas Gewalttätiges doch gar nicht! Sie war weder rachsüchtig noch hysterisch.

An diesem Vormittag hatte der Kurator für Julia ein Treffen mit einem Mann aus Hawaii verabredet, dessen Arbeiten das Museum unter Umständen ausstellen wollte. Während Julia sich nervös Dias seiner Skulpturen ansah und freundschaftlich-höflich gemeinte Fragen stellte, merkte sie, daß er sie stirnrunzelnd musterte. Er saß auf der äußersten Kante seines Stuhls und hatte den Kopf in einer unverkennbar aggressiven Geste vorgeschoben. (Oder war er nur schüchtern? Unbeholfen? Gesellschaftlich benachteiligt?) Julia besah sich ziemlich verständnislos die massigen, häßlichen, vage obszönen Schrottkolosse, die dieser Bildhauer seine »Kunst« nannte, und wußte nicht, was sie denken, was sie sagen sollte. Ihr Kopf wurde ganz leer. Panik regte sich in ihrem Bauch. Sie machte eine Armbewegung, der Bildhauer tat es ihr nach – wie ein Spiegelbild. Machte er sich über sie lustig? Seine Züge hatten einen asiatischen Anstrich, aber auch etwas von einem Weißen. Dunkle Haut – Sonnenbräune? –, verhangene Augen. *Wer bist du? Kenne ich dich? Kennst du mich?*

Auf Julias Fragen nach seinem Werdegang hatte der Bildhauer schroff und einsilbig geantwortet. Jetzt verfiel er wieder in Schweigen und starrte sie an. Auf Julias Schreibtisch stand eine kleine, aber schwergewichtige Messinglampe. Verstohlen, zunehmend beunruhigt taxierte sie die Entfernung zwischen der Lampe und ihrer rechten Hand. *Wenn du es wagst, mir zu drohen...* Ihr Puls raste, stolperte, sie begriff, daß der Bildhauer um ihre Beklemmung wußte. Als sie sich möglichst unauffällig über die feuchte Oberlippe wischte, äffte er die Bewegung spöttisch nach, indem er sich seufzend mit dem Ärmel seiner Jeansjacke die Stirn wischte. Dann trafen sich ihre Blicke.

Nein. Nicht noch einmal. Nie wieder.

In dem Moment, als der Bildhauer sich – wie Julia ganz deutlich spürte – auf sie stürzen wollte, stand sie jäh auf und griff schutzsuchend nach der Lampe. »Danke«, stammelte sie. »Sie können jetzt gehen. Sie haben genug gesagt. Bitte nehmen Sie Ihre Dias mit.« Der Bildhauer sah sie fassungslos an. Hohn und maskuline Arroganz waren dahin, plötzliche Blässe schimmerte durch die dunkle Haut.

»Gehen Sie! Schnell! Ehe es ein Unglück gibt«, fuhr Julia ihn an.

Der Bildhauer packte hastig seine Dias in eine Leinentasche und machte sich davon.

Julia blickte um sich, betrachtete die Wände, die Fenster, die vertrauten Abmessungen des Zimmers. Nichts hatte sich verändert. Alles war wie immer. Sie blieb, wo sie war. (Zitternd, an ihrem Schreibtisch, die schwere Messinglampe an die Brust gedrückt.)

Demnach bin ich gar nicht hier? Oder... wer ist hier?

Sie schluchzte ungeniert, hatte jedes Gefühl für Peinlichkeit verloren, als sie diesem Mann, der ihr helfen würde, ihr Herz ausschüttete. »Ich habe so furchtbare Angst, den Verstand zu verlieren, Herr Doktor. ich glaube, ich stehe kurz vor einem Nervenzusammenbruch. Vor... vor dem Wahnsinn.«

Dr. Fitz-James lächelte verständnisvoll, aber skeptisch. »Kurz davor, Julia?«

Julia sah ihn erschrocken an. War das Wort schlecht gewählt? Man kann kurz vor einem Punkt in Zeit und Raum, man kann dicht an einem Abgrund stehen. Aber kann man vor etwas so Ungreifbarem wie einem Nervenzusammenbruch *stehen*? »Ich ... ich habe diese Träume, Herr Doktor«, stammelte sie. »Diese abscheulichen, obszönen Träume! Und jetzt drängen sie sich auch in mein wirkliches Leben, das macht mir am meisten Angst.« Sie hielt einen Moment inne, drückte ein Zellstofftuch an die Augen und spürte den nachdenklichen Blick des Arztes. Dr. Fitz-James, der sich größter Beliebtheit in Queenston erfreute, war kein Psychiater, kein Psychoanalytiker, sondern Internist und stand in dem Ruf, gütig, kenntnisreich und einfühlsam zu sein und besonders viel Verständnis für Frauen zu haben. Zufällig hatte er auch eine gewisse Ähnlichkeit mit Norman Matterling, allerdings nur von der Figur und vom Aussehen her, nicht in seiner Art. Im Gegensatz zu dem wirklichkeitsfremden, verträumten Norman war Dr. Fitz-James hellwach und ein fast beunruhigend scharfer Beobachter. Julia hatte den Eindruck, daß er immer schon im voraus wußte, was sie sagten wollte. »Und im Grunde sind es gar nicht meine Träume, sondern die einer ganz anderen Frau. Einer Wahnsinnigen.«

»Soso ... Aber woher wissen Sie das, Julia?«

»Woher ich ... das weiß?«

Dr. Fitz-James legte die oben stumpf zulaufenden Wurstfinger aneinander und sagte nachsichtig: »Wenn Menschen träumen, sind sie nicht bei Bewußtsein, können also nichts mit Sicherheit wissen – nicht einmal, daß sie nicht bei Bewußtsein sind.« Er lächelte, als habe er ein Kind oder eine sehr begriffsstutzige Person vor sich. »Wir kennen alle die berühmte Rätselfrage: Woher wissen wir, *daß* wir wach sind, *wenn* wir wach sind? Wo ist der Beweis? Die materielle Welt scheint uns real...« Er schlug mit den Fingerknöcheln so forsch auf die Schreibtischplatte, daß Julia, deren Nerven zum Zerreißen gespannt waren, heftig zusammenzuckte, »... und das ist sie ja wohl auch. Aber ... befinden wir uns in der Tat in ihr? Und wer sind *wir*?« Er legte eine wirkungsvolle Pause ein. Julia kam sich plötzlich sehr hilflos vor. »Und wenn wir aufwachen, Julie – pardon, Julia – und das Bewußtsein zurückkehrt, verschwindet das träumende Selbst auf immer. Was wissen wir also von diesem anderen Selbst? Von den Träumen, die es auslöst?«

Wie ähnlich er Norman Matterling war – das schüttere, ergrauende Haar, das breite, schwere Gesicht, die blaßblauen Augen hinter blankgeputzten Brillengläsern, dieser Eindruck absoluter, unerschütterlicher, unwiderleglicher Logik. Allerdings war Dr. Fitz-James einige Jahre jünger als Norman Matterling, sein kräftiger Körper war nicht fett, sondern muskulös, die Stimme hatte eine maskuline Schärfe, die Julia als tröstlich und verstörend zugleich empfand. Der Internist mochte zwar im Besitz der Logik sein, aber war er auch im Besitz der Wahrheit?

Julia wischte sich die Augen und sagte matt, aber in der Sache unbeirrt: »Ob ich es nun bewußt weiß oder nicht – es macht mir sehr zu schaffen. Ich habe Angst vor dem Einschlafen, eine leichte Erkältung, erhöhte Temperatur. In dem Museum, in dem ich arbeite, hat es ... ein Mißverständnis gegeben, ich habe mich vorerst krank gemeldet. Es fällt mir schwer, unseren Haushalt in Gang zu halten, ohne daß Norman etwas merkt, es wäre schrecklich für ihn, er kommt doch ohne mich überhaupt nicht zurecht.« Sobald es heraus war, begriff Julia, daß dies die reine Wahrheit, daß es vielleicht der Dreh- und Angelpunkt ihrer Existenz als Ehefrau war. Dr. Fitz-James nickte scheinbar zustimmend. »Und das, was ich von meinen Träumen in Erinnerung habe«, sagte Julia erschauernd, »ist so häßlich ... so abstoßend ... so fürchterlich ...«

Julia weinte. Lachte. Verbarg ihr Gesicht in den Händen.

Dr. Fitz-James aber versetzte in dem gleichen verständnisvoll-skeptischen Ton, während er aufstand, um Julia in einen Untersuchungsraum zu führen: »Ihr Frauen müßt immer bedenken, daß gewisse ›Fakten‹ nicht mehr als vorübergehende

Stimmungen sind, ein Mißklang von Neuronen, pure Hirngespinste. Ihre Träume, Julia, und der Ekel, den sie auslösen, sind nicht ›real‹ – und deshalb nicht von Bedeutung.«

Julia betrat den hell erleuchteten, frostig nüchternen Untersuchungsraum. Von klein auf fürchtete sie sich vor Untersuchungen, obschon sie wußte, daß sie notwendig waren. *Wenn ich brav bin, wenn ich folge, wird man mir dann helfen?* »Nicht von Bedeutung?«

Dr. Fitz-James lachte. »Jedenfalls nicht im Vergleich zu materiellen Fakten.«

Dagegen konnte Julia nichts sagen. Mit zitternden Händen zog sie sich aus, erst das Kleid, dann fröstelnd BH und Schlüpfer, und war froh, daß Dr. Fitz-James nicht hinsah. Auf dem Untersuchungstisch lag ein weiter Papierkittel, in den Julia schnell schlüpfte. *Wenn ich brav bin? Wenn ich folge?* Ihre Temperatur war, wie sie dem Arzt gesagt hatte, leicht erhöht, sie hatte in den vergangenen Nächten allenfalls ein paar Stunden geschlafen und keinen Appetit. Von ganzem Herzen hoffte sie, Dr. Fitz-James möge eine körperliche Ursache für ihre Beschwerden finden, etwas, wogegen man Pillen schlucken konnte, immer noch die effektivste Lösung.

Julia lag auf dem Untersuchungstisch, die nackten Füße in den Schlingen, die Beine gespreizt. »Rutschen Sie bitte noch ein bißchen nach oben, June – äh – Julia!« sagte Dr. Fitz-James halblaut; sie spürte seinen warmen Atem auf der Haut. *Wenn ich brav brav brav bin. Wenn ich folge.* Es ließ sich nicht leugnen – Julia fröstelte in angstvoller Erwartung. Ihre Scham war schutzlos der kalten Luft des Untersuchungszimmers, Dr. Fitz-James sachkundigen Händen ausgeliefert. (Warum war keine Schwester dabei? Im Grunde aber war Julia froh darüber.) Ihre Lider flatterten. Die Deckenlichter und die Decke darüber flimmerten wie kurz vor der Auflösung. »Das kitzelt unter Umständen ein bißchen«, sagte Dr. Fitz-James halblaut, mit leicht belegter Stimme. »Abtasten nach Wucherungen, reine Routine.« Seine gummibehandschuhten Hände drückten, quetschten, massierten Julias Becken, Unterbauch, Magen, Brüste; Julia schnappte nach Luft. »Oh! oh!« ... Ein schrilles Lachen ... oder Aufschluchzen. »Oh ... Doktor!«

Der Internist nahm es sehr genau, er wiederholte die ganze Prozedur. Womöglich mit noch mehr Nachdruck.

»Oh, Doktor ...«, Julia biß sich auf die Unterlippe.

»Sehr schön, sehr schön.« Dr. Fitz-James schwitzte, sein Gesicht schwebte über Julia wie ein ölig glänzender Ballon. »Ganz locker bleiben. Wir schauen uns mal die Gebärmutter an und machen einen Abstrich.« Julia versuchte, sich zu entspannen, machte sich auf Unangenehmes, auf Schmerzen gefaßt. Voller Unbehagen sah sie auf einem Tisch ein Tablett mit blinkenden Instrumenten stehen: mehrere Skalpelle, von denen eins so lang wie ein Steakmesser war, ein Ding, das einem Eiskremportionierer zum Verwechseln ähnlich sah, ein anders, das einem Schneebesen glich und eins, das an der Spitze eine Vorrichtung zur Weitung der Vagina hatte. Wenn ich folge ... folge ..., wird man mich lieben? Retten? Sie umklammerte die Kanten des Untersuchungstisches, versuchte instinktiv, die zitternden Knie zusammenzupressen, doch Dr. Fitz-James drückte sie behutsam, aber resolut wieder auseinander.

»Das tut unter Umständen ein bißchen weh.« Er griff nach dem Eiskremportionierer, und dann war er hinter Julias Knien außer Sicht.

Julia hielt den Atem an. Sie spürte einen tastenden Finger am Rand der Vagina, es tat nicht weh, aber sie verspannte sich sofort. »Ganz locker, bitte«, rügte Dr. Fitz-James, seine Stimme klang dumpf. »Um so leichter haben Sie es ...« Julia hörte ihn atmen und mußte an Norman denken, wenn seine Nebenhöhlen verstopft waren; sie bemühte sich zu tun, was er verlangte. *Nicht anfassen. Untersteh dich. Wer bin ich ... hier?* Eine Atempause, dann die Berührung von kaltem Metall, und noch während Julia vergeblich zu schreien versuchte, ein jäher, stechender Schmerz in der Vagina, im Gebärmutterhals, ein Schmerz von nie erlebter Intensität.

Nein! Nein! Julia versuchte von Dr. Fitz-James wegzurutschen, aber er hatte mit der Linken ihr Gesäß umfaßt, so daß sie sich nicht rühren konnte. Immer tiefer bohrte sich das grausame Instrument, eine Nova von Schmerz schickte ihre Strahlen durch Julias ganzen Körper. Fast instinktiv suchte sie nach einem Gegenstand, mit dem sie sich zur Wehr setzen konnte, und dann war da plötzlich das messerlange Skalpell, das ihr so gut, so gefährlich gut in der Hand lag. *Jetzt!* stieß sie hervor. *Jetzt! Jetzt!* - und dann stach sie wie eine Wahnsinnige auf den verblüfften Mann ein, dessen Namen sie nicht mehr wußte, sein weißer Kittel war sofort blutrot gesprenkelt, Blut war auf seinem Gesicht, auf seinen fuchtelnden Händen, Blut pulste aus der durchtrennten Halsschlagader. *Ich habe Sie gewarnt ... und jetzt ... und jetzt!* - ihr Angreifer wich stolpernd zurück, sein Gesicht war ein einziges fassungsloses Staunen, er stürzte gegen den Tisch, auf dem das Tablett mit den blinkenden Instrumenten stand, und ...

Und verschwand.

Und Julia Matterling wachte abermals benommen und verstört auf und fand sich – wo?

In ihrem Bett, in ihrem vertrauten Schlafzimmer, zwischen zerwühltem Bettzeug, das durchdringend nach Angst roch. Schmerz pochte in ihrem Unterleib, beide Brustwarzen waren wund ... Wie war das geschehen?

Nacht. Sie war allein. Nachdem sie mit zitternden Händen (war Blut daran? Nein!) die Nachttischlampe angeknipst hatte, sah Julia, daß es drei Uhr zwanzig war. Norman war noch auf, er saß irgendwo im Haus und arbeitete.

Demnach bin ich gar nicht hier? Oder ... wer ist hier?

Es war der Abend nach dem peinlichen Zwischenfall im Museum, dem Mißverständnis mit dem Bildhauer aus Hawaii, der Julia Matterling »bedroht« hatte – oder auch nicht. Am besten meldete sie sich erst einmal krank, darüber waren sich alle einig gewesen.

Zittrig stand Julia auf (war Blut im Bett? Nein!), ließ im Badezimmer Wasser in die Wanne laufen, so dampfend heiß wie nur möglich. Sie konnte sich an den bösen Traum, von dem sie aufgewacht war, nicht mehr erinnern, wußte nur noch vage, daß ihr Angreifer jemand gewesen war, den sie kannte. Jemand in Weiß. Er hatte ihr sehr weh getan, und dann war er verschwunden. Wie die anderen.

Julia war steif vor Schmerzen, aber sie lächelte. Verschwunden... wohin?

Und dann sah sie betroffen auf: Unter der Tür stand ein ratloser, deutlich verstörter Norman, dem die schütteren Haare zu Berge standen. »Sag mal, Julia, was machst du denn da? Um diese Zeit?« Es war ja auch wirklich ärgerlich: Da hatte er sich nun glücklich von seiner Welt der Galaxien, Sterne, Atome, Quarks, Leptonen, Ursuppen getrennt, um endlich zu Bett zu gehen – und wo war seine Frau?

Wie sonderbar er sie ansah; eine völlig nackte Julia bekam er selten zu Gesicht. Blaß schimmernder Körper, zierliche Figur, feucht glänzende Brüste, das nur schattenhaft sichtbare Schamhaar unterhalb des Bauchs. Und wie eigenartig Julia ihn anlächelte – spottlustig, provokativ, sexy. Sie hob ihm die Arme entgegen, ja, und auch die Knie hoben sich.

Und mit leiser, vielsagender Stimme hörte Julia sich sagen: »Was meinst du wohl, was ich mache, Norman?«

Vierter Teil

Armer Bibi

Hat Sie schon mal ein rasselnd-mühsamer Atem rücksichtslos aus tiefem, erholsamem Schlaf geholt? Sehr angenehm ist das nicht, das dürfen Sie mir glauben.

Mein Mann und ich, wir haben das neulich erlebt, es ist noch gar nicht lange her, und der da so rasselnd atmete, war Bibi, der Ärmste, und als wir ihn entdeckten, nicht auf seinem Lager aus weichen Lappen in der wärmsten, gemütlichsten Kellerecke, sondern weit weg in der Dunkelheit, schien es, daß alles zu spät war und Bibi im Sterben lag.

Der arme Kerl kränkelte schon seit Wochen. Von Anfang an war Bibi anfällig für Atemwegserkrankungen gewesen, eine genetische Schwäche von einem seiner Vorfahren her, aber in so einer Situation helfen Schuldzuweisungen nicht weiter.

Dabei hatte Bibi das alles auch sich selbst zuzuschreiben. Immer wieder merkten wir, mein Mann oder ich, daß Bibi sich auffällig benahm, er hustete, atmete pfeifend, schob angeekelt sein Futter beiseite, und dann sagte einer von uns, wir sollten vielleicht doch mit ihm zum Arzt, und der andere sagte: Ja, wäre wohl besser. Der schlaue Bibi aber kriegte das natürlich mit, und dann ging es ihm ein paar Tage wieder besser. Und weil es den Haushalt durcheinanderbrachte, wenn man versuchte, Bibi zu etwas zu zwingen – ich habe von so einem Versuch im Frühjahr noch eine Narbe auf dem linken Handrücken –, schoben wir es immer wieder auf.

Und über Wochen hatte man wirklich den Eindruck, daß Bibi sich wieder berappelt hatte. Aber Bibi hat es eben von klein auf verstanden, uns hinters Licht zu führen.

Zuerst – das ist jetzt allerdings schon lange her – waren wir sehr glücklich. Meinem Bräutigam und mir hatte man immerwährendes Glück verheißen, ein Leben lang. Und ich glaube wirklich, das Glück wäre uns treu geblieben, wären wir nicht eines Tages schwach geworden, weil wir uns einsam fühlten. Hätten wir uns nicht Bibi ins Haus geholt. Damals dachten in unserem jugendlichen Leichtsinn, das Glück zu zweit würde auch für drei reichen.

Wie viele Jahre sind vergangen, seit Bibi ins Haus kam, das fröhlichste, lebhafteste, harmloseste, entzückendste Geschöpf, das man sich vorstellen kann! Alle freuten sich an seinen ausgelassenen Streichen, seiner unermüdlichen Munterkeit, ja, viele beneideten uns unverhohlen um ihn. Liebster Bibi! Die wundersame Flamme des Lebens tanzte in ihm und erlosch nie. Damals waren seine Augen klar und strahlten in wunderschönen, leicht changierenden Bernsteintönen. Die kecke kleine Knopfnase war rosa, feucht und kühl, mich überlief regelmäßig eine Gänsehaut, wenn er sie an meinen nackten Beinen rieb. Die Ohren standen wachsam hoch, das Fell knisterte, wenn wir es bürsteten, die kleinen scharfen Zähne glänzten weiß, und wenn man diese Zähne sah, verzichtete man gern darauf, mit Bibi zu grobe Späße zu treiben.

Bibi, Bibi! riefen wir und klatschten in die Hände, wenn er wild kläffend und jaulend auf dem Rasen im Kreis herumrannte. (Wie wir lachten, auch wenn es vielleicht nicht immer zum Lachen war.) Im Haus leistete sich Bibi den streng verbotenen Spaß, die Treppe hoch- und wieder herunterzutoben, bis er mit klickenden Kratzenägeln auf dem glatten Parkett landete. Bibi, du sollst doch nicht... ach, ist er nicht süß?

Wir verziehen ihm, wir brachten es nicht fertig, dem Rat älterer, klügerer Personen zu folgen und hart zu bleiben, wenn er sich mit seinem heißen Gesicht an uns drückte, um sich immer wieder von uns sagen zu lassen, daß wir ihn liebten und nur ihn.

Und damals, in den ersten Jahren, stimmte das ja auch.

Und dann – scheinbar von einem Tag auf den anderen – war er nicht mehr jung und nicht mehr gesund. Und nicht mehr unser süßer ungezogener kleiner Liebling.

Wenn er nach uns schnappte, wenn seine Zähne zubissen, bis Blut kam, fiel es nicht mehr so leicht, ihm zu verzeihen.

Wenn er das Futter verweigerte oder es unappetitlich hinunterschlang und im ganzen Haus wieder herauswürgte – kann man es uns da verdenken, daß wir ihn immer öfter in den Keller verbannten, wo er aus den Augen war?

(Dabei war der Keller weder feucht noch gesundheitsschädlich. In dem warmen, behaglichen Winkel neben dem Heizkessel, wo Bibis Lager aus alten Tüchern war, hatte er es eigentlich sehr nett. Doch, wirklich.)

Und es war auch nicht so, daß wir uns nicht um ihn gekümmert hätten. Er war ja nicht zu überhören mit seinem Gewinsel und Gejaule und Gekratze an der Kellertür und nicht zu übersehen mit seinen widerlichen Haufen, die einer von uns (meistens ich) morgens wegmachen mußte.

Trotz allem – man konnte Bibi nicht lange böse sein. Wenn er sich auf den Rücken legte und schwerfällig hin und her rollte, als erinnerte er sich an die Spiele seiner Jugend, wenn er mit seinen verklebten Augen zu uns hochsah mit diesem traurig-schmerzlichen, todesbangen Blick einer stummen Kreatur, merkten wir, daß wir ihn noch liebten.

Und so eine Liebe kann sehr weh tun.

Denn es ließ sich nun nicht mehr übersehen, daß Bibis Zeit gekommen war.

Wir können ihn nicht leiden lassen, sagte einer von uns. Und der andere: Nein, weiß Gott, das können wir nicht.

Und dann lagen wir uns in den Armen und weinten, und Bibi sah stumm und angstvoll zu uns hoch.

Als wir dann eines Nachts so rüde aus dem Schlaf gerissen wurden, waren die Würfel gefallen. Noch vor Sonnenaufgang gingen wir in den Keller hinunter, ganz leise, weil wir Bibi überraschen wollten, der sich – aus reiner Bosheit, glaube ich – in seine kalte, dunkle Ecke gelegt hatte. Rasch wickelten wir ihn in eine alte Decke und banden ihm, damit er nicht zappeln konnte, die Beine zusammen. Zum Glück war er inzwischen schon so schwach, daß er sich nicht groß wehrte.

Wir trugen ihn zum Auto, ich nahm ihn auf den Schoß, und dann fuhren wir, mein Mann und ich, zu der mehrere Meilen entfernten Tierklinik. Wir waren an dieser Einrichtung schon mehrmals vorbeigekommen und hatten das Schild gelesen, das einen NOTDIENST RUND UM DIE UHR verhieß.

Bibi, braver Bibi, lieber Bibi, sagte ich leise, alles wird gut. Laß uns nur machen. Aber Bibi wimmerte und winselte und knurrte und sabberte und rollte mit den verklebten Augen, daß einem angst und bange werden konnte.

Als wir ankamen, sahen wir zu unserer Überraschung, daß der große Parkplatz schon so früh am Morgen (es war noch nicht sieben) fast voll war, und in dem scheunengroßen Warteraum war keine einzige Sitzgelegenheit mehr frei. Aber wir hatten Glück: Als wir uns an der Anmeldung eintrugen, wurde gerade ein Paar hereingerufen, so daß wir zwei freie Plätze ergatterten.

Die Hektik in der Tierklinik war sehr unerfreulich, ebenso die bedrückend warme, stickige Atmosphäre. Bibi fing an zu winseln und zu zappeln, aber weil er schon so schwach war, konnte er weiter kein Unheil anrichten.

Er hatte wohl auch schon eine Weile nichts gegessen, was der reinste Segen war, denn sonst hätte er uns aus lauter Angst oder Boshaftigkeit vielleicht vollgekotzt – oder Schlimmeres.

So saßen wir denn da und warteten. In weiser Voraussicht hatte ich Bibi fest in seine Decke gewickelt, so daß nur die Ohrenspitzen herausschauten. Ich wollte die arme sterbende Kreatur vor den neugierigen Blicken Fremder schützen. Widerlich, wie sie meinen Mann und mich und unsere matt zuckende Last anstarrten!

Erstaunlich, wie viele Männer und Frauen – Ehepaare wie wir – mit ihren unruhigen, kränkelnden Haustieren im Warteraum saßen. Und dieser Lärm! Kläffen, Bellen, Winseln, Schreien, Stöhnen, Heulen, es war zum Gotterbarmen. Eine fiebrige Erregung lag in der Luft, dazu kam ein Gemenge der unterschiedlichsten Gerüche. Der Warteraum war riesig, von draußen hätte ich das nie gedacht, im kalten Licht der Neonröhren schienen die Sitzreihen bis ins Unendliche zu gehen.

Soll ich Bibi mal nehmen? flüsterte mir mein Mann zu, aber ich sagte: Nein, nein, er ist nicht mehr schwer, der arme Kerl. Mein Mann wischte sich die Augen und sagte: Er ist sehr tapfer, nicht? Und ich antwortete, den Tränen nahe: Wir sind alle sehr tapfer.

Endlich waren wir an der Reihe. Als wir aufstanden, setzte Bibi sich noch ein letzes Mal zur Wehr, aber ich hielt ihn eisern fest. Bald kommt alles in Ordnung, Bibi, versprach ich. Laß uns nur machen.

Die Blicke der Fremden folgten uns, als wir ins Untersuchungszimmer gingen, aber ich hatte Bibi so gut in seine Decke eingewickelt, daß er vor ihnen geschützt war. Der arme Liebling! Und so *tapfer*!

Eine junge Assistentin in einem mit Blut und Exkrementen bespritzten Kittel führte uns in den fensterlosen Raum. Boden und Decke waren kahl und schmucklos grau, die Decke hoch, Leuchtstoffröhren verbreiteten ein kaltes Licht, es roch beißend nach Desinfektionsmittel. Die junge Frau wies uns sachlich-nüchtern an, Bibi, »den Patienten« – auf einen Stahltisch zu legen und ihm die Decke abzunehmen. In diesem Moment kam der Arzt herein, der – ziemlich unhöflich, wie ich fand – leise durch die Zähne pfiff. Er war dabei, sich die Hände an einem Papierhandtuch abzutrocknen, das er danach zusammenknüllte und lässig in Richtung eines überquellenden Papierkorbs warf. Er war jung, und der Blick, mit dem er uns, meinem Mann und mich, musterte, ehe er sich Bibi zuwandte, war ausgesprochen unverschämt.

Inzwischen waren wir beide schon ganz erledigt und mit unserer Geduld ziemlich am Ende. Wir warten schon seit Stunden, sagten wir zu dem Arzt, wir sind so schnell wie möglich hergekommen, damit Bibi rasch und gnädig von seinem Leiden erlöst wird, aber bisher hat er nur noch mehr leiden müssen.

Bibi lag zitternd auf dem kalten Metall, man sah den schlaffen haarlosen Bauch, die abstoßend vorstehenden Rippen und Beckenknochen. Mir wurde erst jetzt bewußt, wie mager er geworden war, und ich schämte mich plötzlich, dabei konnte ich ja nichts dafür. Seine dick verklebten Augen gingen unruhig hin und her. Es war ganz klar, daß er alles hörte und verstand.

Sehen Sie ihn sich doch an, Herr Doktor, flehten mein Mann und ich. Wollen Sie uns helfen?

Der junge Arzt war wie angewurzelt stehengeblieben und starrte Bibi an. Sein Pfeifen war jäh verstummt.

Herr Doktor...?

Er starrte immer noch Bibi an. Gewiß, er sah jämmerlich aus, aber als Tierarzt hatte er doch bestimmt schon Schlimmeres gesehen. Viel Schlimmeres. Warum glotzte er so... so fassungslos?

Schließlich wandte er sich wieder meinem Mann und mir zu. Soll das ein Witz sein? fragte er mit zitternder Stimme.

Mein Mann, ein offener, ehrlicher Mensch, war merklich verunsichert. Ein Witz? Wie meinen Sie das?

Der Arzt musterte uns ungläubig und deutlich angewidert. Was fällt Ihnen ein, mit so was zu mir zu kommen? Sind Sie verrückt?

Wir waren völlig ratlos, mein Mann und ich. Aber Herr Doktor, sagten wir, es geht uns doch nur darum, daß der arme Bibi nicht mehr leiden muß. Sie sehen doch, wie schrecklich er leidet, daß nichts mehr zu machen ist...

Das hältst du doch im Kopf nicht aus, sagte der Tierarzt rüde.

Was... was soll das heißen? Können... können Sie ihn nicht einschläfern?

Die ganze Zeit – mir bricht das Herz, wenn ich daran denke – lag der arme Bibi hilflos vor uns auf dem Tisch, schnaufend, zitternd, Schaum vor den verfärbten Lippen. Bestürzt sah ich, daß seine Augen nicht mehr bernsteinfarben, sondern kränklich fahl waren wie bei einer Gelbsucht, und auch die einst so appetitlich rosafarbenen Innenohren waren gelb und schorfig. Wie grausam, daß er dieses Gespräch mit anhören mußte!

Der Arzt und seine Assistentin berieten sich flüsternd. Auch die junge Frau hatte Bibi entsetzt angesehen – dabei stand *ihr* nun bestimmt kein Urteil zu!

Mein Mann ging dazwischen, so langsam reichte es ihm. Sagen Sie mal, Doktor, was soll das eigentlich? Wir wollen es ja bezahlen, es ist eine simple Sache, für andere machen Sie das doch ständig. Warum nicht für uns?

Der Arzt aber hatte Bibi, meinem Mann und mir entschlossen den Rücken gedreht, als könne er unseren Anblick nicht mehr ertragen. Ausgeschlossen, sagte er. Gehen Sie! Sofort! Und nehmen Sie das da... nehmen Sie ihn mit. Solche Sachen machen wir nicht.

Hartnäckig und aufgebracht wiederholte mein Mann: Sie machen es für andere, Doktor. Warum nicht für uns?

Ja, bitte, Doktor, bestätigte ich mit nassen Augen. Warum nicht für uns?

Aber der junge Arzt hatte genug von uns. Er ging einfach weg und machte die Tür hinter sich zu. Unsere Worte hingen in der Luft wie übelriechende Gase. Wie konnte ein Mann, der so viel Macht in Händen hielt, so unerbittlich, so unprofessionell reagieren?

Wir sahen uns an, mein Mann und ich. Wir sahen Bibi an. Wir zwei, die wir unsere Unschuld verloren hatten, indem wir drei geworden waren. Was war geschehen? Lag hier ein Irrtum vor? Ein schreckliches Mißverständnis?

Aber da lag nur Bibi auf dem kalten Stahltisch, in Todesqualen, unter dem kalten Licht der Leuchtstoffröhren, Bibi, der uns beobachtete und jedes Wort mitbekam.

Die Assistentin faßte Bibis schmutzige Decke an, als wäre sie verseucht, und sagte, gerechten Zorn in der Stimme: Diese Tür führt direkt auf den Parkplatz. Wenn ich bitten darf...

Und deshalb (ja, ich weiß, auch Sie werden den Stab über uns brechen) haben wir das Schicksal selbst in die Hand genommen, haben getan, was getan werden mußte.

Die Gesellschaft hatte uns im Stich gelassen. Was hätten wir machen sollen?

Zwanzig Meter hinter der tierärztlichen Klinik war ein tiefer Entwässerungsgraben, in dessen übelriechendem Brackwasser wie zerflatterte Träume Bahnen von Waschmittelschaum trieben. Zitternd, todunglücklich, mit den Tränen kämpfend trugen mein Mann und ich Bibi zu dem Graben, um ihn von seinem Leiden zu erlösen.

Wir hatten gar nicht darüber zu sprechen brauchen. Bibi wieder mit nach Hause nehmen? Ausgeschlossen! Noch einmal konnten wir das alles nicht mitmachen.

Denn auch wir sind, obschon noch nicht alt, doch inzwischen älter geworden. Auch uns sind Jugend, Schwung und Optimismus abhanden gekommen.

Auch wir, denen man einst immerwährendes Glück verheißen hatte, ein Leben lang, haben schließlich unser Päckchen zu tragen.

Und trotzdem: Nie hätten wir uns für unseren geliebten Bibi so ein Ende auch nur träumen lassen. Es war eine herzzerreißende Unternehmung, eine seelische, ja, und auch eine körperliche Tortur, den armen Bibi mit dem Kopf nach unten in das kalte, schmutzige Wasser zu halten. Und wie wütend, wie heftig er sich gegen uns zur Wehr setzte, er, der sich so schwach und matt gestellt hatte. Bibi, unser geliebter langjähriger Hausgenossen, war zu einem unbekannten Wesen, zum Gegner geworden, zu einem wilden Tier, so daß wir uns hinterher sagen mußten, daß *Bibi sein geheimstes Selbst vor uns verborgen gehalten hatte*. Wir haben ihn nie wirklich gekannt.

Bibi, nein! riefen wir.

Bibi, wirst du wohl folgen!

Sei brav, Bibi! Benimm dich! Wirst du wohl...!

Mindestens zehn Minuten dauerte der grausige Kampf. Nie werde ich vergessen, daß ich, die ich Bibi so geliebt habe, um der Barmherzigkeit willen zum Henker an ihm werden mußte. Und mein armer, lieber Mann, dieser vornehme, kultivierte Mensch, geriet – das muß man sich mal vorstellen! – ganz plötzlich in eine fürchterliche Wut, weil Bibi einfach nicht sterben wollte, er ächzte und fluchte und hatte dicke, häßliche Adern auf der Stirn, während er das verzweifelt zappelnde, um sich tretende Tier in einem Graben auf freiem Feld unter Wasser hielt. An einem Vormittag mitten in der Woche. Das muß man sich mal vorstellen.

Denn über der menschlichen Verzweiflung unseres Tuns vergessen wir sehr schnell, was wir getan haben.

Und Sie, verehrte scheinheilige Zeitgenossen? Was werden Sie mal mit Ihrem machen?

Thanksgiving

»Wir werden für deine Mutter einkaufen«, sagte Vater leise. »Den Puter und alles. Du weißt ja, sie fühlt sich nicht besonders.«

»Was hat sie denn?« fragte ich.

Ich glaubte es zu wissen. Drei Tage ging das jetzt schon. Aber eine dreizehnjährige Tochter muß ihren Vater so was wohl fragen, er erwartet es einfach.

Auch meine Stimme war die einer Dreizehnjährigen. Dünn. Nölig. Mißtrauisch.

Vater hatte gar nicht richtig hingehört. Er zog die Hose hoch und klimperte mit den Autoschlüsseln wie einer, der gern Schlüssel in der Hand spürt, sie gern klimpern hört. »Wir fahren einfach los und überraschen sie.« Lächelnd zählte er an den Fingern ab: »Thanksgiving ist am Donnerstag, also übermorgen. Wir überraschen sie damit, dann kann sie früh genug anfangen.« Aber dabei waren seine kieselfarbenen Augen auf mich gerichtet, als wenn er mich kaum sah. Als wenn ich, ein langbeiniges, mageres Kind mit spitzen Knien und Ellbogen und Pickeln auf der Stirn, für ihn nicht mehr bedeutete als die Krüppelkiefern am Horizont oder die verwitterte Teerpappenverkleidung an unserem Haus.

»Ja«, nickte Vater zufrieden. »Ja. Sie wird schon sehen.«

Seufzend schwang er sich auf den Fahrersitz, und ich setzte mich neben ihn. Es wurde schon dunkel, als er den Motor anließ. Man muß immer ganz schnell losfahren, ehe die Hunde rausgeschossen kommen und Terror machen, weil sie mitfahren wollen, und als sie die Türen schlagen hörten, kamen sie schon bellend und jaulend angerannt, Foxy, Tiki und Buck, Jagdhunde mit Terrierblut. Foxy war mein Liebling, und sie mochte mich am liebsten, knapp ein Jahr alt, ganz schlank, kein überflüssiges Fett auf den Rippen, die großen nassen Augen sahen zu mir hoch, als müßte ihr das Herz brechen, weil ich ohne sie fahren wollte. Aber verdammt, zur Schule können die blöden Hunde ja auch nicht mit oder wenn man mal zur Kirche will, und in der Stadt möchte man auch nicht, daß die Leute sich eins grinsen, weil da eine vom Land daherkommt, der die Hunde nachlaufen. »Zurück!« schrie ich, aber sie stellten sich nur noch mehr an und rannten neben dem Pickup her, mit dem Vater über die Einfahrt bretterte, daß der Kies nur so spritzte. Er machte einen Höllenlärm, hoffentlich kriegte Mutter das nicht mit.

Mir schlug das Gewissen wegen Foxy. Ich stieß Vater an und sagte: »Wir könnten sie doch alle drei mitnehmen, hinten im Laderaum.« »Du spinnst wohl?« sagte Vater. »Wir wollen doch Lebensmittel für deine Mutter kaufen.«

Jetzt waren wir auf der Straße, und Vater trat das Gaspedal durch. Die Kotflügel der alten Mühle klapperten, und im Armaturenbrett war wieder dieses hohe Gesumm wie von einer Grille, die bisher noch keiner von uns gefunden hatte.

Die Hunde rannten ewig lange hinter uns her, Buck an der Spitze, Foxy immer dichtauf, mit flappenden Ohren und hechelnder Zunge, als wenn es wer weiß wie warm wäre und nicht ein Novembertag mit Temperaturen um Null. Komisch, wie die Hunde bellten, so laut und besorgt, als ob sie dachten, wir würden nie zurückkommen. Mir war zum Lachen und zum Heulen zugleich zumute. Als ob einer dich so doll kitzelt, daß es anfängt weh zu tun, aber er merkt es nicht.

Nicht, daß ich mich noch kitzeln lasse, dazu bin ich zu alt. Mich hat jahrelang keiner mehr gekitzelt.

Die Hunde wurden immer kleiner. Bis ich sie im Rückspiegel nicht mehr sehen konnte. Bis auch das Bellen verhallte. Vater fuhr immer noch wie ein Wahnsinniger. Die verdammte Straße war voller Schlaglöcher, meine Zähne schlugen aufeinander wie verrückt, aber ich hütete mich, Vater zu sagen, er solle langsamer fahren oder wenigstens die Scheinwerfer anstellen. (Das machte er nach ein paar Minuten dann von selber.) Um ihn war ein Gemenge von Gerüchen – Tabak und Bier und diese scharf riechende stahlgraue Seife, die er nahm, um die ärgsten Ölflecken von den Fingern zu bekommen. Und noch ein Geruch, den ich nicht benennen konnte.

»Deine Mutter ist eine gute Frau«, sagte Vater, als wenn ich ihm widersprochen hätte. »Die berappelt sich schon wieder.« Diese Art von Gerede konnte ich nicht ausstehen. In meinem Alter mag man es nicht, wenn Erwachsene über andere Erwachsene mit einem reden. Ich murmelte deshalb nur irgendwas Ungeduldiges, aber Vater hörte sowieso nicht hin.

Bis zur Stadt sind es elf Meilen, und als wir auf der befestigten Straße waren, hielt Vater den Tacho bei sechzig. Trotzdem fand ich, daß wir ewig lange brauchten. Warum brauchten wir eigentlich so lange? Ich hatte keine Jacke mitgenommen und trug nur Jeans, eine wollene Karobluse und Stiefel; mir war kalt. Der Himmel hinter dem Vorgebirge und den Bergen im Westen stand in Flammen. Wir mußten über die lange wacklige Brücke des Yewville River; als ich klein war, hatte ich vor lauter Angst die Augen immer fest zugekniffen, bis wir wieder festen Boden unter den Füßen hatten. Jetzt mache ich das nicht mehr, für solche feigen Faxen bin ich zu alt.

Ich glaube, ich hab gewußt, daß irgendwas passieren würde. In der Stadt vielleicht. Oder wenn wir wieder zu Hause waren.

Vater fuhr genau auf der Mitte der wippenden alten gußeisernen Brücke; ein Glück, daß auf der Gegenspur keiner kam. »Gutscheine?« hörte ich ihn brabbeln, es hörte sich an, als wenn er laut dachte. »In der Schublade? Ogottogott, hab vergessen nachzusehen.« Ich sagte kein Wort, weil ich immer stocksauer bin, wenn einer in meinem Beisein Selbstgespräche führt. Das ist, als ob jemand in der Nase popelt und nicht merkt, daß andere Leute dabei sind. (Dabei wußte ich ganz genau, wovon Vater redete. Mutter hatte immer Einkaufsgutscheine in einer Küchenschublade liegen, sie ging nie in den

Supermarkt, ohne welche mitzunehmen, und hatte damit angeblich im Lauf der Jahre schon Hunderte von Dollars gespart. Aber ich glaube, erwachsenen Frauen macht es einfach Spaß, aus den Anzeigen in der Zeitung die Gutscheine rauszuschneiden oder die Arme bis zu den Ellbogen in einen Riesenkarton Waschpulver oder Hundefutter zu stecken, um einen Gutschein über zwölf Cents rauszuangeln. Das muß man sich man vorstellen!

Zu Thanksgiving hatte es jede Menge Gutscheine für Lebensmittel gegeben. »Riesige Ersparnis« auf den Truthahn und so. Aber bei uns hatte sich in diesem Jahr niemand die Zeit genommen, die Anzeigen danach durchzuforsten, geschweige denn die Gutscheine rauszuschneiden und aufzuheben.)

Der Weg in die Stadt führt hauptsächlich bergab, ins Tal hinein, weg vom Gebirge, wo man immer den Eindruck hat, daß es kälter ist. Yewville mit seinen steilen Straßen, die auf diese Entfernung aussehen, als ob sie senkrecht nach unten gehen, wirkte zusammengedrängt. Ich wurde langsam nervös, das passiert mir manchmal, wenn wir in die Stadt kommen, wahrscheinlich war ich nicht richtig angezogen, oder mein Gesicht, mein wuscheliges Haar sah irgendwie komisch aus. Hinter der Brücke bog Vater falsch ab, ehe ich was sagen konnte, und wir kamen durch eine unbekannte Gegend: hohe, schmale Reihenhäuser, manche unbewohnt und mit Brettern vernagelt, kaum Verkehr. Am Straßenrand hier und da alte Rostlauben ohne Reifen. Die Luft war stickig wie von Rauch und roch versengt. Von dem flammenden Sonnenuntergang war nur noch weit im Westen ein schmaler Bogen übriggeblieben. Mir wurde noch kälter, weil es so schnell dunkel geworden war. Da war der Supermarkt, der A & P, aber was war denn mit dem los? Hier roch es eindeutig nach Rauch und Versengtem, die Fassade war schwarz, die Spiegelglasscheiben an einigen Stellen durch Bretter ersetzt. Die Plakate mit den Sonderangeboten SPECK BANANEN PUTER PREISELBEERKOMPOTT EIER PORTERHOUSE-STEAK hatten sich teilweise vom Glas gelöst, das ganze Gebäude wirkte kleiner, als ob das Dach eingefallen wäre. Aber drinnen war Betrieb und flackriges Licht, und es waren Leute da, die einkauften.

Vater pfiff durch die Zähne. »Mist!« Aber er fuhr auf den Parkplatz. »Na schön, dann wollen wir mal.« Nur fünf, sechs Autos standen da, der Parkplatz sah anders aus, als ich ihn in Erinnerung hatte – mehr wie blanke Erde mit wucherndem Unkraut und hohen Disteln. Dahinter war nichts Vertrautes zu sehen, keine Wohnhäuser oder andere Gebäude, nur Dunkelheit. »Ich will da nicht rein«, flüsterte ich. »Ich hab Angst.« Aber Vater hatte schon seine Tür aufgemacht, also machte ich meine auch auf und sprang raus. Der Rauchgeruch stieg mir beißend in die Nase, meine Augen tränten. Daneben roch es noch nach was anderem – nach nasser Erde, fauligem Zeug, Müll.

Vater lächelte grimmig. »Wir feiern Thanksgiving wie sonst, da bringt uns keiner von ab.«

Die Automatiktüren waren kaputt, wir mußten die, an der EINGANG stand, mit der Hand aufmachen, das war gar nicht so einfach. Kalte, feuchte Luft schlug uns entgegen, es roch wie in einem Kühlschrank, den lange keiner sauber gemacht hat, ich mußte würgen. Vater atmete flach und vorsichtig. »Mist!« Das wiederholte er ständig. Hinten war der Supermarkt ganz dunkel, aber weiter vorn war Licht, da rollten Leute, hauptsächlich Frauen, mit ihren Wagen lang. Die Kassiererinnen kamen mir bekannt vor, allerdings hatte ich sie nicht so alt in Erinnerung, sie hatten blasse Lippen und vergrämte Gesichter.

»Na dann los.« Vater quälte sich ein Lächeln ab und zerrte mühsam einen Einkaufswagen raus. »Wir werden das in Rekordzeit erledigen.«

Ein Wagenrad klemmte, aber Vater schob unseren Einkaufswagen energisch dahin, wo es am hellsten war, in die Frischwarenabteilung, in die ging auch Mutter immer zuerst. Heute sah sie ganz anders aus als sonst, die meisten Ständer und Theken waren leer, ein paar kaputt, in den Gängen lagen Haufen von fauligem Zeugs und Holzkisten, auf dem Boden waren Pfützen, um die torkelnde Fliegen summten. Ein Mann mit rotem Gesicht in schmutzigem weißen Kittel und kesser Tellermütze, auf der in roten Buchstaben SONDERANGE-BOTE ZUM FEST stand, warf Salatköpfe aus einer Kiste in einen Verkaufsbehälter; dabei zielte er so schlecht, daß immer wieder welche auf den schmutzigen Boden fielen.

Vater rollte unseren eiernden Einkaufswagen zu dem Mann rüber und fragte, was zum Teufel denn hier passiert sei, ob es gebrannt habe. Der Mann lächelte nur kurz und irritiert, ohne ihn anzusehen, und schüttelte den Kopf. »Nein, Sir. Läuft alles wie sonst.«

Rot im Gesicht schob Vater den Wagen weiter.

Sich vor seinem Kind von fremden Leuten eine Abfuhr einzuhandeln, das kann kein Mann vertragen.

Für wie viele Leute Mutter zu Thanksgiving würde kochen müssen, wollte Vater wissen, und wir versuchten, es an den Fingern abzuzählen. Acht? Elf? Fünfzehn? Ich hatte irgendwie im Hinterkopf, daß in diesem Jahr Mutters ältere Schwester mit ihrer Familie (Mann, fünf Kinder) kommen wollte, aber Vater meinte, nein, die sind nicht eingeladen, aber Onkel Ryan kreuzt bestimmt auf, wie jedes Jahr, und ich sagte, ja, weißt du denn nicht mehr, Onkel Ryan ist doch tot.

Vater machte ein dummes Gesicht und fuhr sich mit der Hand über das unrasierte Kinn und lachte und wurde noch röter. »O Gott, du hast ja recht!«

Wir zählten und zählten, aber wir kamen nicht zu Rande. »Wir nehmen einfach die größtmögliche Zahl an«, sagte Vater, »wenn's nicht reicht, regt sich Mutter sonst furchtbar auf.«

Mutter nahm immer eine ordentlich mit Bleistift geschriebene Einkaufsliste mit, die behielt sie fest in der Hand, während sie mich rumschickte, um dies und jenes zu holen. Sie selbst kam langsam nach, griff sich noch allerlei und verglich die Preise. Man muß immer die Preise vergleichen, sagte sie, weil die sich Woche für Woche ändern. Manchmal waren Sachen billiger geworden, das waren dann die Sonderangebote, manchmal aber auch teurer. Und wenn das Zeug schon vergammelt oder halb vergammelt war, hatte man von dem besten Sonderangebot nichts. Unvermittelt packte mich Vater am Arm. »Hast du die Liste mitgebracht?« Nein, sagte ich, und er gab mir einen Schubs, wie Kinder es machen. »Warum nicht?«

In dem flackernden Licht wirkte Vaters Gesicht ölig-verschmiert, als wenn er schwitzte, obgleich es so kalt war.

»Liste? Was für 'ne Liste?«, sagte ich böse. »Ich weiß nichts von deiner blöden Liste.«

Wir brauchten Salat, wir brauchten Kartoffeln für den Kartoffelbrei und Bataten für Ofenkartoffeln und Preiselbeeren für die Soße und einen Kürbis für die Pastete und Äpfel für die Apfelsoße. Wir brauchten Möhren, Limabohnen, Sellerie... aber ich fand nur welke, braune Salatköpfe, die wie angefressen aussahen. »Leg sie rein, damit wir weiterkommen«, sagte Vater und wischte sich den Mund am Ärmel ab. »Ich werd ihr sagen, daß nichts Besseres da war.« Dann schickte er mich durch die nassen, glitschigen Gänge nach zehn, zwölf anständigen Kartoffeln, die ich zwischen den fauligen Knollen rausklaubte, einem Kürbis, der noch nicht weich und stinkig, Äpfeln, die nicht verschrumpelt und wurmig waren.

Eine mondgesichtige Frau mit orangerot geschminkten Lippen und zitternden Händen griff nach einem der letzten guten Kürbisse, aber ich tauchte unter ihrem Arm durch und schnappte ihn mir. Mit offenem Mund starrte sie mich an. Ob sie mich oder vielleicht Mutter kannte? Ich ließ mir weiter nichts anmerken und schleppte den Kürbis zu unserem Wagen.

Der hintere Teil der Frischwarenabteilung war gesperrt, weil ein Stück vom Fußboden abgesackt war. Wir mußten kehrtmachen und denselben Weg wieder zurückrollen. Vater fluchte, weil der Einkaufswagen andauernd streikte. Was brauchte Mutter sonst noch? Essig, Mehl, Öl, Zucker, Salz? Brot für die Truthahnfüllung? Ich machte die Augen fest zu, versuchte mir unsere Küche vorzustellen, den Kühlschrank, der dringend mal geputzt werden mußte, die dunklen Schrankfächer, in denen Ameisen rumkrabbelten. Sie waren leer oder fast leer, Mutter war schon lange nicht mehr einkaufen gewesen. Aber das flackrige Licht im Supermarkt lenkte mich ab. Und ein eintöniges Tropfen. Und Vaters laute Stimme. »Irgendwas von hier? Wir brauchen...« Sein Atem kam in kurzen, dampfenden Stößen. Er sah mit zusammengekniffenen Augen in das Halbdunkel, wo Kisten, aus denen Dosen und Päckchen quollen, den Durchgang versperrten.

»Ich will nicht«, sagte ich, und Vater sagte: »Mutter zählt auf dich, Mädel!«, und ich hörte mich schluchzen, es klang häßlich und böse. »Mutter zählt auf *dich*.« Er gab mir einen Schubs, und ich schlitterte weiter durch Gänge, in denen das Wasser fünf, sechs Zentimeter hoch stand. Auch mein Atem dampfte, ziemlich wahllos griff ich in die Regale. Apfelsoße in Dosen vielleicht, weil wir keine frischen Äpfel kriegen konnten, ja, und vielleicht pürierten Mais? Dosenspinat? Rote Bete? Ananas? Grüne Bohnen? Auf einem fast leeren Regal standen stinkende Thunfischdosen mit gewölbtem Deckel. Ob ich von denen ein paar mitnahm, für nächste Woche? Und eine große Dose Campbells-Bohnen mit Schweinefleisch, die aß Vater so gern.

»Beeil dich, was ist denn, wir haben nicht den ganzen Abend Zeit«, rief Vater mir vom anderen Ende zu. Ich drückte die Dosen an die Brust, ein paar fielen runter, und ich mußte mich bücken, um sie aus dem stinkigen Wasser zu angeln. »Herrgott, Mädel, so mach doch!« In Vaters Stimme war Angst, das war noch nie dagewesen.

Fröstelnd lief ich zurück zu Vater, tat die Dosen in den Wagen, und wir rollten weiter.

Der nächste Gang war dunkel und mit einer Schnur abgesperrt, im Boden war ein Riesenloch, so groß wie ein ausgewachsenes Pferd. Auch ein Stück von der Decke fehlte, man sah die nackten Stahlträger unter dem Dach, von denen rostige Wassertropfen fielen, schwer wie Schrotkörner. Hier waren die Regale reichlich gefüllt: Waschpulver, Geschirrspüler, Kloreiniger, Insektenspray, Ameisenfallen. Eine Frau in grünem Anorak griff, hart am Rand des tiefen Lochs stehend, über die Schnur weg nach irgendwas, aber ihr Arm war nicht lang genug, sie mußte aufgeben. Hoffentlich schickt mich Vater da nicht rein, dachte ich, aber es half nichts, er deutete schon hin: »... Zeug für die Wäsche wird sie brauchen, zum Geschirrspülen...« Es half nichts, ich schlängelte mich an der Seite lang, so gut es ging, Fuß für Fuß an dem Loch vorbei, machte mich so schmal wie möglich, traute mich kaum Luft zu holen. Die rostigen Tropfen trafen mein Haar, mein Gesicht, meine Hände. *Bloß nicht nach unten sehen...* Ich beugte mich so weit wie möglich vor, machte lange Arme, um an das Waschpulver zu kommen. Das gab es in Normalgröße, Spargröße, Riesengröße, Jumbo, Riesenjumbo. Ich nahm die Spargröße, sie stand am nächsten und war nicht zu schwer. Aber noch schwer genug.

Auch eine Packung Geschirrspüler erwischte ich, dann ging ich zurück zu Vater, der an unserem Einkaufswagen lehnte; er hatte die Jacke aufgemacht und drückte eine Hand an die Brust. Ich ließ die Schachtel mit dem Seifenpulver ungeschickt in den Wagen fallen, sie ging kaputt, und säuerlich riechendes silbriges Pulver rieselte auf den Salat. Vater fluchte und gab mir eine Maulschelle, daß mir das Ohr dröhnte, und ich dachte, mein Trommelfell wär geplatzt. Tränen brannten mir in den Augen, aber geheult wird nicht, nahm ich mir vor, kommt überhaupt nicht in Frage.

Ich wischte mir das Gesicht am Blusenärmel ab und flüsterte: »Diesen Scheißdreck will sie doch gar nicht. Du weißt genau, was sie will.«

Vater schlug noch einmal zu, diesmal auf den Mund. Ich taumelte und schmeckte Blut. »Selber Scheißdreck«, sagte er wütend.

Vater gab dem eiernden Wagen einen zornigen Stoß; jetzt rollte er nur noch auf drei Rädern, das vierte war endgültig blockiert. Ich wischte mir nochmals übers Gesicht und ging hinterher. Was hilft's, dachte ich, Mutter zählt ja vielleicht wirklich auf mich. Wenn für sie überhaupt noch jemand zählt. Jetzt kamen wir zum Mehl, zu Zucker und Salz. Und zu den

Backwaren. Hier waren die Regale fast leer, auf dem Boden lagen noch ein paar durchweichte Brote. Vater stöhnte gottergeben, wir hoben sie auf und legten sie in den Wagen.

Bei den Molkereiprodukten roch es nach saurer Milch und ranziger Butter. Vater besah sich die Milchpfützen auf dem Boden, sein Mund zuckte, aber er kriegte kein Wort raus. Ich hielt mir die Nase zu und angelte mir alles, was nicht allzu schlimm aussah. Mutter würde Milch brauchen, ja, und Sahne und Butter und Schmalz. Und Eier. Wir hatten keine Hühner mehr, die waren im Winter alle eingegangen, also brauchten wir Eier, aber ich fand keinen einzigen Eierkarton, in dem alle Eier ganz waren. Ich hockte mich hin, nahm ein Ei, das in Ordnung war, oder zumindest so aussah, und tat es in einen anderen Karton. Ich brauchte mindestens ein Dutzend, es dauerte seine Zeit. Vater stand ein paar Meter weg, er war so zappelig, daß er Selbstgespräche führte, aber was er sagte, kriegte ich nicht mit.

Hoffentlich betet er nicht, dachte ich, das wär mir schrecklich peinlich gewesen. Mit dreizehn möchtest du nicht, daß ein Erwachsener, schon gar nicht dein Vater und vor allem nicht deine Mutter, laut Gott um Hilfe bittet, weil du ganz genau weißt, daß der auf so was doch nicht hört.

Neben den Molkereiprodukten waren die Tiefkühlwaren, und da sah es aus, als ob ein Riese sich ausgetobt hätte. Von den Gefriertruhen sah man die verbogenen, nach Ammoniak stinkenden Eingeweide. Eine dickliche junge Mutter, der Tränen übers Gesicht liefen, wühlte sich, drei heulende, quengelnde Kleinkinder im Schlepptau, durch Haufen von Eispackungen. Das meiste Eis war zerlaufen, die Fertiggerichte aufgetaut. Die junge Mutter kramte schluchzend darin herum. Ob ich auch mal nachsah? Wir aßen alle gern Eis, und unsere Tiefkühltruhe war leer. Die Eiskrempackungen lagen in großen Pfützen von geschmolzenem Eis, und dazwischen war irgendwas Bibberndes, Schwarzes, wie schwappendes Öl. Ich ging näher ran, schob einen halben Liter Himbeereis beiseite, und darunter war ein Gewimmel schwarzglänzender Küchenschaben. Die junge Mutter schnappte sich keuchend einen Karton Schokosplitter-Eis, schüttelte angeekelt die Schaben ab und tat ihn zu den anderen Sachen in ihren Einkaufswagen. Sie sah mich an und lächelte hilflos, was soll man machen, hieß das wohl, und ich lächelte zurück und wischte mir die klebrigen Hände an den Jeans ab. Aber ich wollte kein Eis, nein, besten Dank.

»Komm weiter«, zischte Vater ungeduldig. Er trat von einem Fuß auf den anderen wie einer, der mal muß.

Ich brachte die Sachen von der Milch- und Käseabteilung zu unserem Wagen, der sich allmählich füllte.

Jetzt zur Fleischabteilung, zu unserem Truthahn. Ohne Truthahn kein richtiges Thanksgiving. Hier sah es fast so schlimm aus bei den Tiefkühlsachen. Die Theken waren nur noch Haufen aus verbogenem Metall, Glasscherben und faulendem Fleisch – tote Hühner, Wurstschlangen, fettmarmorierte Steaks, aus denen Blut quoll. Auch hier war der Gestank ungeheuer, auch hier wimmelte es von Küchenschaben. Der weißbekittelte Metzger stand hinter den Resten eines verglasten Tresens und reichte einer Frau mit karottenrotem Haar und ohne Augenbrauen ein bluttriefendes Päckchen Fleisch. Die Frau war eine Schulfreundin von Mutter, ihr Name fiel mir nicht ein; sie bedankte sich so überschwenglich, daß es schon nicht mehr schön war. Jetzt war Vater dran; er verlangte mit lauter Stimme einen Truthahn, und der Metzger grinste, als ob Vater was ganz Blödes gesagt hätte, und Vater sagte noch lauter: »Wir brauchen einen schönen großen Vogel, Mister, mindestens zwanzig Pfund. Meine Frau…« Ich kannte den Metzger, er war immer hier, aber heute war er total verändert: groß und ausgemergelt, mit eingesunkenen Wangen, ein Stück Kiefer fehlte, er hatte nur noch ein Auge, aus dem er uns höhnisch anblitzte. Sein Kittel war blutverschmiert, auch er trug eine dieser kessen Tellermützen, auf denen in roten Buchstaben SONDERANGEBOTE ZUM FEST stand.

»Truthahn ist alle«, sagte der Metzger böse und sehr zufrieden. »Bis auf das, was hinten im Kühlraum ist.« Er deutete auf eine Wand hinter einem kaputten Fleischtresen, in der ein gähnendes Loch war, eine Art Tunnel. »Wenn Sie wollen, können Sie sich da gern was rausholen, Mister.« Vater starrte auf das Loch, sein Mund zuckte, aber es kamen keine Worte raus. Ich hockte mich hin, hielt mir die Nase zu und spähte in die feuchte, dunkle Höhle. Irgendwas (Fleischhälften? Tote Tiere?) lag auf dem naß glänzenden Boden, über den sich irgendwas oder irgend jemand bewegte.

Vater war totenblaß geworden, seine Augen lagen tief in den Höhlen. Wir sagten beide nichts, aber wir wußten, durch so ein Loch kam er nie, selbst ich würde meine Probleme damit haben.

Ich holte tief Luft. »Okay. Ich hol den verdammten Truthahn«, sagte ich und schnitt eine Grimasse wie ein kleines Kind, weil er nicht merken sollte, wie ich mich graulte.

Ich kletterte über Schutt und Glasscherben, hockte mich hin – igitt, dieses stinkende Zeugs! – und steckte den Kopf in die Öffnung. Vor lauter Herzklopfen kriegte ich keine Luft, ich hatte Angst, ohnmächtig zu werden wie Mutter, dabei wußte ich, daß ich nicht der Typ dafür bin, mich haut so leicht nichts um.

Die Öffnung war wie ein Tunnel, der in eine Höhle führt. Wie groß die Höhle war, sah man nicht, weil die Ränder in der Dunkelheit verschwammen. Die Decke war niedrig, nur ein paar Zentimeter über meinem Kopf. Auf dem Boden lagen blutige Fleischreste – Tierköpfe, Häute, Eingeweide –, aber auch Rinderhälften, Schweinestücke, Speckseiten, blutgesprenkelte Truthähne ohne Kopf, aus den Hälsen guckten Knorpel und unheimlich weiße nackte Knochen raus. Ich hätte mich fast übergeben, konnte mich aber gerade noch zusammenreißen. Außer mir kroch noch eine Frau da rum, sie mochte in Mutters Alter sein, hatte einen eisengrauen Dutt und trug einen guten Stoffmantel mit Pelzkragen, der Saum schleifte im Dreck, aber das schien sie gar nicht zu merken. Sie guckte sich einen Truthahn an, legte ihn wieder weg, nahm den nächsten, legte ihn weg, bis sie sich schließlich für einen mächtigen Vogel entschieden hatte, den sie im Triumph abschleppte. Jetzt war ich allein in der Höhle, ich zitterte, mir war schlecht, aber irgendwie fand ich es auch aufregend. Inzwischen waren nur noch drei, vier Truthähne übrig. Ich hockte mich in den knöcheltiefen blutigen Abfall und roch an ihnen. Waren sie schon schlecht? War einer noch eßbar? Solange ich denken kann, hab ich mich, wenn ich Mutter in der Küche half, vor den toten Truthähnen oder Hühnern geekelt, vor den mageren Hälsen ohne Kopf, der blassen, picklig-schlottrigen Haut, den schuppigen Klauen. Und diesem unverkennbaren Geruch.

Und dann kommt die würzige Fülle in den leergekratzten Bauch, das Loch wird zugenäht, der Vogel mit flüssigem Fett übergossen, in die Röhre geschoben. Und aus totem, klammem Fleisch wird ein eßbarer Braten. Und aus Ekel Appetit.

Wie ist das möglich, fragt man sich. Das *ist* eben so.

Es ist, wie es ist.

Der Geruch in der Höhle war so streng, daß ich nicht beurteilen konnte, welcher Truthahn noch einigermaßen gut war, also suchte ich mir den größten aus, mindestens zwanzig Pfund, zerrte ihn keuchend und fast schluchzend vor Anstrengung zu der Öffnung, schob ihn durch, kroch hinterher. Das Licht im Laden, das vorher so trüb gewesen war, schien plötzlich sehr hell. Vater wartete mit hängenden Schultern und offenem Mund, ein zittriges Lächeln um die Mundwinkel, neben dem Einkaufswagen. Er war so überrascht – von der Größe des Truthahns vielleicht oder einfach nur, weil ich es geschafft hatte –, daß er, während ich ihm grinsend zublinzelte und die dreckigen Hände an den Jeans abwischte, zunächst kein Wort rausbrachte und es einen Augenblick dauerte, bis er mir helfen konnte, den Truthahn in den Wagen zu wuchten.

Dann sagte er matt: »Dunnerlittchen!«

Die Ladenbeleuchtung ging allmählich aus, wir zahlten an der einzigen Kasse, die noch besetzt war. Draußen war es sehr dunkel, mondlos, es schneite leicht, der erste Schnee des Jahres.

Vater trug die schweren Tüten zu unserem Pickup, ich die leichteren. Wir legten sie hinten in den Laderaum und zogen eine Plane drüber. Vater atmete schwer, sein Gesicht war unnatürlich blaß, es wunderte mich deshalb nicht, als er sagte, ich fühl sich nicht besonders, vielleicht wär's besser, wenn du fährst. Es war das erstemal, daß ein Erwachsener so was zu mir sagte, aber irgendwie wunderte ich mich überhaupt nicht darüber, und es war ein gutes Gefühl, als Vater mir die Autoschlüssel gab.

Wir stiegen ein, Vater auf den Beifahrersitz, die Faust an die Brust gedrückt, ich daneben, vor dem hohen Lenkrad, mit knapper Not konnte ich über Steuer und Kühlerhaube sehen. Ich war noch nie gefahren, aber schließlich guckte ich ihnen, ihr und ihm, ja nun schon viele Jahre zu. Ich wußte, wie's geht.

Blind

Irgendwann im Lauf der Nacht – und das Nachtdunkel ist schlimm hier auf dem Land, wenn kein Mond am Himmel steht – fiel der Strom aus.

Davon bin ich wohl aufgewacht. Ich hatte geschlafen, und plötzlich war ich wach. Es rumpelte leise, als wenn etwas zusammenstürzt. Und über meinem Kopf trommelte der Regen aufs Dach, auf das niedrige Dach mit den faulenden Schindeln. Und schlug schräg gegen die Scheiben, so daß ich voller Angst auf das *Pschsch ... Pschsch ...* des Regens horchte, der ins Haus wollte.

Mit *ihm* habe ich kein Wort gewechselt, *ihn* habe ich nicht einmal geweckt.

Soll er schlafen, der alte Narr. Schnaufend und schnarchend und mit rasselndem Atem. Was kann man erwarten in diesem Alter?

Ich bin keine ängstliche Frau, nein, ich bin stark, praktisch und erfahren in der Haushaltsführung, in unserem anderen Haus und hier, in unserem Ruhestand. (*Seinem* Ruhestand wohlgemerkt...) Deshalb habe ich auch keine Angst vor Unwettern, allenfalls vom Praktischen her. Wenn man ein eigenes Haus hat, braucht man, braucht zumindest einer gesunden Menschenverstand. So wie der Regen an den Fenstern herunterlief, würde er auch an den Hauswänden herunterlaufen, in wahren Sturzbächen, die Dachrinnen hatten sich zugesetzt, und deshalb schwappte das Wasser über und konnte an der Wand entlanglaufen bis hinunter zu den alten steinernen Fundamenten und in den Keller hinein, o Gott. Davor hatte ich

Angst. Nicht vor dem Unwetter an sich. Denn natürlich hatte *er* die Dachrinne immer noch nicht saubergemacht, da tut sich nichts, und wenn ich ihn noch so oft daran erinnere.

In den nächsten Tagen – inzwischen war es endlich April geworden in diesem kalten, windigen Landstrich – hatte ich, um ihn zu demütigen, selber die Aluminiumleiter aus der Scheune schleppen und verfaultes Laub und all das andere Zeug aus der Rinne klauben wollen, aber bisher war noch nichts geschehen, und jetzt war es zu spät, der Regen *pschsch... pschsch...* wollte ins Haus.

Als ich die Nachttischlampe anknipste, war der Strom weg. Es war so dunkel, daß ich nicht die Hand vor Augen sah. Ich tastete nach der Lampe, stieß gegen den Schirm und warf sie fast um, schimpfte vor mich hin, aber es half alles nichts, der Strom war weg. (Hat *er* mich gehört in meiner Not, wie er da lag, schnarchte und schleimig rasselnd vor sich hinröchelte? Bewahre!) Im Lauf des Winters war das schon ein paarmal passiert, einmal war der Strom achtzehn Stunden ausgefallen, und als ich anrief, um mich zu beschweren, sagte das Mädchen mit dieser gezierten Piepsstimme: Die Firma tut, was sie kann, Ma'am, der Strom wird so schnell wie möglich wieder eingeschaltet. Und jedesmal, wenn ich anrief, hörte ich erneut die gezierte Piepsstimme: Die Firma tut, was sie kann, Ma'am, der Strom wird so schnell wie möglich wieder eingeschaltet.

Bis ich schließlich in den Hörer schrie: Ihr lügt ja! Alle lügt ihr! Für unser gutes Geld können wir auch einen anständigen Service verlangen. Keine Antwort. Jetzt hat die dumme kleine Ziege endlich Respekt vor mir, dachte ich, aber dann piepste die gezierte Stimme, ich sah die spöttisch aufgeworfenen, rot angemalten Lippen förmlich vor mir, heutzutage hat die Jugend eben keine Achtung mehr vor dem Alter: Ich sage Ihnen doch, Ma'am, die Firma tut, was sie kann.

Wütend knallte ich den Hörer auf die Gabel, so daß er hinfiel und das billige Plastik Haarrisse bekam.

Ich versuchte zu erkennen, wie spät es war, sah zu der Stelle hin, wo die Uhr sein mußte. Aber es war so dunkel, daß sogar die grünen Leuchtziffern verschwunden waren. Nach dem Druck auf meine Blase (die mich regelmäßig jede Nacht weckt) mußte es zwischen drei und halb vier sein. Mitten in der Nacht; da würde es seine Zeit dauern, bis die Elektrizitätsgesellschaft ihr Wartungsteam in Marsch setzte, oder zumindest konnte sie sich damit herausreden.

Mein Atem ging jetzt schnell, ich war wütend und nervös und mußte dringend zur Toilette; in dieser Finsternis. Ich ließ die Beine (die, besonders an den Fesseln, etwas geschwollen sind) über den Bettrand hängen und stellte mich schwankend auf die nackten Füße. Die Hausschuhe? Ich tastete danach, fand sie aber nicht.

Ich seufzte; kann auch sein, daß ich mit mir selber sprach, das habe ich mir so angewöhnt; früher habe ich mit der Katze gesprochen und davor mit dem Kanarienvogel, denn *er* stellt sich ja taub, wenn ihm was nicht paßt. Gott erbarme dich, murmelte ich, dabei hab ich mit Gott nicht mehr viel am Hut, schon seit Jahren nicht mehr. *Er* aber schlief ungerührt weiter, lag wahrscheinlich auf dem Rücken, mit offenem Mund, aus dem ihm Speichel über die Wange lief.

Ich bin nicht schwergewichtig, geschweige denn dick, bin allenfalls im Laufe der Jahre ein bißchen füllig geworden, was Beine und Rücken belastet. Und manchmal etwas kurzatmig, aus verständlichem Unmut.

Euch, sage ich zu den Töchtern, wenn sie mich (selten genug) besuchen kommen, euch ginge es nicht anders, erzählt mir doch nichts!

Langsam und mühselig tastete ich mich ins Badezimmer, die Blase drückte, es war kaum noch auszuhalten. Mit geschlossenen Augen hätte ich wohl keine Probleme gehabt, ich kenne das Zimmer, ja, das ganze Haus auswendig, aber ich versuchte, etwas zu erkennen, und das konnte natürlich nicht klappen. Ich stieß mir den großen Zeh, prallte gegen die Spiegelkommode, tastete nach der Tür, die nicht da war, wo sie eigentlich hätte sein müssen, sondern einen halben Meter seitlich. Keuchend schimpfte ich vor mich hin, denn in meinem Alter erwartet man von der Welt der toten Gegenstände – wenn schon nicht von der Welt der Lebenden – ein bißchen mehr Rücksichtnahme; *er* aber lag da und schlief, nur auf sich bedacht. Und hörte nichts.

Zum Glück ist das Badezimmer in der Diele, gleich neben dem Schlafzimmer, ich hatte nicht weit zu gehen.

Inzwischen hatte ich vergessen, daß der Strom ausgefallen war, und tastete nach dem Wandschalter. Macht der Gewohnheit!

Die Toilette fand ich dann problemlos und stellte fest, daß es im Badezimmer womöglich noch dunkler war als im Schlafzimmer und in der Diele, obgleich hinter der Toilette ein Fenster ist, ein Fenster mit Blick auf ein steiles Dach und eine überwucherte frühere Weide. (So manches Mal habe ich in den letzten zwölf Jahren, seit unserem Einzug, an diesem Fenster gestanden, habe die Weide im Mondschein liegen sehen und gewartet ... Worauf? Wozu?) Jetzt aber hatte die Dunkelheit auch das Fenster geschluckt. Hätte man nicht das Trommeln des Regens gehört, die Feuchtigkeit gespürt, hätte man meinen können, es sei gar kein Fenster da.

Ich betätigte die Spülung, einmal, zweimal, ein drittes Mal, ehe sie funktionierte. Verfluchte wie so oft die Rohrleitungen, irgendwas ist in diesem alten Haus immer kaputt, und wer holt dann den Klempner? Und wer schreibt den Scheck für die Rechnung? Und wer muß sich obendrein von den Töchtern anhören: Warum nörgelst du ständig an Daddy rum warum läßt du Daddy nicht in Ruhe seine Nerven du kennst das doch armer Daddy. Wenn sie wüßten, diese dummen Gören ...

Es war wohl meine Schuld. Daß ich mich so rasch, so ungestüm bereit gefunden hatte, unser altes Haus zu verkaufen und hierher zu ziehen. Unser Haus in der Universitätsstadt, in dem wir dreiundvierzig Jahre gewohnt hatten. Um *hierher* zu ziehen. Wo es nur Felder und monotone Baumreihen gibt, mit denen sich für *ihn* Erinnerungen verbinden (seine Eltern hatten ihn mal im Sommer hierher auf Verwandtenbesuch geschickt, für ihn angeblich die glücklichste Zeit seines Lebens), aber nicht für *mich*. Ich verließ meine drei Freundinnen ohne Abschied, weil sie mich gekränkt, mir nicht genügend Beachtung geschenkt hatten, so was brauchte ich mir nicht gefallen zu lassen; der Umzug war meine Rache, jetzt tut es mir leid, aber jetzt ist es zu spät.

In der schrecklichen Schwärze tastete ich mich zurück ins Bett, der Regen, das *Pschsch* an den Scheiben, das Trommeln auf dem Dach schienen mir lauter als zuvor. *Er* schnarchte nicht mehr so laut, oder der Sturm übertönte ihn. Als ich aufgestanden war, hatte er sich nicht gerührt, ich hätte in der Finsternis einen Anfall, einen Kollaps haben, die Treppe hinunterfallen können, wäre er dann gekommen, um nach mir zu sehen? Es darf gelacht werden. Ich legte mich hin, die Sprungfedern knarrten, *er* rührte sich nicht.

Ich versuchte nicht an den Regen zu denken und an den Keller, die überlaufende Regenrinne. Zur Nervenberuhigung stellte ich mir vor, daß schwarze Wellen auf mich zukamen, flache Wellen, die mich hochhoben, auf denen ich treiben konnte, wie ich es im Schwimmbad gelernt hatte, erstaunlich, wie mühelos, wie angstfrei ich dahintrieb, während die jüngeren Frauen sich redlich plagen mußten, zumal die ganz Dünnen. Dabei ist es so leicht. Du läßt einfach los. Und treibst dahin.

Aber jetzt wollten meine Gedanken nicht loslassen. Es war wie beim Stricken, wenn die Stahlnadeln klicken und blitzen. All die Jahre hat *er* sich im Arbeitszimmer eingeschlossen, um nicht gestört zu werden, wenn er auf der Maschine seine Skripte schrieb, immer dieselben Skripte, wenn er an seinen wissenschaftlichen Artikeln arbeitete, seinem einzigen Buch über den Ursprung irgend einer antiken griechischen Tragödie, etwas, was kein Mensch liest, wenn es nicht im Lehrplan vorgeschrieben ist. Irgendwie waren wir, seine Frau und seine Töchter, aber wohl doch stolz auf ihn, die Natur hat uns den Stolz wohl mitgegeben, auf irgendwas müssen wir einfach stolz sein. Und von dem, was er als Professor für klassische Philologie verdiente, haben wir immerhin gelebt. Der arme Trottel, immer saugte er an seiner Pfeife, ohne zu wissen, woran er da saugte, sie wissen es ja alle nicht. Und als sie ihm das Rauchen verboten, nuckelte er an der kalten Pfeife weiter wie ein Baby am Schnuller, wirklich jammervoll. Die Abschiedsparty war im Gemeinschaftsraum der Fakultät, es gab nur »lieblichen« Rotwein und Käsespieße, ein paar Trinksprüche, eine Eloge des Präsidenten, eine Dankesrede von *ihm* mit Tränen in den Augen, die jüngeren Kollegen grinsten sich eins, und selbst die älteren, bei denen es schließlich auch bald so weit ist, kämpften mit dem Gähnen, es war im Grunde sehr komisch.

Alle Toasts für den Professor emeritus, und wie feierlich *er* sein Glas hob! Er ahnte ja nicht, der arme eingebildete Trottel, woran *ich* bei diesem Anlaß zuallererst gedacht habe.

Und dann habe ich mich, um mich an meinen einzigen Freundinnen zu rächen, trotzdem überreden lassen, hierher zu ziehen.

In *seinen* Ruhestand, wohlgemerkt ...

Ich versuchte zu schlafen, aber es goß weiter in Strömen, und der Donner kam immer näher, etwas Gewaltiges rollte direkt auf das Haus zu. Ich riß entsetzt die Augen auf, als dieses Etwas, ein riesiges rundes Ding, über das Haus, über die Felder rollte und schließlich verschwand. Aber kein Blitz! Weder vorher noch nachher. Die dunkelste Nacht meines Lebens.

Jetzt versuchte ich, *ihn* zu wecken. Packte ihn bei der Schulter, schüttelte *ihn*.

Wach auf! Hilf uns! Etwas Schreckliches ist passiert, kreischte ich in höchstem Diskant, aber bei *ihm* verfing auch das nicht. Ich konnte *ihn* nicht sehen in dieser pechschwarzen Finsternis. Keinen Schatten, keinen Schimmer.

Dabei war das der Mann, mit dem ich seit einundfünfzig Jahren verheiratet war, der da schlaff und schwer wie ein Sack Kunstdünger neben mir in seiner Kuhle lag. Ich tastete nach seinem borstigen Kinn, dem dünnen Haar, dem knochigen Schädel unter dem Haar. Ich ertastete seine Augen, die weit geöffnet waren wie die meinen.

Myron! Was ist mit dir?

Er regte sich nicht. Und jetzt stieg mir aus dem Bettzeug ein süßlich-feuchter Geruch in die Nase.

Jetzt erst wurde mir bewußt, daß ich seit ein paar Minuten seinen Atem, dieses schnaufende Schnarchen, dieses rasselnde Röcheln nicht mehr gehört hatte.

Wut stieg in mir hoch wie klumpiger Schleim. Immer dieses Saugen an der Pfeife, hatten der Arzt und ich ihn nicht gewarnt, hatten nicht seine Töchter, die ihn vergötterten, ihn gewarnt?

Aber nein, der Herr Professor beschäftigte sich lieber mit der Antike – oder mit den Sternen (denn das Weltall war eins seiner »Hobbys«).

Wach auf! Wach auf! Wach auf! Wie kannst du mich ausgerechnet jetzt allein lassen? Und ich ballte die Faust und stieß sie heftig gegen seine Schulter.

Stöhnte er, oder bildete ich mir das nur ein? Neuerliches Donnergrollen rollte über das Land, über das Haus, so daß ich um Erbarmen flehte wie ein kleines Kind. Und immer noch kein Blitz, kein noch so kurzes Blinken.

So was ist unnatürlich, das war mir klar. Denn ohne Blitz kein Donner, der Donner kommt durch den Blitz zustande, der den Himmel in Stücke reißt, soviel weiß sogar ich.

Wenn es aber gar kein Donner war, sondern etwas anderes?

Und plötzlich hatte mich eine Angst erfaßt, die von außen wie aus der Dunkelheit auf mich zukam, ich stieß *ihn* weg, er konnte mir nichts mehr nützen; hatte er mich denn in den letzten Jahren überhaupt zur Kenntnis genommen, ja auch nur angesehen, und ich dachte: *Keiner kann jetzt dem anderen helfen, dies ist das Dunkel des Anbeginns und das Ende.*

Nach meiner späteren Berechnung muß das gegen vier gewesen sein. In der Panik dieser ersten Minuten, als ich begriffen hatte, daß *er* tot war und ich eigentlich Hilfe holen mußte, konnte ich die Bedeutung dieser Erkenntnis noch nicht voll ermessen. Ich wußte nur, daß ich allein war und Angst hatte, Herzklopfen und Angst wie ein gejagtes Tier. Daß *er* mich ausgerechnet zu Beginn dieser Belagerung, dieser unbekannten Schrecknisse allein gelassen hatte!

Ich stieg aus unserem Ehebett, es war wie die Flucht aus einem Grab.

Regnete es schon durch die Decke? Das Bettzeug war feucht, auf der Bettdecke war irgendwas Klebriges. Dieser widerlich süßliche Geruch, obgleich von draußen so schöner, frischer Regenduft kam. Ich machte ihm Vorwürfe, bittere Vorwürfe. In der Dunkelheit tastete ich nach dem Telefon, warf eine Lampe um, schrie auf, weinte bitterlich wie eine junge Braut um *ihn*, dem ich so lange, der mir aber noch viel länger nicht mehr richtig ins Gesicht gesehen hatte.

Einmal kam meine ältere Tochter überraschend in die Küche – das war in unserem früheren Haus in University Heights – und fragte erschrocken, warum weinst du denn, Mutter, und ich verbarg mein Gesicht vor ihren jungen Augen und sagte leise, zornig und beschämt, weil dein Vater und ich nicht mehr Mann und Frau sind, seit zwanzig Jahren lieben wir uns nicht mehr, und meine Tochter schnappte hörbar nach Luft, als hätte diese Frau in mittleren Jahren, die ihre Mutter war, eine obszöne Bemerkung gemacht, und sagte, aber Mutter, das glaube ich nicht, und dann wandte sie sich geniert ab und hatte wie alle Kinder, die aus unserem Leib kommen und es danach sehr eilig haben, ihrer Wege zu gehen, damit eigentlich sagen wollen, von *dir* mag ich so was nicht hören.

Und jetzt war *er* tot, und ich mußte Hilfe holen, aber während ich auf den Knien nach dem Telefon tastete, das hintergefallen war, begriff ich eines: Wenn *er* tot war, hatte das den gleichen Grund wie der Stromausfall; wenn der Strom ausgefallen war, hatte das den gleichen Grund wie *sein* Tod. Jede menschliche Hilfe kam zu spät.

Und wollte ich denn wirklich Fremde in diesem Zimmer haben – immer vorausgesetzt, sie fänden in der pechschwarzen Dunkelheit dieses Haus, diesen Raum?

Meine Finger fuhren über das grobe Material des Teppichs, aber ich fand den Telefonapparat nicht, hörte auch keinen Wählton, demnach waren die Telefonleitungen ebenfalls tot, es gab keine Verbindung zur Außenwelt mehr.

Dieser widerlich süßliche Geruch. *Seiner. Er.* Plötzlich hielt ich es nicht mehr aus, hier mit ihm eingesperrt zu sein, ich wollte nur noch weg, um jeden Preis.

Auf allen vieren kroch ich zur Tür. Ja, raunte ich mir zu, ja, so müßte es gehen, nur Mut. Auf der Spiegelkommode stand für solche Notfälle eine Petroleumlampe mit Streichhölzern, aber irgendwie wußte ich, daß ich sie nicht finden würde, ja, daß ich sie mit meinen zitternden Händen nicht würde anzünden können.

Und so kroch ich auf allen vieren weiter, mein Nachthemd nachschleppend, das nach dem Grabe stank, dem ich entkommen war. Langsam und mühselig, keuchend vor Anstrengung stieg ich die steile Treppe in die Dunkelheit hinab.

So viele Stufen. Ich hatte sie noch nie gezählt, und nach der zwanzigsten verzählte ich mich prompt. Ich klammerte mich mit der linken Hand ans Geländer (das nicht sehr stabil ist) und tastete mich mit der rechten an der Wand entlang. Meine Augen waren jetzt trocken und weit geöffnet, aber unter mir sah ich nur gnadenloses, unermeßliches Dunkel, wie eine Bahn schwarzer Farbe. Sie hatte etwas Rätselhaftes, diese Dunkelheit, war anders als alle anderen Dunkelheiten meines Lebens.

Ich muß sehen, ich brauche Licht zum Sehen.

Ich konnte es kaum erwarten, nach unten zu kommen, die Taschenlampe aus dem Schrank zu holen, Kerzen anzuzünden. In der Eile hatte ich vergessen, den Bademantel anzuziehen und Hausschuhe. Ich hätte nicht sagen können, welches Jahr wir hatten, wo ich war, in welchem meiner Häuser. Eine Frau in meinem Alter mit struppigem grauen Haar, das ihr über die Schultern fällt, schweren schlaffen Brüsten, Hüften, Schenkeln, Wabbelbauch, hechelnd wie ein Hund, selbst hier auf dieser zugigen Treppe in Schweiß gebadet, barfuß, reizlos – wie mitleidig meine früheren Freundinnen, wie höhnisch meine Töchter mich mustern würden. Nie und nimmer würdest du dir als junge Frau träumen lassen, daß dies eines Tages du sein könntest.

Regen und Donner hielten an, aber noch immer blitzte es nicht. Irgendwie schien es – von dem Gefühl der Schwerkraft abgesehen – gar nicht treppab zu gehen, aber dann tastete ich mit dem Fuß nach der nächsten Stufe und merkte, daß keine mehr da war. Die Treppe war zu Ende.

Ich zitterte wie Espenlaub, duckte mich wie in Erwartung eines Angreifers. Doch das Dunkel war leer.

Die widerlichen Ausdünstungen von oben verflüchtigten sich allmählich. Ich roch sie noch – sie hingen in meinem Flanellnachthemd, meinem Haar –, aber nicht mehr so intensiv. Der frische Duft nach Regen und Erde überwog jetzt, ein Duft, den ich mit Frühling verband. Frühlingsregen und Tauwetter nach dem langen Winter. Ich habe den Eindruck, daß jedes Jahr das Tauwetter ein bißchen später kommt und deshalb um so willkommener ist. An windigen Tagen, wenn die Sonne scheint, gibt einem dieser Duft ein Gefühl des Lebendigseins.

Am Endpfosten des Geländers Halt suchend, versuchte ich, mich zu orientieren. Rechts das Wohnzimmer, links die Küche. Mein Ziel war die Küche.

Ich tauchte in die Dunkelheit wie in schwarzes Wasser, stieß sofort mit einem Stuhl zusammen (wer läßt denn auch da einen Stuhl stehen?), stieß mit dem Kopf an eine scharfe Kante (ein Regal? dort?), erkannte den Raum schließlich an Koch- und Fettdüften und dem kalten Linoleum unter meinen Sohlen.

Auch hier – Macht der Gewohnheit! – tastete ich nach dem Lichtschalter.

Natürlich wurde es nicht hell, die Dunkelheit blieb unermeßlich tief.

In diesem Moment kam mir noch einmal das Telefon in den Sinn, ich mußte doch Hilfe holen, dringend mußte ich Hilfe holen, allerdings wußte nicht mehr so recht warum. Doch das Telefon war an der Wand neben der Spüle, auf der anderen

Seite der Küche, die beängstigend schwarz war wie tiefes Wasser, schon bei der Vorstellung rumorte es in meinen Gedärmen: *Und wenn ich nicht allein bin? Wenn jemand nur darauf wartet, daß ich eine falsche Bewegung mache?* Ganz unerwartet fand ich mich am Kühlschrank wieder, aus dem mich Kälte anwehte. Heißhungrig, blindlings, aber zielsicher griff ich nach einem Stück Zimtkuchen mit Zuckerguß, das ich gestern vormittag in Zellophan eingepackt hatte, und einem Halbliter-Karton Milch, ich sah das im Dunkeln Unsichtbare im Geiste vor mir. Zitternd, schamlos vor tierischer Gier, stand ich da, ließ die Tür offen, die kostbare Kälte entweichen, verschlang den Kuchen bis auf den letzten Krümel, trank so gierig, daß die Milch über mein Nachthemd schwappte. Erst als der Heißhunger gestillt war, empfand ich das Abstoßende, das Törichte meines Tuns und machte schleunigst die Tür wieder zu.

Durch den Stromausfall, der sicherlich längere Zeit dauerte, konnte so manches in Kühlschrank und Tiefkühltruhe verderben. Gewiß, in der Tiefkühltruhe dauert es Stunden, bis Lebensmittel (Fleisch zum Beispiel) antauen, aber wenn der Vorgang einmal begonnen hat, ist er nicht mehr rückgängig zu machen, sofern man sich nicht eine Lebensmittelvergiftung einhandeln will.

Ich hatte Angst davor, ohne Lebensmittel zu sein, wenn das Unwetter andauerte, die Straßen unpassierbar waren und ich tagelang das Haus nicht würde verlassen können. Denn das Telefon nützte mir nichts; selbst wenn ich durchkam, um etwas zu bestellen, würde man mich mit Hohn und Spott überschütten, ich würde zetern und fluchen, und dann würden sie meinen Namen wissen.

Ich brauchte Licht, gierte nach Licht, wie ich zuvor nach etwas Eßbarem gegiert hatte. Ich tastete mich zum Schrank, in dem die Taschenlampe stand, kramte zwischen Kanistern und Spraydosen herum, wo war sie nur – hatte *er* sie falsch abgestellt? – warf in meiner Hast etwas zu Boden, was klirrend zu meinen Füßen zerbrach, eine Tasse vielleicht, und jetzt auch noch die Gefahr, mit meinen armen nackten Füßen in Scherben zu treten. Gott erbarme dich! In meiner Verzweiflung wimmerte ich jetzt: *Warum? Warum? Hilf mir doch!*, und während ich nach der Taschenlampe suchte, überlegte ich, ob ich vielleicht früher einmal eine schreckliche Sünde begangen hatte, für die ich jetzt büßen mußte, mich einer Bosheit oder Hartherzigkeit schuldig gemacht hatte, nicht absichtlich, sondern ungezielt oder unbewußt, wie wir in unserem blinden Leben so vieles nur halb bedenken, die Wirkung unseres Verhaltens nur halb erkennen. Sollte das der Fall sein, vergib Du mir!

(Eigentlich glaubte ich selbst nicht recht an so eine Sünde, denn ich erinnerte mich an nichts. Als hätte der Stromausfall auch meine Erinnerung ausgelöscht. Als gäbe es in absoluter Dunkelheit nichts als das absolute Jetzt.)

Als ich mir dann in meiner Verzweiflung den nächsten Schrank vornahm, wo die Taschenlampe nie gewesen war, fand ich sie sofort. Ich drückte mit dem Daumen auf den kleinen Schalter, es klickte, aber *es kam kein Licht*.

Wie war das möglich? War die Batterie leer? Dabei hatte ich die Taschenlampe erst neulich unten im Keller benutzt, wo das Eingemachte steht.

Es half nichts: *Es kam kein Licht*.

Laut schluchzend vor Enttäuschung und Verzweiflung machte ich einen unbedachten Schritt und trat auf eine Scherbe. Zum Glück hatte ich den Fuß nicht voll belastet, trotzdem tat es weh, und bestimmt blutete es auch.

So vorsichtig wie möglich, mein Schluchzen unterdrückend (denn ich bin, wie gesagt, eine praktische Frau mit einem halben Jahrhundert Erfahrung im Haushalt) tastete ich mich auf die andere Seite der Küche, zu der Arbeitsfläche neben der Spüle, der Schublade darunter, in der Kerzen und Streichhölzer für derlei Notfälle lagen. Ich bewegte lautlos die Lippen und flehte zu Dir um Erbarmen (ich, die ich den Glauben an Dich vor so vielen Jahren abgetan hatte), riß Streichhölzer an, hielt sie mit zitternden Händen an den unsichtbaren Docht, man glaubt ja nicht, wie schwierig es ist, eine Kerze anzuzünden, die man nicht sieht, und nach zahlreichen ungeschickten Versuchen klappte es endlich, eins der Streichhölzer flammte auf, ich roch Schwefel, aber *ich sah keine Flamme.*

In diesem Moment stand für mich fest, was ich bisher nur vermutet hatte – daß etwas Geheimnisvolles um diese Dunkelheit, um diese Nacht war; etwas, was sie von anderen Dunkelheiten und anderen Nächten unterschied. Denn es handelte sich ja nicht nur um das Fehlen der Helligkeit (die wir unserer Sonne verdanken), sondern um das Da-Sein des Dunkels, das dicht und opak war wie etwas Stoffliches.

Und ich begriff, daß es keine sichtbare Auswirkung haben konnte, wenn ein Streichholz »angezündet« wurde, ein Kerzendocht »brannte«. Normale Helligkeit wurde sogleich aufgesogen, verschwand wie etwas Wesenloses, *war* zu etwas Wesenlosem geworden.

Wenn es mir gelang, damit bis zum Morgengrauen zu leben...

Denn wenn der Morgen kam, würde doch sicherlich alles gut werden? (Das Unwetter hatte sich offenbar gelegt. Und auch wenn der Regen andauerte, die Wolkendecke nicht aufriß, würde es doch hell werden, denn welche böse Macht könnte der Kraft unserer Sonne widerstehen?)

Ich glaubte nicht an Gott, aber ich glaubte an unsere Sonne. Allerdings hatte ich nie sehr aufmerksam zugehört, wenn *er* mir endlos aus seinen wissenschaftlichen Zeitschriften vorlas, Artikel über die Sonne, die schon so viele Milliarden Jahre alt war, über die Größe des Universums, über Möglichkeiten, die Zeit so weit zu komprimieren, daß sie in meinen Fingerhut paßte... als ob ich, von der Last meiner hausfraulichen Pflichten gebeugt, für derlei Dinge groß Zeit gehabt hätte!

Nach meinem vergeblichen Kampf um Licht, nach all den Demütigungen, die ich erfahren hatte, war ich plötzlich todmüde. Ich drehte mich um, wollte mich in die Diele zurücktasten, die Treppe hochgehen, mich wieder ins Bett legen, dachte in meiner Verwirrung nicht mehr daran, wer sich dieses Bettes und somit meines Schlafes bemächtigt hatte, daß dort oben das Grauen auf mich wartete, und wieder trat ich in eine Scherbe, und diesmal schmerzte es mehr. Dumme Kuh, schalt ich mich, als ich das glitschige Blut auf dem Linoleum spürte; aber da mir der Anblick erspart blieb, machte es mir überraschend wenig aus.

Stolpernd, laut und zornig schluchzend, tastete ich mich in die Diele, ins Wohnzimmer. Inzwischen kümmerte es mich nicht mehr, was mich in diesem nach Feuchtigkeit, Schimmel und Staub riechenden Raum (hatte ich dort nicht erst letzte Woche geputzt, staubgesaugt, gewachst?) erwarten mochte. Ich konnte mich buchstäblich nicht mehr auf den Beinen halten, tastete nach dem Sofa, einem schönen alten Ledersofa, das er gekauft hatte, wenn ich mich recht erinnere, glatt und griffig, wenn auch kalt und hier und da von feinen Altersrissen durchzogen. Inzwischen war mir das alles gleich, ich legte mich hin, ich wollte nur die Augen zumachen und schlafen.

Und schlief ich wirklich ein, oder sank ich in eine größere, bodenlose Dunkelheit, wimmernd und stöhnend, vergeblich nach einer Lage suchend, in der ich mir nicht den Hals abknickte oder die Wirbelsäule verbog, einer Lage, die nicht gestaltlose Schrecknisse in meinem Kopf auslöste?

Ich träumte nicht. Ich »sah« nichts. Bis mich die Sonne weckte, »sah« ich mich erwachen und fröhlich einem neuen Tag entgegenlächeln, während sich bläßlich, aber unverkennbar die Sonne durch die Tüllvorhänge des Wohnzimmerfensters stahl... endlich! endlich!

Nur – war das leider ein Traum gewesen, und als ich mich benommen aufrichtete, blickte ich, wie zuvor, in unverändert grauenvolle Dunkelheit. Lange Minuten begriff ich nicht, was geschehen war, wo ich war, denn ich lag *nicht* in meinem, lag überhaupt in keinem Bett; und ich rief, so wirr war ich, Myron! Myron! Wo bist du? Was ist mit uns?

Und dann kam wie eine schwarze Flut, die mich davontrug, die Erinnerung. Und alles war plötzlich klar.

Sollten Sie mich in meinem Versteck aufspüren und glauben, eine Frau in meinem Alter sei, da alleinstehend, auch schutzlos, wäre das ein Irrtum. Denn das Dunkel ist hier so tief, daß niemand es je durchdringen wird.

Und die Tür habe ich von innen mit dreizölligen Nägeln dichtgemacht.

Mit Vorräten bin ich reichlich versehen. Alles, was an frischen Lebensmitteln und Konserven in der Küche war, habe ich mir geholt; hier im Keller stehen Dutzende von Gläsern mit Eingemachtem – Birnen, Kirschen, Tomaten, Rhabarber, Sauergemüse, dazu eine Tonne mit Äpfeln und ein Sack Idaho-Kartoffeln. Roh schmecken manche Sachen sogar noch besser als gekocht.

(Einmachen war für mich hier auf dem Land, wo ich niemanden kannte und auch keinen Wert auf Bekanntschaften legte, Beschäftigungstherapie. Während *er*, der arme Trottel, händeschüttelnd herumging und nicht aufhörte zu hoffen, sie würden ihn irgendwann akzeptieren. Und wem von uns beiden hat die Entwicklung nun recht gegeben?)

Ich habe keine Angst mehr vor dem Dunkel. Denn hier unten ist es *mein* Dunkel.

Wann ich begriff, was geschehen war und daß ich mich unverzüglich würde verstecken müssen, weiß ich nicht mehr genau. Es kann vor einem Monat, es kann auch erst vor ein paar Stunden gewesen sein. In ewiger Nacht gibt es keine Zeit.

Doch weiß ich noch, daß im vergangenen Winter der Himmel monatelang bedeckt war und die Sonne, wenn sie einmal durchkam, aussah wie angelaufenes Zinn und daß sich abends die Lichter im Haus häufig verdunkelten und flackerten. Daß meine Beschwerden bei der Elektrizitätsgesellschaft ins Leere liefen – war nun klar!

Dann kam das Unwetter: der eigentliche Angriff.

Und als ich morgens erwachte, war Nacht um mich, auch wenn ich aufgrund schwacher, aber unverkennbarer Geräusche – Vogelrufe vor dem Haus – begriff, daß es Morgen war, nur ohne Sonne.

Und der Regen hatte aufgehört. Und der Donner.

Ich tastete mich ans Wohnzimmerfenster, legte beide Hände an die Scheibe, ja, ich spürte die Wärme der Sonne, es *war* die Sonne, auch wenn sie unsichtbar war. So wie vorhin das Streichholz aufgeflammt war, ein Kerzendocht gebrannt hatte. Doch der Wandel war über die Welt gekommen, *es konnte nicht mehr hell werden.*

In diesem Moment hatte ich das ganze Ausmaß des Unglücks, der Naturkatastrophe noch nicht begriffen, ich wußte nur, daß schnelles Handeln vonnöten war. Wer ein Haus besitzt wie ich, muß sich vor Plünderern, vor Mordbrennern und Sittenstrolchen schützen, denn die Welt wird fortan geteilt sein in Menschen mit Vorräten und einem Dach über dem Kopf und solche, die das nicht haben; Menschen mit einem sicheren Versteck – und die anderen.

Deshalb habe ich mich hier verbarrikadiert. Im Keller, im Dunkel. Wo ich keine Augen brauche.

Ich habe mir mit Hilfe meines Tastsinns alles eingeprägt, niemand wird mich hier herauslocken. Bemüht euch nicht, mir zuzureden, mir zu drohen; kommt mir nicht zu nahe. Ich weiß nichts von dem, was vor der Katastrophe war, es interessiert mich auch nicht. Sollte jemand unter euch behaupten wollen, mit mir verwandt, eine meiner Töchter zu sein, so laßt euch sagen: Ich bin nicht die Frau, die ihr einst gekannt habt, ich bin überhaupt keine Frau.

Bei seinem Geschwätz erwähnte er irgendwann auch gewisse Gefahren, die der Erde aus dem Weltraum drohten, eine Warnung – oder eine Prophezeiung? –, eines Tages werde ein feindseliger Himmelskörper (Komet? Asteroid?) mit der Wucht ungezählter nuklearer Explosionen die Erde treffen, aus ihrer Umlaufbahn werfen, Staub und pulverisiertes Gestein aufwirbeln, jeden Sonnenstrahl aussperren und die sündige Menschheit in ewige Nacht stürzen. Wenn dies Dein Wunsch ist – sei's drum! Es ist das Ende der alten Welt, doch nicht das Ende derer, die vorbereitet waren.

Ich höre Sirenen in der Ferne. Dieser widerlich beißende Geruch ist Rauch, glaube ich. Muß Rauch sein.

Aber ich bin nicht mehr neugierig, ich habe meinen Frieden gemacht.

Vorräte habe ich, wie gesagt, für viele Monate – für den Rest meines Lebens. Ich habe Lebensmittel und Wasser; kein Brunnenwasser, aber mir ist es frisch genug, erdig-dumpfig riechend steht es an manchen Stellen fünf bis zehn Zentimeter hoch in meinem Kellerdunkel, und beim nächsten Regen wird es ungehindert an den steinernen Wänden herabrinnen, wo ich es genüßlich mit der Zunge auflecken kann.

Der Radioastronom

für Jeremiah Ostriker

Ich hatte mal einen pensionierten Universitätsprofessor, der war Ende achtzig und mußte nach einem Schlaganfall rund um die Uhr gepflegt werden; dafür holten sie dann eben mich. Ich kriegte ein nettes, ordentliches kleines Zimmer neben seinem Schlafzimmer in einem der großen Backsteinhäuser gleich bei der Uni. Tagsüber lief meist alles glatt, aber nachts wurde er manchmal wach und regte sich auf, weil er nicht wußte, wo er war und nach Hause wollte, und dann sagte ich freundlich: Aber Sie *sind* ja zu Hause, Professor Ewald, ich bin Lilian und sorge für Sie, kommen Sie, ich helfe Ihnen zurück ins Bett. Und dann guckte er mich an, halb blind, mit seinen traurigen Triefaugen und zitternden Lippen und wußte nicht recht, wer ich war, aber warum ich da war und daß er mitziehen mußte, damit nicht alles noch schlimmer wurde, soviel wußte er doch. Meist sind sie ja gutwillig, nach einem Schlaganfall erinnern sie sich vage, wie in einem Traum, an den Kollaps und an das Krankenhaus, schlimmer als da kann's gar nicht werden, und deshalb ziehen sie mit. Von Rechts wegen gehörte Professor Ewald ja in ein Pflegeheim, aber das müssen seine Kinder entscheiden (die alle erwachsen sind, älter als ich, ein Sohn ist auch Professor, in Chicago), ich häng mich da nicht rein. Sie sind ja auch schauderhaft, diese Heime, wie Krankenhäuser, nur schlimmer, nichts als Formulare und Vorschriften und Typen, die einen schikanieren und einem nachspionieren. Ich kann's dem Professor nicht verdenken, wenn er so lange wie möglich in seinem Haus bleiben will, in dem er, wie er sagt, seit fünfzig Jahre wohnt, und so geht es allen alten Leuten: Sie wollen so lange wie möglich zu Hause bleiben, so lange das Geld reicht eben, das kann man ja auch verstehen. Aber sogar die ganz Schlauen wie der Professor Ewald, der mal Ordinarius der Astronomischen Fakultät war und Direktor am Fine-Observatorium (das hat er mir immer wieder erzählt, vielleicht wollte er damit Eindruck bei mir schinden, und ich fand's wirklich beeindruckend) bilden sich ein, daß das alles nur auf Zeit ist, daß sie wieder ganz Ordnung kommen, wenn sie sich nicht hängen lassen, wenn sie ihre Therapie machen und ihre Medizin nehmen und Vertrauen haben. Und wir bestärken sie darin, das ist unser Job. Da liegen diese alten Leutchen gewindelt in einem Gitterbett, aber wenn sie sprechen können, erzählen sie dir, daß sie sich, wenn sie erst wieder zu Hause und auf den Beinen sind, eine Katze aus dem Tierheim holen oder eine Runde Golf mit einem Typen spielen wollen, der seit zehn Jahren tot ist. Du darfst ihnen nicht widersprechen, darfst sie nicht erschrecken, das ist dein Job.

Und manchmal kriegen wir dann eine Belohnung, nur darf's sonst keiner wissen: Schmuck, einen tollen schwarzgoldenen Parker Pen, Geld. Bleibt aber unter uns, verstanden?

Professor Ewald ging's mal besser, mal schlechter, aber alles in allem war er ganz gut zu haben. Er jammerte selten – nur daß er kaum mehr Besuch bekam, fand er nicht gut. Er hatte einen Haufen alter Papiere, in denen er rumkramte, Computerausdrucke mit komischen Zeichen und Gleichungen, aber ich glaube, selbst mit seinem Vergrößerungsglas konnte er sie nicht mehr so richtig erkennen. Ständig machte er mit diesen Papieren rum und brabbelte dabei vor sich hin, aber er wollte wohl auch, daß ich merke, er arbeitet was. So war er noch mit seinen sechsundachtzig oder siebenundachtzig Jahren, für ihn war es wichtig, daß er was zu arbeiten hatte.

Über sechzig Jahre lang war er Radioastronom, hat er mir erzählt, und dann hat er gefragt, ob ich weiß, was ein Radioastronom ist. Ich weiß, was ein Astronom ist, hab ich gesagt, das ist einer, der durch ein großes Fernrohr in die Sterne guckt, und dann hat er mir erklärt, daß er nicht bloß geguckt, sondern auch zugehört hat, Funkwellen hat er abgehört, nicht von Radiostationen auf der Erde, sondern welche, die Milliarden von Lichtjahren weg sind..., aber Wort für Wort hab ich mir das nicht gemerkt, das muß ich zugeben, und Sachen wie *Lichtjahre* hab ich überhaupt nicht kapiert, das ist mir einfach zu hoch. In dem Moment bist du für diese alten Leutchen so was wie der Ehemann oder die Ehefrau, die längst tot sind, oder die Kinder, die nie lange bleiben, wenn sie auf Besuch sind, oder die gar nicht erst aufkreuzen; wenn sie mit dir reden, bist eigentlich gar nicht du gemeint. Bei Professor Ewald hörte sich das außerdem immer an wie ein Vortrag in einem großen Saal; und wenn er die Stimme auf eine bestimmte Weise hob, wußte ich, daß er einen Witz hatte machen wollen, und manchmal war das, was er sagte, auch wirklich witzig – man merkte noch, daß er früher ein beliebter Redner gewesen war –, ich brauchte also bloß zu nicken und zu lachen und zu sagen: Ach, wirklich?, oder: Nein, so was!, und dabei half ich ihm dann beim An- oder Ausziehen, half ihm auf die Toilette oder von der Toilette runter, in die Badewanne oder aus der Badewanne raus (wir hatten ihm einen hölzernen Hocker reingestellt, auf den setzte er sich, und ich seifte ihn gründlich ein und duschte ihn ab). Wenn die Sonne schien, wollte er immer auf die Veranda, da konnte er allein hin, nur mit seiner Gehhilfe; da saß er in seinem Sessel und döste und hörte klassische Musik im Radio, und dann wachte er auf und bildete sich ein, er hätte was anderes gehört, Störgeräusche oder Interferenzen oder vielleicht das Telefon, aber meist war da nichts, nein, Professor, es war nichts, regen Sie sich nicht auf.

Ich rege mich nicht auf, Lilian, sagte er überdeutlich, als wenn ich schwerhörig wäre und nicht er, aber er lächelte dabei, um mir zu zeigen, daß er nicht böse war – *hoffe* ich.

Ich war seit ungefähr sieben Wochen bei Professor emeritus Ewald, als er eines Tages – es war ein kalter Novembertag, aber die Sonne schien warm in die verglaste Veranda, und ich dachte, er hätte ganz friedlich gedöst – die Augen aufmachte und fragte: Wann sind Sie gekommen, und wie heißen Sie? Ich sagte es ihm und strickte in aller Ruhe weiter, denn seine Stimme hatte nichts Aggressives, er hatte es wirklich nur wissen wollen. Und wann gehen Sie wieder? fragte er.

Jetzt hielt ich doch einen Augenblick inne, dann hob ich die nächste Masche ab und strickte weiter. Meine Hände müssen ständig was zu tun haben, sogar wenn ich schlafe, träume ich, daß ich was Nützliches mache, dabei bin ich kein nervöser Mensch und war es auch nie. Ich weiß es nicht, Professor Ewald, sagte ich, so lange, wie ich gebraucht werde, denke ich.

Damit gab er sich erst mal zufrieden. Und dann fing er von der Sonne an. Ziemlich unergiebiges Thema, sollte man meinen, aber er wußte die erstaunlichsten Sachen: Die Sonne, die wir sehen, Lilian, ist nicht die tatsächliche Sonne, es dauert acht Minuten, bis die Sonnenstrahlen die Erde erreichen. Wenn die Sonne plötzlich nicht mehr da wäre, würden wir das erst acht Minuten später merken, und ich lachte ein bißchen nervös und sagte: Nein, so was, ohne von meinem Strickzeug aufzusehen, wo würde denn die Sonne hingehen, wenn sie nicht mehr da wäre, Professor? Aber das hatte er offenbar nicht gehört, denn er fragte: Wissen Sie, was *Aberrationszeit* ist, Lilian? Und ich sagte: Ich glaub, das haben Sie mir schon mal gesagt, Professor, aber irgendwie hab ich es wieder vergessen. Daraufhin hält er mir einen langen Vortrag über *Licht- oder Aberrationszeit* und fragt, ob mir klar ist, daß ich die Sterne, die ich am Nachthimmel sehe, alle in *Lichtzeit* sehe, das heißt, daß sie eigentlich gar nicht mehr da sind, sondern längst hinüber. Ich lache und sage: Ist ja nicht zu fassen. Dabei hatte er mir das oder so was Ähnliches schon ein paarmal erzählt. Und dann fragt er ganz streng, was daran so komisch ist, und guckt mich an mit diesen gelben Triefaugen, in denen ein ganz komisches Leuchten ist, und da fällt mir ein, daß der Alte früher sehr bekannt, ja, richtig berühmt auf seinem Gebiet gewesen sein soll, und ich merke, daß ich rot werde und brabbele: Es ist eben schwer, sich das vorzustellen, da brummt einem ja richtig der Schädel, wenn man über so was nachdenken soll. Und sag zu mir, damit hast du dich gut rausgeredet, aber der Professor emeritus guckt mich bloß an und sagt: Ja, aber Herrgott nochmal, Sie könnten es doch wenigstens *versuchen*!

So, als wenn er es nach all den Jahren endgültig dicke hat, sich mit dummen Menschen wie mir rumzuärgern.

Dabei ist seine linke Hand steif und krummgezogen wie eine Vogelkralle, das linke Bein schleift beim Gehen nach, die linke Gesichtshälfte ist zerlaufen wie weiches Wachs. Was ist denn *damit*, hätte ich ihn am liebsten gefragt, was ist denn *damit*, Sie schlauer Professor?

Aber wenn sie versuchen, dich zu schikanieren, wenn sie bösartig oder sarkastisch daherreden, hörst du immer so einen flehentlichen Unterton, ein Zittern in der Stimme. Was soll man sich da ärgern?

Ja, und außerdem weißt du ja auch, daß du sie überleben wirst. Was soll man sich da ärgern? Hat doch keinen Sinn, ehrlich.

Danach kam dann der Umschwung, wie an einem schönen warmen Tag, an dem mit einem Mal die Temperatur in den Keller fällt. Nachmittags war er reizbar, wollte seine Medizin nicht nehmen und keinen Mittagsschlaf halten, und abends schmollte er wie ein Kind und spuckte seinen Brei wieder aus, aber ich nahm es nicht krumm, ich nehme so was nie krumm. Ist ja schließlich mein Job. Gegen halb acht läutete das Telefon, falsch verbunden, für mich aber war es ärgerlich, denn er wurde ganz wild und behauptete, das wär seine Tochter gewesen, ich hätte ihn nicht ans Telefon gelassen und so weiter und so fort, man weiß ja, wie sie dann sind. Ich redete ihm gut zu, er sollte einfach bei seiner Tochter anrufen, ich würde für ihn wählen, aber er tobte rum und brabbelte vor sich hin, und als es Zeit zum Schlafengehen war, sagte er, tut mir leid, Schwester. Ich merkte, daß ihm entfallen war, wie ich heiße, und ich lächelte tröstend, schon in Ordnung, aber als er glücklich ausgezogen war, packte er mein Handgelenk und fing an zu weinen. Ich muß dazu sagen, daß ich mich nicht gern anfassen lasse, überhaupt nicht gern, aber ich versuchte es nicht zu zeigen, während der Alte davon faselte, daß er im Vollbesitz seiner körperlichen und geistigen Kräfte in den Ruhestand hatte gehen müssen, sie hatten ihm Zeit am Teleskop versprochen, Zeit, soviel er wollte, und dann hatten sie ihn reingelegt, und er hatte die Zeit nicht gekriegt, er meinte das Radioteleskop, das er entworfen hatte, er hatte auch geholfen, Mittel für den Bau zu beschaffen, und jetzt waren seine Gegner neidisch, weil er so berühmt war, und hatten Angst, seine neuen Forschungsergebnisse könnten ihre Erkenntnisse widerlegen. Nach der Pensionierung hatte er elf Jahre damit verbracht, auf Signale zu hören, auf ungewohnte Konstellationen zu achten, die Funkverbindungen aus einer anderen Galaxie bedeuten konnten. Ob ich wüßte, was man darunter versteht. Ja, sagte ich. So langsam wurde es Zeit, daß er ins Bett kam, es paßte mir nicht, wie er mit seiner knochigen Klauenhand mein Handgelenk zusammendrückte. Ja, vielleicht. Und er sagte mit Speichelbläschen auf den Lippen: Es gibt nichts Wichtigeres für die Wissenschaft als die Suche nach vernunftbegabten Wesen im Weltraum, die Zeit wird knapp, wir müssen wissen, daß wir nicht allein sind. Ja, Professor, sagte ich, ganz klar, und half ihm zum Bett. Es ist am besten, wenn man ihnen den Willen läßt, aber er redete wie aufgezogen. Jahre hatte er damit vergeudet, die Daten anderer Leute zu sichten, jetzt hatte er einen direkten Zugang, nur auf sich gestellt, ohne störenden Apparateschnickschnack; im letzten Jahr hatte er einmal nachts ein klares, eindeutiges Signal aufgefangen: *Punkt Strich Punkt Punkt Strich Punkt Punkt Punkt Strich Punkt Punkt Punkt Punkt Strich Punkt Punkt Punkt Punkt Punkt Strich*, irgendwo aus den Hyaden, Sternbild Taurus, Milliarden von Lichtjahren weit weg, unverkennbar ein Funksignal, kein Geräusch, aber ehe er es hatte aufzeichnen können, kamen atmosphärische Störungen dazwischen, und ein andermal hatten, als er Signale aus fernen Galaxien gehört hatte, auch Störgeräusche dazwischengefunkt, ein schauerliches Gesumm und

Gedröhn in seinem Kopf. Ja, Professor, sagte ich, zu schade, wirklich, aber wollen Sie jetzt nicht erst mal Ihre Medizin nehmen und versuchen zu schlafen? Ich könnte damit an die Presse gehen, Schwester, sagte er, es wäre die Meldung des Jahrhunderts, Sie könnten der ganzen Menschheit helfen, wenn Sie nur ... Und endlich kriegte ich seine Finger von meinem Handgelenk los, ich laß mich eben nicht gern anfassen, und sagte, als wenn der alte Zausel mir einen Witz erzählt und nicht geflennt hätte wie ein Baby: Ja, Professor, aber wenn es Leben auf anderen Planeten gibt wie im Kino, woher wollen Sie wissen, daß das keine Bösewichter sind? Wenn die nun auf die Erde kommen und uns einfach auffressen? Er guckte ganz perplex und stotterte: Aber ... wenn es irgendwo vernunftbegabte Wesen gäbe, wäre das eine Bestätigung unserer Hoffnung. Ich half ihm endgültig ins Bett und legte ihn bequem hin und fragte: Hoffnung worauf? Und er sagte: Die Hoffnung der Menschheit, nicht allein zu sein, und ich prustete ein bißchen und sagte: Es gibt Leute, die können gar nicht allein genug sein.
    Und dann machte ich das Licht aus.

So, das wär's dann für heute, dachte ich, aber als ich später im Bett lag und gerade am Einschlafen war, ein Gefühl, als wenn du in einen Abgrund fällst, tausendmal schöner als Sex oder Liebe, denn ohne Sex und Liebe kannst du leben, wie ich es ein halbes Leben lang getan habe, aber nicht ohne Schlaf, da poltert es ganz fürchterlich im Schlafzimmer des Professors. Ich steh auf, greif mir meinen Bademantel und lauf hin, hoffentlich kein zweiter Schlaganfall, denk ich und mach Licht. Da hockt Professor Ewald im Schlafanzug in einer Ecke – der Nachttisch war umgefallen –, legt die Hände vors Gesicht und schreit: Du bist der Tod! Du bist der Tod! Geh weg, ich will nach Hause! Und ich steh da und tu, als ob ich ihn nicht seh, ich bin außer Atem und auch ganz aufgeregt, versuche aber, ruhig zu bleiben, anders geht es ja nicht in so einer Situation. Ich wickele mich fest in meinen Bademantel, man muß einfach so tun, als wenn sie Kinder sind, Kinder, die Verstecken spielen, das lernt man in diesem Job. Der Alte linst durch die Finger und wimmert und bettelt: Nein! Nein! Du bist der Tod, nein! Ich will nach Hause! Und ich tu wer weiß wie überrascht, daß er da in der Ecke hockt, und schüttele ihm die Kissen auf und sage: Aber Sie *sind* doch zu Hause, Professor.

Die fluchbeladenen Bewohner
des Hauses Bly

Im Leben war sie ein braves Mädchen gewesen, eine ganz normale, vernünftige junge Frau, der Vater ein armer Landpfarrer in Glyngden hinter dem Moor. Wie schmerzlich war es da für sie, sich in dieser erstaunlichen neuen Gestalt zu sehen, ein Bild des Grauens, vor dem einem jeden ekeln mußte – physisch, wenn er es erblickt, geistig, wenn er daran denkt. Verdammt dazu, sich in alle Ewigkeit den klebrigen Schlamm des Asowschen Meeres vom Körper, insbesondere von der Scham ihres weißen Leibes, zu waschen, fanatisch um Sauberkeit bemüht schillernde Käfer aus den noch immer glänzenden schwarzen Haaren mit den eigenwilligen Locken zu klauben, die ihr Geliebter die »Schottenlocken« zu nennen pflegte, um ihr zu schmeicheln – denn auch die Wahrheit kann, absichtsvoll eingesetzt, zur Schmeichelei werden. Und nicht nur er, ihr Geliebter, der Kammerdiener des Herrn, hatte ihr geschmeichelt, sondern – überaus geschickt – auch der Herr selbst. »*Ihnen* würde ich... äh... jede Aufgabe anvertrauen.«

Die zwanzigjährige Miss Jessel ist zum Vorstellungsgespräch beim Herrn in die Harley Street gekommen, in ihrem einziges guten Kleid aus dunklem Baumwollserge; wie heiß ihr Gesicht ist, wie feucht ihre Augen, wie heftig die Schüchternheit sie bedrängt im Ansturm der Liebe, die sie körperlich spürt wie einen Hieb aufs Gesäß. Und später, im Hause Bly, so schüchtern bei der Liebe, beim Liebesspiel, daß Peter Quint, den Kammerdiener des Herrn, ein Lachen ankommt (nicht rüde lacht er, eher zärtlich, aber immerhin – er lacht), wenn er ihre bebende Nacktheit sieht, das Frösteln, das über ihre Haut geht, indes die schönen rauchgraue Augen niedergeschlagen sind, blind vor mädchenhafter Scham. Lächerlich! Jetzt beißt sich Jessel, wie sie selbst sich kurz und bündig nennt, auf die Lippen, um nicht bei solchen Erinnerungen vor Lachen aufzujaulen wie ein wildes Tier. Sie muß sich zusammennehmen, sich den scharfen Ruck einer Leine an einem fest um ihren Hals sitzenden Lederband vorstellen, um nicht hier in den Katakomben auf allen vieren einer Beute nachzujagen (nach dem leisen Quieksen und Trappeln kleiner Pfoten zu schließen müssen es verängstigte Mäuse sein).

Die Katakomben – so nennen sie in hilfloser Bitternis den feucht-frostigen, lichtlosen, nach altem Gemäuer und süßlich-saurem Verfall riechenden Ort, in dem sie sich nach dem *Hinübergehen* befinden. Ganz unromantisch ausgedrückt handelt es sich bei ihrem Zufluchtsort um eine Ecke, eine ungenutzte Lagerfläche in den Kellerräumen des großen, häßlichen Hauses Bly.

Nachts allerdings können sie frei herumstreifen. Wenn der Druck zu stark wird (für den sie, die leidenschaftliche Jessel, anfälliger ist als der in eisigem Entsetzen erstarrte Quint), wagen sie auch tagsüber hier und da einen verstohlenen Ausfall. Aber die Nächte... ah ja, die Nächte... ausschweifend, zügellos... Im windgepeitschten Mondlicht verfolgt Quint lüstern lachend die nackte Jessel über den Rasen vor dem Hause Bly, auch er fast nackt, geduckt wie ein Affe. Jessel ist meist in einem Blutrausch, wenn er sie endlich am Ufer des versumpften Teiches einholt, er muß ihre zartknochigen, aber teuflisch kräftigen Kiefer aufstemmen, um ihr ein schlaffes, blutendes, noch zuckendes pelziges Geschöpf (ein junges Karnickel? Jessel will es gar nicht wissen) aus den Zähnen zu ziehen.

Sehen die Kinder vom Haus her zu? Drücken sie die blassen Gesichtchen an die Scheibe? Was sehen Klein-Flora und der kleine Miles, was die fluchbeladenen Liebenden selbst nicht sehen?

In lichten Momenten überlegt Jessel: Wie ist es möglich, daß sie als junges Mädchen in dem düsteren, alten, stillen Pfarrhaus an der schottischen Grenze kein Brot hatte essen können, das in Rindertalg getaucht war, daß ihr vor Bratensaft als einer nur unzulänglich getarnten Form von Blut ekelte? Nur Gemüse hatte sie zu sich genommen, Obst, Körner – das aber mit gesundem Appetit. Doch jetzt, kaum ein Jahr später, überläuft sie ein lustvoller Schauder beim Knirschen zarter Knöchelchen, nichts schmeckt ihr süßer als warmes, süffiges, noch pulsierendes Blut, ihre Seele ruft: *Ja, ja! So ist es gut! So soll es weitergehen, immer und ewig!* - in der beglückten Ahnung, ihr immerwährender Hunger könne, wenn nicht gestillt, so doch vielleicht eingedämmt werden.

Im Leben ein gutes, frommes, nervös kicherndes Christenmädchen, jungfräulich vom Scheitel bis zur Sohle.

Im Tod – warum ein Blatt vor den Mund nehmen? – eine Unholdin.

In einem Sturm des Selbstekels, der Selbstaufgabe hat sie es gewagt, ihrem Leben ein Ende zu machen. Ist das der Grund für den Fluch? Oder geht er darauf zurück, daß sie nicht nur sich selbst ausgelöscht hat in dem klebrig-schlammigen Teich, den die Kinder das Asowsche Meer nennen, sondern auch das kaum begonnene Leben in ihrem Leib?

Quints Samen, heiß und tief in sie hineingelegt. Sengende Flamme bei der Empfängnis, Gram, Schmerz, Wut, Trotz und Seelenpein danach.

Jessel aber sah keinen anderen Weg. Ledige Mutter, geschändete Jungfrau, mit Schmach und Schande bedeckt – nein, da war kein anderer Weg.

Nicht in der wohlanständigen christlichen Welt, deren Verkörperung das große, häßliche Haus Bly war.

Die siebenjährige Flora war untröstlich über den Tod der Gouvernante gewesen und trauerte ihr noch immer nach. *Ihre Miss Jessel.*

Und auch ich liebe dich, meine kleine Flora! Jessel schickt die Worte stumm in den Schlaf des Kindes. *Bitte, verzeih mir, es gab keine andere Lösung.*

Können Kinder verzeihen? Ja. Immer.
Da sie ja Kinder und unschuldig sind.
Waisenkinder wie Klein-Flora und der kleine Miles.

In mancher Hinsicht noch erstaunlicher verändert als Jessel durch die grausame Erschütterung des *Hinübergehens* ist der rothaarige und rotbärtige Kammerdiener des Herrn, Peter Quint, »dieser Hund«, wie Mrs. Grose ihn nach wie vor nennt, wobei ihre Backen bibbern in gerechter Empörung.

In den alten, wilden, sorglosen Tagen, den Junggesellentagen einer langen, ausschweifenden Jugend, hat Quint sich keinen Deut um sein Gewissen geschert; hochgewachsen, geschmeidig, gutaussehend, mit dem leuchtend-blassen Teint der Rothaarigen, unwiderstehlich in den Augen der Frauen in den seinem Herrn entwendeten Westen, Tweedsakkos, Reithosen und spiegelnden Reitstiefeln, drückte er stets seinen Willen durch, zumindest bei einer Hälfte des Personals auf Bly, ein genüßliches Drücken war das im Wortsinne. (Sogar, wie es hieß, bei Mrs. Grose. Ja, selbst bei Mrs. Grose, die ihn jetzt mit einem Haß verfolgt, der durch seinen Tod kaum gemildert ist.) Es wurde gemunkelt – oder krude geprotzt –, die Kinder etlicher verheirateter Frauen aus den Dienstbotenräumen auf Bly seien – ob nun mit verräterischem roten Haar geschlagen oder nicht – in Wirklichkeit Quint-Bastarde; auf Bly, ja, und auch so manche im Dorf und sonstwo in der Grafschaft.

Hatte nicht der Herr selbst, vom Alkohol beflügelt, zu Quint vertraulich von Mann zu Mann gesagt: »Quint, mein Freund, du wirst das wilde Leben für mich besorgen, wie?« Und es fehlte nur noch, daß er seinem Kammerdiener einen Rippenstoß gegeben hätte.

Woraufhin der schlaue Quint, wohl wissend, daß der Adel gern vorgibt zu vergessen, wo das Leben ihn hingestellt hat, gerade so, als wolle er damit andere in Versuchung führen, sich auf unheilvolle Weise über ihren Stand zu erheben, in serviler Schicklichkeit verharrte – bei aufrechter Haltung und hoch erhobenem Kopf – und ehrerbietig sagte: »Jawohl, Sir. Wenn

Sie mir sagen wollen, wie Sie es wünschen. Stehe ganz zu Diensten.«

Doch der Herr hatte nur gelacht. Ein Klang wie grob umgeschaufelter nasser Kies.

Jetzt aber merkte Quint völlig unerwarteter- und groteskerweise, daß diese Schicksalswende ihn doch erheblich ernüchtert hatte. Anders als die arme Jessel hatte er sich nicht absichtlich den Tod gegeben; doch mochte andererseits der trunkene Fehltritt, der Sturz über einen steinigen Hang auf halbem Wege zwischen dem Schwarzen Ochsen (einer Schenke im Dorf Bly) und dem Hause Bly in der gespenstischen Stunde vor Morgengrauen kurz nach Jessels Beerdigung auch kein reiner Zufall gewesen sein.

In den Katakomben, wo die Zeit anscheinend stehengeblieben ist, wird häufig über Quints Tod gesprochen. »Du hättest es nicht zu tun brauchen«, sagt Jessel nachdenklich. »Keiner hätte es von dir erwartet.« Und Quint zuckt irritiert die Schultern und meint: »Ich weiß nicht, was von mir erwartet wird. Nur, was ich selbst von mir erwarte.«

»Dann liebst du mich also wirklich?« Die Frage, wiewohl oft wiederholt, wird mit bebender Stimme gestellt.

»Wir sind offenbar beide mit Liebe geschlagen«, sagt Quint dumpf und hohl und streicht sich über den Bart (der, einst sein ganzer Stolz, kläglich ungleich gestutzt ist), »mit der Liebe zueinander und zu Klein-Flora und dem kleinen Miles, der Teufel soll sie holen.«

»So darfst du nicht reden! Sie sind alles, was wir haben.«

»Aber wir *haben* sie nicht. Sie sind...«, Quint zögert, kraust kritisch die Stirn, »... sie sind noch nicht hinübergegangen.«

Jessels irrer Blick leuchtet ihm aus dem Grabesdunkel entgegen. »Du sagst es. *Noch nicht.*«

Klein-Flora, der kleine Miles – lebende Kinder nicht aus der Vereinigung, sondern aus dem Begehren der Liebenden.

Quint selbst würde es nicht so nennen, aber seine Beziehung zu ihnen – wie zu Jessel – ist die eines Mannes, der mit starkem Familiensinn gesegnet (oder geschlagen?) ist.

Jessel, die jetzt so leidenschaftlich und bedenkenlos ist, wie sie im Leben von Schüchternheit befallen war wie von einem roten Hautausschlag (einem »nervösen« Hautausschlag, der sie hin und wieder tatsächlich heimsuchte), sagt ganz offen: »Flora ist meine Seele, ich gebe sie nicht her. Und den lieben kleinen Miles auch nicht.«

Seit dem *Hinübergehen*, seit den Todesfällen, dem Wirbel, den Bestattungen, den geflüsterten Gesprächen, von denen man die Kinder ausgeschlossen hatte, tragen Flora und Miles ihren Kummer im Verborgenen; da es ihnen untersagt ist, von den verderbten, zuchtlosen Sündern, wie ganz Bly und Umgebung die beiden Toten nennt, auch nur zu sprechen, können sie Miss Jessel und Peter Quint – wenn überhaupt – nur aus der Ferne und in ihren Träumen schauen.

Die jetzt acht und zehn Jahre alten unglücklichen Kinder wurden vor Jahren zu Waisen, als ihre Eltern geheimnisvollen Tropenkrankheiten in Indien erlagen. Ihr Onkel und Vormund, der Herr im Hause Bly ist, aber in einem luxuriösen Junggesellendomizil in der Londoner Harley Street residiert, beteuert stets, wie gern er seine Nichte und seinen Neffen hat, wie sehr sie, ihr Wohlergehen, ihre Ausbildung, ihre »christliche Moral« ihm am Herzen liegen; seine rot geäderten Augen werden ganz glasig, wenn er nur von ihnen spricht.

Als die zwanzigjährige Miss Jessel mit den großen Augen sich zitternd und zagend bei dem Herrn des Hauses Bly in dessen Stadthaus in der Harley Street vorstellte, krampfte sie die Finger so fest um den Baumwollserge in ihrem Schoß, daß die Knöchel weiß hervortraten. Sie, eine arme Pfarrerstochter, Absolventin eines Erzieherinnenseminars in Norfolk, hat in ihrem ganzen Leben noch nie eine so hochstehende Persönlichkeit zu Gesicht bekommen. Ein Gentleman, aber einer von sehr männlicher Art, mit adliger Haltung, wenn schon nicht Herkunft, der sich dennoch – wie um sie ein wenig zu foppen – recht unverblümt auszudrücken weiß. Es spricht für das Vertrauen der jungen Gouvernante zu Personen von Stand, daß sie sich nichts dabei denkt, als der Herr ihre erzieherischen Pflichten – und auch die verwaisten Kinder – nur flüchtig, fast nebenbei erwähnt, dafür aber mehrmals mit einem undeutbaren Lächeln, das ihr den Atem nimmt, wiederholt, ihr »vorzüglicher« Auftrag in der neuen Stellung sei es, ihn nie, unter keinen Umständen, mit Problemen zu belästigen.

Halb schwindlig und benommen hörte Miss Jessel sich kichern und fast unhörbar nachfragen: »... unter *keinen* Umständen, Sir?«, hörte die hochmütig-lächelnd gegebene Antwort des Herrn. »Ihnen würde ich – äh – jede Aufgabe anvertrauen.«

Und damit endet das Vorstellungsgespräch, das kaum eine halbe Stunde gedauert hatte.

Klein-Flora war Miss Jessels große Freude, war ihr Engel. Sie sei – so schrieb es die begeisterte junge Frau heim nach Glyngden – das schönste, bezauberndste Kind, das sie je gesehen hatte, mit seidenweichen, hellblonden Locken, dicht bewimperten, glasklaren blauen Augen, einer süßen, wohlklingenden Stimme. Zunächst ergreifend schüchtern, von ihren Eltern scheinbar im Stich gelassen, von ihrem Onkel kaum toleriert, besaß Flora keinerlei Selbstwertgefühl. Als Miss Jessel, von Mrs. Grose, der Haushälterin, eingeführt, Flora zum ersten Mal erblickt, zuckt diese vor der liebevollen Musterung merklich zurück. »Guten Tag, Flora! Ich bin Miss Jessel und will deine Freundin sein«, sagte Miss Jessel. Auch sie war befangen, betrachtete aber das Kind so beglückt, daß Flora das Gefühl haben mußte, hier sei ihr endlich die verloren geglaubte junge Mutter zurückgegeben.

Nach wenigen Tagen waren Miss Jessel und Klein-Flora ein Herz und eine Seele. Sie picknickten zusammen am graswachsenen Ufer des Teichs, den Flora so reizend das »Asowsche Meer« nannte. Sie gingen, Hand in weiß behandschuhter Hand, zusammen in die eine Meile entfernte Kirche. Sie aßen gemeinsam. Floras organdygerüschtes Bettchen wurde in eine Ecke von Miss Jessels Zimmer gestellt.

Auf nackten Presbyterianerknien im Dunkel der Nacht vor ihrem Bett kauernd betete Miss Jessel salbungsvoll: »Lieber Gott, ich schwöre, mein Leben diesem Kinde zu weihen! Ich will viel mehr tun als das, was *er* angedeutet hat.«

Und Auge in Auge mit einem allwissenden Gott brauchte Miss Jessel dieses erhabene er nicht zu benennen.

Glückliche Tage und Wochen verstrichen in seligem Vergessen.

Denn was ist das Glück anders als Vergessenkönnen? Die junge Gouvernante aus Glyngden mit dem blassen, schmalen, in aller Schlichtheit ansprechenden Gesicht und den brennenden dunklen Augen, die sich so lange Phantasien als heidnischen Luxus verboten hatte, gab sich jetzt Tagträumen hin, in denen Klein-Flora vorkam, der Herr, ja, und sie selbst (denn Miles war zu der Zeit im Internat). *Eine neue Familie, eine durchaus naheliegende Familie, warum nicht?* Wie jede zweite junge englische Gouvernante hatte auch Miss Jessel ihre »Jane Eyre« verschlungen.

Das waren die seligen Tage des Vergessens vor Peter Quint.

Der kleine Miles, als Knabe so engelhaft schön, wie seine Schwester vollkommen war, stand in Bly unter der Aufsicht von Peter Quint, dem ergebenen Kammerdiener seines Onkels. Der kritische Teil der Dienerschaft, allen voran Mrs. Grose, fand das bedauerlich: Der schlaue Peter Quint, der in Bly und Umgebung den Gentleman spielte, eine flotte Erscheinung (wenn man den Typ mochte) in der unrechtmäßig getragenen Kleidung seines Herrn, war, aus einer primitiven Bauernfamilie in den Midlands stammend und ohne Bildung und gute Kinderstube, im Grunde ein »gemeiner Knecht, ein Hund«, wie Mrs. Grose naserümpfend zu sagen pflegte.

Er genoß einen gewissen Ruf als Weiberheld. Nur waren es eben, so hieß es in einem plumpen Scherz, wirklich nur Weiber, die sich auf ihn einließen.

Selten und nie voraussehbar kam der Herr auf ein Wochenende mit dem Zug nach Bly – »in meine ländliche Zuflucht« –

und sah dann verstört und verdrießlich drein, tatsächlich ganz wie ein Gentleman, der einer Zuflucht bedarf (nach einer unglücklichen Liebe? nach einem Debakel beim Spiel? Nicht einmal sein Kammerdiener kannte die Antwort). Die bebende Miss Jessel, die er zu ihrem Kummer beharrlich mit dem falschen Namen anredete, beachtete er kaum, die arme kleine Flora, die ihn in ihrem schönsten rosa Kleidchen engelhaft-hoffnungsvoll anstrahlte, praktisch gar nicht. Dafür ließ er es sich angelegen sein, mit Peter Quint unter vier Augen zu sprechen, wobei er überraschend die Sprache auf seinen kleinen Neffen brachte, der im Internat in Eton war. »Ich möchte, daß der Junge meines armen törichten Bruders ein Junge ist. Und nicht ...« – er machte stirnrunzelnd eine Pause – »... und nicht *kein* Junge. Hast du mich verstanden?« Das Gesicht des Herrn war vor Verlegenheit und unterdrückter Wut ziegelrot angelaufen.

Ja, Sir. In der Tat«, sagte der diplomatische Quint diskret.

»Diese Jungenschulen ... ganz berüchtigt. Alle möglichen ...« Wieder eine Pause. Ein Ausdruck des Widerwillens. Nervöses Schnurrbartstreichen. »... Spielchen. Will es gar nicht aussprechen, aber du weißt schon, was ich meine.«

Quint, der nicht den Vorzug genossen hatte, eine Privatschule zu besuchen, geschweige denn das erlauchte Institut, in dem der kleine Miles unterrichtet wurde, wußte das zwar nicht so genau, konnte es sich aber denken. Trotzdem zögerte der erfahrene Kammerdiener jetzt und strich sich seinerseits das bärtige Kinn.

Der Herr, der Quints Zögern bemerkt hatte und es als subtile Spiegelung seines eigenen Widerwillens deutete, fuhr rasch fort: »Ich will mal so sagen, Quint: Von den mir Anvertrauten verlange ich, daß sie sich wie anständige, das heißt wie normale Christenmenschen benehmen. Klar? Das ist nicht viel verlangt, aber es bedeutet mir alles.«

»Gewiß, Sir.«

»Ein Neffe von mir, Blut von meinem Blut, Erbe meines Namens, Nachfahr eines großen englischen Geschlechts, muß, nein, *wird* heiraten und Kinder zeugen, um die Linie fortzusetzen...« Wieder eine Pause, ein ziemlich beängstigendes Abschlaffen der Lippen, als sei dies ein entmutigender Ausblick – »...bis in alle Ewigkeit. Klar?«

Quint murmelte etwas vage Bestätigendes.

»Abartige Naturen werden nämlich Englands Tod sein, sofern man ihnen nicht schon in der Wiege Einhalt gebietet.«

»In der Wiege, Sir?«

»Denn ganz unter uns, Quint, ich sähe den armen kleinen Schelm lieber tot als *unmännlich*.«

Quint fuhr zusammen und vergaß sich so weit, daß er den Herrn auf Bly forschend anblickte, doch die rotgeäderten Augen blickten stumpf und undurchsichtig und verrieten nichts.

Und dann war das Gespräch unvermittelt zu Ende. Quint verbeugte sich, ging davon und dachte: *Herrgott nochmal, die Oberschicht ist noch primitiver, als ich glaubte.*

Der kleine Miles war, obzwar Blut von des Herrn Blut und Erbe nicht nur eines hochangesehenen englischen Geschlechts, sondern auch eines beträchtlichen Vermögens, ein Kind, das nach Liebe hungerte: liebenswürdig, hin und wieder ein wenig unnütz, immer aber nett und fröhlich; hellhäutig wie seine Schwester, Haar und Augen aber honigfarben, trotz seiner Zierlichkeit zu Herzjagen und Atemlosigkeit neigend und in Anwesenheit Dritter von unermüdlicher Ausgelassenheit. (Wenn er allein war, neigte er eher zu Trübsinn und Geheimniskrämerei; sicher grämte er sich um seine Eltern, an die er sich im Gegensatz zu Flora erinnern konnte, wenn auch nur undeutlich. Als sie starben, war er fünf gewesen.) Ungeachtet seiner Intelligenz und raschen Auffassungsgabe gefiel Miles die Schule oder zumindest gefielen ihm seine robusteren Klassenkameraden in Eton nicht. Doch jammerte er selten, und in Gegenwart von Peter Quint oder sonstiger männlicher Respektspersonen war er ganz offensichtlich entschlossen, sich über nichts zu beklagen.

Von Anfang an hing Miles zu Quints Überraschung diesem

in kindlicher Zuneigung an, umarmte und küßte ihn und setzte sich, wenn er konnte, auf seinen Schoß. Diese impulsiven Gefühlsausbrüche fand der Kammerdiener peinlich und schmeichelhaft zugleich. Lachend und ziemlich rot im Gesicht versuchte er Miles abzuwehren. »Dein Onkel wäre damit gar nicht einverstanden, Miles«, rügte er sanft. »Dein Onkel würde das *unmännlich* nennen.« Miles aber blieb hartnäckig, Miles ließ nicht locker, Miles weinte, wenn man ihn mit Gewalt zurückwies. Oft stürzte er auf Quint zu, als habe er ihn wer weiß wie lange nicht mehr gesehen, umfaßte seine Hüften, schmiegte sich mit dem heißen Gesicht an ihn wie junge Katzen oder Welpen, die blindlings nach den Zitzen der Mutter suchen.

»Du weißt doch, daß Onkel mich nicht lieb hat«, sagte Miles flehentlich. »*Ich möchte ja nur, daß mich jemand lieb hat.*« Von Mitleid mit dem Jungen ergriffen, streichelte Quint ihn dann wohl, beugte sich vor und gab ihm einen Kuß auf den Scheitel, um ihn gleich darauf in einem nervösen Reflex wegzuschieben. »Nein, Miles, mein Junge, das wollen wir gar nicht erst anfangen«, sagte er lachend. Doch Miles hielt ihn fest, auch er lachte, atemlos-trotzig und bettelte: »Wirklich nicht, Quint? Sag, *wirklich nicht?*«

So unzertrennlich wie Miss Jessel und Klein-Flora waren auch Quint und der kleine Miles, wenn der aus dem Internat nach Bly zurückkam. Und da die beiden Kinder innig, man möchte fast sagen verzweiflungsvoll aneinander hingen, waren die schüchterne, bei aller Schlichtheit ansprechende Gouvernante aus Glyngden und der gröbere Kammerdiener aus den Midlands häufig zusammen.

Gar nicht so einfach, sich den Stolz auf sein gutes Aussehen zu bewahren, wenn man sich mit einer stumpfen Klinge vor einem gesprungenen Spiegel rasieren muß und die Kleidung bei aller »Flottheit« schmutzpatiniert ist; wenn man, gerade in einen leichten, unruhigen Schlaf abdriftend, indes der Mond in stürmischen Nächten zwischen Wolken dahinsegelt, die aussehen wie grobgewirkte Baumwolle, mit einem jähen, schaudernden Ruck wieder aufwacht. *Als ob ich*, denkt Quint, *noch gar nicht tot bin und das Schlimmste noch vor mir habe.*

Die arme Jessel hat das *Hinübergehen* noch schmerzlicher getroffen. Immer wieder versucht die einst so keusche junge Gouvernante mit den glänzenden »Schottenlocken« sich zwanghaft in schmutzigen Pfützen zu säubern. Der brackigklebrige Schlamm des von Flora so genannten Asowschen Meeres haftet an ihren Unterarmen, der Magengrube, der warmen dunklen Spalte zwischen den Beinen, die einen ganz eigenen brackigen Geruch verströmt; eine bestimmte Art stachlig-schillernder Käfer, die sich in der erdigen Kellerfeuchte fleißig vermehrt, wird magisch von ihrem Haar angezogen, dort setzen sie sich fest, von verfilzten Haarbüscheln nicht mehr zu unterscheiden. Ihr einziges gutes Kleid, das sie in einer herausfordernden Geste anzog, als sie in den Teich watete, starrt vor Schmutz, die einstmals weißen Unterkleider haben Schlammstreifen und sind noch immer nicht ganz trokken. Sie tobt, sie weint, sie fährt sich mit den abgebrochenen Nägeln durchs Gesicht, sie wendet sich gegen ihren Liebhaber, fragt ihn, warum er mit ihr geschlafen habe, wenn er doch wüßte, daß sie zu Hysterie neige.

Quint widerspricht. Mit schlechtem Gewissen. Mann bleibt Mann, zum Schwängern geschaffen, wie hätte er, Peter Quint, ein Kerl voller Saft und Kraft, nicht mit ihr schlafen sollen, da es sie doch zueinander zog in der romantisch-ländlichen Einsamkeit von Bly? Wie hätte er wissen sollen, daß sie »zu Hysterie« neigt und sich in einem Übermaß an Schamhaftigkeit das kostbare Leben nehmen würde?

Nun war es nicht so, daß Miss Jessel ihre Verzweiflungstat allein aus Scham begangen hätte; es war eine durchaus pragmatische, praktische Entscheidung. Aus Harley Street verlautete (natürlich als Folge der Klatschgeschichten, die von Mrs. Grose und anderen in Umlauf gesetzt worden waren), Miss Jessel sei entlassen, habe unverzüglich ihr Zimmer zu räumen und zu verschwinden.

Wohin hätte sie gehen sollen? Zurück ins Pfarrhaus von Glyngden? Zugrunde gerichtet, geschändet, eine gedemütigte Frau, eine, die ein für allemal zur *Frau* geworden war.

Jessel bemerkt bissig, daß die Jungfrauen in dieser Zeit allesamt »zu Hysterie neigen« – allen voran kleine presbyterianische Gouvernanten. Hätte sie das Glück gehabt, seinerzeit als Mann zur Welt zu kommen, sie hätte diese kläglichen Geschöpfe gemieden wie die Pest.

Quint lacht irritiert auf. »Ja, aber meine liebe Jessel, ich liebe dich doch.«

Der Satz bleibt traurig-anklagend in der Luft hängen.

Eine groteske Situation: In dieser Dämmerwelt, in der die fluchbeladenen Liebenden nach dem *Hinübergehen* gelandet sind, meint Quint, daß seine Jessel schöner sei als im Leben; und für Jessel ist Quint, ungeachtet ihres Wütens und Tobens, der attraktivste Mann, den sie je gesehen hat – rührend eitel noch in schmutzigen, zerschlissenen Westen, Hemden und Reithosen, das ziegelrote Hahnenkammhaar graumeliert, das Kinn voll drahtiger Stoppel. Dem männlichsten aller Männer steht die neue Ernsthaftigkeit, ja, Schwermut gut zu Gesicht. Sehnsuchtsvoll stöhnend vor Frust fassen sie sich bei der Hand, umschlingen, streicheln, drücken, küssen sich, seufzen, wenn ihr »materielles Ich« sich entmaterialisiert wie Wasserdampf – wenn Quints Arme die Luft, einen blassen Schatten umgreifen und Jessel ihn heftig befingert, die Hände in seinem Haar, den Mund auf dem seinen, nur leider ist auch Quint nur ein Schatten, eine Erscheinung.

»Wir sind also nicht mehr wirklich?« keucht Jessel.

»Wenn wir lieben, wenn wir begehren können ... wer wäre wirklicher als wir?« fragt Quint.

Doch Quint ist ein Mann, was soll man darum herumreden, was ihn grämt, ist seine Impotenz.

Und doch gelingt es ihnen hin und wieder, sich zu lieben. Gewissermaßen. Wenn sie rasch und spontan handeln, wenn sie nicht bewußt denkend artikulieren, was sie vorhaben, gelingt es ihnen mit einigem Glück. Fast.

Dann wieder verschiebt sich aufgrund irgendeines geheimnisvollen und nicht vorhersagbaren Zerfallsgesetzes die Dichte der Moleküle, aus denen ihre »Körper« bestehen, und sie werden porös, so daß Jessel, wenn sie eine »wirkliche« Hand nach Quint ausstreckt, entsetzt zurückfährt, weil diese »wirkliche« Hand seinen unstofflichen Körper durchdrungen hat. Wie sehnen sich die Liebenden nach jener noch gar nicht lange zurückliegenden Zeit, da sie ganz gewöhnliche »menschliche Körper« bewohnten und nicht ahnten, daß diese Körper Wunder an molekularer Harmonie waren!
Fleisch von unserem Fleisch, Blut von unserem Blut. Geliebte Flora, geliebter Miles.

Wie könnten sie sich von Bly trennen? Jessel und Quint können ihre kleinen Schützlinge nicht allein lassen, die beiden haben doch nur sie. Tage- und nächtelang überlegen sie unablässig, wie der nächste Kontakt zu den Kindern herzustellen sei. Die Zeit vergeht recht sonderbar hier unten in den Katakomben, so wie im Leben eine traumerfüllte Nacht vergeht, in der Stunden sich zusammenziehen oder verlängern oder auf Sekunden reduziert werden. Manchmal erfaßt Jessel tiefe Verzweiflung, dann glaubt sie, daß die Zeit für jene Toten, die durch Begierden an die Welt gefesselt und demnach nicht tot genug sind, gar nicht vergehen kann. Leid ist etwas Unendliches *und wird nie geringer.* »Das Schreckliche ist dies, Quint: Wir sind für immer auf einen bestimmten Punkt fixiert, den grausigen Zeitpunkt unseres *Hinübergehens*«, sagt Jessel, und ihre Augen sind so groß, daß man nur noch Pupillen sieht, »es wird, es *kann* sich für uns nichts ändern.« Und Quint sagt rasch: »Doch, Liebste, die Zeit vergeht sehr wohl, natürlich tut sie das. Du bist zuerst gegangen, ich bin dir gefolgt; dann kamen die Bestattungen (rasch und recht lieblos abgehandelt); oben sprechen sie immer weniger von uns, während die verdammten Spießer sich früher nicht genug die Mäuler über uns zerreißen konnten. Miles ist im Internat und kommt in Kürze zu den Osterferien heim. Letzte Woche war Floras Geburtstag...«

»Und wir trauten uns nicht mitzufeiern, wir mußten von draußen zusehen, wie Aussätzige«, sagt Jessel heftig.

»Und morgen soll, wie ich höre, die neue Gouvernante kommen, deine Nachfolgerin.«

Jessel lacht. Rauh, kurz und heiser, ohne Heiterkeit. »Meine Nachfolgerin? *Niemals!*«

»Farblos und ohne jeden Reiz. Ein Teint wie geronnene Milch. Kleine Schielaugen, knochige Stirn...«

Jessel ist erbost. Jessel zittert vor Zorn. Quint hat das Gefühl, sie zurechtweisen zu müssen, aber damit würde er alles nur noch schlimmer machen.

Von der Spitze des eckigen Turms im Osten, von dem aus man die Auffahrt überblicken kann, sehen die fluchbeladenen Liebenden zu, wie die neue Gouvernante ängstlich lächelnd und nicht sehr anmutig aus der Kutsche steigt. Mrs. Grose hat Klein-Flora an der Hand und schiebt das Kind nach vorn. Wie beflissen sie ist, die dicke Grose, die einst mit Miss Jessel befreundet war und sie dann bedenkenlos fallenließ. Die neue Gouvernante (aus Ottery St. Mary in Devonshire, wie Quint gehört hat, ein ebenso obskures, provinzielles Nest wie Glyngden) ist jung und dürr wie ein Besenstiel, sie trägt eine unvorteilhafte graue Schute und einen arg zerknitterten grauen Reisemantel; aus dem blassen, unscheinbaren Gesichtchen leuchtet die Hoffnung, die flehentliche Bitte, »es zu schaffen«. Jessel zuckt zusammen, weil sie daran denken muß, daß es bei ihr genauso war. »Quint, wie konnte er!« sagt Jessel halblaut, fast schluchzend. »Eine andere! Die meinen Platz bei Flora einnehmen soll. *Wie kann er nur*...«

»Niemand wird deinen Platz bei Flora einnehmen, Liebes«, tröstet sie Quint, »das weißt du doch.«

Als die neue Gouvernante sich beglückt lächelnd Flora zuneigt, sieht Jessel herzklopfend, wie die Kleine sich mit einem verstohlenen Blick über die Schulter vergewissert, daß Miss Jessel in der Nähe ist.

Ja, geliebte Flora, deine Jessel ist dir immer nah.

Und so beginnt er, der erbitterte Kampf. Der Kampf um Klein-Flora und um den kleinen Miles.

»Eine von *denen* ist das!« sagt Jessel, die geballte Faust an den Mund gepreßt, »Eine der Schlimmsten!« Quint, der mit den fanatischen Plänen seiner Geliebten nichts im Sinn hat, Plänen, die sich auf die für seinen skeptischen Verstand nicht sehr wahrscheinliche Hoffnung konzentrieren, irgendwann könne es für sie eine Zukunft zu viert geben, wiederholt stirnrunzelnd: »Eine der Schlimmsten?«

»Eine hundsgemeine kleine... Christin«, antwortet Jessel unter Tränen. »Eine Puritanerin! Du kennst den Typ: Eine, die blutvolles Leben bei anderen haßt und fürchtet. Die Fröhlichkeit, Leidenschaft, Liebe haßt und fürchtet. All das, was *wir* einmal hatten.«

Einen Augenblick bleibt es still. Quint denkt an gewisse schläfrige Sommernächte, da das Wetterleuchten am sanft wundroten Himmel stand und die weinende Miss Jessel in seinen Armen lag. Das hohe Gras duftete, Raben krächzten, und Klein-Flora und der kleine Miles kamen durch das Akazienwäldchen auf sie zu und riefen leise, durchtrieben, heiter: »Miss Jessel! Mr. Quint! Wo versteckt ihr euch? Dürfen wir gucken?« Quint überläuft es kalt bei der Erinnerung. Er begreift, daß auch Jessel an diese wundersamen Nachmittage denkt, die auf immer dahin sind.

Natürlich ärgert es auch Quint, daß der Herr eine neue Gouvernante für Klein-Flora eingestellt hat, aber man muß vernünftig sein – eine neue Gouvernante war nun mal unvermeidlich. Für die Welt ist Miss Jessel tot, ist jetzt da, wo alle Toten sind. Der Herr hätte vierundzwanzig Stunden nach dem Tod der alten Gouvernante eine neue eingestellt, wenn das nicht gegen Sitte und Anstand gewesen wäre.

Auch einen neuen Kammerdiener gibt es, der aber wird, wie Quint erfahren hat, in der Harley Street tätig sein und dem kleinen Miles deshalb nie begegnen.

Quint fragt sich oft: War der Herr im Bilde? Nicht nur über Jessel und ihn, sondern auch über die Kinder?

»Das alles hast du diesem armseligen Wesen an der Nasenspitze angesehen, Liebste?« fragt Quint.

»Natürlich. Du nicht?«

Jessels Augen sind irr und sehr schön, ihre Haut glänzt im grellen Mondlicht. Ihr Mund ist eine Wunde. Ihn zu sehen und zu begehren ist eins, denkt Quint und läßt sich fallen.

Quint erscheint der neuen Gouvernante als Erster. Er muß sich gestehen, daß von der Haltung der jungen Frau, dem dünnen, steifen Körperchen und der Kleidung, dem nervös hochgereckten Kopf, den hin und her huschenden stahlgrauen Augen etwas ausgeht, was ihn gleichzeitig anzieht und abstößt. Anders als Flora, der es gegeben ist, wunschlos glücklich und wie in Trance ihre Miss Jessel zu betrachten (die Flora beispielsweise am anderen Ufer des Teiches erscheint, während die neue Gouvernante, dem Teich den Rücken kehrend, ahnungslos mit ihrem kleinen Schützling schwatzt) und gelegentlich auch Peter Quint (denn manchmal erscheinen Quint und Jessel Arm in Arm), reagiert die neue Gouvernante mit Schreck, Staunen, nacktem Entsetzen – und das kann für einen Mann überaus befriedigend sein.

Einem noch jugendlichen Mann voll Saft und Kraft, den das greuliche *Hinübergehen* seiner Mannheit beraubt hat.

Quint besteigt den Turm im Westen, eilt die Wendeltreppe hoch bis zu der krenelierten Spitze, körperlos, mithin gewichtslos – ein gutes Gefühl. Die »Zinnen« des Hauses Bly sind architektonische Phantasiegebilde, fabrikmäßig hergestellten Fossilien vergleichbar, denn sie entstanden vor einem Jahrzehnt in einer kurzlebigen Phase wiederentdeckter mittelalterlicher Romantik, rührend kurios, aber unleugbar stimmungsvoll. Quint sieht unten die Gouvernante näherkommen, sie ist allein, nachdenklich, aufregend in ihrer jungfräulichen Verletzlichkeit, er plustert sich und sieht zufrieden an seinem schlanken Körper herunter, ja, er ist eben doch ein verdammt gutaussehender Bursche. Der launische Spätnachmittagswind flaut ab, die Raben stellen ihr klagend allgegenwärtiges Rufen ein, es ist unnatürlich still – und Quint ergreift ein lustvolles Zittern ob des Grauens, mit dem die Gouvernante den Blick zur Turmspitze, zu der pechnasenbewehrten Brüstung, zu *ihm* erhebt. Welche Wonne!

Dramatische Sekunden lang, die sich wie zu Minuten dehnen, sehen sich Quint und die Gouvernante groß an: Quint kühl und streng, mit seinem »durchdringenden« Blick (den kaum eine Frau, ob jungfräulich-unerfahren oder nicht, je vergißt), die Gouvernante mit einem Ausdruck der Bestürzung, der Fassungslosigkeit, des Entsetzens. Unwillkürlich tritt das arme Ding einen Schritt zurück, legt eine zitternde Hand an den Hals. Quint nagelt sie mit der vollen Wucht seines Blickes unten auf dem Weg fest, zwingt sie mit der Kraft seines Willens, wie gelähmt stehenzubleiben. Für seinen Auftritt hat Quint sich ein Kostüm zusammengestellt, dessen er sich nicht zu schämen braucht. Hosen, die noch eine Bügelfalte haben, ein für einen solchen Anlaß aufbewahrtes weißseidenes Hemd, den eleganten Rock des Herrn, die Karoweste – Sachen, die nicht ihm gehören, aber an Quints männlicher Figur trefflich zur Geltung kommen. Sein Bart ist frisch gestutzt, was ihm ein düster-romantisches Aussehen verleiht, und natürlich trägt er keinen Hut, das virile Hahnenkammhaar soll ja zu sehen sein.

»Denn der Teufel ist auch ein Geck, und so wünscht ihr Frauen ihn euch ja«, hat Quint zu Jessel gesagt.

Wie angewurzelt steht die Gouvernante da, und das blasse Gesichtchen verbirgt nichts von ihren stürmischen Empfindungen. Mit der gekonnten Lässigkeit eines Berufsschauspielers, wiewohl eine solche »Apparition«, noch dazu so haarfein abgestuft, etwas ganz Neues für ihn ist, geht Quint langsam an der Brüstung entlang und läßt die Gouvernante nicht aus den Augen. *Du kennst mich nicht, liebes Kind, aber du kannst dir denken, wer ich bin. Du bist gewarnt.*

Während die Gouvernante zu ihm hochblickt wie ein zu Stein erstarrtes Kind, umrundet Quint gemächlich die Turmspitze und *verschwindet*.

Und denkt später, in der golden-erotischen Glut eines zutiefst befriedigenden Erfolges: *Wie sonst sollten wir wissen, welche Macht wir ausüben, wenn wir sie nicht in den Augen unserer Mitmenschen gespiegelt sähen?*

Frohlockend und ganz aufgeregt sagt Jessel voraus, ihre »Nachfolgerin« werde Hals über Kopf aus Bly flüchten. »*Ich* täte das in so einer Situation!«

»Wenn du einen Geist gesehen hättest?« fragt Quint leicht verwirrt. »Oder wenn du *mich* gesehen hättest?«

Doch zu Jessels Verwunderung und großer Überraschung ergreift die Gouvernante aus Ottery St. Mary in Devonshire nicht die Flucht, sondern scheint sich auf eine Belagerung einzurichten. Sie ist zwar eingeschüchtert, aber auch auf der Hut, hellwach. Von ihr geht etwas aus... ja, was ist es wohl? Puritanisch prüder, strafender Eifer? Die zähe Entschlossenheit christlicher Märtyrer? Als Quint ihr zum zweitenmal erscheint – sie sind allein, kaum fünf Meter voneinander entfernt, nur durch eine Fensterscheibe getrennt –, richtet sich die junge Frau hoch auf (sie ist nicht so groß wie Jessel, knapp einsfünfundfünfzig) und sieht einen langen, spannungsgeladenen Augenblick Quint unverwandt an.

Quint runzelt die Stirn. *Du weißt, wer ich bin! Du bist gewarnt!*

Die Gouvernante ist so erschrocken, daß alles Blut aus ihrem Gesicht weicht und die Haut einen abscheulich wächsernen Ton annimmt. Die geballte Faust, an der die Knöchel weiß hervorstehen, hat sie an die flache Brust gedrückt, dennoch wirkt der Blick, den sie auf Quint richtet, irgendwie herausfordernd. *Ja, ich weiß, wer du bist. Aber ich gebe nicht nach.*

Als Quint von ihr abläßt, flüchtet sie nicht auf ihr Zimmer, sondern stürmt unvermittelt aus dem Haus und nach hinten auf die Terrasse, wo Quint hätte stehen und durchs Fenster schauen müssen, wäre er ein »wirklicher« Mann, ein Mann aus Fleisch und Blut. Natürlich ist da niemand. Ein Häufchen verwelkter Forsythienblüten auf der Terrasse unter dem Fenster ist unberührt.

Die Gouvernante sieht sich – bleich, aber selbstbewußt – mit der nervösen Aufmerksamkeit eines kleinen Terriers nach allen Seiten um. Ja, sie hat offenkundig Angst, doch vermag die Angst allein sie nicht abzuschrecken. (Ihr Verhalten ist um so mutiger, als Sonntag ist und fast alle Hausbewohner, einschließlich Mrs. Grose, in der Dorfkirche sind.) Quint ist bis zu einer Hecke in der Nähe retiriert, wo sich eine sehr ernst gestimmte Jessel ihm zugesellt. Sie betrachten die Gouvernante in ihrer prüden Sonntagshaube, dem biederen Kleid; wie herausfordernd die magere kleine Person wirkt! Jessel kaut an einem Fingernagel.

»Wie kann das sein, Quint? Eine normale Frau, die glaubt, sie habe ein Gespenst – oder in so einer Situation auch nur einen wirklichen Mann – gesehen, wäre hilfeschreiend weggerannt.« Quint sagt verstimmt: »Vielleicht, mein Schatz, bin ich nicht so furchterregend, wie wir denken.« Und Jessel versetzt sorgenvoll: »Oder sie ist eben keine normale Frau.«

Später erinnert sich Quint des Vorfalls – jenseits von Angst und Kummer – mit eindeutig sexuellen Empfindungen. Es erregt ihn, daß es auf Bly eine neue, eigenwillige Frau gibt; langweilig wie Babybrei, flach wie ein Brett, ohne Jessels Leidenschaft, ohne ihre Verzweiflung. Aber ach – sie lebt, und die arme liebe Jessel ist tot.

Quint verwandelt sich, schlangenschmal und entkörperlicht, aber mit einer gewaltigen, leuchtendroten Erektion, in einen Inkubus, schleicht sich in das Schlafzimmer der Gouvernante und in ihr Bett und ungeachtet ihrer schwach zappelnden Gegenwehr in ihren Körper.

Als er erbebend laut aufstöhnt, knufft ihn Jessel mit harter kleiner Faust.

»Hast du schlecht geträumt, Quint?« fragt sie ironisch.

Und dann geschieht etwas Unerwartetes: Der arme kleine Miles wird relegiert!

Quint und Jessel belauschen die Gouvernante und Mrs. Grose, die immer wieder fast zwanghaft über dieses Thema und das damit verbundene Geheimnis sprechen. Die Gouvernante liest schockiert und ratlos Mrs. Grose das Entlassungsschreiben des Schulleiters vor. Gemeinsam zerlegen sie die frostig-deutlichen, kränkend formellen Sätze, die den Ausschluß von der Schule als einen *fait accompli* darstellen, über den nicht mehr zu diskutieren ist. Eton »lehnt es ab«, den kleinen Miles als Schüler zu behalten, basta.

Jessel, die neben Quint kauert, bemerkt in leisem, sinnlichem Ton: »Wie schön, daß du deinen Jungen wieder hast, Quint! Bald sind wir zu viert, paß nur auf.«

Quint aber, der ahnt, warum Miles relegiert wurde, erwidert ernst: »Aber der arme Miles muß schließlich zur Schule gehen, er kann nicht ständig hier herumhängen wie seine Schwester. Sein Onkel wird außer sich sein, wenn er es erfährt. Der alte Knabe wünscht sich doch nichts sehnlicher, als daß Miles so *männlich* wird wie er.«

»Was schert uns der?« sagt Jessel. »Er ist schließlich unser schlimmster Feind.«

Am nächsten Tag kommt Miles, wenig verändert in Quints Augen, ein, zwei Zoll gewachsen vielleicht, ein paar Pfund schwerer; helle Haut, klare Augen, fiebrig gerötete Wangen und jene atemlose Erwartungshaltung, die Quint so reizvoll fand – immer noch so reizvoll findet. Miles, ein liebenswürdiger, intelligenter, zurückhaltender Zehnjähriger, der viel, viel älter wirkt, als er ist, erobert das Herz der jungen Gouvernante schon bei der ersten Begegnung im Sturm; biegt unschuldsvoll-geschickt alle peinlichen Fragen nach Eton ab und schleicht sich abends, als er eigentlich schon im Bett liegen sollte, an der Tür des Gouvernantenzimmers vorbei (in dem auch Klein-Flora schläft) hinaus in die dunklen Tiefen des Parks, um dort – wen oder was zu suchen?

Mondlicht ergießt sich über die Schieferdächer des großen häßlichen Hauses Bly. Die Rufe der Nachtvögel pulsieren in rhythmischem Stakkato.

Quint beobachtet, wie der liebe kleine Miles barfuß und im Pyjama über den leicht abfallenden Rasen und hinten an den Ställen entlang zu einem ihrer früheren Treffpunkte läuft. Dort wirft er sich hingegeben ins betaute Gras, als wollte er sagen: Da bin ich, wo bist du? Als Quint gestorben war, soll der kleine Miles »kalt wie Eis« gewesen sein und keine Träne vergossen haben, so hat es Quint dem Gerede der Dienerschaft entnommen. Als Miss Jessel ertrank, war Flora, so heißt es, »völlig gebrochen« und tagelang untröstlich. Quint kann Miles' stoische Haltung nur billigen.

Ganz in der Nähe des unruhigen Kindes verborgen (Miles sieht, Grashalme zupfend, ungeduldig in alle Richtungen), mustert ihn Quint zärtlich und voller Gewissensbisse. Im Leben galt Quints Leidenschaft den Frauen, die Neigung zu dem kleinen Miles war eine Reaktion auf dessen Neigung zu ihm, mithin vielleicht keine echte Leidenschaft. Ist das wohl fair dem Kind gegenüber, überlegt Quint, dieses geheime Band, diese Beziehung, die so zärtlich, so wortlos-eng ist, daß selbst Quints unvermitteltes *Hinübergehen* ihr nichts hat anhaben können?

In der mondbeglänzten Stille läßt sich die Kinderstimme vernehmen. Leise, zaghaft, in bebender Hoffnung: »Quint? Verflixt nochmal, Quint, bist du da?«

Quint, dem die Rührung plötzlich die Kehle zuschnürt, antwortet nicht. Die schönen Kinderaugen glänzen wie im Fieber. Was für ein Unglück, mit fünf Waise zu werden! Kein Wunder, daß der Junge Quints Knie umklammerte wie ein Ertrinkender das Rettungsfloß.

Miles pflegte – eine liebenswürdig-rührende, vielleicht ein wenig bedenkliche Angewohnheit – Quint und Jessel, die Liebenden, an ihren geheimen Treffpunkten aufzustöbern und sie, das seidige Haar zerzaust, die Augen geweitet wie von einem Opiat, sehnsuchtsvoll-beglückt zu umarmen, zu drücken, sich stöhnend zu drehen und zu winden – wer hätte ihm widerstehen, wer hätte ihn fortschicken können? Ihn und Klein-Flora...

»Quint?« flüstert Miles und sieht sich unruhig um, das sehnsuchtsvoll-verzückte Gesicht leuchtet liliengleich, »Ich weiß, daß du da bist. Undenkbar, daß du *nicht* da bist. Es ist so schrecklich lange her.«

Glückliche Tage. Weil so völlig unerwartet, ungeplant.

Und wie traumgleich-unendlich sie sich dehnten, die Tage auf Bly in der üppig-grünen englischen Landschaft; unvorstellbar im Getriebe Londons, in der strengen Geradlinigkeit von Harley Street.

Drängend, fordernd setzt Miles neu an: »Quint, verflixt nochmal! Ich weiß, daß du hier irgendwo bist.« Der Junge hat, die schöne Stirn in Knitterfalten wie ein geknülltes Blatt Papier, Quint direkt im Blick, sieht ihn aber offenbar nicht. »Nicht ›tot‹...«, Miles' schöner Mund verzieht sich angewidert, »...du doch nicht! Sie hat dich gesehen, wie? Diese neue, über die Maßen gräßliche Gouvernante. Sankt Ottery habe ich sie getauft. Gut, nicht? Quint? *Hat* sie dich gesehen? Natürlich verrät sie nichts, dazu ist sie viel zu gerieben, aber Flora hat's erraten. Dieses lästige Gerede von der ›Reinheit‹ des Kindseins, der Notwendigkeit ›brav zu sein, einen Anfang mit *sauberen Händen* zu machen...‹« Miles lacht schrill auf.

»Quint? Sie haben mich rausgeschmissen... relegiert... du hast es befürchtet, hast mich gewarnt. Es ist wohl meine Schuld, es war dumm von mir... Ich hab es nur zwei, drei Jungen erzählt... Jungen, die ich mochte, sehr mochte... und die mich auch mochten... Sie haben geschworen, es nicht weiterzusagen, aber irgendwie... ist es doch rausgekommen... ein fürchterliches Theater... Wie ich sie alle hasse, Quint! Es sind Feinde, und es sind so viele. Quint? Ich liebe nur dich.«

Und ich liebe nur dich, kleiner Miles.

Quint erscheint seinem Miles, eine große, schimmernde Gestalt, überlebensgroß. Miles sieht staunend zu ihm auf, dann kriecht er ihm unter Tränen auf allen vieren entgegen. »Quint«, stöhnt er wie in einem Freudentaumel, »Quint!« – und versucht, den Phantomleib, die Beine, die Schenkel zu umfassen. Daß das Wesen vor ihm nicht wesenhaft ist, schreckt ihn nicht, vielleicht hat er es in seiner Erregung gar nicht erfaßt. »Ich hab's gewußt, ich hab's ja gewußt, Quint, daß du mich nicht im Stich läßt.«

»Nein, mein Junge, das verspreche ich dir.«

Dann, o Schreck, plötzlich eine Stimme, nasal, schrill, vorwurfsvoll. »Miles? Du böser Junge, wo bist du?«

Es ist die Gouvernante aus Ottery St. Mary, die klein und zielstrebig, eine brennende Kerze in der Hand, gerade um die dreißig Meter entfernte Ecke der Stallungen biegt, unsicher tastend, aber beharrlich, ohne sich von der Nacht schrecken zu lassen oder dem nur matt flackernden Lichtschein, den die Kerze wirft: *Sie!*

»Miles? *Miles?*«

Und mit dieser brutalen Unterbrechung ist das Rendezvous aus und vorbei. Quint zieht sich fluchend zurück. Miles, rührend in seiner Barfüßigkeit, in seinem Pyjama, erhebt sich bekümmert, klopft sich ab, zaubert einen engelhaften Ausdruck auf sein Kindergesicht, zieht den Mund gerade und sagt – was bleibt ihm übrig? -: »Hier bin ich.«

Wer aber geleitet uns, Quint, wenn nicht wir selbst? – Gibt es einen ANDEREN, den wir nicht sehen, dessen Stimme wir nicht hören können, außer als Echo unserer eigenen Gedanken?

»Ich verabscheue sie!« zischt Jessel, und der schöne Mund verzerrt sich. »*Sie* ist die Unholdin. Könnten wir ihr nur gleich den Garaus machen!«

Jessel erscheint, was sie früher nur selten und auf dringenden Wunsch des Kindes hin getan hat, Klein-Flora bei hellichtem Tag; kühn »materialisiert« sie sich am Ufer des ruhigen Asowschen Meeres. Ein wolkenloser Frühsommernachmittag, betäubender Duft von Jelängerjelieber in der Luft – da erscheint aus dem Nichts eine düster-schöne Gestalt mit alabasterbleichem Gesicht, der das offene Haar bis über die Schultern fällt. Man könnte sie für eine heraldische Figur aus einer alten Sage halten. Oder aus einem Fluch. Im Vordergrund die puppengleiche Kindergestalt: blonde Locken, Engelsprofil, das Trägerkleidchen gelb wie die üppig blühenden Butterblumen im Gras. Ist nicht Klein-Flora in ihrer Unschuld wie in ihrer Sehnsucht unabdingbar für die Vision?

Und auf einer steinernen Bank daneben, emsig strickend, dabei aber die Kleine wachsam-besorgt beobachtend, sitzt »Sankt Ottery«, wie Miles sie scherzhaft getauft hat.

Wie eine Parze!

Eine gemeine Gefängniswärterin.

Augen wie Spülwasser, dünne helle Wimpern und Brauen; entschlossenes kleines Kinn, Spatzenleib, straff gespannte Haut. Das Gesicht ist zu klein für den Kopf, der Kopf zu klein für den Körper, der Körper zu klein für die großen Füße. Die Schulterblätter zeichnen sich scharf unter dem dunklen Stoff des Gouvernantenkleides ab wie zusammengelegte Flügel.

Flora spielt scheinbar ganz versunken am Teichrand, summt, ihre neue Puppe im Arm, ein sinnloses Liedchen; eine wunderschöne, lebensechte Puppe ist es, sie kommt aus Frankreich, Floras Onkel und Vormund hat sie ihr zum achten Geburtstag geschenkt (den er zu seinem Leidwesen nicht persönlich mit ihr hat feiern können), Flora hat den Kopf gesenkt, doch durch die gesenkten Wimpern blickt sie unverwandt auf die geliebte Miss Jessel am anderen Ufer. *Nimm mich mit, Miss Jessel, bitte! Ich bin so einsam*, fleht sie stumm, *ich bin so unglücklich, liebste Miss Jessel, seit du weg bist!* - und auch Jessel Herz schlägt dumpf vor Schmerz und Liebe, denn Flora ist ja ihr kleines Mädchen, ihr Baby und Quints Baby, das in diesem Teich grausam ertränkt worden ist.

Jessel sieht Flora über den Teich hinweg an, versucht das Kind zu trösten mit hypnotischen Worten: *Liebe kleine Flora, geliebtes Kind, du weißt, daß ich dich lieb habe, du weißt, daß wir bald wieder zusammen sein und uns nie wieder trennen werden. Mein Liebling...*

Und dann die rücksichtslose Unterbrechung, mit schriller, scharfer Stimme: »Flora, stimmt etwas nicht? Flora, was ist los?«

Terriergleich springt Sankt Ottery auf, läuft zu Flora, blickt aus zusammengekniffenen Augen über den Teich – und sieht, erkennt vielleicht sogar ihre Vorgängerin; eine Gestalt von anrührender Schönheit, aber gerade in ihrem würdevollen Ernst erschreckender als jene andere Erscheinung, der Mann. (Denn der läßt sich mit seiner sexuell aggressiven, selbstbewußten Haltung einfach als *Mann* deuten; dieses Wesen, das erkennt »Sankt Ottery« sehr klar, kann nur eine *Unholdin* sein.)

Die Gouvernante packt Flora am Arm, sie merkt gar nicht, wie grob sie zugreift, und stößt entsetzt hervor: »Mein Gott, wie... wie gräßlich! Schau weg, Kind, halt dir die Augen zu!«

Flora wehrt sich unter Tränen. Benommen und blinzelnd, als hätte man sie geschlagen, beteuert sie, daß sie nichts sieht, daß nichts da ist. Unter Jessels hilflos-wütendem Blick zerrt die Gouvernante das weinende Kind rasch, ja rücksichtslos weg, hat es an beiden Armen gepackt und redet in vorwurfsvollem, trostreich gemeintem Ton auf Flora ein: »Nicht hinsehen, Flora! So ein schlechtes, abscheuliches Geschöpf! Jetzt bist du ja in Sicherheit.«

Schlechtes, abscheuliches Geschöpf! Dabei war sie im Leben ein so liebes, bescheidenes Mädchen gewesen, bestens beschlagen in geistlichen wie in weltlichen Dingen; ja, und natürlich Christin; und – natürlich – Jungfrau.

Dieses kitzelnde Krabbeln im Haar...? Ein hartschaliger Käfer fällt zu Boden.

Die erregte Jessel, im Innersten getroffen, verliert allmählich die Fassung. Immer bedenkenloser schleicht sie tagsüber im Hause Bly herum und sucht für wenige gestohlene Minuten die Zweisamkeit mit dem geliebten Kind. »Ich habe fast den Eindruck, als ob *mich* ein Spuk verfolgt«, sagt Jessel bitter lachend, »aber was soll ich machen? Flora ist meine Seele.«

Rachsüchtig eifernd aber wacht »Sankt Ottery« in jeder wachen Minute über das Kind, und nachts steht Floras hübsches Bettchen sicherheitshalber dicht neben dem ihren (seit dem

Wirbel am Teich können weder die Gouvernante noch ihr fiebrig-erregter Schützling ruhig schlafen).

Flora fleht: *Miss Jessel, hilf mir! Komm zu mir! Schnell!* Und Jessel: *Ich komme, mein Liebling, sobald ich kann.*

Doch die wachsame junge Frau aus Ottery St. Mary hat angeordnet, daß die Fensterläden in ihrem und Floras Zimmer und die im Kinderzimmer nebenan geschlossen bleiben. Als Jessel hier das Sagen hatte, als sie und der rotbärtige Quint ein Liebespaar waren, fluteten Sonnen- und Mondlicht durch die Räume. Feucht und sinnlich schwang ihre Liebe in der Luft, ihre Liebesrufe ließen die Silberleuchter an der Wand erbeben. Jetzt ist die Luft muffig und abgestanden, das frisch aufgezogene Bettzeug ist Minuten später wie besudelt.

Im Vertrauen darauf, daß hier auf Bly niemand ihre Autorität in Frage stellt, versucht »Sankt Ottery« zu erreichen, daß auch im Zimmer des armen Miles die Fensterläden nicht mehr geöffnet werden, aber da er ein Knabe ist, ein sehr eigenwilliger Knabe, über dessen Engelsgesicht man leicht seine frühreife Seele vergessen kann, sperrt er sich. »Wozu sind denn bitte schön Fenster da, Sie dummes altes Ding…« – denn in diesem scherzhaften, leicht spöttischen, koketten Ton spricht Miles mit dieser schrecklichen Person – »…wenn man nicht hinaussehen kann?«

Worauf die grimmige Antwort kommt: »Das frage ich *dich*, Miles.«

Als wären Fensterläden aus bloßem Holz ein Hindernis für sein leidenschaftliches Sehnen.

Die arme fluchbeladene Seele: Inzwischen haben alle auf Bly sie gesehen.

Sie wandert im ganzen Haus herum, ist mal oben, mal unten, mal an der von einer Fülle blendendweißer, klebriger Clematisblüten umrankten Terrassentür. Dieser Jammerlaut, dieser klagende Seufzer, der sich ihr entringt…, das ist sie, die Frau, die ihr verlorenes Kind beklagt oder das kurz bevorstehende Erlöschen der eigenen Seele. Wie kommt es nur, daß »Sankt

Ottery« stets und ständig zwischen ihr und Flora steht, neuerdings mit der Bibel in der Hand? Heute vormittag hat sich Jessel erschöpft am Schreibtisch des Schulzimmers niedergelassen. Leise aufstöhnend legt sie die Arme auf die Schreibtischplatte und den sorgenschweren Kopf auf die Arme, verbirgt ihr Gesicht und vergießt Tränen der Kränkung, der Ratlosigkeit, der Wut. *Wie bin ich? Wer ist Liebe, Sünde?* Schritte hinter ihr, ein hörbares Luftschnappen rütteln sie auf, sie erhebt sich schwankend, dreht sich um. Knappe zwei Meter vor ihr steht »Sankt Ottery«, die Feindin, gebeugt wie eine Verwachsene, die Arme erhoben, als wolle sie den Teufel abwehren, die farblosen Augen haßverengt, blasse, gewölbte Stirn, schmale Lippen. »Mach dich fort, hier ist kein Platz für dich. Widerliches, unsägliches Scheusal!«

Jessel, die sich früher so etwas nicht hätte bieten lassen, ist wehrlos vor dem Abscheu im Blick der anderen. Sie findet keine Widerworte, spürt, wie sie sich auflöst, das Feld der Gegenspielerin überläßt, die ihr in jubelndem Triumph, mit schriller, mitleidloser Stimme nachruft: »Und daß du es nicht wagst, dich hier noch mal blicken zu lassen!«

Jetzt nimmt die gestrenge »Sankt Ottery« gnadenlos eifernd ihren Schützling ins Verhör. »Flora, Liebchen, möchtest du mir vielleicht etwas sagen?« Und: »Flora, Liebchen, du kannst es mir ruhig sagen; ich habe das gräßliche Geschöpf gesehen, ich weiß Bescheid.« Und – besonders grausam -: »Es ist besser, wenn du gestehst, mein Kind. Ich habe mit deiner ›Miss Jessel‹ gesprochen, und sie hat mir alles erzählt.«

Jessel ist Zeugin – wiewohl eine unsichtbare, hilflose Zeugin –, als in Floras Hirn schließlich etwas platzt. Ihr Schluchzen – das Schluchzen zahlloser gequälter Kinder – hallt gräßlich durch die Katakomben unter dem großen, häßlichen Hause Bly. »Nein«, schreit Flora, »nein*nein*nein*nein*! Ich hab nicht... ich bin nicht... ich weiß nicht, was Sie meinen! Ich hasse Sie!«

Auch als sie sieht, wie Mrs. Grose das hysterische Kind in den Arm nimmt, kann Jessel nicht eingreifen.

Welch bittere Ironie, daß Jessel ausgerechnet ihrer alten Feindin Mrs. Grose dankbar sein muß!
Bei Tagesanbruch werde ich erloschen sein; es ist Zeit. Ich bin nur mehr eine nächtliche Erinnerung.

Bis in die Katakomben hallt das alte Haus von Floras irrem Geschrei, ihren kehligen Flüchen und Obszönitäten wider. Mrs. Grose und das Dienstmädchen, die Flora nach London begleiten, wo ein berühmter Kinderarzt sich ihrer annehmen soll, müssen sich immer wieder geniert die Ohren zuhalten.

»Wo hat der Engel nur solche Ausdrücke her?« fragt Mrs. Grose unter Tränen.

»Sankt Ottery« bleibt natürlich da, sie muß sich schließlich um den kleinen Miles kümmern. Floras Verlust hat sie bestürzt, bekümmert, verunsichert, erbost; Miles, das hat sie sich fest vorgenommen, wird sie nicht hergeben.

Auch sie ist die bislang unberührte Tochter eines Landpfarrers, eines Methodisten. Kniend betet sie zum Lieben Gott um Kraft im Kampf gegen den Teufel. Sie liest das Neue Testament, um diese Kraft zu finden und sich entsprechend zu rüsten. Hat nicht Unser Heiland böse Geister ausgetrieben, hat Er nicht, wenn Er nur will, die Macht, Tote auferstehen zu lassen? In so einem Universum sich heftigst bekriegender Geister ist alles möglich.

»Miles, mein Lieber? Wo bist du? Zeit für deinen Unterricht!«

In der Tiefe der feucht tropfenden Katakomben, wo er seiner geliebten Jessel nachtrauert (dem nie verheirateten Quint ist, als habe er die Ehefrau verloren, die halbe Seele hat man ihm entrissen), hört Quint die Gouvernante erstaunlich schweren Schrittes von Zimmer zu Zimmer hasten. Ihre Stimme klingt wie Rabenruf, grell, beharrlich: »Miles? Miles...«

Mit zitternden Fingern macht sich Quint für den Endkampf bereit. Er sieht sich als eine Figur in einem Drama, vielleicht auch einen Faktor in einer Gleichung, da gibt es das Gute und das Böse und die Falschheit, ja, gäbe es keine Falschheit, wüßte man nicht, in welche Richtung man zu gehen hat... In einer Spiegelscherbe mustert er sein fahles Gesicht, zupft den ergrauenden Bart zurecht, um ihm die frühere Männlichkeit oder einen Anschein davon zurückzugeben; denkt mit einem Ziehen in den Lenden daran, wie der arme Miles seine Knie umfaßte, sein erhitztes Gesicht an ihn schmiegte.

Wie kann es Sünde sein, die Tröstungen der Liebe nicht nur zu empfangen, sondern auch zu geben?

Jessel hat sich aufgelöst, ist verschwunden, vergangen, wie der milchig-opake Dunst des Morgengrauens im erstarkenden Licht vergeht. Seine geliebte Jessel! Das Mädchen mit den Schottenlocken und dem so zähen Jungfernhäutchen! Nur eine Wolke sich auflösender Moleküle, Atome?

Denn diese Auflösung ist der Tod; das *Hinübergehen* war nur eine Vorstufe. Es war die Begierde, die sie auf Bly festhielt, die Liebe, die das Geliebte nicht loslassen mag. Und es ist die Begierde, die Quint noch immer hier hält. Ein niederschmetternder Gedanke: Nur Moleküle, Atome? Bei einer so leidenschaftlichen Liebe? Er sieht Miles' sehnsuchtsvolles Gesicht, spürt Miles' schüchtern-beherzte Liebkosung.

Er macht sich zum Kampf bereit.

Schnaufend wie ein Tier, die Füße taunaß, späht Quint durch die schmutzige Scheibe. Im Haus ist der arme Miles glücklich von »Sankt Ottery« aufgespürt worden, sie entdeckt ihn verdächtig-behaglich in einem Ohrensessel in der Bibliothek sitzend, aus dem er gelassen in eine Ecke blickt. Die Bibliothek ist ein gruftartiger Raum im ersten Stock, den schon lange niemand mehr betreten hat (auch nicht der Herr bei seinen seltenen Besuchen). Es ist so recht ein Ort für einen Gentleman, eine Art Mausoleum mit Porträts längst zu Staub gewordener, vergessener Patriarchen an der dunklen Eichentäfelung der Wände, mit bis zur hohen Decke reichenden Bücherregalen voll uralter, modriger Folianten mit Ledereinband und Goldschnitt, die aussehen, als habe sie seit Hunderten von Jahren niemand mehr aufgeschlagen. Wie deplaziert wirkt in dieser Düsternis der zehnjährige Miles mit seinem frischen Gesicht, dem offenen, scheinbar unbeschwerten Lächeln!

Schmallippig, die Hände in die Hüften gestemmt, fragt »Sankt Ottery«, warum sich Miles hier »verkrochen« hat, warum er so reglos, mit angezogenen Beinen, in diesem Sessel hockt. »Ich habe schon die ganze Zeit nach dir gerufen.«

»Das da hatte mich so gefesselt…« sagt Miles und blickt dabei flüchtig zum Fenster hinüber. Er deutet auf den lächerlich schweren Wälzer, der auf seinen Knien liegt, das »Directorium Inquisitorum«. »Seit wann, mein Junge, liest du Latein zum Vergnügen?« fragt »Sankt Ottery« trocken. Miles läßt ein reizendes Lachen hören. »Ich lese Latein so, wie es alle lesen, meine Liebe: als Quälerei.«

»Sankt Ottery« streckt die Hand aus, um Miles das »Directorium Inquisitorum« abzunehmen, der aber macht pfiffig die Knie breit, und das schwere Buch fällt krachend, eine Staubwolke aufwirbelnd, zu Boden. »Pardon!« sagt Miles höflich.

Wieder blickt er zum Fenster. *Quint, bist du da?*

Quint beugt sich vor, um den Blick des Jungen aufzufangen, doch die verflixte Gouvernante schiebt sich dazwischen. Am liebsten würde er sie mit bloßen Händen erwürgen! Sie nimmt Miles sogleich ins Verhör, streng, aber mit einem bittenden Unterton: »Sag mir eins, Miles. Deine Schwester hatte Umgang mit dieser abscheulichen Person, meiner Vorgängerin, nicht wahr? Deshalb ist Flora so schrecklich krank geworden, stimmt's?« Der schlaue Miles streitet das sofort ab, behauptet gar nicht zu wissen, was »Sankt Ottery« da redet, flüchtet sich in die Rolle eines viel jüngeren Kindes, schneidet Gesichter, zappelt herum, entwischt »Sankt Ottery«, als sie nach ihm greift. Wieder geht sein Blick suchend zum Fenster. *Quint, verflixt nochmal, wo bist du? Hilf mir!*

Jetzt hat ihn »Sankt Ottery« schlangengleich flink am Arm gepackt. In ihren farblosen, kurzsichtigen Augen glimmt missionarischer Eifer. »Sag die Wahrheit, liebster Miles, lüg mich nicht an. Du brichst dem Herrn Jesus das Herz und mir auch, wenn du lügst. Die arme Flora ist von ›Miss Jessel‹ verführt worden, nicht wahr? Und wie war das mit dir und ›Peter Quint‹? Von ihm hast du nichts zu befürchten, wenn du es mir sagst.«

Miles lacht wild und scheppernd. Er streitet schlankweg alles ab. »Ich weiß nicht, was Sie da reden. Flora ist nicht krank, Flora ist zu unserem Onkel nach London gefahren. Von Miss Jessel weiß ich nichts, als sie starb, war ich im Internat. Und Peter Quint…«, sein gerötetes Gesicht verzieht sich angewidert, »…ist schließlich tot.«

»Ja, er ist tot. Aber ständig hier, bei uns«, stößt die Gouvernante hervor und macht ein Gesicht wie eine betrogene Geliebte, »und ich denke, Miles, das weißt du sehr genau.«

»Hier bei uns? Ständig? Was soll das heißen? Wo?« Das verständnislose Gesicht des Jungen ist der Inbegriff reinster Unschuld, Quint betrachtet ihn staunend. »Verflixt nochmal, wo?«

Triumphierend dreht »Sankt Ottery« sich um und deutet auf die Fensterscheibe, an die Quint sehnsüchtig sein Gesicht preßt. Sie kann unmöglich wissen, daß Quint dort steht, aber sie dreht sich sehr sicher und entschieden um und gibt mit vorwurfsvoll gerecktem Zeigefinger Miles' verstörtem Blick die Richtung an. »Da! Tu nicht, als wüßtest du nicht Bescheid, du böser, böser Junge!«

Miles blickt jetzt Quint geradewegs an, scheint ihn aber nicht wahrzunehmen. »Was?« stößt er hervor. »Peter Quint? Wo?«

»Da, sage ich, *da!*« Wutentbrannt schlägt die Gouvernante an das Glas, als wollte sie es zertrümmern. Quint fährt zurück.

Miles schreit gequält auf. Er ist totenblaß geworden und offenkundig am Umsinken, aber als »Sankt Ottery« ihn halten will, stößt er sie weg. »Nicht anfassen«, schreit er. »Lassen Sie mich in Ruhe! *Ich hasse Sie!*«

Er läßt »Sankt Ottery« stehen und läuft hinaus.

Sankt Ottery und Peter Quint sehen sich durch die Fensterscheibe hindurch an, leidenschaftslos jetzt, erschöpft wie Liebende, die einander bis zur Ekstase gequält haben.

Wir dachten wohl, wenn das Böse in die Welt gekommen ist, müsse dort mit gleichem Recht auch das Gute Bestand haben.

Der Knabe läuft in die feuchte, milde Nacht hinaus, er läuft um sein Leben, das Haar klebt ihm an der Stirn, das Herz, ein glitschiger Fisch, schlägt gegen seine Rippen. Wenn er auch ahnt, daß es nichts bringt, denn die Wahnsinnige hat ins Leere gedeutet, ruft Miles zwischen Furcht und Hoffnung: »Quint? – *Quint?*«

Wind in den hohen Bäumen, besternter Nachthimmel. Keine Antwort. Natürlich nicht.

Miles hört Ochsenfrösche im Teich und lächelt. Jedes Jahr um diese Zeit das tiefe, kehlige, rhythmisch-drängende Krächzen. Witzig, aber nicht ohne Würde. Und so viele! Die Nacht ist feuchtwarm wie die Mundhöhle eines Liebenden. Die Ochsenfrösche haben sie sich angeeignet. Ihre hohe Zeit hat begonnen.

Martyrium

1

Was für ein feines, glattes Baby er war, der da vibrierend vor Vitalität und Freßlust aus dem Geburtskanal seiner Mutter glitschte, ein Baby von makelloser Gestalt: zwanzig unversehrte rosa Zehen mit schon nadelspitzen, fast mikroskopisch kleinen Nägeln, rosa Öhrchen, einer mißtrauisch zuckenden und bebenden winzigen Nase. Relativ schwach die Augen, die wohl Bewegungen, nicht aber Gefahren, Strukturen, Farbschattierungen erkennen konnten. (Vielleicht war er sogar farbenblind und – da ihm dieser Defekt nie bewußt wurde – »blind« auch in einem sekundären, metaphysischen Sinne.) Bereits erstaunlich kräftig der kleine Ober- und Unterkiefer mit seinen Muskelscharnieren; nadelspitz, bestens ausgebildet die Zähne. (Mehr über diese Zähne in Kürze!) Ein Schwanz wie ein Fragezeichen, rosa, haarlos, fadendünn. Und die zuckenden Schnurrhaare, nicht länger als zwei Millimeter, steif wie die Borsten einer winzig kleinen Bürste.

2

Was für ein schönes Baby *sie* war, Babygirl von den liebenden Eltern genannt, in heißer, zärtlichster und zugleich sinnlichster Liebe empfangen, bestimmt dazu, von Liebe erdrückt, von Liebe verschlungen zu werden, ein amerikanisches Babygirl, das behutsame Hände in den Brutkasten legten. Vergißmeinnichtblaue Augen, seidenweiches hellblondes Haar, Rosenknospenlippen, winzige Stupsnase, ebenmäßige weiße Haut. Stillende Mütter aus den Schwarzengettos wurden aufgerufen, Milch aus ihren schönen, schweren Ballonbrüsten zur Verfügung zu stellen, Muttermilch gegen Bezahlung, denn so gehaltvolle Milch hatte die Mutter von Babygirl nicht zu bieten. Der Brutkasten filterte verschmutzte Luft heraus und pumpte ihr reinen Sauerstoff in die Lunge. Sie hatte keinen Grund zum Schreien wie andere Säuglinge, deren Jammer so deutlich vernehmbar, so irritierend war. Die Brutkastenluft, die feucht und warm war wie im tropischen Regenwald, bekam Babygirl prächtig, sie blühte, gedieh, *wuchs*.

3

Und wie *er* wuchs, dieser selbst für seine Mutter Namenlose. Wie *er* innerhalb von Tagen sein Gewicht verdoppelte, verdreifachte, vervierfachte, sich inmitten des Geschwistergewimmels behauptete, gerissen, getrieben, immer hungrig. Ob er deshalb in jeder wachen Minute unablässig kaute – nicht nur Eßbares, sondern auch so scheinbar Unverdauliches wie Papier, Wolle, Knochen, bestimmte Metalle, wenn sie dünn genug waren – ob er kaute, weil er hungrig war oder weil es ihm einfach Spaß machte – wer könnte es sagen? Das Wachstum seiner Schneidezähne betrug zwischen zehn und zwölf Millimeter in einem Jahr, schon deshalb mußte er sich bemühen, sie kurz zu halten, damit sie ihm nicht ins Gehirn wuchsen und damit ans Leben gingen. Hätte seine Großhirnrinde ein höheres Maß an kognitiven Fähigkeiten hervorgebracht, hätte er über das Dilemma seiner Spezies spekulieren können: Ist so ein Verhalten willkürlich oder unwillkürlich? Was ist Zwang, wenn es ums Überleben geht? Wer kann sich – eingebunden in die Natur – *unnatürlich* benehmen?

4

Babygirl quälte sich nie mit solchen Fragen. In ihrem glasgedeckten Brutkasten nahm sie zu – hundert Gramm um hundert Gramm, Pfund um Pfund, essend, schlafend, essend, schlafend, und ehe man sich versah, drückten ihre Knie von innen an die Decke, trübte ihr Atem das Glas. Die Eltern beobachteten das schnelle Wachstum mit leiser Sorge, aber auch mit Stolz auf die rosig-weibliche Schönheit, die kleinen spitzen Brüste, die gerundeten Hüften, den Grübchenbauch und Grübchenpo, das krause zimtfarbene Schamhaar, die schönen pupillenlosen Augen mit den dichten Wimpern. Weil Babygirl am Daumen lutschte, bestrichen sie ihn mit einer scheußlich schmeckenden, leuchtend orangefarbenen Jodmixtur und registrierten voller Genugtuung, wie sie spuckte und würgte und sich krümmte, wenn sie das Zeug in den Mund bekam. Als sich an einem milden Apriltag im Brutkasten eine weinrot geronnene Blutspur zwischen Babygirls runden Schenkeln zeigte, waren alle erstaunt und ein wenig peinlich berührt, aber was hilft's, sagte Babygirls Vater, die Natur läßt sich nicht überlisten, ja, nicht mal einen Aufschub läßt sie sich abhandeln.

5

Nicht zu zählen das Heer der Geschwister; in der Gasse wimmelte, im Lagerhauskeller zappelte und piepste es, seine grenzenlose Vermehrung bis in alle Winkel der Welt war ihm Gewähr dafür, nicht auszusterben. Denn von allen kreatürlichen Ängsten ist, so heißt es, die größte nicht die vor dem Sterben, sondern vor dem *Aus*sterben. Hunderttausende von Blutsverwandten waren wohl ein Trost, aber auch Anlaß zu ernster Sorge, denn sie alle waren ständig ausgehungert, das Quiekquiekquiek des Hungers vervielfachte sich ins Unermeßliche. Er lernte, mit Hilfe seiner hektisch klickenden Zehennägel senkrechte Wände zu erklimmen, bis an die Grenze seiner

Kraft zu rennen, seinen Feinden die Kehle herauszureißen, zu springen, zu fliegen – bis zu vier Meter weit in den leeren Raum hinein, von einem Hausdach zum nächsten – und so seine Verfolger abzuschütteln. Er lernte es, notfalls das lebend pulsierende Fleisch seines Opfers im Laufen zu verschlingen. Den Genuß knackender Knochen spürte er bis in seine Kiefer, das kleine Hirn vibrierte vor Glück. Er schlief nie. Sein Herz jagte ständig wie im Fieber. Er mied Ecken und Winkel und Verstecke, aus denen es keinen Fluchtweg gab. Er würde ewig leben! – Und dann stellten ihm eines Tages seine Feinde eine Falle, die primitivste Falle, die sich denken läßt, und witternd und quiekend und zitternd vor Hunger sprang er den schimmeligen Brotköder an und löste den Federmechanismus aus, eine Stange sauste auf seinen Nacken nieder, zerschmetterte das zarte Rückgrat und hätte fast noch den armen erstaunten Kopf abgetrennt.

6

Sie logen ihr vor, es sei nur eine Geburtstagsparty – für die Familie. Erst kam das rituelle Bad, dann die Salbung des Körpers, das Rasieren und Zupfen unerwünschter, das Locken und Kräuseln erwünschter Haare. Achtundvierzig Stunden ließ man sie fasten, achtundvierzig Stunden wurde sie gemästet, mit einer Drahtbürste scheuerte man die zarte Haut, rieb scharfe Kräuter in die Wunden, schnitt die kleine Klitoris ab und warf sie den gackernden Hühnern im Hof hin, nähte die rasierten Schamlippen zu, fing das herausschießende Blut in einem goldenen Kelch auf. Die vorstehenden Zähne wurden mit Hilfe einer Zange gewaltsam gekürzt, die große gekrümmte Nase mit einem gekonnten Handkantenschlag gebrochen, damit Knochen und Knorpel zu einer gefälligeren Form zusammenwachsen konnten. Ein Korsett schnürte Babygirls pummelige Siebzigzentimetertaille auf schlanke zweiundvierzig Zentimeter, so daß die weichen Hüften und Schenkel, die prachtvollen Ballonbrüste hervorquollen und die Eingeweide in den Brustraum gedrückt wurden. Erst tat sie sich schwer mit dem Atmen und hatte rosa Bläschen vor dem Mund, aber bald kam sie gut zurecht und freute sich ihrer klassischen Stundenglasfigur, ihrer neuen Macht über die entflammbare Phantasie der Männer. Sie kleidete sich in Romantisch-Altertümliches oder in Raffiniertes, Seidig-Hautenges mit aufregendem Ausschnitt und anschmiegsamem Rock; wenn sie lief, humpelte sie auf bezaubernde Art ein wenig, die Grübchenknie rieben aneinander, die schmalen Fesseln zitterten vor Anstrengung, an dem Strumpfhalter aus schwarzer Spitze waren hauchdünne Seidenstrümpfe mit schwarzer Naht befestigt, sie schwankte ein bißchen in ihren hohen, spitzen, weißen Stöckelschuhen aus Satin, bis sie den Bogen raus hatte. Sie hatte ihn jedoch sehr bald raus, die schamlose Schlampe. Kichernd strich sie sich übers Haar, machte kleine Flatterbewegungen mit den Händen, schwenkte den fetten Hintern. Die Brustwarzen unter dem paillettenbesetzten Oberteil waren hart und spitz vorstehend wie Erdnüsse, die Schlafpuppenaugen blank, durchgehend veilchenblau ohne störende Pupillen. Babygirl war nicht eins von diesen berechnenden Miststücken, die ständig überlegen, wie man so einen armen Trottel am besten ausnimmt, sie kam aus guter Familie, der Stammbaum ließ sich nachprüfen, sie hatte (auf der Innenseite des linken Schenkels) eine Nummer eintätowiert, man konnte sie weder verlieren noch verlegen, und auch weglaufen konnte sie nicht, die Fotze, und sich spurlos irgendwo in Amerika verkrümeln, wie so viele es machen, man liest das ja ständig. Man besprühte sie mit den exquisitesten Düften – ein Hauch davon, und du hast, wenn du ein Mann bist, ein richtiger Mann, ein Fieber im Blut, das nur ein Akt lindern kann; man verteilte Kopien des ärztlichen Untersuchungsbefundes, frei von Geschlechts- und anderen Krankheiten, jawohl, und Jungfrau war sie, kein Zweifel, auch wenn sie manchmal einen total falschen Eindruck vermittelte, armes Babygirl, wie sie da grinsend herumstöckelte und durch die Finger hindurch errötend ihre Freier beäugte. Diese vollen Scharlachlippen, diese fleischigen Konturen..., selbst die Vornehmsten, Sittenstrengsten mußten bei diesem Anblick an die fleischigen Lippen der Vagina denken.

7

Widerliches Ungeziefer! Eklig-wuseliges Gezücht! Sie waren wütend auf ihn, weil es ihn gab, als habe er, in dieser Form wiedergeboren, mit Bedacht diese Spezies gewählt, trüge mit grausamer Lust die Keime des Typhus in seinem Gedärm, den Virus der Beulenpest in seinem Speichel, Gifte aller Art in seinen Exkrementen. Sie wünschten ihm den Tod, die ganze Art gehört ausgerottet, da gebe es gar nichts, sagten sie, wenn sie, ohne genau zu zielen, auf die Müllkippe schossen, wo er angstvoll quiekend von einem Versteck zum anderen hetzte und wo ihm, wenn die Kugeln einschlugen, der Gestank des hochspritzenden Mülls in die Nase stieg. Sie gaben ihm die Schuld am Knacken von Geflügelknochen zwischen Raubtierkiefern, sie konnten es nicht beweisen, aber sie gaben ihm die Schuld daran, daß ein Wurf Ferkel bei lebendigem Leib aufgefressen worden war, und was war mit dem Baby in der Erdgeschoßwohnung in der Eleventh Street, das die Mutter zwanzig Minuten unbeaufsichtigt gelassen hatte, um im Laden an der Ecke nur mal Zigaretten und Milch zu holen – *o Gott nein! Oh, oh, sag nichts, ich will's gar nicht wissen* –, und mit dem Feuer, das in einer kalten Januarnacht ausbrach und das man nicht mehr unter Kontrolle bringen konnte, weil irgendwelche elektrischen Leitungen bis auf die blanken Drähte angenagt waren, aber was konnte denn *er* dafür, wo waren die Beweise bei hunderttausend Geschwistern, die alle dieser unersättliche Hunger und ein unstillbarer Nagedrang umtrieb? Eine kreischende, johlende Kinderhorde verfolgte ihn mit Steinwürfen über die Dächer hinweg und traf ihn, als er verzweifelt an einer Backsteinmauer hochkletterte, er hatte es schon fast geschafft, da verloren seine Zehennägel den Halt, er rutschte ab, stürzte…, fiel ins schwindelnde Nichts eines Luftschachts…, fünf Stockwerke tief…, schrie quietschend im freien Fall…, zappelnd und kreischend, stürzte wie ein Stein, die roten Augen entsetzt aufgerissen, denn auch solche Geschöpfe kennen das Entsetzen, nur nicht das Wort dafür, es ist in ihnen verkörpert, wortwörtlich. Jede Zelle seines Körpers gierte nach Leben, jedes Teilchen seines Seins ersehnte Unsterblichkeit, genau wie bei dir und mir. (Man tut gut daran, sich über das jahrhundertelange Leiden der Kreatur keine Gedanken zu machen, rät Darwin.) So stürzte er also vom Dachrand und durch den Luftschacht, etwa hundertsiebzigmal so tief, wie er groß war, gemessen von der Nase bis zum Steiß (aber ohne den Schwanz, der ausgestreckt länger ist als er, nämlich zwanzig Zentimeter!), und wir sahen zu und grinsten uns eins, denn er würde platt wie eine Briefmarke unten ankommen, das drekkige kleine Vieh, man stelle sich also unsere Wut, unsere Empörung vor, als er auf den Füßen landet! Ein bißchen mitgenommen, aber heil und ganz! Unversehrt! Ein Sturz, bei dem sich unsereins sämtliche Knochen im Leib gebrochen hätte, doch *er* sträubte nur die Schnurrhaare, kringelte den Schwanz und machte sich davon. Und die stinkende Nacht teilte sich wie schwarzes Wasser und nahm ihn schützend auf.

8

Die National Guard Armory war an diesem Abend zum Sonderpreis vermietet, es war eine flaue Zeit, und auf der weitläufigen verräucherten Galerie saßen aufmerksame, auf Hochglanz polierte Männer, die Gesichter verschwommen wie Traumgesichter, den unbestimmten Blick auf Babygirl gerichtet. Wurstfinger stocherten im Schritt, Genitalien wie schwere, rötlich reife Riesenfeigen spannten die Hosen. Sorgsam ausgewählte, handverlesene Gentlemen sind das. Ernstzunehmende Herren. Die meisten ignorieren betont die fliegenden Händler, die in der Armory ihre Waren anpreisen; es ist wohl kaum die rechte Zeit für Bier, Cola, Hotdogs, Popcorn; die brennenden Männerblicke fixieren Babygirl, Herrgott, sieh dir das an! In der Welt von heute ein richtiges Weib zu finden, ist keine Kleinigkeit, wir wünschen uns eine altmodische Frau, ideal wäre das Mädel, das den Papa selig geheiratet hat, das wäre unser Ideal, aber wo findet man so was in dieser verderbten Welt? Und Babygirl warf die schimmernden zimtfarbenen Locken zurück, machte ein reizendes Schmollmündchen, zeigte bei einem strahlenden Lächeln die weißen Zähne und sagte in rauchig-heiserem Singsangton die hübschen Jamben auf, die sie zu diesem Anlaß selbst verfaßt hatte.

Dann wirbelte Babygirl das straßbesetzte Stöckchen, warf es hoch bis unter die Balkendecke der Armory, wo es im Scheitelpunkt des Fluges eine verzauberte Sekunde lang in der Luft zu hängen schien, um dann in die ausgestreckten Hände von Babygirl zurückzukehren. Die Glotzer auf der Galerie fingen spontan an zu klatschen, und Babygirl knickste, errötete, senkte den Kopf, hielt inne, um die Strumpfnähte geradezuziehen, schob einen Ohrring zurecht, rückte am Hüfthalter, der so tief ins Fleisch ihrer Schenkel schnitt, daß man dort noch tagelang rote Striemen sehen würde. Babygirl kicherte und warf Kußhände, ihre schöne Haut glühte, während der Auktionator herumstolzierte und mit seinem Handmikrophon hantierte wie ein Schmierenschauspieler.

Georgie Bicks heißt er, ein großmäuliger, dickbäuchiger Typ in Smoking mit rotem Kummerbund, he, höre ich fünftausend, höre ich achttausend, wie wär's denn mit zehn ... zehn ... zehntausend, die hohe Stimme gespenstisch-beschwörend, so daß sie sogleich anfangen zu bieten. Ein japanischer Gentleman gibt sein Gebot ab, indem er sich ans linke Ohrläppchen faßt, ein dunkelhäutiger Gentleman mit Turban signalisiert mit einer Bewegung der schwarzen Glitzeraugen. He, höre ich fünfzehntausend, höre ich zwanzigtausend, höre ich fünfundzwanzig ... fünfundzwanzig ... fünfundzwanzigtausend, und ein gutaussehender teutonischer Gentleman mit Schnurrbart kann nicht widerstehen. Und immer weiter: ein Gentleman aus dem Mittelmeerraum, ein Gentleman mit kahlrasiertem Kugelkopf, ein Gentleman aus Texas, ein schwergewichtiger, schwitzender Gentleman, der sich die rote Knopfnase reibt, höre ich dreißigtausend, höre ich fünfunddreißigtausend, höre ich fünfzigtausend, zwinkernd zerrt er Babygirl näher zum Rand der Plattform, komm schon, Süße, nicht so schüchtern, komm schon, Süße, wir wissen doch alle, warum du heute abend hier bist, zier dich nicht, du Fotze, blöde Fotze, beachten Sie diese Zitzen, Gentlemen, diesen Atombusen, und nicht nur der hat gewaltige Sprengkraft, haha! Und vom zweiten Rang signalisierte ein bisher unbeachteter, gutaussehender weißhaariger Gentleman mit weißbehandschuhter Hand: Ja.

9

Er war des Kämpfens müde, hatte Schuppen und madenwimmelnde kleine Wunden am ganzen Körper, der einst so stolze Schwanz war brandig, die Spitze abgefault, trotzdem nagte er sich weiter klaglos-stoisch durch Holz, durch Papier, durch Isolierungen, durch dünnes Blech, unvermindert die Freßlust, der Rausch und Taumel von Kiefern, Zähnen, Eingeweiden, After, als sei die ihm zugebilligte Zeit so unbegrenzt wie sein Hunger. Hinge es nur von ihm ab, so würde er sich durch die ganze Welt nagen und sie in Haufen feuchter, fester, schwarzer kleiner Kötel wieder ausscheiden. Die Natur aber hat es anders bestimmt. Sie billigt der Art, zu der er gehört, eine durchschnittliche Lebensspanne von nur zwölf Monaten zu – wenn alles gut geht. Und an diesem Maimorgen geht eben nicht alles gut im vierten Stock des nur zum Teil genutzten alten Backsteinbaus in der Sullivan Street, wo im erstem Stock die Metropolitan Bakery, angesehenste aller Bäckereien am Ort, untergebracht ist, »Spezialität: Hochzeitstorten seit 1945«. Er hat sich in einem versteckten Winkel eingenistet, nagt nervös an etwas nur theoretisch Eßbarem herum (dem harten, plattgewalzten Rest eines seiner Geschwister, das auf der Straße von einem Fahrzeug erfaßt und von nachfolgenden zermalmt wurde, bis es nurmehr zweidimensional schien), und er leidet schnuppernd und zwinkernd hungrige Höllenqualen hier im vierten Stock, zusammen mit seinen vielen tausend Gefährten, denn es gehört zu den Besonderheiten der Natur, daß dann, wenn BRAUNE und SCHWARZE zusammen in einem Gebäude hausen, die BRAUNEN (als die Größeren und Aggressiveren) die unteren Geschosse besetzen, während die SCHWARZEN (eher scheu und philosophisch) in die oberen Stockwerke verbannt werden, wo sie sich mit der Nahrungsbeschaffung schwerer tun. Er frißt also oder versucht zu fressen, als plötzlich ein Geräusch wie ratschende Seide zu hören ist und ein pelziges Etwas fauchend auf ihn zugeflogen kommt; die Schneidezähne sind länger und bedrohlicher als seine, die Hinterbeine wirbeln wie Rotorflügel. Jeder Floh, jede Zecke auf seinem entsetzensstarren kleinen Körper ist hellwach, jede Zelle fleht um Schonung, aber Sheba mit dem bepelzten Mondgesicht kennt keine Gnade. Sie ist eine wunderschöne silbergraue Katze, um ihrer zärtlich schnurrenden Schmusemaske willen von ihrer Herrin heißgeliebt, an diesem Maimorgen aber treibt in dem alten Backsteingebäude, in dem die Metropolitan Bakery untergebracht ist, Sheba die Lust am Töten um, die Lust, ihre Zähne in ein Opfer zu schlagen. In engster Umarmung sind die beiden ineinander verkrallt, jaulend, kreischend, er will ihr an die Halsschlagader, aber die raffinierte Sheba ist ihm zuvorgekommen, wild rollen sie im Dreck herum, nicht nur Shebas fürchterliche Zähne, sondern auch ihre wütenden Hinterbeine besorgen das Geschäft des Tötens. Noch läßt er sich nicht unterkriegen, ja, er hat ihr ein Dreieck aus einem Ohr gefetzt, aber es ist zu spät, man sieht, daß die schwergewichtige Sheba siegen wird, noch quiekst und beißt er ums liebe Leben, da hat sie ihm schon die Kehle herausgerissen, hat ihn förmlich ausgeweidet, seine Gedärme legen sich in schleimigen Bändern um ihren Fuß. Was für ein Lärm! Was für ein Jaulen! Als ob es jemandem ans Leben geht! Und dann stirbt er, und sie macht sich daran, ihn zu verschlingen, frisches, sprudelndes Blut ist am besten, zuckendes Muskelfleisch ist am besten, die schöne Sheba schließt die Kiefer um den kleinen Knubbelkopf und zermalmt seinen Schädel, sein Hirn, und er verlöscht. Wie ein Licht. Und die gierige Mieze (die gar nicht hungrig ist, denn natürlich wird sie von ihrer Herrin liebevoll gepflegt und gefüttert) frißt ihn an Ort und Stelle, zerbeißt seine Knochen, kaut seine Knöchel, schluckt ratenweise den schuppigen Schwanz, die zierlichen rosa Öhrchen, die blutunterlaufenen Augen, die Schnurrbartborsten und natürlich das saftige Fleisch. Und putzt sich hinterher gründlich, damit nichts, auch nicht der Hauch einer Erinnerung, von ihm bleibt.

10

Nur: Rücksichtslos aus ihrem Verdauungsschlaf gerissen durch ein verdächtiges Grummeln in den Gedärmen, muß die arme Sheba plötzlich heftig erbrechen, taumelt ungraziös und kläglich miauend die Treppe hinunter bis in den hintersten Winkel der Metropolitan Bakery. Aber niemand hört sie, die Ärmste, als sie sich, auf einem Balken über einem der riesigen Bottiche mit vanilleduftendem Tortenteig schwankend, die Seele aus dem Leib, will sagen *ihn* aus dem Leib kotzt, ein kurzatmig krampfiges Würgen, bei dem ganz zum Schluß seine Schnurrhaare in zentimeterlangen Stücken herauskommen. Arme Mieze! Zahm und wehleidig läuft sie nach Hause, ihre Herrin nimmt sie liebevoll hoch, streichelt, schilt, wo warst du nur, Sheba! Und Sheba kommt an diesem Tag schon früh zu ihrem Abendessen.

11

Mr. X ist der verliebteste, hingebungsvollste Freier und später der glückseligste Bräutigam, der sich denken läßt. Er bedeckt das rosige Gesicht von Babygirl mit Küssen, zieht sie so heftig an sich, daß sie *Oh!* ruft und die ganze Hochzeitsgesellschaft, allen voran ihr Daddy, in entzücktes Gelächter ausbricht. Mr. X ist ein würdiger, gutaussehender älterer Herr. Er ist das Salz der Erde. Er geleitet Babygirl auf die spiegelnde Tanzfläche, als die Band »I Love You Truly« spielt; wie elegant er tanzt, wie souverän er seine Braut führt, die blutrote Nelke im Knopfloch, blitzende Eissplitter in den Augen, starres weißes Prothesenlächeln; wie anmutig das Paar sich wiegt und dreht, Babygirl in einem atemberaubend schönen alten Brautkleid, das vor ihr Mutter, Großmutter und Urgroßmutter getragen haben, auch der Trauring ist ein Erbstück, Maiglöckchen sind in das zimtfarbene Haar der Braut geflochten. Wenn Babygirl lacht, sieht man das kirschrote Innere ihres Mundes. Oh! quietscht sie, als der frischgebackene Ehemann sie an seine Brust drückt, sie direkt auf die Lippen küßt. Seine großen starken Finger streicheln über ihre Schultern, ihre Brüste, ihren Steiß. Man bringt mit Champagner Trinksprüche auf sie aus, es werden vergnügte, alkoholbeschwingte Reden gehalten, das alles geht bis weit in den Abend hinein. Der Erzbischof höchstpersönlich spricht feierlich psalmodierend einen Segen. Babygirl sitzt auf dem Schoß von Mr. X, ihrem Bräutigam, läßt sich von ihm mit Erdbeeren und Hochzeitstorte füttern und füttert ihn ihrerseits mit Erdbeeren und Hochzeitstorte, und unter Küssen und Gelächter lecken sie sich gegenseitig die Finger ab. Beim Kauen der Hochzeitstorte spürt Babygirl zu ihrer Bestürzung etwas Zähes, Sehniges, Borstiges wie Knorpel oder Knochensplitter oder ganz kleine Drahtstücke, aber sie ist zu gut erzogen, um den Fremdkörper auszuspucken, wenn es denn ein Fremdkörper ist, und schiebt ihn diskret mit der Zunge auf die Seite, hinter die Backenzähne, da ist er gut aufgehoben. Mr. X, ein Gentleman, spült seine Hochzeitstorte mit Champagner hinunter, schluckt alles, ohne mit der Wimper zu zucken. Das ist der glücklichste Tag meines Leben, flüstert er Babygirl ins rosa Öhrchen.

12

Er war ein verhaltenspsychologisches Experiment zum Phänomen der Konditionierung, das im »Scientific American« veröffentlicht werden und dort einiges Aufsehen erregen sollte, aber natürlich war *er*, das arme Opfer, weder informiert, noch hatte er in das Experiment eingewilligt. Halb verhungert in seinem Maschendrahtkäfig hockend, zwanghaft an den eigenen Hinterbeinen nagend, lernte er rasch, noch auf die kleinste Geste seiner Folterer zu reagieren. Der über Monitor kontrollierte Herzschlag jagte angstvoll, die haßerfüllten Augen rollten in ihren Höhlen, ein mehr als physisches Mißbehagen fraß sich nach wenigen Stunden in seine Seele wie Schwefeldioxyd. Doch die Folterer ließen nicht von ihm ab, galt es doch, Dutzende von Kurven und Tabellen auszufüllen, waren doch Dutzende junger Assistenten an dem Experiment beteiligt. Um das Phänomen der Angst an den stummen Kreaturen seiner Spezies zu messen, setzten sie ihn unter zunehmend starke Elektroschocks, bis tatsächlich Rauchwölkchen von seinem Schädel aufstiegen.

Sie verbrannten ihm das Fell mit glühenden Nadeln, stachen ihm glühende Nadeln in den empfindlichen After, ließen seinen Käfig über einem Bunsenbrenner langsam immer tiefer sinken, lachten Tränen über das Gekapser, mit dem er seinen Käfig zum Scheppern und Schwanken brachte. Sie ließen den Käfig mit einer Geschwindigkeit von 150 Stundenkilometer kreisen und vermerkten überrascht, daß er nicht nur auf ihre Gesten reagierte, sondern auf das, was sie sagten, als könne er jedes Wort verstehen; und – das war das Erstaunlichste und sollte zum Kernpunkt des umstrittenen Artikels im »Scientific American« werden – nach achtundvierzig Stunden reagierte er unweigerlich schon dann, wenn jemand an eine Fortsetzung der Folter nur dachte (was voraussetzte, daß die Experimentatoren tatsächlich auch bei ihrer Arbeit im Labor dachten). Eine erstaunliche wissenschaftliche Entdeckung, die man nach seinem Tod bedauerlicherweise nicht ein einziges Mal hatte wiederholen können, die folglich für die Wissenschaft gänzlich ohne Wert war und in den Kreisen der Experimentalpsychologie meist nur milde belächelt wurde.

13

Mr. X vergötterte sein Babygirl. Liebevoll badete er sie in duftendem Schaum, kämmte und bürstete ihr wellig-lockiges, hüftlanges zimtfarbenes Haar, schäkerte mit ihr, steckte die Zunge in sie hinein, brachte ihr nach einer leidenschaftlichen Liebesnacht das Frühstück ans Bett, ließ es sich nicht nehmen, mit dem eigenen Rasiermesser den pfirsichfarbenen Flaum abzurasieren, der ihren schönen Körper bedeckte, sowie die unansehnlichen borstigen Haare an Unterarmen und Beinen und im Schritt. Wochenlang, monatelang. Bis eines Nachts sein Penis den Dienst verweigerte und er merkte, daß Babygirl samt Grübchenpo und -nabel, Babygirl mit den großen vergißmeinnichtblauen Augen und dem schmeichelhaften Oh! der aufgeworfenen Rosenknospenlippen ihn schlicht und einfach langweilte. Daß ihre ausdruckslos näselnde Stimme ihm auf die empfindlichen Nerven ging, ihre Angewohnheiten ihn anekelten. Mehrmals ertappte er sie dabei, daß sie sich in vermeintlich unbeobachteten Augenblicken den fetten Hintern kratzte oder ungeniert in der Nase popelte; häufig stank das Badezimmer, wenn sie herauskam, nach ihren Fürzen und Exkrementen; ihr Menstruationsblut befleckte das weiße Linnen der ererbten Bettwäsche, ihr krauses Haar verstopfte Abflüsse, morgens müffelte ihr Atem wie sein ältestes Paar Schuhe. Mit großen, traurig fragenden Kuhaugen sah sie ihn an, oh, was ist denn, Schatz, oh, liebst du mich nicht mehr, was habe ich dir denn getan? Und sie ließ sich mit ihrem ganzen Gewicht auf seinem Schoß nieder, legte ihm die runden Arme um den Hals und blies ihm ihren deftigen Atem ins Gesicht. Da spreizte er rücksichtslos die Beine, und Babygirl landete mit einem ungraziösen Plumps auf dem Fußboden. Als sie stumm zu ihm aufsah, schlug er ihr mit dem Handrücken ins Gesicht, daß ihre Nase blutete. Willst du wohl, du Luder, raunzte er, na, wird's bald, wirst du wohl, he …!

14

Er paarte sich. Immer wieder und wieder. Paarungen ohne Ende. Paarungen bis zum Wahnsinn. Auf der Höhe seiner Manneskraft zeugte er Dutzende, Hunderte, Tausende von Nachkommen. Jetzt rennen sie quieksend überall herum, wuseln ihm ständig um die Füße, drängen ihn beiseite, wenn er frißt, rotten sich gegen ihn zusammen, eine regelrechte Gang, ganz erstaunlich, wie schnell diese Winzlinge heranwachsen, eben noch zwei Zentimeter lang, den nächsten Tag vier, den darauf acht – winzige, aber vollkommen ausgebildete Zehen, Pfoten, Ohren, Barthaare, eleganter Ringelschwanz, Schneidezähne. Ungebremste Freßlust. *Und unvermittelt packt ihn das Entsetzen: Ich kann nicht sterben, ich bin unendlich vervielfacht.* Er konnte nichts dafür! In diesem Moment legten seine Feinde klebrig-schimmlige Giftklümpchen aus, um die Nachbarschaft von ihm und seiner Brut zu befreien, aber er konnte nichts dafür! Es war ein Fieber, das ihn ergriffen hatte, ihn und etliche seiner Schwestern, fast täglich, so schien es, nein, tatsächlich täglich, wenn nicht stündlich, keine Ruhe und keine Rast, keine Zeit zur Besinnung; ein zwei Zentimeter langes Ding wie ein fleischerner Nippel oder Kolben, heiß und blutprall, stieß rasch und unermüdlich wie eine Pleuelstange aus dem weichen Beutel zwischen seinen Hinterbeinen hervor, und er konnte nicht widerstehen, der Trieb war noch zwanghafter als das Nagen, war noch genußvollere Marter, er war nur ein Anhängsel und deshalb unschuldig.

Seine Feinde aber kümmert das nicht, sie verschwören sich gegen ihn, grausam und kaltblütig legen sie Klümpchen dieses köstlichen Giftes aus, zuckrig, klebrig, brotschimmelig, er müßte es eigentlich besser wissen, aber er kann nicht widerstehen und stürzt sich in das Meer quieksender und zappelnder Junger, ein wogendes Meer, dunkle Wellen, Welle auf Welle in fiebernder Freßlust, wie ein einziges Freßorgan, aber es ist ein teuflisches Gift, das sie nicht an Ort und Stelle umbringt, die armen Viecher, sondern rasenden Durst hervorruft, so daß er und Tausende seiner Söhne und Töchter kurz nach dem Fressen aus dem Haus stürzen und sich verzweifelt auf die Suche nach Wasser machen, um diesen grauenvollen Durst zu stillen. Es zieht sie zum Hafen, zum Fluß, die Menschen schreien auf, als sie die dunkle Woge heranbranden sehen, glitzernde Augen, Schnurrhaare, nahezu nackte rosa Schwänze, von nichts und niemandem nehmen sie Notiz in ihrem Drang zum Wasser, einige ersaufen im Fluß, andere trinken und trinken, bis ihr armer Leib – wie vorgesehen – sich bläht und wölbt und *platzt*. Und mit Gasmasken versehene städtische Arbeiter maulen heftig, weil sie die Leichen, kleine Berge von Leichen, in eine lange Reihe von Müllwagen schaufeln und hinterher Gehsteige, Fahrbahnen, Docks abspritzen müssen. In einer Düngemittelfabrik wird man ihn und seine Nachkommen zu Brei zerquetschen, zu körnigem Pulver zermahlen, zu privater und gewerblicher Nutzung verkaufen. Von Gift ist dann natürlich nicht mehr die Rede.

15

Mit zunehmender und unerklärlicher Rücksichtslosigkeit gegenüber den Gefühlen seiner Frau brachte Mr. X noch im ersten Ehejahr sogenannte »Geschäftsfreunde« mit nach Hause, die Babygirl anglotzten, sie im Bad besichtigten, ihr lüsterne Bemerkungen ins Ohr flüsterten, sie anfaßten, begrapschten, *belästigten* – wobei Mr. X häufig zigarreauchend in aller Ruhe zusah! Zuerst war Babygirl so verblüfft, daß sie überhaupt nichts begriff, dann brach sie empört und verletzt in Tränen aus, bat den Rohling um Schonung, bekam einen Koller, warf Seidenunterwäsche und dergleichen in einen Koffer und lag dann in einer Pfütze auf dem Badezimmerfußboden,

Tage und Nächte vergingen im Delirium; ihre Wärter verpflegten sie widerwillig und unregelmäßig, man versprach ihr Sonnenschein und grüne Wiesen und etwas Schönes zu Weihnachten, versprach viel und hielt nichts, und dann stand eines Tages ein Maskierter in militärischer Lederkluft in der Tür, die behandschuhten Hände in die Seite gestemmt, messingbeschlagener Gürtel, Pistolenhalfter an der Hüfte, spiegelnd schwarze Lackstiefel, deren Spitze Babygirl demütig küßte; sie kroch vor ihm, wickelte das lange zimtfarbene Haar um seine Knöchel. Gnade, bettelte sie, tu mir nicht weh, ich bin dein, in guten und in schlechten Tagen, wie ich es vor Gott geschworen habe.

Und in der (unter diesen Umständen ja durchaus naheliegenden) Annahme, dies sei in Wirklichkeit Mr. X, begleitete Babygirl ihn bereitwillig in das eheliche Schlafzimmer, zu dem antiken Himmelbett mit den Messingpfosten, und überließ sich widerspruchslos seinem Stoßen und Stöhnen, dem ausgedehnten und schmerzhaften Liebesakt. Was heißt schon Liebe, diese Kränkung, dieser Schmerz! Und erst zum Schluß, als der Maskierte triumphierend die Maske abnahm, sah Babygirl, daß es ein Fremder war – und daß Mr. X am Fußende des Bettes stand, eine Zigarre zwischen den Lippen, und in aller Ruhe zusah. In der Wirrnis der kommenden Wochen und Monate gab es eine lange Reihe dieser »Geschäftsfreunde«, nie war es zweimal derselbe. Mit zunehmender Grausamkeit zwang Mr. X, schon lange kein Gentleman mehr, sie seiner gefesselt im Ehebett liegenden Frau auf: einer hatte rasiermesserscharf gefeilte Fingernägel, die ihren weichen Körper zerkratzten, einer schuppig-glänzende Haut, einer schlackernde Kehllappen wie ein Truthahn, einer einen kahlen Schädel mit Totenkopfgrinsen, bei einem fehlte ein Stück Ohr, bei einem zogen sich nässende Ekzeme wie ausgefallene Tätowierungen über den ganzen Körper. Und Babygirl, die Ärmste, wurde ausgepeitscht, wenn sie nicht parierte, wurde mit Zigarren verbrannt, geschlagen, getreten, herumgestoßen, halb erstickt und halb erwürgt und halb ertränkt, sie schrie in ihren speichelnassen Knebel hinein, sie strampelte und krümmte sich, blutete in klebrigen Fäden, wofür Mr. X, weil es ihn anwiderte, sie nach Ehemännerart zusätzlich durch Entzug seiner Zuwendung bestrafte.

16

Er war so benommen vom Hunger, daß er in dem Versteck unter einem Backsteinstapel, wo er sich vor seinen Feinden verbarg, seinen eigenen Schwanz zu benagen begann – erst zögernd, dann mit gieriger Lust, bis es kein Halten mehr gab: seinen armen dünnen Schwanz, die Pfoten mit den zwanzig rosa Zehen, seine Hinterbeine, erlesene Filets und Koteletten, Innereien und Brust und Bauchspeicheldrüse und Hirn und alles – abgenagt bis auf die Knochen, so daß die erstaunliche Symmetrie und Schönheit des Skeletts deutlich zutage tritt; jetzt ist er müde, zufrieden und müde, er putzt sich mit zierlichen Pfotenbewegungen und rollt sich in der warmen Septembersonne zu einem Schläfchen zusammen. Ein Seufzer durchzittert ihn: köstlicher Frieden.

17

Nur: Zwei schlaksige Bengel aus der Nachbarschaft schleichen sich an, wie er da auf seinem Lieblingsbackstein liegt und döst, fangen ihn in einem Netz und werfen den entsetzt Quieksenden in eine Schachtel, klappen den Deckel zu, der mit Luftlöchern versehen ist. Per Fahrrad wird er einem Gentleman mit makellos gekämmtem weißen Haar und gepflegter Sprache geliefert, der jedem Jungen fünf Dollar zahlt und sich beim Anblick des in einer Ecke der Schachtel Kauernden entzückt die Hände reibt und leise in sich hineinlacht. Prächtig, prächtig…, du scheinst mir ein zäher kleiner Bursche zu sein. Zu seiner großen Überraschung wird er von dem weißhaarigen Gentleman gefüttert, nicht unfreundlich im Nacken gepackt und inspiziert, die schlanken, makellos ausgebildeten Gliedmaßen werden begutachtet, besonderes Interesse finden die verwegenen Schneidezähne. Und dann ein halblauter Satz, schwer atmend, erregt, zufrieden: Ja, ich denke, du bist der Richtige, alter Junge.

18

Babygirl, die Ärmste, hatte sich, obschon sie das Haus, ja häufig auch die Schlafräume im Obergeschoß nicht mehr verlassen durfte, bewundernswert tapfer und gutwillig auf die veränderten Lebensumstände eingestellt. Den größten Teil des Tages träge im Bett liegend, ihre Nägel manikürend, Luxuspralinen knabbernd, die ihr der eine oder andere der »Geschäftsfreunde« und manchmal in einer romantischen Anwandlung Mr. X selbst mitgebracht hatte, sah sie fern (am liebsten die Erweckungsprediger), beklagte nach Art amerikanischer Hausfrauen still für sich ihr Los, pflegte ihre Wunden, schnitt Zeitschriftenrezepte aus, tratschte am Telefon mit Freundinnen, kaufte per Versandhauskatalog ein, las die Bibel, sorgte sich um ihr Gewicht, ihren Gemütszustand und die Zukunft, zupfte die Augenbrauen, salbte sich mit duftenden Cremes, trug Optimismus zur Schau, gab sich Mühe. An die beängstigende Richtung, in die ihre Ehe trieb, versuchte sie nicht zu denken, denn Babygirl war nicht eine dieser Ehefrauen, die ständig nur nörgeln und meckern. Man stelle sich also ihre Überraschung und ihr Entsetzen vor, als Mr. X eines Tages nach Hause kam, die Treppe hoch ins Schlafzimmer stürmte, in dem sie mit weißen Seidenkordeln an die Messingpfosten des Ehebetts gefesselt war, und triumphierend seinen Kamelhaarmantel aufschlug – schau, was ich dir mitgebracht habe, mein Schatz!, und mit zitternden Fingern den Reißverschluß der Hose herunterzog, und unter Babygirls fassungslosem Blick sprang *er* heraus, quieksend, rotäugig, Schaum vor den gefletschten Zähnen, den langen Schwanz aufgestellt. Babygirls Schreie waren herzzerreißend.

19

Mit wissenschaftlichem Interesse verfolgten Mr. X und seine Kumpane die Beziehung zwischen Babygirl und *ihm* (ein griffiges Kürzel, das nichts verriet): Wie sich das Paar zunächst überaus energisch, ja hysterisch gegeneinander sträubte, wobei Babygirl noch durch den Knebel hindurch schrie, als sie sich im Bett mit ihm zusammen gefangen sah – dieser Kampf, diese Verrenkungen! –, wie *er* in animalischer Panik und wütender Empörung biß und kratzte wie ums liebe Leben, indes Babygirl trotz ihrer schlaffen Muskeln und ihrer scheinbaren Trägheit kämpfte wie um *ihr* Leben. Stundenlang ging das so, eine ganze Nacht lang und die nächste und die darauf. Noch nie hatte Burlingame Way, die reizvolle Wohnstraße, in der Mr. X residierte, etwas so Fesselndes zu bieten gehabt.

20

Er wollte nicht, nein, nein, er wollte nicht, mit aller Kraft seines bepelzten kleinen Seins wehrte er sich, als Mr. X ihn mit Gewalt *dorthin* schob – Babygirl, die Ärmste, an Händen und Füßen gefesselt, blutete aus tausend Wunden, die seine Klauen und Zähne geschlagen hatten, warum zwang man ihn dorthin, mit der Schnauze voran, dem Kopf voran, warum *dorthin*, er würgte, war am Ersticken, versuchte sich den Weg freizubeißen. Aber Mr. X schob ihn, während die Kumpane ehrfürchtig staunend das Bett umstanden, mit bebenden Händen immer tiefer hinein in den blutwarm pulsierenden, festen und doch elastischen Tunnel zwischen den rundlichen Schenkeln von Babygirl, bis nur noch das glänzend bepelzte Ende des Rumpfes und die baumelnden Hinterbeine und natürlich der zwanzig Zentimeter lange rosa Schwanz zu sehen waren. Weil er verzweifelt die fleischigen Wände benagte, die ihn so fest umschlossen, spritzten Blutfontänen hoch, die ihn fast ertränkten; wenn sich Babygirls Beckenmuskeln in unwillkürlichen Spasmen zusammenzogen, erstickte er fast, und wie der Kampf ausgegangen wäre, hätten nicht er und Babygirl in der gleichen Sekunde das Bewußtsein verloren, ist völlig offen. Selbst Mr. X und seine Kumpane, die buchstäblich außer sich waren vor ruchloser Erregung, atmen auf, als für diese Nacht der *Agon* vorbei war.

21

So wie Jeanne d'Arc im Martyrium auf dem Scheiterhaufen von Rouen, als die Flammen immer höher schlugen, um sie zu verschlingen und einzuäschern, in höchster Verzückung ausgerufen haben soll: »Jesu! Jesu! Jesu!«

22

Und wer muß die Schweinerei wegputzen? Mit einer Migräne, eine durchweichte Binde zwischen den wundgescheuerten Beinen, sie mag gar nicht hinschauen, wenn sie in allen spiegelnden Flächen das geschwollene Kinn, das blaue Auge sieht, leise vor sich hinweinend schleicht sie herum, in Hausschuhen, in dem pseudojapanischen gesteppten Hausmantel. Der einzige Trost ist, daß in den meisten Zimmern ein Fernseher steht, so daß sie, auch wenn der Staubsauger jault, nie allein ist: Sie hat Pfarrer Tim, Bruder Jessie, Prediger McGowan aus Alabama. Wenigstens ein Trost. Denn nicht genug damit, daß ebenjener Mann, der vor allen anderen für Babygirls seelisches Wohl verantwortlich ist, ihr Schmach und Schande angetan hat, nicht genug damit, daß sie benommen ist nach dem körperlichen Trauma, an das sie sich nur undeutlich erinnert, das aber, wie sie genau spürt, die Gefahr einer Infektion, des Wiederausbruchs ihrer alten Frauenleiden, der Unfruchtbarkeit in sich birgt – nein, sie selbst (wer sonst?) muß am nächsten Morgen putzen. Bettwäsche, blutbefleckte Bettwäsche sauberzubekommen ist keine Kleinigkeit. Auf Händen und Knien versucht sie (mit sehr geringem Erfolg) die Flecken auf dem Teppich zu beseitigen. Dann saugt sie. Und der Staubbeutel ist voll, und sie hat, wie üblich, Probleme damit, den neuen einzusetzen. Ihr ist schwindlig, ein paarmal durchfährt sie ein schneidender Schmerz, so daß sie sich hinsetzen und tief durchatmen muß. Und die Binde zwischen den Beinen ist zu einer harten dicken Blutwurst geworden. Und die Stahlwolle zerbröselt ihr zwischen den Fingern, während sie tapfer versucht, die Auflaufform sauberzumachen, und dabei in Tränen ausbricht. Ach, wo ist die Liebe hin! Und dann überrascht er sie eines Abends bei diesen melancholischen Betrachtungen, und auch die Kinder machen mit, was ist denn heute, Babygirls Geburtstag ist heute, und sie hatte sich gequält und gedacht, daran erinnert sich ja doch keiner, aber als sie in das Restaurant kommen, das Gondola ist eins der wenigen wirklich guten italienischen Lokale in der Stadt, wo man auch Pizza bestellen kann, wartet schon das Personal mit Happy Birthday! und Luftballons, fast ein wenig vorwurfsvoll klingt es im Chor: Hast du etwa gedacht, wir hätten es vergessen? Und Babygirl bestellt einen Ginfizz, der ihr sofort zu Kopf steigt, und sie kichert und klopft sich mit den Fingern auf die Lippen, um einen kleinen Rülpser zu unterdrücken. Später schimpft ihr Mann mit einem der Jungen, aber *sie* hängt sich da nicht rein, sie geht zur Toilette, überprüft ihr Make-up in der schmeichelhaft rosigen Beleuchtung des Spiegels. Ja, der Bluterguß unter dem linken Auge geht zurück, sorgfältig legt sie Klopapier auf den Toilettensitz, um sich keine ansteckende Krankheit zu holen, seit Aids paßt Babygirl da noch viel mehr auf, dann sitzt sie auf dem Klo, und in ihrem Kopf herrscht einen Augenblick beglückende Leere, und dann dreht sie den Kopf, ganz zufällig, aber womöglich hat sie doch etwas gespürt, und sieht, keine zehn Zentimeter entfernt, auf dem schmuddeligen Sims des Fensters mit der Milchglasscheibe die rot blinzelnden Augen eines großen Nagers, ogottogott, es ist eine Ratte, diese Augen, die sie anstarren, ihr Herz tut einen schmerzhaften Schlag und bleibt um ein Haar stehen. Die Schreie von Babygirl dringen durch sämtliche Wände.

Nachwort:
Betrachtungen über das Groteske in Kunst und Literatur

Was ist »Groteske« und was ist »Horror« in der Kunst? Und warum fühlen sich manche Menschen von diesen scheinbar abstoßenden Gegebenheiten so unwiderstehlich angezogen?

Für mich ist das tiefste Geheimnis unserer menschlichen Erfahrung die Tatsache, daß zwar jeder von uns subjektiv existiert und die Welt nur durch das Prisma seines Ichs erlebt, diese »Subjektivität« anderen aber unzugänglich und daher unwirklich und geheimnisvoll ist. Und daß umgekehrt diese *anderen* im eigentlichen Sinne uns Unbekannte sind.

Die Kunstformen der Groteske sind so verschiedenartig, daß sie sich nicht auf eine Definition festlegen lassen. Sie bergen in sich die ganze Fülle der Phantasie. Von Grendels Monstermutter in der angelsächsischen »Beowulf«-Saga zu koboldhaft-häßlichen Wasserspeiern an Kirchenmauern; von erschreckend nüchtern beschriebenen Metzeleien in der »Ilias« zu der halluzinatorischen Anschaulichkeit des »eigentümlichen Apparates« in Franz Kafkas »Strafkolonie«; von den alptraumhaft bizarren Bildern eines Hieronymus Bosch zu der durchdachten Raffinesse des Films im zwanzigsten Jahrhundert, wie z.B. Werner Herzogs 1979 entstandenes Remake von F. W. Murnaus deutschem Stummfilmklassiker »Nosferatu« aus dem Jahr 1922. Das »Groteske« umfaßt das Genie eines Goya und den kitschigen Surrealismus eines Dali, die brutal-instinktive Kraft von H. P. Lovecraft und die barocke Eleganz von Tania Blixen; die schlichte Schicksalsergebenheit von Grimms Märchen und jene komplexe Sicht, für die etwa William Faulkners »Eine Rose für Emily« ein ausgezeichnetes Beispiel ist – das groteske Bild als historischer Kommentar.

Die genüßliche Folterung von Shakespeares Gloucester auf offener Bühne in »König Lear« stellt den Gipfel theatralischer Groteske dar; genauso – wenn auch nicht ganz so plastisch – gilt das aber auch für das Schicksal von Samuel Becketts unseligen Helden und Heldinnen, den weiblichen Mund in seinem »Mouth« zum Beispiel. Von Nikolai Gogols »Nase« bis zu Paul Bowles' »Eine ferne Episode«, von Bildern dämonischer Fleischlichkeit eines Max Klinger, Edvard Munch, Gustav Klimt und Egon Schiele bis zu Francis Bacon, Eric Fischl, Robert Gober; von Jeremias Gotthelf (»Die schwarze Spinne«, 1842) bis zu den postmodernen Fantasy-Schreibern Angela Carter, Thomas Ligotti, Clive Barker, Lisa Tuttle oder den Mainstream-Bestsellerautoren Stephen King, Peter Straub oder Anne Rice erkennen wir auch bei völlig unterschiedlichen Stilrichtungen den kühnen Wurf der Groteske. (Ist eine Gespenstergeschichte immer auch eine Groteske? Nein. Viktorianische Gespenstergeschichten sind alles in allem zu »gefällig« und – ob von Männern oder von Frauen geschrieben – zu *ladylike*. Fast alle Gespenstergeschichten von Henry James wie auch die seiner Zeitgenossinnen Edith Wharton und Gertrude Atherton sind zwar elegant geschrieben, aber zu wohlerzogen für diese Kategorie.) Die Groteske – das sind die monströsen Tiermenschen in »Dr. Moreaus Insel« von H. G. Wells oder die Tabu-Bilder des genialsten Filmemachers unserer Zeit, David Cronenberg (»Die Fliege«, »Die Brut«, »Dead Ringers«, »Naked Lunch«). Anders gesagt: Der Groteske haftet stets etwas unverhüllt *Körperliches* an, das sich durch noch so eingehende epistemologische Exegese nicht bannen läßt. Damit könnte man sie geradezu als die Antithese des »Gefälligen« definieren.

Im Jahre 1840 veröffentlichte Edgar Allan Poe, unser größter und umgetriebenster Künstler der Groteske, die »Phantastischen Erzählungen« mit Werken, die zu Klassikern werden sollten – »Der Untergang des Hauses Usher«, »Das verräterische Herz«, »Die Grube und das Pendel«, »Die Maske des Roten Todes«, »Das Faß Amontillado«. Damals gab es eine reichhaltige und vielseitige, im Englischen mit dem der Architektur entlehnten Adjektiv »gothic« bezeichnete Literatur, bei der das Romantisch-Schaurige im Mittelpunkt stand. Poe kannte diese Literatur sehr gut: Horace Walpoles »Die Burg von Otranto« (1764), Richard Cumberlands »The Poisoner of Montremos« (1791), Ann Radcliffes Meisterwerk »Die Geheimnisse von Udolpho« (1794) und »Die Italienerin« (1797), M. G. Lewis' »Der Mönch« (1796), Mary Shelleys »Frankenstein« (1818), C.R.Maturins »Melmoth der Wanderer« (1820), die unheimlichen Geschichten von E.T.A.Hoffmann, von denen »Der Sandmann« (1817) am meisten an Poe erinnert, die Geschichten von Poes amerikanischen Landsleuten Washington Irving (bei dessen umgänglichem Prosastil man die grotesken Züge des »Rip van Winkle« und der »Sage von Sleepy Hollow« leicht übersieht) und Nathaniel Hawthorne. Und dann gab es natürlich noch Charles Brockden Browns »Wieland oder Die Verwandlung« (1798), unseren allererstaen amerikanischen Schauerroman. Umgekehrt ist Poes Einfluß auf die groteske Literatur – und den Kriminalroman – gar nicht hoch genug einzuschätzen. Wer ist *nicht*, und wenn auch noch so versteckt und indirekt, durch Poe beeinflußt worden, auch wenn es uns manchmal scheinen will, daß wir diesen in der Jugend oder sogar noch in der Kindheit aufgenommenen Einfluß weit hinter uns gelassen haben.

Die Vorliebe für eine Kunstform, von der wir Grusel, Erschütterung, bisweilen auch Abstoßendes erwarten, scheint in der menschlichen Psyche so tief verwurzelt zu sein wie der entgegengesetzte Drang zum Licht, zur Rationalität, zu wissenschaftlicher Skepsis, Wahrheit und »Wirklichkeit« (wobei hier zunächst dahingestellt sei, ob Rationalität tatsächlich Kontakt mit der Wirklichkeit hat). Sind Aubrey Beardsleys hinterhältig-unheimliche Hermaphroditen weniger »real« als die Auftragsporträts eines James McNeill Whistler? Eine Befindlichkeit, die die schauerlichen Exzesse von Joseph Sheridan Le Fanus »Carmilla« (1871) oder Bram Stokers »Dracula« (1897) unerträglich finden würde, reagiert womöglich durchaus positiv auf eher literarisch ausgerichtete Vampirgeschichten wie »Die Drehung der Schraube« von Henry James und symbolistisch-realistische Werke von Thomas Mann wie »Der Tod in Venedig«, »Mario und der Zauberer«, »Tristan« (»...während das Kind, Anton Klöterjahn der Jüngere, ein Prachtstück von einem Baby, mit ungeheurer Energie und Rücksichtslosigkeit seinen Platz im Leben eroberte und behauptete, schien die junge Mutter in einer sanften und stillen Glut dahinzuschwinden«). Unter den Monstergestalten ist es vor allem der Vampir, der von jeher sowohl anzieht als auch abstößt, denn Vampire werden fast immer ästhetisch (d.h. erotisch) reizvoll dargestellt. (Peter Quint – rothaarig, barhäuptig, »sehr aufrecht« – ist das Scharnier, um das sich James' »Die Drehung der Schraube« dreht, falls er nicht die Schraube selbst ist.) Und das eben ist die verbotene Wahrheit, das unaussprechliche Tabu – daß das Böse nicht immer abstoßend, sondern häufig anziehend ist; daß es die Macht besitzt, uns nicht einfach – wie die Natur oder der Zufall – zu Opfern zu machen, sondern zu aktiven Komplizen.

Kinder sind besonders empfänglich für groteske Bilder, denn sie lernen gerade erst zu überprüfen, was »real« und was »irreal«, was gut und was nicht gut ist. Die später durch die Jahre überlagerten und in Vergessenheit geratenen Erfahrungen sehr kleiner Kinder müssen ein Kaleidoskop von Sinneswahrnehmungen, Eindrücken, Ereignissen, mit »Bildern« verknüpften »Inhalten« sein – wie soll man sich in diesem wuselnden, summenden Kosmos zurechtfinden? Das früheste, grausigste Bild meiner Kindheit, in meinem Bewußtsein so tief verankert wie nur irgendein »reales« Ereignis (und ich lebte auf einer kleinen Farm, wo das Schlachten von Hühnern sicherlich zum Alltag gehörte), sprang mich aus einem scheinbar harmlosen Kinderbuch an, Lewis Carrolls »Alice hinter den

Spiegeln«. Im letzten Kapitel dieses beunruhigenden Buches wird Alice zur Königin gekrönt – bei einem Bankett, das vielversprechend beginnt und dann rasch anarchische Züge annimmt:

»›Sieh dich vor!‹ schrie die Weiße Königin und krallte sich mit beiden Händen in Alicens Haar fest. ›Gleich geschieht etwas!‹

…Und dann geschah gleichzeitig alles mögliche auf einmal. Die Kerzen wuchsen bis zur Decke empor… Was die Flaschen anging, so machten sie sich über die Teller her, klebten sich je zwei davon als Flügel an und flatterten, mit zwei Gabeln statt Füßen, durch die Luft…

›Wirklich wie echte Vögel‹, dachte Alice im stillen, soweit man in dem gräßlichen Tumult, der nun losbrach, noch im stillen denken konnte. Mittlerweile vernahm sie ein heiseres Gelächter neben sich und wandte sich zur Seite, um nach der Weißen Königin zu sehen; aber statt ihrer saß nun die Hammelkeule im Sessel. ›Hier bin ich!‹ rief eine Stimme von der Suppenterrine her, und als Alice sich umdrehte, sah sie gerade noch das runde, sanfte Gesicht der Königin über den Rand herausgrinsen, bevor es in der Suppe verschwand.

Nun war es höchste Zeit: Schon wälzten sich mehrere Gäste in den Schüsseln, und der Schöpflöffel kam über den Tisch auf Alice zugeschritten.«

Alice entgeht – wie schon bei ihrem Abenteuer im »Wunderland« – dem schlimmen Schicksal, verspeist zu werden, indem sie aus ihrem Traum erwacht. Doch wie soll man sich trösten, wenn die Erinnerung das Unaussprechliche festhält und das Unaussprechliche sich nicht zu einem Traum reduzieren läßt?

Der Platz der Menschheit in der Nahrungskette – ist *dies* das unaussprechliche Wissen, das letzte Tabu, das die Kunst der Groteske – oder vielmehr jede Kunst, Kultur, Zivilisation – hervorbringt?

Technisch gesehen ist die Kunstform, die »Horror« in ästhetischer Form darstellt, dem Expressionismus und Surrealismus verwandt in dem Sinne, daß sie innere (und vielleicht verdrängte) Seelenzustände nach außen holt. Selbst wenn wir heute, im Zeitalter der Dekonstruktion, nicht psychologisch und anthropologisch in der Lage wären, scheinbar dunkle Texte wie Märchen, Legenden, Kunstwerke oder vermeintlich objektive historische Beschreibungen und wissenschaftliche Berichte zu dechiffrieren, müßten wir angesichts der Groteske eigentlich sofort spüren, daß sie »real« und »irreal« zugleich ist, so wie auch Gemütszustände – Emotionen, Stimmungen, wechselnde Obsessionen, Überzeugungen – durchaus real, aber unmeßbar sind. Die Subjektivität, die das Wesen des Menschlichen darstellt, ist auch das Geheimnis, das uns unabänderlich voneinander trennt.

Ein Kriterium für Horrorprosa ist es, daß wir gezwungen sind, sie rasch, in zunehmender Furcht und mit einer so völligen Aufhebung der gewöhnlichen Skepsis zu lesen, daß wir den Text fraglos akzeptieren und praktisch als Protagonist in ihn eingehen. Wir sehen keinen Ausweg außer der Flucht nach vorn. Wie das Märchen macht uns die Kunst der Groteske und des Horrors wieder zu Kindern, indem sie Urinstinkte weckt. Die äußeren Aspekte des Horrors sind variabel, vielschichtig, unendlich, die inneren unzugänglich. Welchen Anblick sie bieten würden, können wir allenfalls raten. Da wir eine heiter belebte, gesellige, überaus liebenswerte äußere Welt bewohnen, in der wir uns untereinander als soziale Wesen durch unseren Namen, unseren Beruf, unsere Rolle, eine öffentliche Identität definieren und in der wir uns meist *zu Hause* fühlen, ist es vielleicht klüger, wenn wir es gar nicht erst versuchen.

Joyce Carol Oates

Frauen erzählen

Tania Blixen
Karneval
Erzählungen aus dem Nachlaß
Übersetzung und Nachwort von Ursula Gunsilius
279 Seiten

Soledad Puértolas
Es bleibt die Nacht
Roman aus dem Spanischen von Ilse Layer
224 Seiten

Marguerite Yourcenar
Das blaue Märchen
und andere Geschichten
Aus dem Französischen von Andrea Spingler
96 Seiten

Joyce Carol Oates
Foxfire
Die Geschichte einer Mädchenbande
Roman aus dem Amerikanischen von Rüdiger Hipp
336 Seiten

———————— DVA ————————